10
I GOT A CHEAT and moved to another world,
so I want to live as I like.

せっかくチート
を貰って異世界に
転移したんだから、
好きなように生きてみたい
10

人物紹介

ライトニング

タウロを尊敬する若き騎士操縦士。雷光の如く動きで相手を穿つ実力者。

タウロ

商人ギルドの騎士操縦士。裏業界では『ドクタースライム』と恐れられている。

黄金の美食家《グルメ・オブ・ゴールド》

王国騎士団の団長。数々の娼館から出入り禁止となっている。その理由とは……。

コーニール

王国騎士団の下級操縦士。タウロと同じく裏業界では『串刺し旋風』で知られている。

Cast Profile

クールさん

初物喰らい《ユニコーン》の称号を持つ死ぬ死ぬ団団員。表向きはジェイアンヌで働く娼婦。

エルダ

客を洗脳する娼婦。実はエルフ族であり、色んな意味で仮面を被る。

教導軽巡

ジェイアンヌの影のリーダー。唯一タウロを満足させられる人物。

ローズヒップ伯

帝国軍薔薇騎士団の指揮官。グリフォンの主となった。

CONTENTS

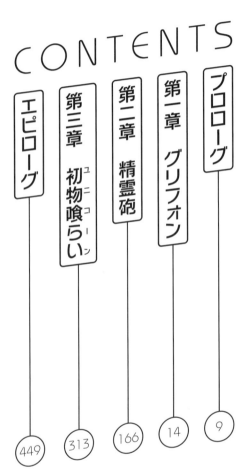

プロローグ

王国と東の国の間に、温泉湧き出る風光明媚《ふうこうめいび》な谷がある。

谷中央を流れる川に沿って並ぶ建物群と、川を横断する複数のアーチ橋。いずれも手入れが行き届いており、一見すれば観光地だ。

しかしここは国際的な傭兵騎士団として名高い、百合騎士団《リリーナイツ》の本拠地なのである。

「お姉様、何か問題はありますか？」

建物の中でも一際大きい、騎士格納庫。その屋内で、整備士らしい筋骨たくましい中年女性が、両手で口の前にメガホンを作り、大声で問う。

声を掛けた先は、直立する頭頂十八メートルの全身甲冑《かっちゅう》。このたびついに手に入った念願のA級騎士、その操縦席である。

『今のところはない』

右手を握ったり閉じたりしながら、外部音声を響かせるA級騎士。その胸甲の内側にある操縦席では、長いまつ毛に切れ長の目を持ち、右目の下に長く大きな傷痕のある熟女が、感心したような声音で言葉を継ぐ。

『何というか魔力の通りがいいな。グラスで水を飲むのと、ストローで吸い上げるくらいの違いがある』

年上であろう中年女性整備士が『お姉様』と呼んだのは、百合騎士団《リリーナイツ》では目上を『姉』、目下を

『妹』として扱う習慣があるため。

そしてこのスリムな体形の、顔に傷があっても美しいと言える熟女こそ、百合騎士団《リリーナイツ》の団長なのである。

「では、このまま谷の外へ慣らしに行きましょう」

A級が頷《うなず》き、それを見た中年女性整備士が指を弾《はじ》く。すると格納庫の騎士用の大扉が、左右へゆっくりと引き込まれて行く。

そして谷の門へ続く石畳の道を歩き始めた団長騎を、中年女性整備士の操る一頭立てのゴーレム馬車が追ったのだった。


数時間後、スポーツ選手のウォーミングアップのように騎体を動かし終えたA級騎士は、格納庫へと戻る。

「B級より少ない魔力で、B級以上の力が出せる。その事を知ってはいたが、ここまでとはな」

格納庫の事務室で紅茶を口に含むと、団長は栗色の長いストレートの髪を指ですき息を吐く。視線の向かう先は、先ほどまで自分が操り、今は格納庫の床に仰向けで横たえられたA級騎士だ。

ちなみに今、年若い女性整備士達《たち》によって全身を白く塗られている最中。最終的には百合騎士団《リリーナイツ》の団長騎の伝統的なカラーリングである、『パールホワイト』に仕上げられる。

「そのための補助魔法陣ですからね」

テーブルの対面に座り、同じように紅茶の香気をくゆらせている中年女性整備士が返す。

『A級騎士とB級騎士の違い』

これを端的に表せば、『搭載している補助魔法陣の量』であろう。補助魔法陣群によって効率化が図られ、『少ない魔力で大きな力』を発揮出来るのだ。

見た目に迫力があるのも、肩、胸、腰などが、多量の補助魔法陣を搭載するため膨らんでいるからである。

「ところで、この騎士の特徴は何だ？　慣らしの中では気づけなかったが」

ティーカップをテーブルの上のソーサーに置き、尋《たず》ねる団長。整備士から返されたのは、『性能に偏りがなく、操縦士しやすい優等生』というもの。

団長は切れ長の目を細め、少しばかり残念そうな表情を作り口を開いた。

「悪くはないが、尖《とが》った部分も欲しかったな」

続いた言葉は、『ロマン』というもの。

『短所をカバーしながら、長所をもって勝負を決める』

その事に格好よさを感じ、憧れてもいたらしい。整備士は軽く肩をすくめると、頭を軽く左右へ振る。

「帝国の大貴族の当主が、自分が乗るために造らせた騎体ですからね。仕方がないですよ」

建造した当主とその孫が乗り手であったが、『祖父以上の素質持ち』と言われた孫の戦績が示すのは、『A級をもってしてもB級下位』というもの。

『かろうじて騎士を動かせる』

その程度だったのだろう。当然、癖のある騎体など扱えず、優等生な騎体にするしかなかったのだ。

ちなみに最後の乗り手である孫は、百年前に亡くなっている。

『貴族の若者が成人時に行なう、オスト大陸を巡る旅。いわゆるグランドツアーにA級騎士で出立し、旅先の東の国で魔獣に殺された』

詳細はこれ。以降、このA級騎士は、孫の遺体と共に人に発見されぬまま洞窟の奥深くで眠っていたのだ。

それが先日、百合騎士団《リリーナイツ》の青百合隊によって発見され、百合の谷に秘密裏に運ばれて来たのである。

「私から見れば、お姉様にぴったりの騎体だと思いますけどね。何でも出来て、苦手はないのでしょう？」

整備士の言うとおり、団長は接近戦から遠距離戦、加えて護衛、偵察、隊の指揮と、万能型なのだ。しかし、まつ毛の長い熟女は、複雑な表情を浮かべ口を開く。

「器用貧乏の典型だ。これだけは他に勝る、と絶対の自信を持てるものがない」

本人としては、超一流の部分が欲しかったのだろう。整備士は『贅沢に過ぎるというものですよ』と切って捨て、紅茶で喉を湿らせると話題を変える。

「それで、この後はどうするんですか？」

騎士の動作に問題はなし、塗装も数日のうちに終わるだろう。

「出る。行先は帝国の北の街だ」

迷う様子を欠片《かけら》も見せず、言い切る団長。聞いた整備士は、『でしょうね』という表情を浮かべ息を吐く。

彼女のお姉様は、騎士団念願のA級騎士が手に入ったからといって、格納庫の奥に後生大事に飾っておくタイプではない。

『日々磨かせ、眺めては悦に入り、歩行時の石撥《は》ねで傷がつけば激怒する』

そのような王国騎士団の前団長、自身と取り巻きが称する『王国の白き獅子《しし》』とは違うのだ。

(それに、やられたまま黙っている性質《たち》でもない)

団長の友人と言ってもよい、帝国の北の街の熟女領主の事を中年整備士は思う。

北の街へ白百合隊と共に赴いた時、熟女子爵から『真紅に塗られたA級騎士』をさんざんに自慢されたらしい。

よほど悔しかったようで、谷へ帰って来た後、渋面を作ってハンカチをくわえている姿が団員達に目撃されていた。

「あいつからは、いくらでもいいから増援をよこせと言われている。お披露目をして、ついでにA級騎士の派遣費用も請求してやろうじゃないか」

言い終えると紅茶を飲み干し、人の悪い笑みを浮かべる団長。

「張り切るのはいいですが、壊さない程度でお願いしますよ」

そう返した整備士は、塗装中の部下達の仕事ぶりを見るため腰を上げたのだった。

第一章　グリフォン

王国は王都のダウンタウン。その北の外れに建つ一部三階建ての石造りの建物の最上階。

その庭にある森の木々の葉が、降り注ぐ春の日差しを眩《まぶ》しいほどに反射させていた。

『ゆにこーんきた』

時刻は午前中のお茶の時間。客を迎えるべく掃除や飲み物の準備をしていた俺へ、アゲハ蝶の五齢幼虫そっくりの精霊獣、俺の眷属《けんぞく》であるイモスケが知らせてくれた。

（さすがはクールさん。約束の時間のほんの少し前だ）

壁掛けの時計を一瞥《いちべつ》すると、独り頷く。いかにも彼女らしいと言えるだろう。

クールさんとは、ジェイアンヌのサイドラインにして前々回の聖都神前試合の優勝者。そしてまた俺の率いる悪の秘密結社『死ぬ死ぬ団』の、怪人『初物喰らい《ユニコーン》』でもある。

挨拶と報告したい事があるので、時間を作ってほしいと言われていたのだ。

「実は、操縦士学校に誘われまして」

室内に上がったクールさんは、俺の正面、応接セットのソファーに座るとそう告げる。

王国騎士団から使いが来て、『素質があると思うので、是非試験を受けてほしい』と懇願されたのだそうだ。

背筋がスッと伸び、所作が美しい。静かで凛《りん》とした雰囲気は、武家の妻女を思わせる。

「俺から見ても、才能がありそうだからね」

頂戴した菓子折りを開けつつ、返事をする俺。

中から出て来たのは、葉に包まれた白くすべすべの饅頭。爽やかな緑の香りが鼻腔《びこう》をくすぐり、思わず笑みが漏れる。

他人事《ひとごと》のように言ってはいるが、推薦したのは俺だ。

『騎士の数は揃《そろ》ったのですが、今度は操縦士が足りません』

王国騎士団に籍を置くスケベでマッチョな親友に泣きつかれ、心当たりの名を告げたのである。

「その事で首領に、お聞きしたい事があります」

キラリと光る彼女の目に、心臓が大きく跳ねる。個人情報を漏らしたのは、まずかっただろうか。

（いや、俺は可能性を伝えただけだ。住所や連絡先を教えたわけではない）

事実、そんな物は知らない。俺がクールさんと連絡を取るには、ジェイアンヌ経由しか手段がないのである。

自らに言い聞かせ、極力平静を装う。そしてティーカップを口に運びつつ、クールさんに続きをうながした。

「敗戦姦《かん》について、詳しく教えて下さい」

「えっ？」

俺の頭に浮かんだのは、大きな疑問符。予想外の質問である。

それにしても、なぜ敗戦姦なのだろうか。とりあえず、知っている限りの事を伝えた。

「……なるほど、操縦士を姦する事が出来るのは、操縦士のみなのですね。そして操縦士は、戦いに参加した相手なら誰に対しても可能と」

真剣な様子で身を乗り出し、何度も頷くクールさん。

説明を聞き終えると、しばし無言。姿勢を正し顎《あご》を引くと、真《ま》っ直《す》ぐに俺を見た。

「操縦士学校の入学試験、受けようと思います」

彼女の判断に、異を唱えるつもりはない。しかし、そう決めた理由が知りたかった。

「そっ、そう？　だけれど何で？」

尋ねる俺に、クールさんは静かに答える。

「相手側に初物がいた場合、問答無用で姦出来ますから」

口の両端をわずかに上に曲げ、悪魔的微笑を作る。そして言葉を続けた。

「最近、こうして待っているのにも飽きました。こちらから外へ出て、狩りに行きたいと思います」

実に前向き。人生の目的をしっかりと持っている人は、やはり生き方が違う。

だが、と俺は思う。

（魔獣退治ならともかく、騎士に乗って戦場に赴けば『狩り』では済まない。命を失う事だってある）

その事を、どこまで理解しているのだろうか。

俺の視線を受け、心配されている事に気がついたのだろう。表情を戻し、今度こそ静かに微笑《ほほえ》む。

「ご心配なく。姦を望むからには、姦される覚悟も出来ておりますので」

噛《か》み合っていなかった。

「いや、姦だけじゃなく、死ぬ可能性もあるからね？」

操縦士をしている俺が言うのも何だが、取り返しのつかないリスクがある職業だ。真剣な表情で告げると、クールさんも同様に見つめ返す。

「初物には、命を懸ける価値がある。私はそう思っています」

まったく揺るがない。その眩しさに、我が配下ながらほれぼれとしてしまう。

彼女は戦場で命を散らす事になっても、決して後悔しないだろう。自分の進む道を、責任を持って選び続けている。

「……そうか。初物喰らい《ユニコーン》を仲間に持てて、心から誇りに思うよ」

一瞬見せた表情の動き、それは間違いなく照れだろう。

「だけれど、別に操縦士にこだわらなくてもいいんじゃないかな？　別に操縦士や兵に、未経験者が多いというわけでもないし」

どちらかと言えば、逆だと思う。俺の疑問にクールさんは、最終的な目的は別だと告げた。

「いずれ私は、旅に出るでしょう」

何を求めてかは自明なので、黙って聞く。

「騎士を扱う力を得ている事と、実戦経験。その時この二つは、自由を保障する大きな武器になると思うのです」

言われて思い出す。王都にいると忘れがちだが、この世界には危険が溢《あふ》れているのだ。

王都など人の多く住む街の近くは、そうでもない。しかし少し離れれば、魔獣に襲われ馬車ごと壊滅する可能性がある。

女性が身一つで辺境を放浪するなど、死地へ赴く以外の何物でもないだろう。

「何に使うかは決めていなくとも、得られる武器は得て、磨いておきたいという事か」

俺の言葉に、静かに頷くクールさん。しかしその直後、視線が俺の背後へと動く。しばし視線を漂わせた後、わずかに首を傾《かし》げ、俺へと視線を戻した。

(鋭いなあ)

自分へ向けられる視線、それを感じたのだろう。心の中で舌を巻く。

そんな俺をよそに彼女は再度、チラリと視線を俺の後ろへ。その姿に俺は、思わず苦笑してしまった。

なぜなら俺には、クールさんには聞こえない波が届いていたからである。

『こっちみた!』

『どうする? やめる?』

発しているのはイモスケと、こちらも精霊獣にして俺の眷属であるダンゴロウ。ちなみにイモスケは死ぬ死ぬ団の副首領、ダンゴロウは将軍である。

実は二匹から、彼女に紹介してほしいと頼まれていたのだ。しかし実物を間近に見て、尻込みしているらしい。

(最初は、影の存在でいいと言っていたけれど)

ねじれ角《カプリコーン》がやって来るなど、いろいろと充実してきた庭の森。それを他の人に見せて、感想を聞きたくなったらしい。

(まあ、作ったら、そうなるよな)

庭だろうが何だろうが、最初は自分が楽しむために作る。しかし次は、人に見てもらいたくなるものだ。

今日、クールさんが来ると話したら、姿を見せると決断したのである。

彼女を選んだ理由は、死ぬ死ぬ団の怪人であるから。選ぶなら身内から、そう考えたらしい。

(ライトニングは精霊獣を見て敬意を払っていたし、クールさんなら大丈夫だろう)

相談された俺も、眷属達の提案に頷いたのだ。しかしまずその前に、彼女に質問を投げ反応を見よう。

「ところで、『精霊獣』って知ってるかい？」

クールさんは突然振られた話題に軽く戸惑いつつも、それを表にほとんど出さず答えた。

「はい、上位の精霊にして肉体を持つ存在とか。種や個体によっては、人間を遥《はる》かに上回る魔力や知恵を持っていると聞いています」

その声には、嫌悪や害意を感じさせるようなものはない。俺は強く頷き、口を開いた。

「実は前に話した、死ぬ死ぬ団の副首領と将軍。どちらも精霊獣なんだ」

表情を変えず、無言を貫くクールさん。俺は背後を振り返り、出て来ていいぞと合図を出す。

本棚の陰から体長二十センチメートルのアゲハ蝶の五齢幼虫と、十五センチメートルのダンゴムシが姿を現した。

二匹は板敷きの床を、俺へ向け懸命に這《は》い進む。

「こっちが副首領のイモスケ。それでこれが将軍のダンゴロウだ」

ちなみにダンゴロウは、数ある中で最もお気に入りの栗のイガを、鎧《よろい》としてまとっている。

床から俺の膝へ、手のひらに乗せて移動させた二匹へ向け、折り目正しく深々と頭を下げるクールさん。豊かな胸元がセクシーだ。

「お初にお目に掛かります。初物喰らい《ユニコーン》と申します。今後よしなに」

最初緊張していたイモスケ達だったが、安堵《あんど》の波を出し挨拶を返す。

直接彼女に意思を伝える事は出来ないので、俺を介しての伝言ゲームになる。しかしそれでも、充分に伝わったようだ。

「あまり驚かないようだね」

なぜここにいるのかとか、詮索もしない。彼女らしいといえばそれまでだが、俺の方が驚いてしまう。

クールさんは小さく肩をすくめ息を吐くと、俺に目を合わせ言葉を返した。

「首領ご自身はお気づきでないようですが、外から見ていますと、いろいろと規格外ですので」

だから精霊獣と共にいても、あまり意外ではないと言う。

(控えていたつもりだったが、人から見るとそうなのかもな)

思い当たる節はある。俺が現れると、娼館のロビーの人波が割れる。それに『王都花柳界の双璧の一つ』とか『至宝』などとまで呼ぶ者もいるらしい。

(だけどこれ以上自重すると、楽しめないし)

大して反省せず、俺は思う。

そんな様子を溜息《ためいき》まじりに見ていたクールさんは、忠告をくれた。

「ですが精霊獣は、精霊の森の外では非常に珍しい存在です。みだりに人の目には触れさせない方がよろしいかと」

続けて彼女の同僚である、爆発着底《ばくはっちゃくてい》お姉様の名を出した。

「たとえば彼女。以前首領からいただいた果物、それへ強い執着を見せました」

聞きながら頷く俺。

文旦《ぶんたん》が欲しくて、それまで避けていたベッドの上での勝負まで受けたのだ。確かにただの、『柑橘《かんきつ》類大好きお姉さん』では収まるまい。

「王立魔法学院で名を馳《は》せる、優秀な学生とも聞いています。その知識欲、探求欲を、甘く見てはなりません」

言われれば、思い当たる節はある。

先日のプレイ後の、脈絡のない質問。ザラタンの逸話も知っていたし、文旦の事も気に掛けていた。

「なるほどねえ、気をつけるよ」

すでにイモスケ達を見た事のあるライトニングは別にして、知らせてもよい人物は厳選すべきだろう。

会釈するクールさんに、俺は尋ねる。教導軽巡《きょうどうけいじゅん》先生の事だ。

(口も堅そうだし、大丈夫だと思うけれど)

どんなものかと意見を求めたが、返答はあっさりしたものだった。

「問題ありません。彼女はすでに堕《お》ちていますから」

「堕ちてる?」

問い返す俺に、剣呑な様子で目を細めるクールさん。

「毎日通い詰めて、陥落させたではありませんか」

百日詣でを試みる俺と、それを受けて立つ教導軽巡先生。それはクールさんをもってしても、心胆を寒からしめる儀式だったらしい。

「重大な秘密を打ち明ければ喜ぶでしょうし、人に漏らす事などあり得ません」

自分よりも信用してよいとの事である。

(光栄だな)

前世で、ここまで慕われた事があっただろうか。しかも相手は容姿性格共によしである。

お百度参りを百日詣でした甲斐があったというもの。まさに俺の大願は成就したようだ。

「ん?」

太腿《ふともも》の上にいるイモスケに頭で腹を押され、そちらに意識を向ける俺。初物喰《ユニコーン》らいに自慢の森を見せたいらしい。

顔を上げた俺は、クールさんを庭へ誘う。

「イモスケ達が、手塩に掛けた庭を見せたいんだってさ」

そして連れ立って、庭森に分け入る俺達。狭いがクールさんにもイモスケの加護が下り、木や草を踏んで折るような事はない。

「この大きいのが薬草樹で、こっちが文旦。この間の果物だね。それにこの花は、初物喰《ユニコーン》らいに似合いそうだってさ」

俺経由で熱心に語るイモスケ。物静かながらも、誠意を込めてそれに返すクールさん。

イモスケのみならずダンゴロウからも、大満足の波が発せられている。

(すっかりクールさんの事、気に入ったみたいだな)

死ぬ死ぬ団の、人と精霊獣の顔合わせは大成功。ちなみに亀は、我関せずといった様子で池を泳い

でいた。

場所は王都から遠く離れ、精霊の森へ。

そこに住まうエルフ族には、『世界樹の見回り』という仕事がある。内容は巨大な世界樹の主要な幹と枝を、十日ほど掛けて歩き回るというもの。

勿論、それで終わりではなく、結果を書面にして提出もしている。そしてこの仕事は、地味な感じのハイエルフがほぼ一人で行なっていた。

『世界樹の発する魔力量が、大きく減少した』

その事に真っ先に気がついたのは、仕事柄当然と言えよう。

(間違いない)

前回の数値、それを数年間の記録をまとめたものと見比べ、彼は確信する。

報告を行なうべく、急ぎ作成した資料を手に議長の執務室へと向かうが、あいにくと留守であった。

部屋にいた者に問えば、里の治癒院へ見舞いに行ったと言う。

「彼女が意識を取り戻したのか」

一枚の紙にまとめた資料を手に、驚きの声を出す見回り役のハイエルフ。

彼女とは、エルフの里一番の水魔法の術者。魔法行使中の事故に巻き込まれ、重態のまま運び込まれていたのだ。

(ちょうどいいかも知れん)

治癒院へ向かう担架の上で、『世界の敵《ワールド・エネミー》』という言葉を残したハイエルフの老婆。

世界の敵《ワールド・エネミー》とは世界樹に害なす存在だが、これまで確認された事はない。登場するのは、お伽話《とぎばなし》に限られる。

（しかし、それを言うなら、世界樹の出力が大きく下がるのも初めてだ）

昔話には、往々にして暗喩《あんゆ》が込められている事がある。原因や解決策を探す上で、何かの助けになるかも知れない。

「ありがとう、行ってみる」

教えてくれた、なで肩のハイエルフに礼を言い、地味な印象のハイエルフは執務室を後にしたのだった。


エルフの里からやや外れにある治癒院。木造の教会のような造りの建物の一室に、議長はいる。

目の前のベッドには、横になったハイエルフの老婆。そしてベッド脇の椅子には枯れ木のように痩せたハイエルフが座り、ぎこちない手つきで林檎《りんご》を剝《む》いていた。

エルフ騎士団の団長である彼もここに入院しており、松葉杖《づえ》で歩けるようになってからは、彼女の部屋に入り浸っていたのである。

「ザラタンの目と同調した時、世界樹が見えたわ。ここのとは違う樹よ、間違いないわ」

顎に手をやり、眉根に皺《しわ》を寄せる議長。

『もう一つの世界樹』と、『そこへ向かったと思われていた精霊の湖の守護者』。その二つが明確に事実として伝えられると、覚悟はしていても重い。

「ザラタンほどもある針の山のような巨大魔獣がいて、世界樹の根を齧《かじ》っていたの」

そこで急激にテンションを上げ、『あれは世界の敵《ワールド・エネミー》よ！　このままじゃ世界樹が、世界が危ないわ！』と叫んだ後、額に手を当て痛みをこらえる老婆。

失敗し爆発のもととなったのは、精神同調の魔法。そのためまだ、激しい頭痛が頻発しているらしい。

「決まりだな。精霊砲を使え」

騎士団長は、フォークの先に差した林檎の小片を老婆に差し出しながら言う。

「場所はおそらく、大穴の最深部だ。世界の敵《ワールド・エネミー》を世界樹ごと焼き払え。それですべて片がつく」

大穴とはランドバーンの南東部に突如出現した、直径一キロメートルにもなる巨大なすり鉢状の穴。世界樹、アムブロシア、ザラタン。それらと関係があるのではないかとB級騎士を派遣し、エルフ王家の生き残りと思われる騎士に、撃退された場所である。

「次代の世界樹を焼いてどうする。それにザラタンもいるのだぞ」

険しい表情と硬い声音で、言い返す議長。しかし枯れ木のように痩せた老人は、馬鹿にしたように片眉を上げ口を開く。

「コンタクトが断ち切られたのだから、ザラタンはやられたと考えるべきだ。それに世界の敵《ワールド・エネミー》がこちらに来れば、対抗する術《すべ》がない」

近過ぎて、精霊砲を向けられないのだ。

「虫が湧いたら、木ごと焼き捨てる。それが一番だろう？　もし世界樹が焼け残れば、問題はすべて解決するではないか」

エルフ王家の生き残りと、それに操られる帝国。中枢に係《かか》わる者達は、世界樹のそばにいるだろう。

精霊砲の一撃は、それらをすべて灰燼《かいじん》に帰する事が出来るかも知れない。

乱暴で無責任な案だが、楽になれるという利点に、つい惹《ひ》かれてしまう。

「……もし、大穴でなかったらどうする？」

議長は、そう口にするのが精一杯だった。

「何、それならまた見当をつけ、焼けばよい。精霊砲はまだ撃てる。一発で終わりではないぞ」

可能性を一つずつ潰して行くのだ。と続け、上を向き壊れたように笑う騎士団長。それを見つめる議長の顔は、先ほどよりさらに厳しい。

『精霊砲』は世界樹の魔力を用いて放たれる、エルフ族最大の攻撃魔法。威力は高いが、その魔法消費量は莫大《ばくだい》だ。

（一発撃てば、世界樹の寿命が大きく縮むのは間違いない）

言葉を発せずにいると、ノックの音が響く。議長は老婆を見やり、頷くのを確認して入室を許可する。

「失礼します。こちらにいらっしゃると聞きまして」

現れたのは、地味な印象のハイエルフ。

世界樹の見回り役がここまで追って来るとは、急を要する話だろう。議長は気を締め直し、地味なハイエルフに椅子を勧める。

腰を下ろした見回り役は一枚の書類をこちらに向け、報告を始めた。

「……世界樹の発する魔力の量が、大きく減少しただと？」

議長の確認に、見回り役は頷く。

手のひらで指し示されたグラフは、横に長々と進んだ後、急激に落ち込んでいた。

「誤差や測定ミスではありません。実際、枝の末端部では、葉の繁茂《はんも》密度が落ちています」

エルフの里の真上はそうではないが、外周部では葉のない小枝が目立つようになったと言う。

議長は心の中で大きく頭を振り、偉大な先人達へ恨み言を述べた。

(『大憲章《マギ・カルタ》』は何をしているのですか)

『大憲章《マギ・カルタ》』とは、遥か昔にエルフ族が総力を挙げて作り上げた大魔法。

その役割は自然の摂理以外は無法なこの世界に、エルフの定めたルールを敷くもの。魔法の網は全世界を覆い、世界樹の魔力を源に動き続けている。

正常に働いているのなら、このような事は起きるはずがない。議長は強くそう思う。

(我々ではいまだ解読出来ない部分の多い、古代の英知の結晶であるはずなのに)

当時のエルフ族で、最も優れた魔術師達が中心となって作り上げたのだが、残念ながら資料の多くは失われているのだ。

原因は先祖の偉大な功績を自らのものと勘違いした輩《やから》が、『王』を名乗ったせいである。

愚かさのつけで、その者達が玉座から引きずり落とされたあの一夜。『無血革命』の騒乱の中で、散逸してしまったのだ。

(そのせいで、今我々が苦しまなくてはならぬ)

当時はまだ生まれてもいなかった議長も、今はそれなりの年齢。心と体に疲労を感じ、眉間を揉《も》み深く息を吐き出す。

その時、廊下を走り来る音が高く鳴る。来訪者はノックもせずに、病室の戸を開け目で議長を探した。

「ここはレディの病室だぞ、わきまえろ」

顔を大きくしかめ、議長は無愛想な印象の長身のハイエルフを窘《たしな》める。

彼は『探索班の班長』。世界樹の魔力を用いて日々風の精霊を放ち、情報を集めているのだ。

「グリフォンが出現した」

議長の叱責を無視し、班長は告げる。

その内容が与えた衝撃は大きく、議長、老婆、騎士団長に見回り役、この部屋にいる全員がしばし言葉を失った。

「グリフォン？」

恐る恐る聞き直す老婆に、班長は頷く。それを見た老婆は目を大きく開き、ベッドから半身を起こした状態で叫ぶ。

「何それ嘘《うそ》でしょ。絶滅したはずじゃない。いえ、絶滅させたはずよ！」

グリフォンは強力で危険な精霊獣だが、ハイエルフ達が動揺している理由は別にある。

エルフ王家の象徴にして、眷属とする事が王位を継ぐ条件。そのような特殊な立ち位置だからだ。

「私聞いているわ。主《あるじ》を餌におびき寄せ、罠《わな》にはめて捕らえたって。そして今度は捕らえたグリフォンを使って、別のグリフォンを誘い出し捕まえたって」

エルフ族にとっては、単なる精霊獣では済まない存在。もし誰かが眷属とする事に成功すれば、『この者はグリフォンによって、王と認められた』と言い出す者が必ず出るだろう。

だからこそ、王制を引っ繰り返し後釜に座った者達にとって、いてはならない精霊獣なのだ。

「そのとおりだ。十数年掛けて一掃し、以降、目撃されていない」

無愛想な探索班の班長が言う。統計的に見れば、いなくなったと見てよいと。

再度額を押えうずくまる老婆を、騎士団長は支えつつ問う。

「場所はどこだ？　やはり大穴か」

班長の返答は、苦い表情を浮かべて頭を左右に振るというもの。

「わからん。風の精霊共も混乱していてな。次から次にグリフォンに食われ、帰って来られたのはごくわずかなのだ」

風を操るグリフォンは、探査目的の脆弱《ぜいじゃく》な風の精霊に自由を与えない。それは蚊が風に逆らって飛べないようなもので、風魔法に誘導され口の中に引き込まれてしまうのだ。

「……世界樹、アムブロシア、ザラタン、世界の敵《ワールド・エネミー》、グリフォン」

椅子に座ったまま、下を向き呟《つぶや》く議長。突如腹を押え、苦しげな表情で床へ膝を突く。

「議長！」

見回り役のハイエルフが驚き支えるも、議長は苦悶の表情と共に大量の脂汗を噴き出させている。

激動する時代の重圧が彼の胃に穴を穿《うが》ち、そこから胃液が漏れ出したのだった。

ハイエルフの議長が心労で倒れた後、後任選びは揉めに揉めた。

難題山積の状況にあるため、なりたがらない者は少なくない。しかし、今だからこそと手を挙げる者、あるいは『歴代議長』の一人として自分の肖像画が会議室に並ぶのを望む者。

それらもまた、少なからずいたのである。

「静粛に願います」

議長席に座る、疲れた表情のなで肩のハイエルフが言う。彼の役職は『議長代理』だ。何度投票を繰り返しても過半数に至らないため、『議長』を選ぶ事が出来ず、結果として補佐役だったなで肩の男が、権限を与えられないまま席についたのである。

「世界樹の放出する魔力が減少した件。それに世界の敵《ワールド・エネミー》、およびグリフォンが現れた事は聞いていると思います」

頷く皆を見て、溜息まじりに言葉を継ぐ。

「さらに悪い知らせが入りました。世界各地に濃い魔力を噴出させる場所が出現し、精霊の森以外では見られないはずの植物が生え始めているそうです」

ざわめき出すのを無視して、議長代理は続ける。

「世界樹の減少分でしょう。なぜそうなったのかは、わかりません」

次に背後へと振り返り、壁に掛けられた大きな地図のタペストリーを見た。

議長代理が何かしたのであろう。地図のあちこちに大きな円が浮き出し、円の内側を薄赤く染め上げる。

「これが噴出個所の、おおよその位置です。グリフォンが風の精霊達を捕食し続けているため、情報の精度は高くありません」

皆が地図を眺め終わるのを待ち、議長代理は一ヶ所を指し示す。そこは精霊の森のすぐ南東、北部諸国の位置。

そこだけは薄い色の大きな円ではなく、濃い赤の点が打たれていた。

「場所が近いせいでしょう、ここだけは正確に確認出来ました。現れたのは『白い淑女《ホワイトレディ》』、ただしその大きさは、人の背丈を超えています」

再び湧き起こる、大きなどよめき。

人より大きな白い淑女《ホワイトレディ》など、精霊の森においてさえ目撃例はない。かなり濃い魔力が流れ込んでいるとみて、間違いないだろう。

「調査のために、里の者を向かわせようと思いますが、どうでしょう？」

この件に関しては、満場一致で可決した。

ちなみに、ハイエルフ自身が調査に行かないのには理由がある。精霊の森から出て人族の国に向かう事を、下賤《げせん》な仕事と見なしているのだ。

「では、次の議題に移りたいと思います」

提示されたのは『王国へ共闘を申し出る』と、『精霊砲を大穴に向けて使用する』の二つ。

しかしどちらも議論が紛糾し、決まる事はなかった。彼らの本音が、『どちらも嫌だ』であったからである。

共闘についてはプライドが邪魔をし、精霊砲に関しては世界樹が傷むのを恐れたのだ。

(これでは、議長も倒れるわけだ)

左右に頭を小さく振り、大きく息を吐く議長代理。

目の前にあるのは、大声で相手を罵《のの》り合う同僚達の姿。とてもではないが、『大憲章《マギ・カルタ》に選ばれし選良《せんりょう》達』とは思えない。

しかもこれで、騎士団長と薬師《くすし》の老婆は不参加なのだ。二人が加わり過激な発言を行なえば、今はむっつりと不機嫌な様子で座っている太ったハイエルフも、黙ってはいないだろう。

(里の居酒屋での口喧嘩《げんか》と、変わらないではないか)

議長代理は深く椅子に座り直し、情けない表情で天井を見上げるのであった。


ここで、ごく短い昔話を一つ。

数百年以上前、世界樹の頂《いただき》付近の枝のウロに、つがいのグリフォンが巣を作っていた。

一度に一個しか生まれない卵を交替で温め、交替で狩りに行く。それを続けていたのだが、ここ数日、メスが帰って来ない。

(オカシイ。何カアッタノカ?)

グリフォンは、精霊の森において上位の存在。同格の存在と縄張り争いでもしない限り、そうそう命を失ったりはしない。

悩み、妻の事を思い神経を研ぎ澄ます。すると、かすかながら妻の波を捕らえる事が出来た。

(……怪我《けが》ヲシテイルナ)

それは、夫婦のつながりによるものであったろう。

翼と脚を傷めたため、地表に落ち動けずにいるようだ。夫は助けに行く事を決意する。

(スグニ戻ル。大人シク待ッテイロ)

卵をウロの奥に隠すと、隠蔽と保護の魔法を掛けるグリフォン。そしてウロから飛び出すと、力強く羽ばたき宙に円を描く。

妻のいる方向をおおよそで感じ取る。それは世界樹の根の近く、人型の生物の巣がある辺りだった。

(面倒ナ場所ダ)

あの者達は、なぜか自分達にしつこく絡んで来る。害を与えようとして来ない事だけが、唯一の救いだろう。

(来ルナ、ダト?)

途切れ途切れに届く弱い波に、首を傾げるグリフォンのオス。

しかし怪我をしている妻を、そのままになどして置けるはずがない。速度を上げ、地表へ向け滑空して行くのだった。

卵は待つ、父と母が戻るのを。

一日が経《た》ち、一週間が経ち、一月が過ぎた。しかし親は姿を現さない。さらに一年、十年と、時間だけが流れて行く。

温めるという行為で、魔力を与えていた親達。それがいなくなったため、卵の成長をうながすのは世界樹のわずかな魔力だけ。

だが長い年月は、それでも卵に成熟をもたらした。

しかし卵は孵《かえ》らない。それはグリフォンの特性、『庇護《ひご》する者がいなければ、孵化《ふか》しない』によるものである。

親、あるいは召喚によって主となり得る存在。卵はまどろみの中、それが現れるのをじっと待つのだった。


昔話は終わり、時は現在。場所は北の街にある、薔薇騎士団《ローズナイツ》のテントへと移動する。

団長のテント内ではローズヒップ伯が、眷属となった精霊獣に訓練を施していた。

「甘い！　そんな事で獲物が狩れると思うなっ！」

怒声を発したのは、全裸で両手を後頭部で組む、白髪短髪の背筋隆々たる壮年の大男である。

その股間には巨大ミミズ《サンドワーム》が威嚇《いかく》するように屹立《きつりつ》し、今、それを狙う精霊獣、『鷹《たか》のような前脚に、猫のような後ろ脚を持つ、スズメほどの大きさの白い小鳥』を、巨大ミミズ《サンドワーム》を振って追い払ったところだった。

「ピッ」

テント内を旋回していた白い小鳥は、鳴き声と共に翼を畳み降下を開始。次に前脚を前面へ構え、爪を巨大ミミズ《サンドワーム》に突き立てんと迫る。

瞬間、ローズヒップ伯の瞳がギラリと光った。

「フンッ！」

気合いと共に、腰を大きくグラインド。振り回された巨大ミミズ《サンドワーム》は、白球を打ち返すバットのごとく小鳥を叩《たた》く。

小鳥は小さく鳴き声を上げると、放物線を描いて床へと落下した。

「団長もスパルタですねえ。最近、飛べるようになったばかりでしょう？　ええと、このグリフォン」

呆れ顔で口にしたのは、薔薇騎士《ローズナイト》の一人。定時の巡回に出るべく、団長を迎えに来たのである。

勝負の最中だったため、決着がつくまで部屋の隅で観戦していたのだ。

目を回しているグリフォンを拾い上げ、ローズヒップ伯は険しい表情で口を開く。

「いずれこ奴《やつ》は、精霊の森に帰らねばならん。野性の中で生きて行けるようにする事こそ、里親の務めよ」

だからこそ厳しく育てねば。と続け、意識を取り戻した小鳥を頭に乗せる。

「そういうもんですかねえ」

肩をすくめ、両手のひらを上に向ける薔薇騎士《ローズナイト》であった。

すぐに操縦士服を着たローズヒップ伯はテントを出、頭にグリフォンを乗せたまま、自らのA級騎士に乗り込む。

最初は操縦席に入らぬよう追い払っていたのだが、あまりにしつこいため諦めたのだ。

胸甲を閉じ操縦席に魔力を充満させると、嬉《うれ》しそうな波を発しながら口をパクパクするグリフォン。

「食うのは構わん、しかし自重はしろ。精力ほど底なしではないからな」

頭上に目を向けつつ、苦い表情で告げるローズヒップ伯。わかっているのかいないのか、『ピイ』と一声鳴き、股間へ飛び下り丸くなる白い小鳥であった。


夜空の下に広がる漆黒の森。その中では大小様々な魔獣達が争い合い、弱肉強食の世界を作っているだろう。

しかし光を発している一角だけは、魔獣ではなく人の支配する地であった。

『聖都』

そう呼ばれるこの都市国家は、帝国と王国の境にあり、多神教の神々の本神殿が多く置かれている。

人気があり信徒の多い神の神殿は、非常に大きい。しかし神殿ではないものの、それに比肩する施設が存在した。

『大図書館』

これである。

閉館時間の過ぎた今、『ドラゴンを探す会』と呼ばれる秘密組織の本部となった大図書館。その会議室には、秘密組織の上級会員達が集まっていた。

「すでに知っているとは思うが、悲しい知らせを伝えねばならん」

上座に座る二股の長い髭《ひげ》を蓄えた老人が、沈痛な声を肺の奥から絞り出す。

大図書館の館長と秘密組織のトップ、表と裏の顔を持つこの老人の言葉にうつむく、十数名の出席者達。

『領内にドラゴン・アントが出現したが、百合騎士団《リリーナイツ》の青百合隊によって討伐された』

東の国から発せられた報は、多くの人々を驚かせた。魔力を食うと言われるドラゴン・アントは、あくまで物語の中の存在と思われていたからである。

しかし、今この場にいる者達に衝撃を与えたのは、関連記事の方だった。

『付近で、ドラゴン・アントによって破壊されたと思われる三騎のC級騎士を発見。いずれも操縦席付近の損傷が激しく、所属および操縦士の身元は確認出来ず』

どこで誰が調査を行なっているか。これを知る上級会員達にすれば、これだけで何が起きたかがわかってしまったのである。

ちなみにこの調査とは、会の呼び名のとおり『空想上の存在と言われるドラゴンを探し、実在の証拠を世に示す』というものだ。

「東の国の北部へ向かった調査隊は全滅じゃ。我々は、彼という貴重な人材を失ってしまった」

言葉を続ける、二股髭の老人。調査隊とは中級会員一名と、雇われの冒険者上がり二名からなり、『彼』とは中級会員を指す。

『学者でありながら、騎士の操縦も出来る』

つまり、ゴーレム馬車でしか移動出来ない者達より、険しい場所に行け、かつ危険も冒《おか》せるのだ。

二つが揃った者などそうはおらず、三十代半ばの若さもあって将来を期待されていたのである。

「代わりに得られた知識は、東の国のドラゴン伝説の正体が、ドラゴンではなくドラゴン・アントであったというもの。正直、まったく割に合わんわい」

二股髭の老人が言葉を重ね、会員達も溜息と共に頷く。ここまで誰も『C級騎士の損失』について口にしないのは、人材の損失に比べるまでもないため。

『C級騎士なら、金を出せば手に入る』

会員に裕福な好事家《こうずか》の多いこの会は資金に困っておらず、ゆえに重要視していないのである。

一方の冒険者上がりの二名に対しては、欠片ほども悼《いた》んでいない。逆に、『なぜ守れなかったのだ。それが仕事だろうに』と怒りさえ覚えていた。

「現在、調査が行なわれているのは南の砂漠のみとなりますが、そちらの状況はいかがでしょうか」

空気の重さを何とかしたいと考えたのだろう、ある者が違う話題を出す。

これで何か進捗があれば場の空気も変わったのだろうが、残念ながら回答は『今のところ成果はない』というもの。しかし、二股髭の老人に思いは伝わったらしく、秘密組織のトップはこの話題に乗って来た。

「ところで諸君、『有望であり調査したいが、どうしても出来なかった地』に、赴ける可能性が出て来た事に気づいておるかな？」

ざわめきと顔を見合わせる者が多数の中、手を挙げる一人の中年男性。彼はこの中で最年少ではないが、最も新しい上級会員である。

「精霊の森でしょうか」

その答えに、初めて二股髭の老人の顔がほころぶ。トップに続きをうながされた新人中年は、周囲からの視線に緊張を高めながらも言葉を続けた。

「集めた情報からの私見ですが、エルフ族と帝国は、いつ戦端を開いてもおかしくありません」

うまくいっていない、あるいは緊張が高まっている、そのくらいの認識でいた会員が多かったらしく、驚くような声が広がる。

「ご存じのとおりエルフ族は、唯一の世界樹を擁し、魔法への造詣《ぞうけい》が深く、そして寿命も長い存在です」

続いて会員達から漏れたのは、声とも息ともつかない音。

『精霊の森を、深い魔法知識をもって、時間を気にせず調査出来る』

ドラゴンを探す会の者達にとっては、欲しいものばかりなのだ。羨望の溜息も出ようというものである。

「高い能力を持ってはいますが数が少なく、領土的野心を持ちません。そのためエルフ族と人族は、これまで互いに敬意をもって接して来られました」

一度言葉を切り、目の前にあるグラスの水で喉を湿らせる中年男性。

帝国の上層部、それにタウロを含む王国商人ギルド上層部なら、『向こうは対等などと思っていないぞ』と机を叩いて異議を唱えただろう。

しかし、この会議室は静かなもの。中年男性の言は、エルフ族に対する一般的な見解なのである。

「そのエルフ族と敵対するのは、普通なら愚かな行為と言えましょう。しかし、今代の皇帝は中興の祖、野心家ではありますが傑物である事は疑いありません」

納得したように頷く、耳の大きな初老の男性の姿が目に入ったので、中年男性はそちらへ手のひらを向け、発言をうながす。

その上級会員は咳《せき》ばらいを一つすると、中年男性の説明を引き継いだ。

「そこまでの人物がここまでしたという事は、エルフ族に対して勝算があるはず。結果、帝国が有利な条件で講和を結ぶ事が出来たなら、精霊の森への人族の立ち入りが許可されるかも知れない」

そういう事だね？　との耳の大きな初老の男性の確認に、『ご明察のとおりです』と頭を下げる中年男性。

『一人ですべてを話したりせず、結論部分を先輩に譲る』

新人である立場をわきまえての、彼なりの処世術である。うまくいったらしく、言い終えた先輩会員は、好意的な表情を中年男性へ向けていた。

会員達が顔を見合わせ、この話題について意見を交わす事しばし。会議室内が静かになって来た頃合いで、二股髭の老人が口を開く。

「戦いが起きるのか、それとも睨《にら》み合いが続くのか、当事者でない我々にはわからん。しかし、調査の準備だけはしておきたい」

一度、会員達を見回し言葉を継ぐ。

「そこでじゃ。精霊の森のどこを、どのように調べるのか。皆の意見を聞かせてほしい」

気持ちを切り替え、前に進みたい。その思いがあったのだろう。

問われた会員達は、ある者は腕を組み、ある者は目を閉じ、または隣へ声を掛けるなどして、それぞれ考え始めたのだった。


舞台は王都にあるタウロの自宅、その庭にある森へと移る。

右肩にイモムシを乗せた俺は、ダンゴムシを引き連れ、朝の散歩を行なっていた。今日の予定は商人ギルドにポーションを納め、その後は新たな店を開拓すべく歓楽街を冒険するというもの。

馴染みの歓楽街ではあるも、まだまだ未知のところは多い。ゴーゴーバーや『立ちんぼ』のいる公園などは、危険を避けるため足を向けていないのが現状だ。

「せっかくだし、おばちゃんのところへ顔を出すかな」

おばちゃんとは、援助交際喫茶店『ベルトーク』のオーナーの事。さばさばとした感じで、話をして楽しい。

娼館を梯子《はしご》する際の休憩場所として、時々利用させてもらっているのだ。

「そう言えば、ねじれ角《カプリコーン》の怪我はいいのか？」

白いキノコに群がり齧っている、豆粒ほどの魔獣の群れ。それを足元に見やりつつ、俺は眷属達に問う。

そのような事を言っていたのを思い出したのだ。ちなみに魔獣が小さ過ぎて、俺の目ではわからない。

『まってて』

隣を這い進んでいたダンゴムシが、ねじれ角《カプリコーン》へ向け触角を動かす。進み出た一頭と何やら会話らしきものを行なった後、こちらへと振り返った。

『へいきだって』

ダンゴロウいわく、この怪我は『長《おさ》になった証《あかし》』との事。

想像だが、長を決めるオス同士の決闘で受けた傷なのだろう。『名誉の負傷』という事なら、残しておきたい気持ちもわからないではない。

「そうか。気が変わったら、申し出るように伝えてくれ」

俺の言葉に頷き、ダンゴロウが向き直る。

(治療は、始めるときりがないからな)

線を引かないと、我も我もと押し寄せて来るだろう。

だから決めているのは、眷属である精霊獣のみ。一歩譲っても、魔獣の長までである。

極力、魔獣達の生態には干渉したくないのだ。

「ん？　何だ」

そんな事を考えていると、イモスケが頭で俺の頬を押す。何やら聞きたい事があるらしい。

『ゆにこーんは、どっちがいい？』

まだ先の事であるが、夏野菜をプレゼントしたいとの事。具体的には去年同様、ナスとキュウリだ。うまいうまい、と俺が褒めたせいで、今年も作る気満々のようである。

「どっちかなあ」

せっかくのやる気に水を差すのも何なので、一緒に考える俺。食べきれないようなら、教導軽巡先生におすそ分けするのもよい。

「うーむ」

クールさんの武家の娘のような容姿を思い浮かべ、腕を組み呻《うめ》く。

出だしでガツンと来る太ったナスと、細身だが味わい奥深いキュウリ。好みは人それぞれだろう。

(回転系の技を得意とし、ねじ切れるクールさんはキュウリ。切断系の技を持つ教導軽巡先生ならナスか)

断頭台の切れ味を思い出し、股間が甘くうずく。

「ダンゴロウはどう思う?」

しゃがんで話し掛けると、少し悩んだ後答えを返すダンゴムシ。

「両方?」

なかなかに大胆な提案、さすがは将軍である。

前後のお口で、野菜を頬張るクールさんを想像。そこで重大な問題点に気がついた。

(回転技って、複数相手に使えるのか?)

切断なら問題ない。しかし角度の違う二軸での回転は、物理的に無理のはず。

前後から挟まれたとしても、二人の男の軸が水平になる事はないのである。

(という事は、二人以上に襲われ突き刺された場合、彼女はもう回れない)

逆に回されてしまうだろう。今まで無敵に思えていたクールさんに、意外な弱点が見えて来た。

(試合形式なら、一対多はあり得ない。しかし彼女が目指すのは、騎士の操縦士だ)

戦場で敗れ捕らえられ、男達に群がられる可能性もある。北部諸国で敗戦姦を受けた、帝国の熟女子爵のように。

あまりに多い人数を相手にした時、クールさんは耐えられるのだろうか。

(……これは、注意をうながした方がいいな)

顔を上げた俺は、返事を待つ二匹へと告げる。

「そうだな、どっちもプレゼントしよう」

ダンゴロウの背を、手でなでつつ思う。右手にキュウリ、左手にナスを持ち、『回れるのか？』と問えば、聡《さと》いクールさんの事、自らの弱みに気づくはずだ。

同時に俺が、何を心配しているのかも。

(苦手なものは、他にもある)

聖都で一緒に試合を見ていた時、『死神の大鎌《デスサイズ》、あの反りは自分には厳しい』と言っていた。

曲がった軸で回転すれば、激しく内側を掻き回される。得意の高速回転は使えないだろう。

(俺は上司にして、操縦士の先輩だ。不安のない状態で送り出してやりたい)

曲がり棒にも負けず、複数を相手にしても心が折れない。敗戦姦を受けたなら、返り討ちにしてしまう。

そんな彼女であってほしい。初物喰《ユニコーン》らいが屈する対象は、初物だけでよいのだ。

「曲がった形に作れるか？　出来れば丈夫な方がいい」

俺の問いに、頭を縦に振るイモムシ。お安い御用らしい。

こんな感じ？　と頭でぐるりと円を描く。

「豚の尻尾は曲がり過ぎだな。緩めの三日月くらいがいいか」

次に足元から、ダンゴムシが提案して来る。しかし今回は却下だ。

「キュウリに棘《とげ》はいらないぞ。それに長さや太さも普通にしてくれ」

細かな部分まで伝えておかないと、頑張り過ぎてしまうきらいがある。創意工夫は好ましいが、本来の目的に使えなくなったのでは意味がない。

「おっ？」

指示を出していると、池の中央に魔法陣が輝き、二十センチメートルほどの亀が姿を現す。

転移魔法が使える大精霊獣は、時々こうして出掛けて行くのだ。生物を連れて来ているらしい。

「お帰りザラタン」

声を掛けると、こちらへと泳ぎ来る。森の魔力が増えたので、今まで養えそうになかったのを引っ張って来たそうだ。

「貝？」

見れば背中に、親指くらいのシャコガイを乗せている。魔獣の一種らしい。

注意が必要なのは、重騎馬《ヘヴィーランサー》やねじれ角《カプリコーン》達。水浴びなどの時に刺激し怒らせると、脚を挟まれたりするそうだ。

重騎馬《ヘヴィーランサー》より大きいので、これに引きずり込まれたら溺死してしまうだろう。

「あんまり岸辺近くに置かないでくれよ」

俺の言葉に頷くザラタン。沖に泳ぎ出ると、背中から貝をドブンと落とす。そしてまた戻って来た。

「真珠が取れるかも知れないって？」

さすが貝。女性にあげれば喜ばれるだろう。

どのくらいの大きさになるのかなどを考えていると、ザラタンはさらに情報をくれた。

「精霊の森から、魔獣が移動を始めている？」

海に転移し海上を進んでいる時、群れをなして飛んで行く魔獣の群れを見たと言う。

なんでも最近、あちこちに魔力の高い場所が現れているとの事。先住の魔獣が少ないため住みやすく、いずれ精霊獣も移り住むだろうとの事だった。

「ここの魔力が増えたのも、その一つなのか」

何日か前、朝起きるとイモスケとダンゴロウが教えてくれたのである。

その時の情景を思い出しつつ問うと、ザラタンは肯定。

「精霊の森が住み難くなって来てたって言うから、いいんじゃないかな」

転居先が複数あるなら、重騎馬《ヘヴィーランサー》のようにここを目指して、王国騎士団と戦闘になる事もないだろう。

庭森に来るのは構わないが、その途中が問題なのだ。

「へえ、凄《すご》い事なのか」

脇で聞いていたイモスケとダンゴロウが、興奮気味に訴えて来る。

魔力のある土地を好む精霊獣にしてみれば、重大事だろう。しかし俺は、今一つピンと来ない。

「いや、魔力資源を独占していたエルフ達にとっては深刻だろう」

そこに思い当たり、気分がよくなる。だが次に、俺へ関係する事象に気がついた。

口元に拳《こぶし》を当て、眉根を寄せ考える。

「……魔獣が移動し始めたっていう事は、仕事にも影響が出るぞ」

人族の国境など、魔獣には関係ない。目的地に向け最短距離で進んで行くはず。

大型魔獣の群れが街に迫れば、騎士団が出向かなくてはならないだろう。街道の通行が脅かされれば、商人ギルド騎士の出番になる。

「忙しくなるかもな」

東の国へ行っている暇などあるのだろうか。国外の旅行を楽しみにしていただけに、不安を覚える俺であった。


エルフの里がある精霊の森の南東に、北部諸国と呼ばれる小国家群がある。

その中の一つ、ニセアカシア国の町外れ。粗末な木造平屋建ての一室で、二人の老人が言葉を交わしていた。

「看板を立てて注意をうながしているのですが、触って怪我をする者が後を絶ちません」

痩せた老人が困った様子で、小さく左右に頭を振る。彼はある流派の前道場主で、ライトニングの義理の祖父に当たる。

「禁じられると、逆に試してみたくなるという奴かのう」

出されたお茶を口に運びつつ答える、丸く腹の出た小柄で気弱そうな老人。

こちらはニセアカシア国の大臣。王一人大臣一人の小さな国なので、こう見えてナンバー・ツーだ。

「痛い目を見ないと、学習せぬか」

そう続けた後、窓の外へと視線を移す。庭の奥に等身大の白いキノコが立ち、手前には数人の見物客がいる。

『触れると皮膚がただれます。危険ですので近づかないで下さい』

そう書かれた看板が、キノコを囲う膝下の柵の手前に立てられていた。

『白い淑女《ホワイトレディ》』と呼ばれるこのキノコは、レースのスカートを控えめに広げた上品な見た目をしている。

しかし強烈な毒があり、触れると炎症を引き起こすのだ。

「見に来る人々も多いですので、檻《おり》のような柵は作りたくありません」

前道場主の言葉に、大臣も頷く。見るべきもののないこの国において、巨大な白い淑女《ホワイトレディ》は国外から客を呼べる唯一の資源である。

証拠にキノコの前に置かれた箱には、毎日結構な枚数の銅貨が投げ込まれていた。

「軽食や飲み物を求める客が多いと、近所の奥様方も喜んでいます。近いうち、キノコ型のクッキーを土産として売り出すとか」

口にする前道場主は穏やかに微笑み、それを聞く大臣の顔にも柔らかな笑みが浮かぶ。

来訪者が少なく活気も金もなかったこの国は、ライトニングが操縦士になってから確実によい方向へ向かっている。

白い淑女《ホワイトレディ》の出現と関係はないだろうが、これも『運が向いて来た』というものであろう。

「……すぐに治療せぬと炎症は広がるばかりじゃ。ポーションは売れるじゃろう。多少高くてものう」

大臣の漏らした呟きに、一瞬驚く前道場主。次にニヤリと口を曲げ、言葉を返した。

「大臣閣下も、悪《わる》ですなあ」

顔を見合わせ、笑い合う老人達。するとそこに、ノックの音が響く。

許可され、扉を開けたのは衛兵。白い淑女《ホワイトレディ》を盗難から守るため、国から道場へ派遣された者の一人だ。

「エルフのお客様がお二人、お見えになりました。白い淑女《ホワイトレディ》の調査に来られたとの事です」

大臣からの視線に、前道場主は左右に頭を振る。来るという話は聞いていない。

そもそもエルフの商人達は通り過ぎるだけで、王の館へ挨拶に来た事もない。購買力も資源もないこの国に、興味も用事もないのだろう。

「これも白い淑女《ホワイトレディ》の影響じゃな」

大臣は席を立ち、部屋の隅の椅子へと移動。対応を、この家の主に任せるつもりらしい。

前道場主は案内するよう衛兵に頼み、手ずからお茶の準備を始めたのだった。

「早速ですが、本題に入らせていただきます」

少しの間をおいて入室して来たのは、男と女の二人組。前道場主と簡単な挨拶を交わすと、そう切り出す。

「庭にあるキノコを見させていただきました。あれは間違いなく、白い淑女《ホワイトレディ》です」

いかにも頭のよさそうな、爽やかな印象のエルフの青年が言う。二人の様子を見るに、こちらが上司らしい。

前道場主は驚きもせず、頷くのみ。すでに冒険者によって鑑定済みである。

「この場所に出現したのは、精霊の森から根に類するものが伸びたからです」

前道場主は茶を勧めるも、男女共手をつけようとはしない。カップに視線を向けさえせず、エルフ青年は続けた。

「つまりあのキノコは精霊の森の一部であり、所有権は我々エルフにあるという事になります」

聞いた前道場主は、驚きと共に言葉を発する。

「ここは精霊の森ではなく、ニセアカシア国です。そして生えているのは我が家の庭。エルフの方々とは関係ないでしょう」

爽やかな笑みを崩さず、青年エルフは返す。

「残念ながら、法律で決まっているのですよ。『精霊の森に属するものは、エルフ族に属する』と」

そのような説明で納得するわけもなく、前道場主は顔を大きくしかめ反論した。

「さきほどあなたは、『精霊の森から根が伸びた』とおっしゃいました。しかしそれはあくまで想像、事実とは限らないでしょう」

肩をすくめ、やれやれとばかりに頭を振る青年エルフ。

「人の背丈ほどもある白い淑女《ホワイトレディ》ですよ？　精霊の森以外に、生えるはずがないではありませんか」

言葉に詰まる前道場主へ、エルフ青年は言い募《つの》る。

「つまりあのキノコの存在が、ここは精霊の森の飛び地であるという証拠なのです」

何かを言いかけた前道場主の言葉を遮り、さらに言葉を重ねた。

「法的には、無条件でエルフ族の所有になります。白い淑女《ホワイトレディ》だけでなく、周囲の土地もですね。しかし我々も、このような事象に突如見舞われた皆さんに、理解がないわけではありません」

そうですね、と軽く室内を値踏みするよう見回し、続ける。

「相場の倍の価格で、この土地と家屋敷を買取りましょう。ただ忘れないでいただきたいのは、これは補償ではなく、あくまで我々エルフ族の厚意という事です」

笑みを強め、白い歯をキラリと光らせる青年。前道場主は不快げな表情で、強く言い返した。

「お断りします。ただちにお引取り下さい」

その言葉にも、動揺一つ見せない青年エルフ。子供のわがままを聞き流すように、溜息をつきながら薄く笑う。

「法で決まっておりますので、あなたの意思は関係ありません。立ち退《の》いていただけないのなら、強制的に執行させていただくだけです」

次に、哀れむような視線を向けた。

「当然ながらその際は、買取りの話はなくなります。今この場で売買契約を結んだ方が、あなたのためですよ」

そう言って隣のエルフ女から書類を受け取り、羽根ペンと共に前道場主へ突き出す。

険しい表情で睨み返すも、言葉の出ない前道場主。その様子を見て、部屋の隅から大臣が近づき助け舟を出した。

「ちょっと失礼しますの。そのような法はありませんので、強制執行は無理ですじゃ」

爽やかで頭のよさそうなエルフ青年は、闖入者《ちんにゅうしゃ》へわずかに眉をしかめ、困ったものだというように頭を左右に振る。

「いいえ、国際法で定められています。あなたがご存じないだけでしょう」

女エルフから革表紙の小さいながらも厚い本を受け取り、ペラペラとめくり出す。証拠を見せようというのだろう。

ハの字形の眉の老人は、それを手で制し言葉を発する。

「それは、エルフの方々が提唱した国際法ですな。しかし、この国は批准《ひじゅん》しておらぬはずですが」

ニセアカシア国は人口が少なく、購買力も資源もない。そのためまったく相手にされず、当然ながら調印を求める使者など来ていなかったのだ。

だがエルフ青年は顔に薄い笑みを張り付けたまま、無知な者を諭《さと》すように言う。

「北部諸国の代表者会議というのを、知っていますか？」

頷く老人。毎年自身が出席しているのだから、当然である。

「そこで合意に至っております。一国より上位の機関ですよ？　この国が批准しているとかいないとか、そのような小さな話ではないのです」

勝ち誇った様子で言い切るが、腹の出た小柄な老人は頭を左右に振って否定した。

「会議で合意したのは、『共に協力して、双方の発展に努力する』という前文だけですのう。それ以外は、各国の判断に任されたはずですじゃ」

そして長い眉毛の下の目を細め、言葉を継ぐ。

「精霊の森に対するエルフ族の権利を全面的に認め、一方的に国土が削られかねない不平等な条約。そのようなものに、陛下がサインされる事などあり得ませんな」

若干の間を置き、初めてエルフ青年から笑みが消えた。次に顔の片側を歪《ゆが》め、声音を低くし言葉を吐き出す。

「素人が、知った風な口を利かない方がいいですよ。あなたの発言は、すべて記憶していますからね」

剣呑な目つきと、自らの頭を人差し指で差す仕草。顔立ちが整っているだけに、睨むと凶悪な迫力がある。

しかし気弱そうな老人は、見掛けとは裏腹に欠片ほどもひるまない。涼しげな口調で、自己紹介を始めた。

「申し遅れましたが、わしはこの国で唯一の大臣を務めております。しかも大分前からですの」

そこで口だけで笑い、背筋を伸ばす。

「自信を持ってお答えしましょう。ニセアカシア国はエルフの方々が提唱する国際法を、法とは認めておりません」

そして呼吸を一つ。

「我が国の法では、白い淑女《ホワイトレディ》はこの地の持ち主に所有権があり、あなた方には何の権利もありません。それどころか今回の発言は、詐欺と脅迫の可能性がありますのう」

エルフ族から特使が来る、という話も聞いておりませんし。と言葉を続け、ちらりと背後を振り返る。

扉の向こうには衛兵がおり、合図一つで飛び込んで来るはずだ。

見せ付けるようなその態度に、醜く顔を歪める青年エルフ。

「……下手に出ていれば調子に乗りやがって。おとなしく書類にサインしておけば、痛い思いをせずにすんだものを」

そして大臣が声を発するより早く、電撃の魔法を唱え発動した。

した。

「なっ？」

驚き固まる大臣。しかし直前に前道場主が大臣に飛びつき、椅子から床へ押し倒す。

騒ぎに気づいた衛兵が飛び込んで来るが、女エルフが前に出て金的を膝蹴りした後、床に投げ飛ばした。

簡易な鎧の重さも加わって衝撃が増し、衛兵の意識が飛ぶ。

女エルフは扉を閉じ、施錠らしき魔法を唱えると、逃がさぬとばかりに扉に背を向け立ち塞がった。

「しょうがないですね。あなた方には事故に遭ってもらいましょう。なあに、運がよければ死にはしません。見たり聞いたり、そして動いたりが出来なくなる程度です」

薄ら笑いを浮かべ、右手を宙に持ち上げる青年エルフ。

「さっきみたいな、威力の低いものではありません。覚悟と後悔をして下さい」

床から立ち上がった前道場主は背に大臣を庇《かば》いつつ、鋭く指笛を吹いた。

「この部屋に先ほど結界を張りました。外にいる衛兵に、音など届きませんよ」

しかし前道場主は、不敵に笑う。

「夫婦の絆《きずな》を、甘く見てもらっては困る」

青年エルフは笑みを消さない。前道場主の言葉を虚勢と受け取ったのだ。呪文の詠唱を始め、指先に雷をまとい出す。

そして発動を宣言すべく、息を軽く吸い込んだ。しかし、それよりわずかに早く、前道場主は目を大きく見開き、腹の底から叫ぶ。

「さあ来い化け物《マイハニー》！　わしを守れ！」

直後、結界を張られた上に魔法的に施錠されていたはずの扉が、文字どおり破裂。背を向けていた女エルフが、爆風で吹き飛ばされた。

次の瞬間、何か巨大で重量のあるものが部屋へと侵入。

しかし目視は出来ない。扉を叩き壊した時の衝撃で、天井裏から大量の埃《ほこり》が舞い落ち、視界を遮ったからである。

古い木造家屋のせいであろう。

「何だっ？」

顔を片腕で覆いつつ、青年エルフは侵入して来た人影らしきものへ向け電撃の魔法を飛ばす。脅しなどではない、充分に殺傷力を含んだ雷撃である。しかし巨大な人影は、それを受けてなお平然としていた。

「……モオウ？」

視界が晴れ行く室内。

そこに現れたのは、マタニティドレスのような緩やかな服をまとった巨大な肉塊。ライトニングの妻の祖母、大奥様である。

ぼりぼりと腹を掻いた後、首を傾げて腹部を見る。その部分の生地は、雷撃で焼け焦げていた。

「ブモオオオオ！」

お気に入りの服が傷み、怒りに頬を震わせる大奥様。絶叫は戸棚を揺らし、窓にヒビを入らせる。

あまりの音量に大臣が耳を押えうずくまる中、大奥様は丸太のような腕を振り回しつつ突進した。

「ムアウッ！」

大車輪のように振り回される剛腕が、身を起こしたばかりの女エルフの背を捉える。くの字になって飛ばされた細い体は、窓ガラスを破り庭へと放物線を描いた。

「衛兵！　女エルフを捕らえろ！　猿轡《さるぐつわ》も忘れるな」

叫ぶのは、窓から転がり出た大臣。外にいた衛兵達は、驚きながらも指示に従う。

「何だこの化け物は？」

身を床に投げ出すようにして、かろうじて大奥様の一撃を回避した青年エルフ。

攻撃の呪文を唱えようとするが、その前に大奥様の大きな足が腹部を捉え、体重を掛け押し潰す。

「……ぐっ」

内臓破裂の一歩手前で止められ、青年エルフは嘔吐《おうと》も許されず悶絶《もんぜつ》した。

「よくやった。さすがはわしの妻だ」

頼もしげに肉塊を見上げ、ポンポンと背を叩く前道場主。大奥様は小さくつぶらな瞳で、飼い主《ダーリン》を見返す。

「ん？　褒美が欲しいのか」

前道場主の言葉に、化け物《マイハニー》は頷く。室内を見回した飼い主《ダーリン》は、足元の青年エルフを指し示した。

「好きにしてよいぞ」

顔中に笑みを浮かべる化け物《マイハニー》。

餌に飛びつく犬猫のごとく、大奥様は男エルフのもとへ。すぐに衣服をビリビリに破り捨てると、エルフの棒を口に含む。

目を覚まし絶叫する男エルフだが、大奥様からは逃げられない。

「やめろ！　やめてくれ！」

懇願しても無駄である。今の彼女に言葉を伝えられるのは、飼い主《ダーリン》だけだ。

そして大奥様は、こうみえて達人。口先一つでエルフの棒を長く硬く育て上げる。

「モオウ」

長さに目を丸くし、太さへ不満げに唇を尖らせる大奥様。だがすぐにデザートを前にした少女のような笑みを浮かべ、跨《また》がり呑《の》み込んで行く。

ねっちりとした腰の動きは、アイスの蓋の裏まで舐《な》め取るような貪欲さを感じさせた。

「ウモウ、ウモウ」

ほっぺたが落ちるのを防ぐかのように、両手を頬に当てる大奥様。少しして飼い主《ダーリン》へ、何事かを訴え掛ける。

聞いた前道場主は、驚きと共に口を開いた。

「……子が欲しいのか」

そしてしばし黙考。大奥様は返事を待つ間、下の口で幸せそうにしゃぶり続ける。

(孫達が王都に行ってしまい、寂しいのだな)

同時に我が身の不甲斐なさを嘆く。年齢のせいか、発射は出来ても実がないのだ。

これでは子供を作れない。

「よいだろう」

透明感のある、やさしい笑みで妻へ応えた。

そして本棚へ向かい、一冊の書を取り出す。そしてあるページを見ながら、大奥様の腹に手を当て呪文を唱え出す。

「避妊術、解除。続けて絶対妊娠術、起動」

次に青年エルフへと顔を向けた。

「好きなだけ種を蒔《ま》け、ハーフエルフの父親はお前だ」

悲鳴と共に、必死の抵抗を始める青年。

ここまで取り乱すのには理由がある。自分の腹の上で巨大で崩れた尻を振る『北の魔人』に、本能的な恐怖を覚えていたのだ。

(捕食された)

感じるのはこれ。同時に脳裏には、『蜘蛛《くも》やカマキリに捕らえられ、生きたまま食われる昆虫』の映像が浮かんでいる。

『接して漏らさず』

尊いエルフ族の種を、卑しい他種族へ与える気などない。籠絡《ろうらく》するため人族の女を抱いた時も、それを徹底して来た。

しかし今、それが可能とは思えない。このまま事態が推移すれば、最悪の事象が起きてしまうだろう。

「放せ放せ放せ！」

逃れようと暴れるが、まったく効果を上げられない青年エルフ。前道場主はしゃがみ込むと、柔らかく話し掛けた。

「出来た子は、わしらが責任を持って大切に育てる。心配はいらぬよ」

だがエルフは絶望に身悶《みもだ》えし、拳で何度も自分の上の巨躯《きょく》を叩く。しかし、大奥様は止まらない。

「嫌だ、嫌だあああ」

泣き始める男エルフ。その姿を微笑みながら前道場主は見つめ、忠告すべく口を開く。

「諦めた時点で、パパだぞ」

必死に歯を食いしばり、耐えようとするエルフの青年。しかし大奥様の力量を、上回る事は出来なかった。

「助けて下さい！　ハイエルフ様あっ！」

肉体のコントロールを失った青年は、ここに未来のハーフエルフの父となったのである。


春も終盤。初夏が近づく、日差し眩しい昼下がりの王都。俺は友人であるコーニールと共に、劇場へ向け歩いていた。

「たまにはバレエでも見に行きませんか」

そう誘われたのである。この世界にも、同じようなものがあるらしい。

下品な笑みがよく似合う、首の太い筋骨隆々たるこの青年。正直なところ、バレエや演劇を鑑賞するタイプには見えず、本人もそれを認めている。

しかし、立場がそれを許さないらしいのだ。

(今や、王国騎士団のナンバー・スリーだからな)

存在しない役職ではあるが、『副々団長』くらいとの事。騎士団外のお偉方を相手にする事も多く、付き合わざるを得ないそうである。

（しかし、出世したよなあ）

この間までは、下級操縦士の一人でしかなかったのだから凄《すさ》まじい。

本人いわく、『タウロさんに、魔眼の指導をしてもらったおかげです。あれでかなり腕が上がりました』との事。やはり『騎士の操作と男女の技』の間には、密接な関係があるのだろう。

「着きましたよ。ここです」

目の前に聳《そび》えるのは、アーチを多用した石造りの巨大な建築物。『王立劇場』の文字が、入口上部の大理石の板に浮き彫りにされている。

建つのは王都の北東エリア。『貴族街《ノーブルタウン》』の一角にあり、俺が足を踏み入れた事のない場所だ。

結構な金額を払い、一般席へ。ちなみに服装は、俺もコーニールも操縦士の礼装である。

（この服は助かる）

どんなに格式高い催し物でも、これさえ着ていれば大丈夫なのだ。悩む必要がないのは、実にありがたい。

「……凄いですねえ」

一階に立った俺は、周囲を見回し言葉を漏らす。

舞台へ向け狭くなる扇形の観客席は三階建てになっており、振り返って見上げた時に感じる迫力は、息が詰まるほどだ。

目を正面へ戻せば、一段高くなった舞台の手前に楽器が並べられた席がある。開演と同時に、交響楽団が演奏を行なうのだろう。

「タウロさん、席はここです。座りましょう」

通路で少々邪魔になっていた俺は我に返り、慌ててコーニールのところへ向かう。

濃い赤のふかふかの椅子へ腰を下ろした俺は、磨き上げられた肘掛けをなで息を吐き出す。

（しかし、俺がバレエ鑑賞とは）

転移前を含めても、人生で初めての事である。バレエとのつながりは、踊子を描いた絵が気に入っていた事くらいだ。

『印象派が好きですね。とくにエドガー・ドガが好きです』

前世で取引先の金持ち紳士に話を振られた時は、そううそぶいたものである。実際は、しなやかに鍛えられた少女の肢体が好ましかっただけだが。

（あの画家、絶対その手の嗜好《しこう》持ちだぞ。それもかなり、やばいレベルで）

今でも俺はそう確信している。付け加えるなら、ルノアールはデブ専だ。

学生時代、西洋美術史で嫌というほど見せられたので、まず間違いないと思う。

（おっ、始まるか）

観客席の照明が落ち、逆に舞台が照らされる。そして静かに、楽団が演奏を始めた。

続いて舞台の左右から、白いエ衣装を着た女性達と、白タイツにチョッキを着た男達が登場。くるくると踊り出す。

「お姫様の帰国を祝う舞踏会です」

隣からコーニールが、小声で解説してくれる。俺が『見るのは初めて』と告げたので、配慮してくれたのだ。

それによると花嫁修業として、他国の娼館で働いていたという。月間売り上げナンバー・ワンを達成し、晴れて国へと凱旋《がいせん》したらしい。

（……ほう）

暗い観客席で、目を光らせる俺。花嫁修業の場が娼館とは、さすがこの世界である。ならば芸術劇場のバレエも、前世のものとは違うだろう。

（期待出来るな）

もっこり白タイツの男性陣を極力視界から外し、女性達へ視線と意識を集中。ストーリーが進んだらしく、音楽が突如、おどろおどろしいものへと変わった。

続いて舞台袖に、黒を基調とした衣装の男が登場。断続的に回転しながら、舞台中央へと進む。けばけばしい化粧を施している事から、おそらくは悪役だろう。

「一人招待されなかった悪い奴。『ドクタースライム』が怒って乗り込んで来ました」

コーニールの言葉に、思考が停止する俺。ゆっくりと目線を動かすと、満面の笑みを浮かべ親指を立てていた。

「驚いたでしょう？　新作ですよ。いよいよタウロさんも、舞台の演目に登場するようになりましたね」

名の知れた人物が題材になるのは、よくある事らしい。

有名なのは、『白き獅子の咆哮《ほうこう》』という作品。王国騎士団の今は亡き前騎士団長の活躍を描いたもので、以前は騎士団が大金をはたいて協賛していたという。

「小指くらいのものを、腕くらいに誇張していますけどね」

嫌そうな表情で股間に肘を当て、拳を握って神社の極太しめ縄のように太い腕へ力をこめるコーニール。馬並みどころではない。

「一つの会戦で、A級騎士を百騎倒した事になっています。重騎馬《ヘヴィーランサー》相手に数を減らす前の王国騎士団ですら、所有していたのは十五騎ですよ？　いくら帝国でも、そんなにいるわけないでしょう」

溜息と共に、コーニールは言葉を吐き出す。困った事に、それを事実だと信じてしまう人達もいるのだそうだ。

次に、題材にされた衝撃で固まったままの俺へ笑い掛け、『有名税です。我慢して下さい』と続けた。

（光栄と言っていいのか悪いのか）

悪役で出してもらえるようになったのだから、『死ぬ死ぬ団』の首領としては喜ぶべきなのだろう。

俺もコーニールにならい息を吐き、気を取り直して視線を舞台に戻す。そこではドクタースライムを止めようとした女衛兵が、返り討ちに遭っていた。

（おっ）

立ったままの体勢で、正面から股間の剣で刺し貫かれている。

しかもこれが、振りではない。白いアンダースコートがずらされ、そこから侵入されていたのだ。

（体が柔らかい）

真っ直ぐ天井を指し示す、女衛兵の片方の爪先。仰《の》け反った背中と顎のラインの美しさは、さすがバレエダンサーといったところだろう。

立ち塞がる女衛兵を次々に沈め、床へと投げ捨てて行くドクタースライム。男衛兵の方は、ドクタースライムに付き従う女性ダンサーに倒されていた。

（もしかして、クールさん役か）

こちらも黒い衣装に、似たような化粧である。しかし初物喰らい《ユニコーン》が俺の配下だと、知られているとは思えない。

男衛兵に対する数合わせだろう。

とうとう護衛が全滅し、お姫様の前にドクタースライムが、股間の剣を立たせたまま立ち塞がる。

（俺のより、大分立派だな）

遠目でもわかるように、大きくなければならないのだろう。俺とは、『煙管《きせる》』と『芝居《しばい》煙管』くらいの差がありそうだ。

それに三階建ての観客席からの視線をものともせず、己を維持する精神力も素晴らしい。さすがは一流の踊り手、見られる事を力に換えられるのかも知れない。

（お姫様は、逃げずに迎え撃つのか）

月間売り上げナンバー・ワンの力で、撃退しようというのだろう。

ドクタースライムの手を取ると、その場で向かい合うように合体。二人でペアダンスを踊り出す。

（うわっ、大丈夫かあれ）

観客席からも、静かなどよめきが漏れる。連結された男女が爪先立ちで、舞台狭しと跳ね回り始めたからだ。

しかも時折空中で、片脚で背後の空気をキックまでする。

（少しでもタイミングがずれたら、折れかねないぞ）

額に冷や汗を浮かべ、険しい表情で見つめる俺。しかし踊り手達の技術は、予想を遥かに超えていた。

　何と、体位の変更まで始めたのである。

（音楽に合わせ、数秒に一回変えている。人はここまで出来るのか）

　向かい合わせから、背後を取った形。その後はシックスナインに駅弁と、めまぐるしく変化して行く。

　そして今は、女性の片脚を高く抱え上げての横からだ。

「ドクタースライムが勝ちましたよ」

　コーニールのささやきどおり、絶望の表情を浮かべ、次に白眼を剥いて崩れ落ちるお姫様。一方の悪い奴らは勝ち誇り、またもや回転しながら退場して行く。

　舞台の照明が落ち、奏でられ始める悲しい曲。その間に準備をしたらしく、再び灯《とも》った時には別の踊子達が舞台にいた。

（あれ？）

　だが照らされているのは、舞台中央より片側だけである。

「場面が変わり、別の国の王宮です」

　適切なタイミングで入る解説は、非常にありがたい。

（何だろう。王子様の嫁選びかな？）

　舞台上に立つ、小さな王冠を頭に載せ、きらびやかなチョッキを身につけた、もっこり白タイツの青年。その前に次々と女性達が現れるが、青年は苦々しく頭を左右に振るばかりである。

　その隣では大臣風の男性が、もっこりしているものの荒ぶる気配のない青年の股間を指差し、嘆くような動きをした。

「王子がお見合いをしているのですが、王子の股間はどれも気に入らないようですね」

マッチョマンの説明に頷く俺。確かに体の反応は重要である。

苦悩の表情で頭を掻きむしり、肩で風を切り荒々しく舞台を去る王子様。

そこで照明が切り替わり、暗闇に閉ざされるお見合い会場。逆に今までは暗かった半分へ、光が当てられる。

「……これはさっきのお姫様ですね。仰向けに寝ているのは、あれから意識が戻らないという事ですか？」

問い掛ける俺。コーニールは、『そのとおりです』と頭を縦に振った。ただし時間は、年単位で過ぎているとの事。

「さすがはドクタースライム。その責めは命にかかわりますね」

感心したように口にするが、勘弁してほしい。

『演出を、事実と信じてしまう人達』

それが一定数いるというのは、さっきこの男が口にしたばかりだ。

(思い込みで出入り禁止にされたりしたら、たまったものじゃない)

肩をすくめる俺の視線の先で、召し使い達がお姫様を囲み大げさに嘆く。なぜかそこに姿を現した先ほどの王子様は、衝撃を受けたように胸を片手で押え後ずさる。

「お姫様に一目惚《ぼ》れしたようです」

さすがにこれは俺でもわかる。先ほどまでピクリともしなかった白タイツの股間が、今は鋭く斜め上に起き上がっていたからだ。

衆人の前で自由自在とは、さすがはプロ。心の底から恐れ入る。

「……やりますね。これは自分も予想外でした」

次の展開を見て、呻くコーニール。俺も驚きを隠せない。

何と王子様は、何年も眠り続けているお姫様を、引っ繰り返して後ろから貫いたのだ。

(正面からだと思っていたが)

今や尻だけをつかんで、激しく腰を前後させる王子様。しばしの間を置いて、大きく仰け反り体を震わせる。

腹中に、呪いを解く熱量を感じたのだろう。お姫様は目を覚ました。

一旦離れ、正面から強く抱きしめ合う二人。俺はその情景に違和感を覚え、隣へ疑問をぶつける。

「後ろから責められていて顔も見えなかったのに、目覚めていきなり大好きとか。どういう事なのでしょう？」

初心者の俺に、コーニールは穏やかな口調で教えてくれた。

「気にしてはいけません」

踊りがメインなので、つなぎの部分は削っているのだそうだ。説明が足りないのは、仕方のない事らしい。

(言われればそうかも)

俺の知っているオペラもそうだ。

出会った直後に愛を語り合い、その場で結婚を決意。そして驚いた親に止められると絶望し、その日のうちに自殺してしまう。

（いくら何でも、生き急ぎ過ぎだろう）

当時はそう思ったものだが、それも舞台という条件ゆえ。

『バレエは踊り、オペラは歌』

決して、ストーリーを主にするものではない。だからこそ何度でも楽しめるのだろう。

舞台に目を戻せば、再び始まる王子と姫の愛の営み。召し使い達は喜びも露《あら》わに、輪になって踊り出す。

やがて楽曲は最高潮に達し、周囲からは万雷の拍手が送られた。

「めでたしめでたし、ですね」

手を叩きながら言うコーニールへ、俺も拍手をしつつ感想を一つ。

「あの王子様、意識のない女性が好きなのですか？」

途中を削ぎ落としてしまっているせいで、どうしてもそう見えてしまう。これには青年操縦士も同意見らしい。

「ちょっと背景描写が足りませんでしたね。王子様の趣味という事にしておきましょう」

その後俺達は、『目覚めた後の姫に、王子は興味を抱き続けられるのか』というテーマで盛り上がる。

すると、一度下りた幕がまた上がった。アンコールかと思えば、そうではないらしい。

「踊子達との、舞台上でのプレイですよ」

コーニールの言葉に観客席へ目をやると、身形《みなり》のよい男女達が舞台へ向け歩き始めていた。

「ただし、特等席の人達限定です。貴族ばかりと考えた方がいいでしょう」

俺達一般席に、順番が回って来る事はないとの事。『ここで見物して行きますか？』との問いに、手を左右へ振る。

コーニールも異論はないらしく、共に席を立ち外へと向かう。王立劇場を出た俺達は、飲み物で一服するべく中央広場へ向け歩き出した。

「あの拍手なら、打ち切りになる事はないでしょう。もしかしたら、定番になるかも知れませんね」

笑みと共に口にするコーニール。

「そうなればドクタースライムも、文化史に名が残るでしょう。もっとも『罪と罰』の発明者として知られていますから、バレエがなくとも大丈夫だとは思いますが」

羨ましいです、と言われるが、俺自身は微妙な気持ちである。それよりも、バレエダンサーの味わいの方が気になった。

どこかで試せる場所はないのかと尋ねると、頬を太い指で掻きながら青年操縦士は答える。

「養成所なら、大丈夫だと思いますよ」

場所はわからないが、踊子の卵達が学ぶ場所があるという。興味を示す俺へ、コーニールは真面目な顔で忠告した。

「ですが、お勧めはしません。味わいは硬いですから」

王国騎士団の接待で、舞台でのプレイをした事があるとの事。その時のお相手は、準主役級の踊子だったそうである。

「体は柔らかいですが、それは可動範囲が広いというだけです。決して抱き心地がいいわけではありません」

　無駄肉一つなく鍛え上げられているため、筋肉と筋ばかりなのだそうだ。

「あれはあくまで見るものです。それ以上は、何か求めるものがないと」

　コーニールの言う『求めるもの』とは、クールさんにとっての『初物』のようなものの事だろう。

『日々の努力で、鍛え上げた肢体』

　これに高い価値を見出す者なら別だろうが、俺はそこまで通《つう》ではない。難しい表情を作る俺へ、友は肩をすくめ言葉をくれた。

「気持ちよさという点では、シオーネのサイドラインの方が遥かに上だと思いますよ」

　その言葉に、魔法少女達の姿が思い浮かぶ。確かにあれは、少々未熟な果実のように爽やかな味わいがある。

　深く頷いた俺は、顔を上げ口を開く。

「じゃあ今日は、シオーネにしましょうか」

　そして設定を考えるべく思考を巡らせ、言葉を継ぐ。

「妖精達のダンスパーティーに俺達が乱入し、乱暴狼藉《ろうぜき》の限りを尽くすというのはどうでしょう」

　俺と同じくスケベな友人は、表情を崩し力強く頷いた。

「いいですね。せっかくですし衣装も、それっぽいのをお願いしてみましょう」

　空中で拳を軽くぶつけた俺達は、何人呼ぶかの相談を開始。問題になるのは、コーニールの財布の中身である。

　四人だ五人だと言い合いながら、石畳の上を歩き続けたのだった。

帝国の北東にして王国の北西、さらに精霊の森の南東でもある位置に、北部諸国はある。

その中の一国であるニセアカシア国に今、いかにも足の速そうな大型の四頭立てゴーレム馬車が到着した。

「石畳に抜けがありますので、足元にお気をつけ下さい、旦那様」

先に降りた白髪の男性執事が扉を開き、身なりのよい耳の大きな初老の男性が降りる。

『ドラゴンを探す会の上級会員』

これがこの男性の裏の顔。『人の背丈を超えるほど生長した白い淑女《ホワイトレディ》』の話を聞き、己が目で確認しに来たのだ。

ちなみに表の顔は、聖都で多くの高級宿を経営する実業家である。

『多神教の主神殿が多く建つ』

そのため聖都には参拝客が多く、経営は極めて順調。聖都の一等地に建つ宿々の不動産価値を考えれば、オスト大陸でも有数の資産家であろう。

ゆえに男性は、『宿王《やどおう》』とも呼ばれていた。

「二名は私達と同行し、残りはここで待機していて下さい。用事があれば使いを出します」

さらに馬車から降り立った体格のよい四名へ、執事が指示。動きに隙がないので、護衛なのだろう。

「生えているのは武術道場の庭と聞いておりましたが、探すまでもないようですな」

次に周囲へ目を配った執事が、己の主へ向けて言う。

『白い淑女《ホワイトレディ》はこちらです』

矢印と共にそう書かれた手描きの看板が、街路の各所に小まめに立てられていたからである。

街が小さい事と看板が親切な事もあり、宿王主従四名はすぐに武術道場の門の前へ着く。中を窺《うかが》うと、兵士が一名と売り子らしい女性が二名おり、見物客はいないようだった。

「確かに白い淑女《ホワイトレディ》だ」

門をくぐり、護衛と執事を押しのけ木の柵の前へ立った宿王は、呆然《ぼうぜん》とした表情で言葉を漏らす。

『真っ直ぐに伸び、つつましやかに開いた網状の傘』

レース地の純白のワンピースをまとって立つ淑女に似るその姿は、宿王の知る白い淑女《ホワイトレディ》そのもの。違いはその大きさだけだ。

(同じ高さに積み上げた金貨と同じ価値、その言を当てはめるなら、一体いくらになるものやら)

猛毒ではあるが魔法薬の素材でもあり、精霊の森以外では滅多に目にしない貴重品。その価値を思い、めまいに襲われる宿王。

「見事なものでしょう」

ふらつきかけた大きな耳に、売り子の女性の誇らしげな声が届く。

宿王は心配げに近寄る執事を手で制すると、目を実業家から『ドラゴンを探す会の会員』へと切替えた。

(見事で済ませられるような物ではない。明らかに異常だ、間違いなく調べる必要がある)

下級会員から中級会員、そしてトップとの問答で認められての上級会員。これまで進んで来た間に得た知識と経験が、彼にそう判断させる。

(時間が欲しい、まずはこの街に一泊しよう)

宿を取るよう執事に命じる、耳の大きな上級会員。瞬間、売り子である地元の御婦人方の目が光り、万事有能な執事の返答より先に言葉を差し入れて来た。

「この街には、まだちゃんとした宿がございませんの」

「とてもではありませんが、立派な方をお泊めなど出来ませんわ」

いかにも主婦、という風の二人の前のめりの声掛けに、少々面喰らう執事。言いたい事をまとめると、『我が家に泊れ』というものだった。

彼女達はここで手製のクッキーや飲み物を売っているだけではなく、民宿の客引きも兼ねているらしい。

宿王一行は、見るからに金がある。反応の速さから推測するに、『泊れ！』と念じていたのだろう。

「あらまあ、ここにいない方も含めると、六名様になるのですか」

大きく開けた口を手で隠した主婦は視線を隣へ向け、受けたもう一人の主婦は視線を返すと口を開く。

「では、三名様ずつのお泊りでよろしゅうございますか？」

彼女達の間で、均等に分け合う事に決めたようだ。『どうしますか』という表情の執事へ、耳の大きな上級会員は頷く。

（調査において、現地の民と良好な関係を築くのは必須だ）

そしてそのためには、わずかでもよいから利を与える必要がある。雰囲気から見て、少々気前よく振る舞うくらいがちょうどよいだろう。

「私と娘では足りないわね、お隣にも協力してもらわないと」

「うちは姪達《めい》を動員するから、若いわよお」

夜の相手の件だろう。二人の主婦はそのような事を口にしながら、準備をするため自宅へ戻ろうと早歩きをし始める。

耳の大きな上級会員は二人を呼び止めると、飲み物とクッキーを、見張り役らしいニセアカシア国の兵士の分も含めて買い求めた。

「よろしければ、一服なさいませんか？」

礼を言って走り去る主婦達を見送った後、手ずから青年兵士へ、アイスコーヒーの入った大振りのグラスとクッキーの入った紙袋を差し出す。

青年兵士が笑みと共に軽く頭を下げながら受け取ったので、耳の大きな上級会員は、早速雑談という名の聞き取りを始めた。

「ははあ、エルフの方が。それは随分に無体というか、大変でしたなあ」

巨大な白キノコの生えた理由はわからないが、先日、エルフ族の男女が来たという。用件は『引き渡せ』で、この国の大臣が毅然《きぜん》として断り、皆で追い返したらしい。

他に聞き出せたのは、『触れればただれる』というよく知られた事実と、住民の中でただれた者がいた、くらいであった。

「ところで、このキノコの絵を描かせていただいてもよろしいでしょうか。実は私、横好きではありますが絵が趣味でして」

これ以上の情報はない、と見た耳の大きな上級会員は申し出る。

『絵を描くというのは、詳細に観察し記録する事』

そのためこれは、彼が調査する時によく使う口上なのだ。勿論、言葉どおり『見て描く』以上の事はしない。

咀嚼《そしゃく》していたクッキーを飲み下した青年兵士は、『他の見物客が来た時に邪魔にさえならなければ』という条件で快く認めてくれた。

(白い淑女《ホワイトレディ》か。来る前に市販の物を見ては来たが、やはり絵にするとなると、いろいろと気づく事があるものだ)

執事から大判のスケッチブックとペンを受け取り、視線を上下に往復させながら描き進める耳の大きな上級会員。ただし頭の半分では、先ほど青年兵士から得た情報を回している。

(エルフが引き渡せと、しかもかなり強引に迫ったそうだが、腑《ふ》に落ちんな)

彼の中のエルフ族は、知的で野蛮な行為を嫌う種族。交渉がうまくいかなかったからといって、力ずくで奪うというのは考えにくかったのだ。

『エルフのブランド』

これが、効果を強く発揮した結果だろう。エルフの戦略は富裕層を狙ったもので、宿王でもある彼は、そのど真ん中にいたのである。

『人族に過ぎたる物は、すべて高貴なるエルフ族の所有物』

ゆえに彼は、エルフ族の動機に気づく事はない。しかし前提が間違ってはいても、この疑問が思索を前へ進める力にはなった。

(ならば、真の理由とは何だ？　そこまでしなければならない背景が、あったはず)

考えながらも、手を動かす。刺激は残りの頭の半分、絵を描く事に用いている側からもたらされた。

（……似ている。若き日に調査した遺跡の浮き彫りの壁画に）

とある種族の、すでに放棄され砂の中に埋まった街。宿王は今と同じようにスケッチしており、だからこそ気づく。

（あの時は、それが何を浮き彫りにしたのかわからなかった。しかしこうやって白い淑女《ホワイトレディ》を絵に落として行くと、共通点の多さがわかる）

これを表していたのではないか？　そう考えた直後、見えない雷が頭に落ち、背骨から尻を伝い、足裏から地面へと抜けて行った。

（世界樹！　あれはあの種族の世界樹だったのでは）

ならばこれも、小さいながらも世界樹の一つではなかろうか。

『世界樹はこの世に一つきりの存在ではなく、かつては複数あり、それらを所有する種族が繁栄していた』

その事を事実とみなす、ドラゴンを探す会の上級会員なればこその発想であろう。

（であれば、エルフ族の行為もわかる。世界樹、あるいは世界樹の可能性のある存在を他のもとへ置くなど、許容出来るわけがない）

複数の世界樹が存在し、それが一つずつ枯れ消えて行った時代、多くの種族が奪い合い、敗れた者から滅びて行った。

唯一残った世界樹を擁するエルフ族は、おそらくその歴史を知っている。争い事の種になるものを、世界樹を手にした事のない人族に任せようなどとは思わないだろう。

（当然だが、それが世界樹である事を知らせるはずもない）

結果、話が噛み合わず、押し問答を経て、意図せず強引な手を取ってしまったのではないか。エルフ族へ好意的な解釈になってしまうのは、やはりエルフブランドのせいだろう。思い込みというのは、考え方に強い影響を与えてしまうのである。

（待て、そうなると、エルフ族と帝国の仲が険悪になった原因というのも見えて来ないか）

先日のドラゴンを探す会の会議で、新人上級会員が述べ、自分が後を引き取った内容。それに欠けていた部分が、輪郭を形作って行く。

（もしや、世界樹が一本の時代が終わり、複数になろうとしている？）

ここで彼は、一度大きく頭を左右へ振る。それこそ護衛やニセアカシア国の青年兵士が、何事かと思うほどに。

例外は、ドラゴンを探す会の上級会員である事を知る執事だけだ。

（落ち着け、これが正しいとは限らない。今は思い付きに興奮し、視野が狭くなっているのだ）

何度もあった経験から、深い呼吸を繰り返す耳の大きな初老の男性。

彼はこの日と翌日、ニセアカシア国の白い淑女《ホワイトレディ》を描いたり情報を集めたりを行ない、考えるべき課題を山と抱えて帰路に就いたのだった。

王都から北西遥か、精霊の森のすぐ南。ここは、帝国領最北にある北の街である。

街中の建物の一室で執務をしていた老人は、窓をつつく音に気づき顔を上げた。

「ローズヒップ伯からのお使いか」

この痩せ気味の年配男性は、帝国騎士団の騎士団長。建物の復旧も進んだため、街外のテントから一足先に引っ越して来たのである。

椅子から立ち上がり窓を開けると、小さな紙片をくわえた白い小鳥が侵入。そしてクイッと頭を上げ、老人を見つめた。

受け取れ、という意思表示だろう。

「猫みたいな後ろ脚があるが、正面から見ると鳥にしか見えんのう」

紙片をつまみ上げながら、独り言を口にする。四つ折りの紙を開くと、中には簡単なメッセージが書かれていた。

『駄賃として、餌を与えて下さい』

このやりとりは、事前にローズヒップ伯からお願いされている。そのため用件のない手紙にも、驚きはない。

「仕事をやらせたり褒美をくれたり、厳しいのか甘いのかわからんわい」

苦笑しつつ戸棚へ向かい、酒のつまみの干し肉を取り出し、ちぎって前へ置く。

「魔力はないかも知れんが、いい肉じゃぞ」

干し肉から老人へ、視線を移動させるグリフォン。騎士団長が頷くのを見て、頭を下げ干し肉をつつく。

すぐに食べ終わり、お尻をクリッとこちらへ向けた。

「ローズヒップ伯に、よろしく伝えてくれ」

言葉が通じたのかどうかはわからない。

グリフォンは窓の隙間に体を押し込むと、後ろ脚で勢いよくジャンプ。宙に飛び出したところで羽を広げ、飛び去って行く。

「狭いのに、ぶつからずにうまく飛ぶもんじゃ」

感心した様子で呟き、窓を閉じる騎士団長。この老人の執務室があるのは、中央広場に面した建物である。

常ならば窓から見えるのは、広いだけの石畳の空間だが、今は多くのテントが張られ、急造の市場となっていた。エルフの騎士達によって、商店街が焼かれたためである。

「ねえ、もう少し小さいのはないかしら」

そのテントの一張りである、仮設の薬剤店。そこでマネキンのように完成された美しさを持つ女性が、店主へ問う。

彼女はエルダ。洗脳がばれそうになったため王国のアウォークから逃げ出し、今はこの街の娼館で働いていた。

「これならどうだい？」

一度しゃがんだ中年の男性店主は、蓋つきの金魚鉢のような器を持ち上げ、エルダに見せる。

「それでいいわ。二匹ちょうだい」

手提げの鞄《かばん》から取り出したガラス製の瓶へ、金魚鉢の中身の一部を移してもらい、鞄へ戻す。買い求めたのは、生きている蛇だ。

蛇は薬の材料として広い需要があるが、エルダは餌として使う。彼女の眷属である黒い蛇は、蛇食なのである。

(他に何か買う物があったかしら?)

考えを巡らせつつ、何気なく振り返るエルダ。低空を飛行する、パタタタという羽音が聞こえたからだ。

目に入ったのは、白い小鳥の姿。自分の目線くらいの高度を、人を避《よ》けながら懸命に飛んでいる。

通り過ぎるその小鳥を、エルダは呆然と見送った。

(何、今の? 翼の他に前爪と後ろ脚があったわよ)

そのような事を思うが、彼女の中で答えはすでに出ている。あれはグリフォン、滅びたエルフ王家の象徴とされる精霊獣で間違いない。

(……ここにエルフ王家の生き残りがいるって事? あたし以外に?)

すぐに頭を強く横に振り、可能性を否定する。王族の数は少なく、全員を末路まで知っているからだ。

『無血革命』から逃れられたのは、間違いなく自分だけである。

(でもグリフォンって、囮罠《おとりわな》で根絶やしにされたんじゃなかったかしら)

今のエルフ族の指導者達は、王家の象徴であるがゆえに、存在そのものを脅威と見なしたのだ。

強い執念を持って、執拗《しつよう》に追い掛け回したはず。自分はグリフォンを好きではないが、その点では同情する。

(じゃあ、精霊の森以外にいたグリフォン? だけど人族の街にいるって事は、人族がグリフォンに認められたって事?)

にわかには信じがたいが、可能性は否定出来ない。グリフォンを『王族の証』と捉えるのは、あくまでエルフ側の話なのだから。

種族も身分も関係ない。不快に感じれば、エルフの王族相手でも攻撃魔法を口から放つ。

(あたし、ここにいても大丈夫なのかしら)

身を隠すべく物陰に移動し、考える。出て来た結論は『問題なし』、いや、『逆にいるべき』であった。

(誰が眷属にしているのか知らないけれど、絶対にエルフの敵側よね。なら、こんな面白そうな出来事、近くで見なきゃ損よ)

笑みを浮かべたくなるが、分厚い化粧に亀裂が入るのを恐れ、エルダはこらえる。

(教えてあげなくちゃ)

ソファーの下で丸まっているだろうカラス蛇。自らの眷属の姿を思い浮かべ、軽い足取りで家路に就いたのだった。


帝国の北の街から、さらに北へわずか。精霊の森の中心に聳える世界樹の、その幹に設けられたハイエルフの館では、今日も会議が開かれていた。

議題にせねばならない、新しい情報が入ったのである。

「帝国の北の街で、グリフォンを見たそうです」

議長席に座り皆へ告げる、なで肩のハイエルフ。権限のない代理の職責のせいで、わずかな時間ですっかり老け込んでいた。

エルフの里へ知らせをもたらしたのは、人族の商人。

交易を止《や》めているとはいえ、人の出入りを完全に断つ事は帝国にも出来ない。金と色という魅力があれば、危険を冒してでも訪れる者はいるのだ。

「北の街？　大穴ではなかったのか」

一人が、疑念に眉を曲げつつ問う。

ランドバーン南東にある、ゴーレムひしめく巨大なくぼ地。そこに次代の世界樹と、エルフ王族の末裔《まつえい》がいると予想していたのである。

「近くに来て、里の者達を扇動するつもりかも知れぬ」

返したのは、隣に座る太い眉のハイエルフ。

「北の街は、精霊の森のすぐ南だ。工作を行なう拠点として、これ以上の地はなかろう」

続けられた言葉に、出席者達は一様に苦い表情を作る。

『外に運び出せないため育ち続ける、悪臭を発し腐液をしみ出させるゴミの山』

『交易が止まり、深刻化する品不足』

『日々悪化する、飲料水の質』

すでに里の者達の我慢は、限界に近い。大きく膨らんだ不満の風船は、針の一刺しで破裂するだろう。

これらがすべて末裔によるたくらみならば、完全にしてやられている。悔しいが、さすがはエルフの王族といったところか。

「……王族の生き残りが、帝国を裏から操っている。その事に、もう少し早く気がついておればな」

太い眉のハイエルフの後悔に、強く同意を示す出席者達。

ハイエルフ達は恐れていたのだ。里の者達の怒りが、自分達へ向かう事を。数の力がハイエルフの質を上回れば、待っているのは再度の革命であろう。

『生き埋め』

地属性を忌む文化を持つがゆえに、エルフ族はこの死に方をとくに嫌う。『無血革命』時の王妃は、肩まで埋められたところで気が触れたらしい。

「……皆さんに、もう一つお伝えしておきたい事があります」

溜息をつくような口調で、議長代理のなで肩が言葉を吐き出す。

「先日、里の者達の一部と、この館を守る衛兵が衝突しました」

ゴミの山の近くに住んでいる者達が、集団で抗議に訪れたのだ。

「ハイエルフ様に会わせろ！」

そう要求するも聞き入れられなかった彼らは、衛兵の制止を振り切って館に迫ろうとしたのである。

最終的には力で排除されたが、住民側に多くの怪我人が出たらしい。

「これでは終わらないでしょう。人数を増やし、また来るはずです。解決するまでずっと」

両手で顔を覆う議長代理。『革命』という終着駅が予想より迫っていた事に、出席者達の背筋が凍る。

「行動を起こさなくてはならない。すぐにだ」

表情を強張《こわば》らせ、声を震わせる太い眉のハイエルフ。

自らの危機を間近に感じ、会議は罵り合いから建設的なものへと変化し、今までとは比較にならない迅速さで、意見が集約されて行く。

『エルフ王族の末裔をグリフォンと共に殺し、帝国を滅ぼす』

あっさりと目標は定まり、続いてその手段について討議がなされる。

『精霊砲の使用』

これにも異論が出なかった。いや、他に手がない、というのが理由だろう。

『帝国へ対抗するため、王国と手を組む』

なぜならこの案を、先日放棄したからだ。理由は王国が、『大変に無礼』であったため。

発端《ほったん》は、王国へ使者を送った時に始まる。

『ニセアカシア国に、白い淑女《ホワイトレディ》を返すよう圧力を掛けろ』

使者の口上をまとめれば、これだ。

ニセアカシア国内に生えた、人の背丈を超える特大の白い淑女《ホワイトレディ》。特大になれた理由は、精霊の森から根に類するものが伸びた以外に考えられないだろう。

つまり、当然ながらエルフ族の所有物。ところが驚くべき事にニセアカシア国は、『返さない』という暴挙に出たのである。

『まとまっても大した勢力になれない北部諸国のうちの一国にして、吹かなくても倒れそうな零細国家』

ニセアカシア国は王国の友邦であるも、力関係は明らか。もし天秤に掛けたのなら、王国側の皿は音をたてて地面へ激突するだろう。

(我々エルフ族と、ニセアカシア国。その価値を比べれば、返答など決まっている)

使者は当然のようにそう考えたのだが、面会に応じた宰相は返答しない。逆に『その前に』と言葉を置き、要望を出して来たのである。

「近頃、精霊の森を出た魔獣達が、国境を越え我が国に侵入しています。外へ出さないようにしていただけませんか？」

何を言っている？　という表情を作ったのは、それを聞いたエルフ族の使者。

害獣が森からいなくなるのだから、エルフ族にとっては結構な事である。それに魔獣達のルートは、帝国領を経由しているものばかりだ。

「我らにではなく、帝国へ言っていただきたい」

当然、そう返したのだが、暗愚な宰相は納得しない。それどころか、身の程を知らぬ暴言を発したのである。

「森の管理も出来ぬ者に、精霊の森の所有権を主張する資格などありませんな」

さらには、『王国はニセアカシア国を、全面的に支持する』と言い切った。椅子を蹴って無言で去るに留《とど》めたのは、使者の自制心の高さを示すものだろう。

報告を聞いたハイエルフ達は激昂《げきこう》し、王国へ罵詈雑言《ばりぞうごん》を叩きつけ、その一方で使者へは、労《ねぎら》いの言葉を掛けたのである。

「精霊砲の目標は、北の街。それで効果がなければ大穴だな」

眉の太いハイエルフの言葉に、多くの者達が頷く。

精霊砲は、長大な射程と高い威力を持つ。しかしそれだけに、魔力の消費は莫大だ。撃てば世界樹に大きな負担を掛ける事になり、寿命が削られるのは間違いない。

「王族とグリフォン。この二つを消せば、あとは何とでもなろう。出来れば一発で済ませたいものだ」

逆に言えば、帝都を灰燼にし皇帝を殺しても、王族とグリフォンが残れば脅威は続く。同意の声が多数上がり、視線が議長代理へと向けられる。

「……では、採決を取ります」

機械的に議事を進める、疲れ切った様子の議長代理。その様子はまるで、考える事を放棄したかのようだった。

「賛成多数。精霊砲を使用する事を、ここに決定致します。各人は準備に入って下さい」

議長代理の宣言を聞きながら、目を閉じ椅子に座り続ける太ったハイエルフ。

反対票を投じはしたが、意見は述べていない。なぜならハイエルフ会議に、絶望に近いものを感じていたからである。

(自らの安全のために、民や世界樹をないがしろにする。これではかつての王族と、何ら変わりがないではないか)

腐った者を責める事は出来ても、自らの腐敗は認められない。太ったハイエルフには『ハイエルフ』という称号が、『王族』というものに思えて仕方がなかった。

(我らはすでに、人々の上に立つ資格を失っていたのかも知れぬな)

しかし、自分に出来る事はない。会議で決定した事は、何よりも重いのだ。

これさえも軽んじたのでは、王族との違いが何一つなくなってしまうだろう。

(……ここまでか)

興奮した様子で言葉を交わしつつ、会議室を出て行く同僚達。その声を遠く感じながら、席を立つ。

この日、エルフの里から太ったハイエルフが姿を消す。だが気にする者は少なかった。

『精霊砲の使用に反対し続けた、文句ばかり言ううるさい男』

いると面倒、いない方がよい。同僚達の多くは、そう考えたのである。


精霊の森から南南東遥か。

王都歓楽街の一等地、王都御三家の一つジェイアンヌのプレイルームに俺はいた。

ベッドの上で正座する俺の前には、同じく正座している教導軽巡先生の姿。別に叱られているわけではない。プレイ前にお話をしていたのである。

「娼館へ花嫁修業に来る人って、結構多いんですか?」

先日、コーニールとバレエを鑑賞し、お姫様が他国の娼館へ行くエピソードを見て来たのだが、『実際のところどうなのか』を聞いてみたくなったのだ。

穏やかな笑みと共に、肯定する清楚な美女。異性をもてなす心と技は、良家の子女にとって必須の教養らしい。

『心技体』が揃って初めて、よい女になれるという。

「じゃあ、王国の王女様も?」

王家の姫は年頃のはずだが、行事で姿を見た事がない。もしやと思ったところ、教導軽巡先生は頷いた。

(ほほう)

バレエのストーリーどおり、どこかの国で頑張っているのだろう。そう思い感想を口にしたところ、今度は首を横に振る。

「他国から来る事はあっても、行く事はありません」

誇らしげな様子だ。理由を問うと、王都はレベルが高いからだと言う。

確かに王都は、『花の都』と呼ばれる一大文化都市。色とりどりの花々を求めて、多くの観光客が訪れている。

（なるほどねえ）

ならばせっかくの機会。雛壇《ひなだん》に座る王女様に、こちらからご挨拶に向かわねばなるまい。

「ジェイアンヌにいたりして？」

期待を込めて口にしたのだが、残念そうに否定された。王女が修業している店は、『キャサベル』との事である。

王都御三家で最も古く、格式の高い娼館だ。王族が修業に行くとすれば、確かにキャサベルが妥当だろう。

「今は『女王』になるべく、頑張っていると聞いています」

しかしこの言葉が、俺の心に亀裂を入れた。

（えっ？　何？　女王って『罪と罰』の女王の事だよね）

歴史と伝統の他にもキャサベルは、『罪と罰』の名店としても知られている。

立役者は地味子《じみこ》ちゃん。鞭《むち》を振るい、蝋《ろう》を垂らし、そしてハイヒールのかかとで菊の花を踏みにじるプレイが、大人気なのだ。

（そこで修業中？　真の女王様になってしまうぞ）

この時、俺の頭の中に稲光が走る。

（そうか！　東の国への出発が遅れている理由はこれか！）

『罪と罰』の公伝を、強く求めた東の国。王国はそれに応え、伝道師の派遣を決定した。

しかし『仕事に一区切りがつかない』との理由で、先延ばしにされていたのである。

（伝道師の都合で延期なんて、あり得ないよな）

大規模な集団洗脳という国の危機に際し、聖女を派遣してくれた大恩ある友好国だ。普通に考えれば、礼を失する行ないだろう。

（しかし伝道師が、王女の教育係となれば話は違う）

最高の人材を選んだと思ってもらえるはず。理由が王族に係わる事なら、理解も得やすいだろう。

この話題はここで終了。俺は教導軽巡先生を楽しむべく両手を伸ばし、ワンピースの両肩紐《かたひも》をずり落とす。

白を基調にしたブラが現れ、俺の目を細めさせた。

「はーい。横になりましょうね」

言いつつ押し倒し、フロントのホックを解除。形のよい二つの丘を鑑賞する。

服を着たままというのも、悪くはない。きっと許してくれるだろう。

（今日は、あれを試してみるか）

百日詣でを終えてから、反応が鋭くなった教導軽巡先生。かつての彼女では無理でも、今なら可能かも知れない。

困難な課題をクリアし、実績のトロフィーを手に入れるのだ。

「じゃあ、行きますよ」

二つの丘の頂点に立つ、それぞれの突起。それに指を押し当て、やさしく前後左右に倒し始める。

今日の目標は、教導軽巡先生という筐体《きょうたい》のゲームを、二つのレバーだけでクリアする事。

達成すれば俺は輝かしい実績をまた一つ積み、彼女は自分の新たな可能性に気がつくだろう。

(右、左、上、下)

コマンドを呟くが、両手の動きは左右対称。

右手を右に倒したのなら、左手は左。つまりレバーを外側に倒した形である。

(上、右斜め上、右、そして押す)

親指の腹でぐるりと動かし、すっかり硬くなったレバーをプッシュ。一瞬だが、教導軽巡先生の口から声が漏れた。

技が出せれば、ダメージは入るらしい。しかし簡単ではない。

(魔眼に映るのは、レバーが明るく光っている事だけだ)

どのようなコマンドを入れれば、その光を全身に広げられるのか。そこまではわからない。

努力あるのみである。

「あ、あのタウロ様。そろそろ」

熱心に続けていると、潤んだ瞳で教導軽巡先生がねだって来た。しかし決意に満ちた俺の目を見て、何事かを悟ったらしい。

まさか、という表情で、わずかに声を震わせつつ言葉を継ぐ。

「これで最後まで?」

頷く俺。一瞬の間を置き、教導軽巡先生の声に力がこもる。

「わかりました。負けません」

こうして俺達の、新たな勝負が始まった。

二人で決めたのは、制限時間をプレイタイムの半分とする事。それまでにクリア出来なければ、俺の負けである。

（こうか？　こっちか？）

押し殺した教導軽巡先生の声が、室内の空気を低く震わす。他に聞こえるのは、身じろぎした時に起きる衣擦《きぬず》れの音だけだ。

レバーをいじられ続け、後ろ手に枕をつかみ上へと逃げる教導軽巡先生。腋《わき》の下が美しい。

だがすぐにヘッドボードへぶつかり、頭を傾けつつ荒い呼吸を繰り返す。

（もう少し、もう少しで勝てる）

何度もそう感じるのだが、レッドゾーンに入ってからの粘りは驚異的だ。さすがは教導軽巡先生である。

ただの技では駄目だ。必殺技を発動させなければ、ゲージを削り切れないだろう。

（教導軽巡先生の必殺技コマンドは何だ？）

一人一人筐体ごとに違うため、頼れるのは自分だけ。トライアル・アンド・エラーを果てしなく繰り返す。

（左、左下、下、右下、そして右）

その時、教導軽巡先生の体が大きく仰け反り、背が宙に浮いた。

明らかに、必殺技が出る前兆。かなり近いコマンドを入力したのだろう。

(どれだ？　今の何が功を奏したのだ？)

今の状況を再現させるため、しつこく繰り返す俺。

ちらりと教導軽巡先生の表情を窺えば、口を強く閉じ目を大きく見開いている。呼吸も強弱不規則で、限界が近いのは間違いない。

(だが時間がない。ここで決めなくては俺は負ける)

一瞬だけ時計に眼を向けた後、レバーを親指の腹で押し潰し、こじるように下向きの半回転。

ここまでは確定しているが、問題はその先。その時俺の脳裏に、ある格言が走る。

『押して駄目なら、引いてみろ』

言葉に導かれるように、尖りに尖った二つのレバーをつまむ。そして強めに引っ張った。

「うあああああっ！」

甘くも鋭い叫びが、室内の空気を切り裂く。

(これが正解か！)

必殺技が炸裂《さくれつ》したのだ。やはり先人の知恵はあなどれない。

汗だくの全身を赤く染め上げ、俺の下で暴れ回る教導軽巡先生。それを体重で押えつけ、心に勝利を叫ぶ。

(ゲームクリア！　アイ、ウィン！)

感覚の暴風が収まったのだろう。教導軽巡先生の瞳に理性の光が戻り、照れたような笑みを浮かべる。

胸の先端だけでクリアされてしまった事が、恥ずかしかったらしい。

だが教導軽巡先生は失念していた。満足したのは、まだ彼女だけだった事を。

(俺の戦いはこれからだ！)

先生の体から力が抜けた一瞬を狙い、俺は自分のスティックを根元まで押し込む。そして折れよとばかりに円を描かせた。

(右右左、右左！)

胸をはだけさせただけのワンピースと、下着の脇から深くねじ込まれた俺のレバー。

「キャアアアアッ！」

続く激しくも乱暴な動きに、本日二度目のゲームクリアのファンファーレが鳴る。俺の腹下で激しく脈動する肉体は、体感型ゲームの最高峰であろう。

(連打、連打あっ！)

ファンファーレが鳴っても、止めない俺。そのため教導軽巡先生は、復活した場所でまた倒されてしまう。

まさにハメ技。なす術なく教導軽巡先生は、復活と消滅を繰り返す。

(俺も限界だ)

荒れ狂う教導軽巡先生をがっちりと抱きしめ、すべてを吐き出す。それはまるで彼女のコイン投入口に、大量の百円玉を注ぎ込むかのよう。

そして、ぎっしりと中に詰め込まれた百円玉は、飲み切れずに投入口から溢れ出したのである。

(ふう、満足)

やはり教導軽巡先生は、一味以上違う。これほどの満足感を与えてくれるのは、王都広しと言えそうはいない。

ブレーカーが落ちてしまった教導軽巡先生は、プレイ終了間際になってやっと目を覚ました。ベッドから半身を起こすと自らの体を掻き抱き、信じられないといった表情で口を開く。

「……胸だけでなるなんて」

正確には、先端だけでである。これで彼女も、新たな自分を発見出来ただろう。

ちなみに意識を吹き飛ばした事への、お叱りはない。裏口入学には厳しいが、正々堂々と挑む限り、すべてを許してくれるのである。

「最高でした」

コーニールを真似《まね》て、親指を立て片目を不器用に閉じる俺。

その言葉に頬を紅潮させた教導軽巡先生は、うつむいた状態で頭を俺の胸に押し当てたのだった。


日付も変わって、ここは王都の東門近くにある商人ギルドの騎士格納庫。

「お疲れ様でした」

操縦士としての仕事を終えた俺は、草食整備士に声を掛け外へ出る。すでに日は落ち、空には星が瞬き始めていた。

(今日も充実したなあ)

繁華街から離れているため、ここでは星がよく見える。

空を見上げげつつ首と肩を回し、大きく深呼吸。そして腹を満たし疲れを落とすべく、東西に走る大通りを中央広場へ向け歩き出した。

『各地に魔力の高い場所が出現し、そこを目指して魔獣達が移動を始めている』

ザラタンの話を思い出し、自分の予想が当たっていた事を実感する。

強力な魔獣達が精霊の森を進発。それを恐れて進路上の魔獣達が、棲《す》みかを移したのだ。

結果、町や村の近くに姿を現すようになり、王国騎士団や商人ギルド騎士の出番となったのである。

(忙しいけれど、やる価値はある)

騎士という、体高十八メートルにもなる人型のゴーレム。それを意のままに操り、魔獣と戦うのは楽しい。

しかしそれ以上に嬉しいのは、助けた人達から向けられる感謝だ。これほどやり甲斐のある仕事も、そう多くはないだろう。

(ポニーテールも、喜んでいたしな)

今日の仕事は、王国騎士団と合同。

街道沿いの安全を、俺と老嬢《オールドレディ》が確保。一方でポニーテールと編み込みおかっぱ超巨乳ちゃんが、村に迫る別の魔獣を撃退したのである。

村人達から歓声で迎えられ、騎士の操縦席から手を振って応えるポニーテール。

『これよ。あたしが求めていたのは、これなのよ』

紅潮した顔からは、そんな心の声が聞こえるようだった。

最近、王国騎士団の評判も上がって来ており、それにともなって騎士団員達のやる気も増しているらしい。

俺の負担減につながるので、是非頑張ってほしいものだ。

（ライトニングが帰ってしまったのが痛いよなあ）

俺の真下の階に住む、他国から招かれた王国騎士団の客員操縦士。実は先日、奥さんと子供を連れて挨拶に来たのである。

何でも故郷のニセアカシア国において、エルフと一悶着あったらしい。かなり大きな問題らしく、北部諸国の最高戦力を帰国させる事になったそうだ。

（残念だ。イモスケ達ともうまくやって行けてたのに）

精霊獣という存在に敬意を払い、人柄も信頼出来るライトニング。

クールさんに眷属達を紹介するまでは、俺に何かあったら彼を頼ろうと考えていたくらいだ。

（お子さんだけは、避けられていたけど）

そこで俺に、苦笑が浮かぶ。

大きなイモムシやダンゴムシ、それに亀へ興味があるらしく、追い掛け捕まえようとするのである。まだよちよち歩きなので実害はないが、イモスケ達は隠れるようになってしまっていたのだ。

気持ちを切り替え、別れしなに渡した物を思い出す。

（お土産、故郷での評判はどうだろう）

帰るという話を聞いて、イモスケとダンゴロウが準備した物。

それは一個の小さな鉢植え。真ん中に生えているのは、一本の小さな双葉である。

『ハエ取り草』

俺の知識で呼ぶなら、これだろう。枝豆が開いたような双葉ながら、葉の周囲は鋭い棘で縁取られている。

獲物が近づくと、パクンと閉じて食べてしまうらしい。

『棘があって、戦える植物』

ダンゴロウがそう主張し、森の賢人であるイモスケが種を見繕ったのだ。一応俺も、植木鉢を買い、種を植えDランクポーションを掛ける事で協力している。

ちなみにダンゴロウの考えは、『これを増やして国を守れ』というものだ。

(ちょっとだけ、心配だな)

庭森にイモスケが種を蒔かなかった理由。それは大きく育つと、小型魔獣くらいなら食べてしまうから。

精霊の森にいた頃は、身の危険を感じる存在だったという。残念ながら、相手を選ばせるような事は出来ないらしい。

「精霊獣の方々からの贈り物です。大切にしますよ」

素焼きの鉢を手に、短い口髭を蓄えた好青年は嬉しそうに笑っていた。

イモスケから聞いた注意点を紙に書いておいたので、是非それを見て事故のないように取り扱ってもらいたいものである。

(さて、今夜はこれからどこへ行くか)

中央広場に着いた俺は、屋台の一つで肉と野菜の炒め物を食う。

疲れているし、汗と埃にもまみれているので、風呂に入ってさっぱりしたいところだ。

『汗はともかく、なぜ埃？　操縦席に座っているだけだろう』

そう思う方もいるかも知れない。しかし最近は、人々の誘導や戦闘後の後始末を、ある程度はやらざるを得ない状況になっている。

原因は人手不足。魔獣の大移動のせいで、冒険者達も大忙し。俺のサポートまで手が回らないのだ。王国騎士団も状況は同じで、胸の砲弾を縦に揺らす編み込みおかっぱ超巨乳ちゃんが、村の男性達の視線を上下させながら徒歩で誘導していたものである。

(『一本横丁』にしようかなあ)

それは歓楽街にある、個人経営の小さな店が立ち並んでいる細い通り。

女性の平均年齢は低くなく、三十路《みそじ》の俺と同じくらいが多い。疲れている時などは、ここでだらしなくするのもありだ。

(そうしよう)

食べ終えた俺は席を立ち、中央広場から西へ向かう。キャサベル、ジェイアンヌ、シオーネという大通りに面した超一流店を通り過ぎ、途中で横道へ。

するとそこで、店先に飾られた花々に気づく。開店祝いに贈られたもののようだ。

(へえ、新しい店か。だけれど『蒸し風呂』？)

看板の文字に目を奪われ、少し考える俺。

サウナみたいなものだろうか。これはまだ、お目に掛かった事がない。

(悪くないかも)

疲れていたのもあり、蝶のようにふらふらと花へ向かう。そしてそのまま店の戸を押し開いた。

「いらっしゃいませ」

中に入れば、すぐ目の前にカウンターがあり、ロビーはなし。受付の兄ちゃんが頭を下げる。

風呂に入りに来たと告げると、壁に貼られた料金表を丁寧な仕草で指し示す。コースを選べという事らしい。

(服、下着、全裸の三つだって?)

やはりここは歓楽街。風呂一つとっても女性がつく。だがここで、違和感を覚えた。

(……安くはないな)

店の造りは、娼館にたとえるなら下級。

しかし価格は、一番下の『全裸コース』でも下級娼館の上の方。最も高い『服コース』ともなれば、中級娼館並みである。

この設定で客が来るのだろうか。

「じゃあ、『服』でお願いします」

疑問に思ったのなら、試すのみ。

上客だと思ったのだろう。俺の言葉に、受付の兄ちゃんは笑みを強める。

(娼館遊びで、金に糸目はつけないぜ)

ポーション売却と操縦士の仕事で、俺の収入は非常に多い。頑張って使わないと、貯《た》まる一方なのだ。

このような店員の表情の変化から、自分が恵まれている事を思い知る。

「こちらがプレイルームになります。少々お待ち下さい」

通されたのは、四畳半くらいの何もない板敷きの部屋だ。バスローブに着替えると、俺は中央に立ち室内を見回す。

（暑くも何ともないぞ。これから熱い蒸気でも入って来るのか？）

そんな事を考えていると戸が開き、私服姿の若い女性達が入って来た。

達と表現したのは、一人ではないから。なぜか列をなして続いている。

（ここから選ぶのか？　人数は多いけれど、レベル的には下級娼館未満かな）

自分の事を遠くの棚に放り投げ、論評する俺。辛い評価だが、決して彼女達はブスではない。

（顔もスタイルも、充分に標準以上ではあるのだけれど）

前世でなら、すれ違えば振り返りたくなるレベルだろう。

しかしこの世界では、下級でも娼館は人気のある仕事。学校や職場で噂《うわさ》になるくらいでないと、雇ってもらえないのである。

（えっ？　まだ来るの？）

途切れる事なく部屋に入り続け、すぐに四畳半は人間で満杯。しかし彼女達は入室をやめない。

四方から体を押し付けられ、しだいに暑く、息苦しくなって来る。

（ちょ、ちょっと待って。何これ？）

戸惑いの中、久しく忘れていた感覚を思い出す。そう、これは満員電車だ。

（狭い狭い、暑い暑い）

すし詰めの押しくら饅頭。一気に室温と体温が上昇し、大量の汗が噴き出す。

周囲の私服女性達も同様で、汗まみれの服は透け透け。その時俺に、理解が舞い降りた。

（『蒸し風呂』って、これか！）

続いて確信する。このアイディアは『業界の風雲児』によるものであると。

当たり外れの大きい発想と、それをすぐ実行に移す行動力。あの異才以外にあり得ないだろう。

（わっ、ちょっと）

目に入る汗に顔をしかめていると、バスローブの中に差し込まれる、複数の女性達の手。

私服姿の若い女性達に揉みくちゃにされ、香水と汗の臭いの充満する中での逆痴漢。これがこの店のプレイのようだ。

（服コースが高いのは、クリーニング代か）

下着だけならさほどではなく、裸なら必要ない。そんな事を考えていると、俺の列車は勝手に女性のトンネルへ入れられてしまう。

（誰だ？　せめて顔を見たい）

しかし出来ない。

周囲の女性達の頭は、完全に俺の頭に接触。さらに舌で汗を舐め取っているのである。

短めのプレイ時間の中、俺の股間にある列車は駅に到着。そして車内から、白い服を着た多くの乗客を吐き出したのだった。

（……さらに疲れた）

プレイ後、独りシャワールームで汗や唾液を落とす俺。凄い事は凄いが、疲労を抱えた仕事帰りに寄る店ではない。

（この店、当たるか外れるか。発想は面白いから、続いてくれると嬉しいのだけれど）

自分がまた来るかは、何とも言えない。だが毛色の違う店は、是非生き残ってほしいものである。

多数が好むからといって売れ線の店ばかりになるのは、寂しいのだ。

(……女性向けバージョンもあるのかな)

王国騎士団のスケベマッチョ、親友であるコーニールの言葉を思い出す。『業界の風雲児は、基本的に男女両方で店を出す』と。

『スカートを穿《は》かせたノーパン少年をガラス床の上で踊らせ、それを下から覗《のぞ》きつつ食事』

その店へ誘われた事もある。あの男は、美少年までなら守備範囲なのだ。

ちなみに俺は、そんなところで物は食えない。

「タウロさん。好き嫌いはよくないですよ。日々の恵みに感謝して、おいしくいただかないと」

克服するのを手伝います。という強い申し出も、合わせてお断りしたものだ。

(間違っても、入らないようにしよう)

ずっしりとした疲労感を首と肩に抱えた俺は、眷属達に癒やしてもらうべく家へと向かったのだった。

コーニールの情報をもとにした、タウロの予想。それは当たっており、女性向け『蒸し風呂』の店は存在する。

タウロのいる店から、少しばかり離れた場所。そこにある女性向け蒸し風呂の店は、男性向けの店より人気があり、開店間もないながら常連客も出始めていた。

(胸毛凄い！　臭い強烈！　汗のヌルヌル最高！)

全身から湯気を立ち上らせる、汚らしい親父達。彼らに揉みくちゃにされ、息苦しさに恍惚《こうこつ》の表情で喘《あえ》いでいるこの女性も、その一人である。

年齢は二十代頭に見え、端整な顔立ちに均整の取れた体を持つ。かなりの美女だが、目を引くのは親父の汗を舐め取っている長い舌だろう。

(やっぱり『全裸コース』に、『毛深い』と『年齢高め』のトッピングよね)

正体は、東の国より国賓として訪れている女性司教、舌長様《したなが》である。

以前は、脱毛した若いイケメンのムキムキマッチョが好きだったが、新たな嗜好に目覚めたのである。

師である大柄な老女、北の修道院の院長が主催したイベントが引き金であろう。

『無礼講《ぶれいこう》』

それは日没から日の出まで、あらゆる客人を拒まず迎え入れるというもの。舌長様は院長と二人で、王都の猛者《もさ》共を迎賓館で迎え撃ったのだ。

(ああこの感じ、思い出すわあ)

周囲を親父連中に圧迫され、舌長様の心にあの一夜が思い浮かぶ。

男共を全滅させた院長とは対照的に、舌長様は日付が変わる前に陥落。意識のある状態で、朝を迎える事は出来なかった。

その時の甘い思い出が、忘れられずにいるのである。

(何よこれ、首の後ろから加齢臭？　耳の裏はニンニクのような香りのする汗？　やだもう、どうにかなりそうよ)

自分の持つ前後のトンネルに侵入し、激しく往復する親父達の列車。手にも握らされ、油断すると唇も奪われてしまう。

苦しさで顔を背けるも、そこにあるのは別な親父の髭だらけの口だ。

(断交月《マラダーン》に少し似ているけど、やはり違うわ。あっちはもっと淡白だから)

ピントすら合わない至近距離で見つめ合い、舌を絡めながら思う。

断交月《マラダーン》とは東の国の暦にある、自らで慰める事すら厳しく禁じる一ヶ月間の事。解放された直後に各地の聖堂で行なわれるミサは、確かに無礼講に近いだろう。

しかし参加者全員が爆発寸前なので、出す事に意識が向き味わいが薄いのだ。少なくとも今の舌長様は、そう思っている。

(王国に来られてよかったわ。いろいろと勉強になったもの)

自身の成長も実感出来た。

(だけどそろそろ、帰らないといけないのよね)

残念な気持ちが湧き、心をわずかに沈ませる舌長様。

サービス業の親父達は、お客様の雰囲気の変化を鋭く察知。盛り上げるべく、一層気合いを入れ始める。

さらに高まる温度と湿度。当然ながら香りもだ。ただの満員電車は、エアコンの壊れた真夏のラッシュアワーへと大幅にグレードアップして行く。

(……その事は、後にしましょ)

身動き一つ取れない満員電車。すでに爪先も、床から宙に浮いている。

足場さえ失った状態で一方的に揺すられながら、舌長様は考えるのをやめたのだった。

王国と帝国、それに精霊の森を加えた三つと接する位置に、北部諸国はある。

ただし、ゴーレム馬車が通れるような街道は、王国と帝国のみ。精霊の森は間に険しい山地があるため、慣れた者でなければ徒歩でも厳しいだろう。

今、王国とつながる街道を通り、一騎のB級騎士がニセアカシア国に到着した。

『お帰り！　ライトニング』

『祝！　英雄帰還』

国ではあるが、街は村に毛の生えたようなものが一つきりの、吹かなくても飛びそうな零細国家であるニセアカシア国。

今、街の門には、このような横断幕を掲げた住民達が集まっていた。

(大げさでこそばゆいが、嬉しいものだな)

B級騎士の操縦席に座る、口の上に短い髭をたくわえた二十代後半の男性が、胸に温かさを感じて口元をほころばせる。

彼の名はライトニング。ここしばらく王国騎士団へ応援に行っていたが、戻って来たところなのだ。

「お疲れ様ー！」

「抱いてー！　ライトニング・ソードを、あたしにぶち込んでえっ！」

王の館前の広場へ騎士を向かわせる間も、左右の人垣から声が飛ぶ。

『聖都の神前試合で、男性の部優勝』

『騎士を駆って魔獣を倒し、民を守りドロップ品による富をもたらした』

『帝国の侵攻を受けた際には、先頭に立って敵騎士達を撃退』

三本ほど指を折っただけで、この偉業である。ニセアカシア国のそこそこの歴史を振り返ってみても、これほどの事をなした人物はいない。

横断幕に書かれていたように、ライトニングはまがう事なく『地元の英雄』なのである。

「無事に帰国した事、嬉しく思うぞ」

騎士を広場へ片膝立ちで駐機させた後、ライトニングは王の館の謁見の間へ入り、騎士と同じように片膝を突く。すぐに奥から、威厳をあまり感じさせない壮年の痩せた男性が現われ、ライトニングへ言葉を掛けた。

重そうな装飾過多の衣装に負けてしまっているが、この人物こそニセアカシア国の王である。

「しばらく見ない間に、随分と精悍《せいかん》さを増しましたの」

王とライトニングの間に立つ、小柄で丸く腹の出た老人が言う。八の字眉の気の弱そうな見た目だが、ニセアカシア国の一人しかいない大臣だ。

「陛下のご期待にそえられたのなら、これに勝る喜びはありません」

ライトニングの返しに『充分以上だ』と目を細める国王と、穏やかな笑みを浮かべ同意を示す大臣。

ただし、内面は若干生臭い。

『ニセアカシア国に留まっていては成長は見込めん。王国という大国の騎士団へ行き、そこで学んで来るがよい』

送り出す時、国王はライトニングへそう告げ、ライトニングは素直に受け取っている。しかしそれは、ライトニング向けの表紙でしかない。

『戦勝でB級騎士を手に入れたはよいが、維持費に頭が痛くなりつつあったニセアカシア国』

『重騎馬《ヘヴィーランサー》の群れに騎士団主力を破壊されたため、騎士不足に悩む王国』

二国の事情を金でつないだ、というのが中身なのだ。

ちなみにニセアカシア国の懐事情は大分改善されており、ライトニングとB級騎士を養って行けそうになっている。

(それでもよかろう。後付けの理由だが、三者すべてに利があったのだからな)

国王が思い浮かべたのは、王国から定期的に届く文。それにはライトニングの受けた任務と、結果への評価が記されている。

後になればなるほど評価が上がっているので、経験を力へと換えているのだろう。

「当面の間、精霊の森との境にある山地の魔獣退治は、ライトニングにお願いしますの」

心で頷く国王をよそに、大臣が指示を出す。

狙いは、『ニセアカシア国にB級騎士あり』という事実を、エルフ族へアピールする事。『だから来るなよ』という威嚇でもある。

『詐欺、および強盗致傷』

巨大白い淑女《ホワイトレディ》の所有権を主張し、受け入れられぬと見るや力ずくに切り替えたエルフの男女は、この罪で収監されている。

『外交官には、身体の不可侵があるはず』

もしこう問われれば、返答は『ない』。なぜならエルフの里とは、国交がないのだ。

貧しい零細国家など眼中になかったのだろう。『使者』を自称する者が訪れたのも、今回が初めてだったのである。

「新居は準備出来ておる。広めに作っておいたから、子供が大きくなっても大丈夫じゃろう」

大臣の続く言葉は、生活面について。

しかし大臣はすぐ、『妻子は後日じゃったか』と、申し訳なさそうに八の字眉の両端を下げる。『至急、帰国せよ』との命を発した事についてだろう。

ライトニングの妻はゴーレム馬の操縦が出来ないため、『家財を積んだゴーレム馬車を操って、騎士の後ろをついて行く』というわけにはいかなかったのである。

「ご配慮感謝致します。ですが王国が臨時便を出してくれましたので、数日のうちには来られるでしょう」

言い終えた後、少々顔を曇らせるライトニング。彼の持つ不安がなんであるか知っている大臣は、『大大丈夫じゃよ』と穏やかな声音で言う。

「義理の祖母の事じゃろう？　実は彼女、この度めでたく懐妊しての。おかげで性欲も落ち着いたようなのじゃ」

これまでのように、本能に支配されて襲って来るような事はないじゃろう。そう続ける小柄で腹の出た老人の話に、ライトニングは耳を疑った。

「大奥様が妊娠された、そうおっしゃいましたか？」

頷く大臣、そして威厳を感じさせない痩せ男である国王が、説明を引き継ぐ。

「先日文で伝えた、エルフの男女による襲撃事件。その片方であるエルフ男の持ち物が気に入ったらしくてな、夫に子供が欲しいとねだったそうだ」

この世界では、夫婦が互い以外の相手と寝る事はタブーではない。しかし、子供を作る事は別だ。

『協力して子供を産み育てる約束』

これが、この世界における結婚なのだから。

「そちの義理の祖父は、すでに自らに種がない事を知っておったようだ。ゆえに身を引き、妻のためにハーフエルフを共に育てると決めたらしい」

まさに愛よな、としみじみとした様子で目頭を軽く押える国王だが、ライトニングは理解が追いついていない。目を白黒させ、相槌《あいづち》らしき発音を繰り返すだけである。

「だが、まだ独りで祖母に会うのは早いだろう。妻子が揃った後に、皆で行くがよい」

国王の言に、とりあえず頭を深く下げるライトニングであった。

翌日、『妻へ相談してから』という形で心の整理をつけたライトニングは、B級騎士に乗り、精霊の森との境にある山地へ向け歩み出す。

昨夜の泊りは友人宅。新居を用意してもらったが、寝具や生活雑貨がなかったためである。

『すごーい！』

ちなみにこれは、友人の妻による失神前の叫び。友人とその妻に『是非に』と望まれ、友人の前でその妻へ、『ライトニング・ソード』という股間の高速連続突きを披露したのだ。

『一度でいいから受けてみたい』

ニセアカシア国の女性の多くがそう考えているため、『今夜はうちへ』との誘いが引きも切らない。

妻子が到着するまで、泊まり歩きが続くだろう。

(あれは樽人形《バレルドール》。しかし胸甲が開いている)

ニセアカシアの林の中、両膝を突き操縦席の蓋を開けている、樽《たる》に頭と手足を付けたようなC級騎士を発見。

C級騎士の周囲を見回すと、木の根元へ立ち小便をしながら手をこちらへ振る老人がいた。

(お元気そうだ)

樽人形《バレルドール》は、ニセアカシア国の前の旗騎。ライトニングが帝国の騎士達と戦ったのも、この騎士に乗ってである。

戦後、新たに手に入ったB級騎士へ乗り換えたが、その時に空いた樽人形《バレルドール》の操縦士となったのが、この痩せた老人なのだ。

「留守をありがとうございます。魔獣や盗賊の退治では、大層活躍されたとか」

B級をしゃがませ操縦席を降り、老人のもとへ向かい手を差し出すライトニング。排水を終えた老人は、笑みを浮かべると手をズボンで軽く拭い、握り返して来た。

少し湿った感のある手を上下に振りながら、ライトニングは少しばかり眉根を寄せる。

(お変わりないのはいいが、回復もされていないようだ)

実はこの老人、記憶がなく言葉も喋《しゃべ》れない。

どの街や村からも遠い街道を独りで歩いていたところを、とある商人に保護されたのだが、その時すでにこうだったらしい。

ちなみにニセアカシア国へ連れて来られた理由は、商人がこの国に用事があったから。その後、商人は衛兵へ、『国なんだから面倒見てよ』と押し付け立ち去っている。

（高いレベルでの武術の心得があり、騎士の操縦が出来る。間違いなくひとかどの人物だ）

面倒な事を、と渋面を作った当時の衛兵達。だがライトニングの言が示すとおり、実は金貨の入った小袋なみの拾い物だった。

（なればこそ、ここで活躍すれば、彼を知る人が現れると思ったのだが）

これまでのところ、誰も来てはいないらしい。

「私は山の方へ向かいますので」

ライトニングがそう続けると、老人は林の奥を指で指す。林で作業をしている人々の警護をする、という意味だろう。

手を放すと互いに騎士に乗り、この場を離れる二人であった。

（エルフ族へ知らしめる、という事であれば、奥まで進んだ方がいい）

単独に戻ったライトニングは、山の麓《ふもと》へ到着した後、騎士の身長より高い森の木々の間を縫って斜面を上る。

深く分け入り、さらに小川をまたぎ数歩進んだところで、景色に違和感を覚えた。

（これは）

直感を信じて後ろへ跳べば、自分の突然の動きに反応して景色の一部も動く。それは茶色と緑という、森の木々の幹と草や葉の色に紛れやすい模様をした、蛇型の魔獣であった。

（大きいな）

長さは、騎士の身長の倍以上あるだろう。力を溜《た》めたバネのようにとぐろを巻き、こちらを睨むもたげた頭の高さは、騎士の腹までほどもある。

もう数歩進んでいれば、不意打ちされていたに違いない。

(この威圧感、大型魔獣の中でも上位の存在に違いない。しかも、聞いた事すらない種だ)

精霊の森近くにいる魔獣が外へと移動した事で、玉突きのように魔獣が居を移している。その話を王国騎士団で聞いていたため、『なぜ』とは思わない。

今考えるべきは、対処法だ。

(相手は、情報のない大型魔獣)

対して自分の武器は刺突剣で、スタイルは飛び込みからの一撃離脱。初見の相手に単騎で挑むには、リスクが高いと言えるだろう。

(遠距離からの攻撃魔法で、出方を見る。そうしたいところなのだが)

得意ではないため、持っていないのだ。王国騎士団時の、『班を組んで行動』のありがたさがわかる。

しかし、ない物ねだりをしてもしょうがない。飛び込めるギリギリの位置、そこへ向けジリジリと距離を縮めて行く。

(む?)

途中、ライトニングは大蛇の妙な動きに気づいた。

(目はこちらへ向けているが、顎をゆっくりと横へ動かしている)

それはまるで、こちらへ知らせたい事があるような。そう感じ、警戒しつつも頭の示す方向へ目を動かす。

指し示しているように思えたのは、大蛇と自分の間に流れる小川だった。

（もしかして、縄張りを示しているのか？　この水の流れよりそちらに行けば、攻撃すると）

そこで理解する。情報がないのは、相手にとっても同じ事だと。

おそらくは先ほどの飛びすさりで、こちらの脅威度を高く見積もったのだろう。

（この騎士は、他のB級に比べ俊敏だからな）

ライトニングの前の乗り手は、タウロの言うところの熟女子爵。彼女がタウロの狙撃を長くかわし続けられたのは、装甲よりも身軽さに振った、この騎士の性能のおかげでもあるのだ。

（ならば、試してみるか）

さらに騎士を数歩下がらせたライトニングは、操縦席内のスイッチを押して外部音声を起動させる。

『この川の向こうがそちらの縄張りならば、手前側は我ら人族の縄張りだ。この川を境とする事を認めるのなら、手を出さないと約束しよう』

人の言葉がわかるとは思えないが、雰囲気は伝わるのではなかろうか。家で飼っていた鶏や豚もそう思えたし、この大蛇にはそれ以上の知性を感じる。

駄目もとの行為の後、様子を窺う。茶と緑のウロコを持つ蛇型の大型魔獣は、しばしこちらを見つめた後、地面すれすれまで頭を低くし、木々の間へ引き返して行った。

（あの魔獣は間違いなく強い。C級騎士では、何騎いても相手にならないだろう）

今いる地点は、街の人々の活動範囲からは遠く、近くに商人や旅人の通る道もない。危険をかんがみれば、小川より奥へ踏み入らないよう周知するのが良策だろう。

単騎で未知の強敵に挑む危険を味わったライトニングは、額に浮かんだ汗を手の甲で拭うと、報告のため騎士を引き返させたのだった。

それから数日後、ライトニングの妻子は無事到着。

臨時便ではあるも専用便ではなかったらしく、ニセアカシア国の街の門の前に停車した大型ゴーレム馬車からは、少なくない数の商人や冒険者達が降りて来た。

『危険を冒せば、精霊の森でないと手に入らない物の近似品が採取出来る』

帝国が精霊の森への街道を封鎖して以降、北部諸国に商売の種が生まれたためである。

小型ゴーレム馬車の専用便にしなかったのは、『俺達も乗せろ』という声があったのかも知れない。

「ファーストクラスなんて、初めて座ったわ」

興奮気味の妻と、路上で軽く抱き合うライトニング。見直せば大型ゴーレム馬車は、定期便より高級感がある。

「背もたれが平らになるくらい倒れて、脚を伸ばしても余裕があるの。それに荷物も、家まで運んでくれるんですって」

大型ゴーレム馬車から荷車らしき物が降ろされ、さらにそれへ、見覚えのある自分達の家財が積まれて行く。

ここまで配慮してくれるとは思っていなかったライトニングは、嬉しさ以上に申し訳なさを感じてしまう。一方の妻は、大変にご機嫌だ。

「こっちでーす、お願いしまーす」

家財をロープで固定し終えたゴーレム馬車の乗員へ、背伸びして手を大きく振る妻。その様子に、王国への感謝を深めたライトニングである。

「大臣閣下から蜂蜜酒をいただいたんだ。飲むかい？」

新居への引っ越しが近所への挨拶回りも含めて終わったのは、夕方になってからだった。

夕食を終え子供を風呂に入れると、すでに夜。今は子供も寝かしつけ、テーブルを挟んで夫婦水入らずでの時間である。

「懐かしいわ、王都にはなかったものね」

ニセアカシアの花の蜜から作った酒。二人にとっては故郷の味と言ってよいだろう。

脚の高いグラスに黄金色の液体を注ぎ、軽くグラスをぶつけ合って味わった少し後、ライトニングが切り出した。

「驚いたわねえ。でも、お爺《じい》ちゃんとお婆《ばあ》ちゃんがいいなら、私はとくに言う事はないわ」

知らせるのに酒の力を借りたライトニングであるが、妻に思ったほどの動揺はない。それどころか『あなたへの執心が薄くなるのなら、いい事じゃない』と、肯定的である。

その強さに好ましさを再確認したのは、彼がどちらかと言えば繊細な性質だからであろう。

「だけれど、お婆ちゃんが気に入るなんてよほどの事よ。エルフって、そんなに凄いのかしら？」

明日にでも祖父母に挨拶へ行く、それを決めた後、話題はこちらへと移った。

「タウロ殿に聞いたのだが、細めだが非常に長いらしい。人族を剣とするなら、エルフ族は槍《やり》だそうだ」

妻は自分の臍《へそ》の上辺りを押えると、『どこまで来るのかしら？』となでさする。

「エルフの女性も、槍でなくば届かないほどに深いらしい」

続く説明に、それもそうよね、と納得の表情を作る妻。次に眉間に縦皺を寄せると、口調を厳しいものに変えた。

「人族の男はエルフの女性に勝てない、という事になるの？」

表情も真剣なものへと変わったのは、彼女が武門の出であるからだろう。

男女の戦いに勝つための武、己の心と体を磨くための術。それを教える道場の孫娘としては、認めがたい事だったのだ。

「槍と剣の関係と同じだろう。素人同士なら、剣より槍の方が強い」

だが戦いようはある、と続けるライトニング。

『エルフの女性達を散々に打ちのめし、娼館を王都から撤退させた』

ちなみにライトニングは、これをタウロがなした事を知らない。タウロが変装したうえに偽名を用い、吹聴《ふいちょう》もしていないからだ。

「勝てる？」

妻の問いにライトニングは、『自信はある』と返す。そして二人は、『一度は試してみたい』との結論へたどり着く。

ちなみにこれはライトニングだけではなく、妻についてもだ。祖母ほどではなくとも心得はあり、『祖母が倒せたなら自分にも出来なくはない』と考えたのである。

「問題は機会だな」

腕を組むライトニングに、妻は頷く。

「戦うなら、こちらから出向くしかないわね」

具体的には、エルフの娼館へ客として行く事。しかしエルフの娼館は、大きな街にしか存在しない。

ライトニングは顎をなでると、頭の中を探す。

「王都にはなかった。帝都にはあったはずだが、この情勢下ではどうなったかわからない」

出された答えに、妻も唸《うな》る。

「聖都は大きいけれど、人族の神様の聖地にエルフ族はいたかしら」

結局二人が至ったのは、『保留』というもの。妻は溜息と共に、テーブルの上に置かれた小さな素焼きの鉢へと手を伸ばす。

「これが大きくなる頃には、平和になっているといいのだけれど」

それはライトニングがタウロの眷属である精霊獣達から貰《もら》った、『ハエ取り草の苗』の鉢。言いながら妻はハエ取り草の若葉を指で突き、双葉をワニの顎のように閉じさせたのだった。


精霊の森のすぐ南に、帝国で最も北に位置する街がある。

この地を治めるのは熟女子爵。そして駐留するのは帝国騎士団の団長と、精鋭の薔薇騎士《ローズナイト》。

今やここは、エルフ族に対する最前線基地であった。

(精霊の森を出るなど、何百年振りか)

心で呟いたのは、よく肥えた老人。中央広場隅のベンチに座り、飲み物を片手に街の景色を眺めている。

正体はハイエルフ。同僚達のやりように希望を失い、精霊砲の起動に力を貸す気にもなれなかった彼は、すべてが嫌になりエルフの里を出奔《しゅっぽん》したのだ。

(意外と怪しまれぬものだ)

長い耳を長髪のカツラで隠しただけの、しかし精一杯の変装。疑われなかったのは、皺の多い顔と太った体形のためだろう。

『若い細身の美男美女』という、人族の持つエルフ族へのイメージ。それから遠く離れていたのである。

勿論《もちろん》この太ったハイエルフも、遥かな昔はイメージどおりだったのだが。

（ここで精霊砲によって消え去るのも、悪くはない）

訪れた目的は、とくにない。死に場所を探しに来たと言ってもよいだろう。

（時間はまだある。その前にグリフォンを、一目でよいから見たいものだ）

無血革命が起きたのは、彼が生まれるずっと前。さして間をおかずグリフォンは絶滅したため、その姿はハイエルフの館の資料室にある剥製でしか知らない。

（まあ、無理だろうがな）

王家の象徴たるグリフォン。エルフの民の心に大きな衝撃を与え得る、切り札的存在だ。

厳重な保護下にあると見て、まず間違いない。何のコネもない旅人に、機会が訪れる事はないだろう。

（うまく行かぬものだ。いろいろとな）

肩をすくめ、息を吐き出す太ったハイエルフだった。

同じ北の街の中央広場を、白い長衣《トーガ》を着た一人の女性が歩いている。

腰の辺りを金のベルトで締める事で、豊かな胸と尻回りを強調。顔立ちは硬質ながら完成された美しさがあり、周囲の者達を振り返らせるに充分であった。

(いないわねえ)

彼女はエルダ。この街の娼館で出自を隠して働く、エルフ王族の生き残りである。

完璧な外観を作り上げているのは、厚みのある化粧と強靭《きょうじん》な矯正下着。中身はかつてタウロが評したように、『エルダーリッチ』と見まごうほどの老婆だ。

探しているのはグリフォン、だが捕まえようというのではない。今後のために、主が誰かを知っておきたかったのである。

(今日は遅番だから、出勤まで粘るわよ)

長衣《トーガ》の胸元にささやき掛けると、しなびた胸を豊かに盛り上げる矯正下着の隙間から、黒い蛇が頭を覗かせチロリと舌を出す。

この体長二十センチメートルほどのカラス蛇は、精霊獣にして眷属。幼かったエルダが『無血革命』の動乱から逃げ出せたのも、地属性の蛇が導いてくれたからこそ。

彼女がこの世でたった一匹、全幅の信頼を寄せる相棒であった。

(あら?)

矯正下着で作った胸の谷間に身じろぎを感じ、小さく声を出す。

(何か気づいたの?)

問えば、服の襟首の中で頷くカラス蛇。直後、広場の一角に、軽いざわめきが広がった。

「グリポンちゃん！　今日も頑張っているわね」

この声は、市場で屋台を開いている恰幅《かっぷく》のよいおばちゃんのもの。掛けた相手は、目の前を横切って行く白い小鳥である。

慌てて駆け寄ると、道を作るように避けた人波の真ん中を、紙片をくわえたグリフォンが飛んで行った。

（グリフォンって、ばれているのね）

領主の館の方に去って行く、鷹のような前爪と猫のような後ろ脚のある鳥。その姿を見送った後、エルダはおばちゃんの店で袋入りの菓子を求める。

そして、今の空飛ぶ小動物について尋ねた。

「あれはね、グリポンだよ！」

これは、同じ店で菓子を物色していた小さな女の子の言。脇で聞いていて教えてあげたくなったのだろう。

ただし、名前しか知らないらしく、エルダが視線を向けてもニコニコ笑うだけである。

「ああ、あれね。ローズヒップ伯様のペットよ」

おばちゃんは苦笑を浮かべながら女の子の頭をなでると、エルダへ菓子袋を渡しながら言う。

ちなみに、ローズヒップ伯達による呼びは『グリフォン』。しかしなぜか、街では『グリポン』で定着してしまっていた。

（ペット？）

その言葉に動きを止めたエルダを見て、おばちゃんは得意そうに続ける。

「珍しいでしょう？」

エルフ視点で見れば、『珍しい』で済む対象ではない。相手が人族である事を思い出し、息を大きく吐き出して気を取り直す。

しかし続く言葉に、少しばかり頭が痛くなる。

「いい子なのよお。屋台に食べ物があっても手を出さないの。それに見たでしょう？　手紙の配達くらいなら出来るんですって。賢いわねえ」

成獣ともなれば騎士をも倒す力を発揮し、世界樹の頂に巣を作る孤高の猛禽《もうきん》獣。グリフォンとはそのような存在のはずなのだが、あまりに身近な発言に自信がなくなって来た。

（あれ、本当にグリフォンなのかしら？　ただの後ろ脚のある鳥だったりして）

湧き上がった疑念を、胸元の蛇が否定する。グリフォンの幼獣で間違いないらしい。

（まあ、人族だものね。価値観が違うのは当然かしら）

『お宝』というものは、興味のない者からすればガラクタと変わらないものだ。おそらくグリフォンの主の認識は、『前爪に後ろ脚のある、少々賢い小さな鳥』くらいのものだろう。

（誰が主か、すぐにわかっちゃったわね。これからどうする？）

カラス蛇に話し掛けると、もう少し近くで見てみようとの事。

（だけど天敵でしょう。大丈夫？）

心配すると、自信を持った波が返って来た。あのような幼い個体なら、襲われても負けないらしい。

（じゃあ、ちょっと追い掛けてみましょうか）

エルダは領主の館の方向へ、身をひるがえしたのだった。

エルダを驚かせた、中年女性の『グリポンちゃん！』という声。それは太ったハイエルフの耳にも届き、手にしていたグラスを取り落とさせた。

（しまった）

顔をしかめるも、落下は止まらない。石畳の上で割れたガラス製の器は、鋭利な破片と共に飲み残しのアイスティーを撒《ま》き散らす。

「……すまない」

こちらを睨む屋台の親父に詫《わ》び、弁償し、再び声のした方を向く。だがすでに、人の流れは平常へと戻ってしまっていた。

（思い違いでなければ、『グリフォン』と聞こえた。確認しなくては）

何軒かの屋台を覗き、先ほど声を上げたであろう人物に当たりをつける。

それは木製の台に焼き菓子を並べた、たっぷりとした腹回りの女性。意を決して問うと、笑みと共にあっさりと教えてくれた。

「そ、そうか。グリフォンなのか」

グリポンと聞こえるが、これはエルフ族と人族の発音の違いによるものなのだろう。独り納得した太ったハイエルフは、『主は誰だ？』、『いつ現われた？』、『どこに住んでいる？』と質問を飛ばす。

しかし次第に女性の顔は曇り始め、返答も生返事へ変わって行った。

（警戒されている）

自分はよそ者、当たり前と言えばそうだろう。

渋い表情で、どうすべきかと悩む太ったハイエルフ。その姿におばちゃんは、呆《あき》れたように口を開いた。

「いい年した相手に、あたしが言うのもなんだけどさあ。聞きたい事があるのなら、まずは買い物をしたらどうだい？」

顎で示した先にあるのは、練った小麦粉を焼いて膨らませ、砂糖や塩で味をつけたもの。

数拍の間を置き、理解の色がハイエルフの顔に広がる。焦った様子で大家族向けの大袋へ手を伸ばし、小銭を差し出した。

「毎度あり」

一瞬で笑顔へ切り替えたおばちゃんは、主はローズヒップ伯であり、姿を見せるようになったのはここ最近だと告げる。

最後に飛んで行った方向を教えられ、太ったハイエルフはそちらへ向け足早に立ち去った。

「……何か、物慣れない感じの爺ちゃんだねえ」

人ごみに消えた背を見つめ、おばちゃんは呟く。

着ている服も身嗜《みだしな》みも悪くない。財布の中にも結構入っていたように見えたので、金に困ってはいないだろう。

「学者さんかい？」

正解ではないが、近い。小さな世界で高い地位に居続けたため、浮世から離れてしまっていたのである。

「はい、おいしいお菓子だよお！　奥さんやお子さんにどうだい？」

すぐに興味を失ったおばちゃんは、手を打って大きな音を出す。そして客の呼び込みを再開したのだった。

帝国領の北の街から遠く南東、王国の首都王都は春も過ぎ去り、初夏の陽光が降り注ぐ。気温が上がるのはこれからだが、日差しは一年で最も強いだろう。

麦藁《むぎわら》帽子をかぶった俺は、濃い影を足元に落としつつ庭森を歩いていた。

「おっ、とうとう咲いたか」

目を向けた先は、庭池のほとりに育つ一本の木。艶のある濃い緑の葉の群れの中に、いくつもの白い花が咲いている。

この木は『文旦』。枝の真下の水面では亀が、キラキラした目で見上げていた。

『これからがたいへん』

枝の上には体長二十センチメートルのイモムシが乗り、忙しげに、だが大して速くなく動き回っている。

花の一つに近づくと、くるりと向きを変える森の賢人。植物管理の専門家は、ベシベシとお尻で花を叩き始めた。

(誰も気にしていないのか)

そっと目を動かし、足元のダンゴムシと池の亀を見やる。

俺には花を傷めているように見えるのだが、二匹には違うらしい。感心するような波を放ち、何度も頷いていた。

「これをやらないと、ちゃんとした実がならないって?」

三つほど花を叩きのめした後、休憩に入ったイモスケが言う。受粉みたいなものなのだろうか。

『たねは？』

こちらを向いたまま、頭を傾げ問うて来るイモムシ。果実の中の種の量についてらしい。

俺の好みに合わせてくれるようだ。

（あまり多いと食べにくいからな。少なめでお願いしようか）

あるいは、種なしというのでもよい。そう考え口を開き掛けたところで、池から横槍が飛ぶ。

『アルガママノ姿ガ、一番デハ？』

口を閉じ、視線をザラタンに合わせる。黒目がちのつぶらな瞳は、『種もおいしい』と強く主張していた。

俺の返答を予測して、釘を刺したに違いない。

（普段はあまり前へ出ないが、文旦については別だな）

世界に名だたる大精霊獣が、庭森へ来た理由。何せそれが、『文旦を食べたい』なのだ。

ここは一つ、主として度量の広いところを見せておくべきだろう。

「そうだな、そのままがいいと思うぞ」

わかった、と返事をし、再び尻で花をぶちのめす作業に戻るイモスケ。数が多いので、これは確かに大仕事だ。

ダンゴロウと頷き合った俺は、口を開く。

「俺達も何か手伝おうか？」

イモスケの返事は、『だいじょうぶ』というもの。はっきりとは言わないが、素人には頼みたくないようである。

（以前、旬の本気を見せてやる、と息巻いていたしな）

求めているのは、納得出来る仕事だろう。最後まで自分の手で、やり切りたいに違いない。

専門家としてのプライドを感じた俺は、イモスケの意思を尊重する事にした。

「……今日は暑そうだなあ」

日差しに目を細め、昼近くなった空を見上げる。そろそろ出掛けなくてはならない。

「ちょっと行って来る。留守番を頼むぞ」

無理をしないで休みながらな、と眷属筆頭のイモスケに付け加えた俺は、ポーションの詰まった鞄を肩に掛け家を出たのだった。

ここで視点は、タウロから眷属達へと移動する。

階段を下りる主の足音。それが消えた頃、イモムシは波を発した。

『さいきん、こない』

これは風の精霊達の事。毎日大量に訪れ、庭森の結界に侵入しようとしていたのだが、ここ数日姿を見せていないのである。

地面の上で枝を見上げ、ダンゴムシが返す。

『ほんとだ。こない』

以前はすべて撃ち落とし、森の栄養に変えていたのである。

では不足してしまうのかといえば、二匹に心配する様子はない。今、庭森には、溢れるほどの魔力が地脈からもたらされているためだ。

それでも口にしたのは、単に不思議だったからである。

『わかる？』

副首領であるイモムシに問われ、静かに空を見上げる亀。出されるであろう長生きの大精霊獣の言葉を、イモスケとダンゴロウは黙って待つ。

少しの間をおき、ザラタンは静かに語り出した。

『送リ出シテイタノハ、オソラクエルフ。ソシテ風ノ精霊ノ役目ハ、情報ヲ運ブ事ダ』

そして、それらが来ないという事は、それどころではなくなったのだろうと続ける。

『世界ハ今、変ワリ始メテイルノダロウ。ソレモ大キク』

大先輩の見解に、緊張する二匹。突如として庭森へ魔力が流れ込んで来た時から、肌で感じていた事でもあった。

その姿を見たザラタンは、やさしい口調で言葉を継ぐ。

『手分ケヲシテ、様子ヲ探ッテハドウカ？』

庭森にいながらでも、出来る事はある。地脈や、空気中の魔力の流れを感じ取る事などだ。

頭を縦に振り、了解の波を返す精霊獣達。イモムシな副首領は風、ダンゴムシの将軍は地、そして亀は水と、それぞれの得意な分野を受け持つ事に決める。

『がんばる』

強い波を飛ばしたのはイモスケ。ただし何をするにしても、まずやるべきは文旦の花の処理であろう。

手を貸せない事にもどかしさを感じながら、ダンゴロウとザラタンは頷いたのだった。

ここで舞台は、帝国で最も精霊の森近くにある北の街へと戻る。

中央広場を抜けたグリフォンは、目的地へ向け細い路地を飛んでいた。

(……ピッ!)

クチバシに紙片をくわえたままなので、鳴き声は心の中。四つ脚の白い小鳥は殺気を感じ取り、翼を大きく動かし身をひるがえす。

直後真横から、柄の長い虫取り網が振り下ろされた。

「避けやがった!」

建物の間から姿を現したのは、顔色の悪い痩せ気味の男。商人と冒険者の中間、さらには時折泥棒のような事をしており、エルフの里にグリフォンの事を伝えたのも彼である。

捕まえようとしたのは、エルフ達の動揺する様子に濃厚な金の臭いを感じたからだ。

「勘のよい奴め」

滅茶苦茶に網を振り回すも、すべて軽やかにかわして行く白い小鳥。ローズヒップ伯の千本ノックで鍛えられたグリフォンにとって、この程度は造作もない。

「キュアッ」

クチバシを開き発したのは、生まれながらに使える風の魔法。威力は指で弾いた程度しかないが、狙ったのは男の目である。

眼球にこそ命中しなかったものの、目尻とも呼ぶべきすぐ近くに衝撃を受けた男は、反射的に腕で顔を守った。

「ピイッ!」

そしてこれこそ、グリフォンが狙っていたもの。

がら空きになった下半身へ向け急降下を行ない、巨大ミミズ《サンドワーム》が守る二つの大切な卵に深々と鷹のような前脚の爪を突き立てる。

「があああっ！」

薔薇《ばら》の棘よりも鋭い爪は、厚手の布地と、さらに伸縮性のある皮膚まで抜く。あまりの痛みに網を捨て両手で股間を押えるも、すでに襲撃者はそこにいない。

ローズヒップ伯も額かざるを得ないほどの、完璧な一撃離脱であった。

「やってられるか！　割に合わねえ」

捨てゼリフを残し、前かがみの姿勢のまま建物の隙間へ走り込む、顔色の悪い痩せ気味の男。一方、グリフォンは、石壁に反響しつつ小さくなる足音を追わない。

それよりも重大事があるとでもいうように、石畳へ舞い降りた。

「……ピイイ」

風の魔法を放つためクチバシを開けた際、くわえていた紙片が落ち、側溝の枡《ます》の中へ入ってしまったのである。

白い小鳥は、頭を下げて蓋の間から枡の中を覗き、次に頭を上げ、枡の周りを四本の脚でうろうろと歩く。

（鉄格子の蓋があるから、拾えないのね）

これは建物の陰から顔を覗かせている、エルダの心の中の声。襲撃があったすぐ後から、隠れて観察していたのである。

（さすがはグリフォン、小さくても強いわ）

矯正下着の間から、カラス蛇の同意する波が飛ぶ。『襲われても負けない』と主張していたが、少し弱気になったらしい。

（じゃあちょっと、恩を売っておこうかしら。敵の敵は味方って事でね）

今のエルフに敵対しているのなら、人族だろうと味方である。その発想でエルダは物陰から姿を現した。

『オ困リノヨウネ、手ヲ貸スワ』

発したのは人語ではなく、精霊語。ここまで幼い相手に伝わるかは不明だが、とりあえず声を掛ける事にしたのである。

グリフォンは後ろに飛びすさると、エルダを見つめた。

（襲っては来ないみたい）

心の中で胸をなで下ろしながら、しゃがみ込むエルダ。鉄製の格子蓋の重さに苦労しながら持ち上げ、何とか紙片を拾い上げる。

汚れてはいるが、大丈夫のようだった。

『ココニ置クワヨ』

石畳の上に載せ、数歩下がる。

精霊語を理解したのか、あるいは雰囲気から読み取ったのか、グリフォンは近づき、紙片をくわえ上げる。

そしてその場で、数度小さく羽ばたきをした。

（……もしかして、お礼のつもりなの？）

言葉を発さず、眷属としてのつながりもないので、わからない。ただ何となく、そんな気がしたのだ。

横を向き、後ろ脚で石畳を蹴って助走を開始するグリフォン。短い距離で踏み切ると、路地の奥へと飛び去って行く。

（主がいいのかしら？　昔見たグリフォンより、大分まともね）

傲慢の代名詞のように思っていたエルダは、皮肉げに口を曲げ見送る。

これなら悪くない印象を与えられただろう。手や服は多少汚れたが、気にするほどでもない。

（焦らない焦らない。ひとまず顔つなぎは成功よ）

手を叩き合わせ、ついた泥汚れを落とした後、勤め先である娼館へ向け歩き出す。

出勤時間まで間があるが、調べたい事が出来たのだ。グリフォンの飼い主だという、ローズヒップ伯についてである。

（娼館へ行けば、すぐにわかるはず）

北の街は小さいため、娼館は一つしかない。つまり彼女の働いている店こそが、唯一の紳士の社交場という事だ。

身分ある人物であるのなら、来ていないはずがない。

（封印していたけれど、洗脳を使ってもいいわね）

アウォークで露見して以降、控えていた魔法と肉体の複合技。皆の記憶が薄れるまで使わずにいるつもりだったが、危険を冒す価値はあるだろう。

（どう思う？）

その場で顎に手を当て、胸元のカラス蛇と思考を飛ばし合うエルダ。

彼女は気づいていなかった。暴漢とグリフォンの戦いを見物していた自分を、さらに後ろから観察している男がいた事に。

（グリフォンに手紙を渡した？）

この心の声は、その男である太ったハイエルフのもの。

屋台の中年女性に示された方向へ早足で歩いて来たところ、エルダがグリフォンの前へ紙片を置くところに出くわしたのだ。

（あの女がローズヒップ伯、そしてグリフォンの主だというのか）

彼がいるのは、襲撃者が逃げたのと逆方向にある細い路地。建物の角から半分だけ頭を出し、様子を窺う。

（いや、違うな）

否定した理由は、女と脚のある白い小鳥との距離感。主と眷属にしては、いささか遠いと感じたのだ。

一度地面に置いて拾わせたのも、互いを警戒し合っているからであろう。

（ならばあの女は、ローズヒップ伯の連絡員）

伯爵という高位の爵位持ちが、一人で路地裏にいるなど考えにくい。主相手でないのなら、あの警戒も理解出来る。

（むっ？）

頭を引っ込め壁に背を預け、独り思考に没頭していたところ、連絡員であろう女が自分の前を横切った。

（ほう）

近くで横顔を見る事になったが、なかなかに美しい。白い長衣《トーガ》を身にまとっていた事もあいまって、精魂込めて削り出された大理石の像のようにも見える。

自分に気づく事なく通り過ぎて行くのを見やり、太ったハイエルフは決断を下した。

（追うぞ）

すでにグリフォンの姿はない。それよりも連絡員の戻る場所を確認すべきであろう。

そこには、ローズヒップ伯なる人族の貴族がいるはずだ。もしかしたら、ローズヒップ伯を裏で操るエルフ王族の生き残りがいるかも知れない。

エルダの残した香水の香りに惹かれるように、太ったハイエルフは歩き出したのだった。

（……ここか）

尾行の経験などなかったが、結果は成功。いや、尾行するまでもなかったと言ってよい。

広場のすぐ近くにある大きな娼館。その勝手口へ入って行ったのだから。

「冷たい感じのする美人だろ？　結構人気があるらしいぜ」

話し掛けて来たのは、近くの屋台でエールらしきものを呷《あお》っていた男性。自分へ片目をつむると、前歯の一本足りない口を開く。

「ふらふらついて行きたくなる気持ちも、わかるってもんよ」

自分は気づかれないよう後を追っていたつもりだったが、他者からはそう見られていたらしい。

一瞬気落ちした後、先ほど屋台の中年女性から学んだ技を使う。

「一杯、奢《おご》らせてもらってもいいかな？」

横に座り、申し出る。

満面に笑みを浮かべ、大きく頷く歯欠け男性。届けられた新たなジョッキをつかむと、質問もしていないのに喋り出した。

「指名をするなら、注意が必要だ」

彼女のプレイは、カーテンを閉め明かりを落としてのもの。条件が受け入れられなければ、指名を断る事もあるらしい。

「いいよなあ、お高くとまった恥ずかしがり屋なんてよ。屋外の日差しの下で、両足首をつかんでひっくり返したいもんだぜ」

ご機嫌で話し続ける男へ、相槌を打ちながら考える。

（暗くしてのプレイか。エルフの我が身には都合がよい）

直前まで警戒されずに済むだろう。

（始まってしまえば、こちらのものだからな）

ベッドの上での人族の弱さを思い出し、口の端で笑う太ったハイエルフ。

人族の男では絶対に届かない最奥の壁を、叩き続ける事一時間。股間もプレイ時間も長いエルフ族にとってはごく普通の事であるが、人族の女は発狂したかのような醜態をさらしたのだ。

相手にしたのは百年以上も前の事だが、今も変わりはないだろう。

（気づいた時にはもう遅いぞ。心の壁を砕き、魔法で虜《とりこ》にしてくれる）

そして情報を入手し、可能ならばグリフォンも手に入れる。殺してもよいが、最良なのは生きたまま捕らえる事。

（グリフォンを眷属にすれば、里の者達は抑えられる）

革命の恐れがなくなり、自分達の安全が守られれば、ハイエルフの同僚達も精霊砲の使用をやめるだろう。

そうなれば、世界樹の寿命を縮めずに済む。

（今、世界を救うために必要なのは時間だ）

命運は、次代の世界樹に懸かっている。

王位を取り戻す事に執心するエルフ王家の生き残りと、精霊の森の利権に目が眩《くら》む人族。薬師の彼女が見たという世界の敵《ワールド・エネミー》へ対抗するには、あまりにも力不足だ。

（やはり世界を守るべく動けるのは、我々エルフ族だけだ）

エルフ族のおかげで、この世は存在し得ている。この事実を、愚かな者達は気づきもしない。

ただ声高に、自分の利を騒ぎ立ててるだけだ。

（致し方ないであろうな）

これは、高みにいる種族の義務であり責任だ。感謝や称賛などは不要である。

希望を失っていた心に火が灯り、気力が湧き始める太ったハイエルフ。問題は、誇り高いグリフォンが眷属になるかだが、彼は充分に可能と考えていた。

（幸いな事に、まだ雛だ。力技で屈服させられるだろう）

グリフォンが巣を作るのは、世界樹の梢《こずえ》近く。雛は親に大切に育てられ、巣立ちまで地上へ降りて来る事はない。

王族が眷属とするのに苦労したのは、成獣を相手にしていたからだ。

「助かった。礼を言う」

男が同じ話を繰り返すようになった頃、太ったハイエルフは菓子の大袋を押し付け席を立つ。

「甘いもんは、酒に合わないんだがな」

歯欠け男はそう言いつつも、嬉しそうに受け取った。

「ありがとな、爺さん。気張り過ぎて腰を壊すなよ」

決意に満ちた目で見返し、娼館へと向かう太ったハイエルフ。

玄関をくぐると、ロビーには大勢の客が溢れている。随分と繁盛しているらしい。

(仕方あるまい。またあれをするか)

歯欠け男への効果を思い出し、壁際に控えるコンシェルジュのもとへ進む。

そしてその手に、数枚の銀貨を握らせた。コンシェルジュは一瞬驚いた様子を見せるも、すぐに平静を取り戻し用件を問う。

「女性を探しているのだが」

白い長衣《トーガ》を着て、金のベルトをしている事。先ほど裏口から店に入って行った事などを告げる。

「承知致しました。ですが彼女の出番は夕方近くになります。ご予約なさいますか?」

すぐにわかった事に、ほっとしつつ深く頷く。

空いた時間で思考を重ねるべく、併設のレストランへお茶を飲みに行く太ったハイエルフだった。

王都の中央広場の東側には、王国商人ギルドの本部が建っている。

そこへポーションを納入した俺は歓楽街へ向かい、ジェイアンヌに入店。応接室へ通され、そこでクールさんと相対していた。

『死ぬ死ぬ団』の首領ドクタースライムとして、配下の怪人初物喰らい《ユニコーン》に会いに来たのである。

「最近、水揚げはどうだい？」

金の縁取りのある白磁のティーカップを手に、紅茶の香りを楽しみつつ問う。

形のよい眉を曲げ、頭を左右に振るクールさん。すっきりと伸びた背筋は、そんな仕草さえも美しく見せた。

「不漁ですね。この店まで回遊して来ないようです」

初物を話題に、会話を重ねる俺達。

操縦士の仕事は忙しいが、部下とのつながりをおろそかにしてはならない。そのため今日は、あえて時間を作ったのである。

（ここらで一つ、上司としてセクハラでもしておくか）

いわゆる、セクシャルコミュニケーションという奴だ。釣果の乏しいクールさんの嘆きへ相槌を打った後、軽いタッチで質問を飛ばす。

「ところでさ。急にあの日になったりしたら、シフトとかどうなるの？」

常々疑問だったのだ。一時期の爆発着底お姉様のように、何ヶ月も予約でぎっしりという事もある。

さすがにそんな先まで、予測は出来ないだろう。

「なりません。そのための魔法ですから」

表情を微塵《みじん》も動かさず、返答するクールさん。どうやらセクハラは不発のようだ。

（しかし、さすがは魔法のある世界だ。素晴らしい）

大きく頭を上下させ感心する俺だが、クールさんは小さく溜息をつく。万能ではなく、副作用があるらしい。

「仕方がありません。生物としての理《ことわり》を、強引に止めているのですから」

その声の響きには、諦めと納得が混ざっているような気がした。

（何とかしてあげられないだろうか）

いつも彼女達には、大変お世話になっている。

謎の石像から貸与された、俺の根源魔法《アカシックマジック》。それが助けになるのなら、いくらでも協力するつもりだ。

（状態異常回復ならどうだろう）

しかし、どちらの状態が異常なのかわからない。本来の効果を打ち消してしまったのでは、本末転倒であろう。

（媚薬事件の時を考えれば、大丈夫だとは思うが）

腕を組み眉根を寄せる俺を見て、クールさんは声音をやわらげた。

「ご心配ありがとうございます。ですが深刻なものではありません。月に数日、極端に性欲が増すだけですので」

凛とした雰囲気に、涼やかな面立ち。そこから告げられたのは赤裸々な告白。

セクハラ発言で少しばかり頬を赤くしてやるどころか、逆にこちらが照れてしまう。

（腕を上げたな、初物喰らい《ユニコーン》）

認めざるを得ない、今のやり取りは俺の負けだ。咳払いを一つした俺は、話題を終わらせようと口を開く。

「大変だな。その時が来たら教えてくれ。力になれるかも知れない」

「今です」

即答である。

話を切るべく、俺が振り下ろした言葉の刃。クールさんはそれを刀身で受け流し、そのままの勢いで切り返して来た。

無表情で俺を見つめる剣の達人は、退路を塞ぐように言葉を重ねる。

「私の内側は今、初物を求めて熱く煮えたぎっています」

切れ長の両目が、細まって行く。

『そんな話を振ったからには、何とかしてくれるのでしょうね？』

彼女の心の声が、聞こえて来るようだ。

さすがはクールさん、頼もしいが危険な女だ。俺はセクハラを、最もしてはいけない相手にしてしまったらしい。

(お土産を準備していなかったらと思うと、背筋が寒くなるな)

降参するように両手を上げた俺はソファーを立ち、扉を開けると廊下へ頭を出す。そして、扉の外で待機していた人物を招き入れた。

「じゃあ、そこに座って」

俺の隣の席についたのは、一人の青年。

目鼻立ちが整っているわけでも、オーラを発しているわけでもない。住宅地を歩いていればすれ違うような、ごく普通の男性である。

だが、クールさんの反応は劇的だった。

「首領！　この方は？」

目と口は大きく開き、声も震えている。

(この反応、おばちゃんの言うとおり初物だな)

胸をなで下ろす俺。ちなみに『おばちゃん』とは、援助交際喫茶店『ベルトーク』の経営者の事だ。娼館メインの俺は、あの店で交際相手を探す事はない。しかし、おばちゃんとの会話が楽しいため、昨夜も顔を出したのである。

(それで、バーテンダーにしてご意見番のおばちゃんへ、誰へ声を掛ければいいかの助言を求めていたのが彼)

しかもその内容は、『慣れていなくとも馬鹿にせず、やさしく導いてくれる女性』というもの。対するおばちゃんの答えは、バッサリと斬り落とすものだった。

「……あんた、経験がないね？　悪い事は言わないからさ、初めては娼館にしておきな」

同じカウンターにいたため聞こえてしまった俺は、思わぬ希少種の出現に驚きつつも、心に頷く。

援助交際喫茶店とは『遊びたい男』と『フリーで金を稼ぎたい女』に、出会いの場だけを提供するもの。買い手と売り手が直接売り買いするので、娼館に比べれば大幅に、またゴーゴーバーより数割は安く済むという利点がある。

(しかし、初心者には危険だ)

その反面、トラブルへの予防も補償もない。

つまり、プレイが雑だろうと、シャワーを浴びている間に財布を盗られ靴を隠され逃げられようと、あるいはそれ以上の何かがあろうと、衛兵以外は頼れないのだ。

「お金がないんです。娼館へ行けるほどの」

その事をおばちゃんから告げられた青年は、眉の両端と両肩を下げ、深く大きく息を吐く。

学生の雰囲気がするこの青年は、歓楽街で遊べるだけの手持ちがないのだろう。冷たく言うなら、『資格がない』という事である。

(だが、その気持ち、俺にはわかるぞ)

やりたくてやりたくて仕方がない。獣欲を理性という蓋で押えつけても、少しでも弱まれば蓋を押し上げ溢れ出す。

若さがもたらす煩悩の圧力とは、それほどまでに凄まじいものなのだ。

(我ながら、よく耐えたものだ)

過去の自分に、尊敬の念さえ覚えてしまう。

「困ったねえ」

解決策が見つからず、天を仰ぎ溜息をつくおばちゃん。だが俺にとって青年は、河原で見つけた翡《ひ》翠《すい》の原石に等しい。

おばちゃんに目で合図をし、横から会話に割り込ませてもらう。

「嘘偽りなく未経験なら、娼館で遊ばせてやれるよ。勿論、無料でね」

うま過ぎる話である。普通なら警戒して断るだろう。

しかし、今の彼は普通じゃないのだ。欲に捕らわれた心は、俺の申し出を信じたくて仕方がないに違いない。

思ったとおり悩み出した青年の背を、やれやれといった様子でおばちゃんが押す。

「そういう趣味の人も、いない事はない。信用しても大丈夫さ」

今まで培った信頼関係が、ここで効果を発揮した。自分の日頃の行いに感謝しながら、俺は青年に告げる。

「今日は無理だが、明日の昼過ぎならどうかな？」

顔を紅潮させ、青年は強く頷く。

そして日付が変わって場面はジェイアンヌの一室へ、すなわち今現在の状況となったのだ。

(圧倒されているな)

これは、青年を見ての感想。娼館とは伝えたが、まさか御三家とは思わなかったのだろう。

応接室の調度品がかもし出す高級感と、正面に座り自分を凝視するクール系美女。この二つに気圧《けお》された青年は、股間以外を縮こまらせうつむいている。

(しかし、心は萎縮しようとも、体は正直だ)

昨夜の様子から察するに、青年はひどく追い詰められているはず。それこそ『穴さえあれば何でもいい』となる寸前まで。

(たまらんよなあ)

そんな状態で、超高級店のサイドラインを前にしているのだ。クールさんの吐息が首筋に掛かっただけで、一山を越える可能性すらある。

「……首領、これを私に？」

青年から俺に目を移したクールさんは、生唾を呑み込みつつ問う。俺は笑みを浮かべ、おだやかに頷いた。

「部屋も取ってある、ここで始めるんじゃないぞ」

前のめりの姿勢で、テーブルへ十本の指を立てているクールさん。冗談ではなく、今にも襲い掛かりそうである。

念のため釘《くぎ》を刺した俺は、二人を席から立たせ廊下へと送り出す。

「感謝致します。私は死ぬ死ぬ団に入れて、本当によかった」

俺にだけ聞こえるよう、クールさんはささやいた。

上に立つ者の責任を果たし、肩の荷が下りた俺。廊下に再度頭を出し、見習いの子に紅茶のお代わりを頼む。

そしてしばし、紅茶の香りを楽しんだ。

(ん？)

だがそこで何かを感じ、ソファーに浅く座り直し天井を見上げる。

(まさかな)

防音のしっかりした店だ。聞こえるはずはない。

しかし『イイーッ！』という死ぬ死ぬ団のシャウトが、クールさんの声で聞こえた気がしたのである。

帝国領、北の街。この街唯一の娼館の控え室で、マネキンのような美しさを持つ女性が、心の中で渋面を作る。

表情を表に出さないのは、化粧にヒビが入るのをふせぐためであろう。

(おかしいわねえ)

彼女は、タウロが呼ぶところの『エルダ』。その正体は、エルフ王族の知られざる生き残りだ。

同族から身を隠すため、遥かな昔から人族の振りをして、人族の世に潜み続けているのである。

(どういう事？)

グリフォンの主が『ローズヒップ伯』と知り、その名を娼館の顧客名簿に探したのだが、いくらめくっても出て来ない。

(来店したら、洗脳してやろうと思っていたのに)

娼館とは、紳士淑女の社交場。そしてこの街では、この店一軒だけである。

住民代表達と交流するため、女領主も訪れるほど。帝国で伯爵の地位にある人物が来ていないとは、思えなかったのだ。

名簿の背表紙と共に、目を閉じるエルダ。だが考えがまとまる前に、少女の声が自分を呼ぶ。

「お姉様、お時間です」

目を開くと、控え室の入口から見習いの子がこちらを見ている。遅番の出勤時間になったようだ。

聞けば、すでに指名が入っているという。

(今日も忙しくなりそう)

椅子から立ち上がると、腰を伸ばすように裏側を片手で数度叩く。

昼間広場で買い求めた、未開封の菓子の袋。それを少女にくれてやると、ロビーへと向かったのだった。

一方、こちらはロビー。太ったハイエルフは奥から歩み出て来た女性を目にし、心に頷く。

(間違いない)

昼に路地裏で、グリフォンに手紙を渡していた人物だ。人の形をした情報の塊を前に、思わず頬が緩む。

(深々と刺してしまえばこちらのもの。抜く頃には、身も心も屈しているであろう)

人族に対する絶対の自信は、エルフ族に共通するものである。とくに里にこもり人族と接する機会のない者ほど、その傾向が強い。

目だけで微笑む美女に手を取られ、階段を上って行く太ったハイエルフ。この時点ではまだ、どちらも相手がエルフ族だと気づいていなかった。

(さて)

情報どおり、服を脱ぐ前に明かりを落とした目の前の女性。明るさに裸をさらさなくて済むのは、こちらにとっても好都合である。

(エルフの槍は、人族には過ぎたる物だからな)

反り返る長き偉容に怯《おび》え、辞退されてしまう事を恐れていたのだ。

「お嬢さん。すまないが、わがままを聞いてもらってもいいかな?」

彼の要望は、『ベッドの上で四つん這いになってくれ』というもの。さらに言葉を続け、『後ろからするのが好きだ』と告げる。

「かまいませんわ」

さすがは娼館で働く女性。声音にマイナスの響きを含ませる事なく、即座に承諾。

ヒールを脱いでベッドに上がり、低く伏せ尻を上げるのが、薄暗がりの中にも見て取れた。

服を着たままだが、こちらも同様。文句を言うつもりはない。

「準備は出来ております。どうぞご存分に」

驚いた事に、このまま始めて構わないと言う。

さすがはプロと感心しつつも、余裕ある態度が少しばかり気に入らない。スカートをまくり上げ下着をずり落とし、長槍の丸い穂先をあてがいほくそ笑む。

(その心、すぐにあの世へ送ってやる)

明かりの下で見たよりも、随分と痩せて感じられる尻。その差に若干の違和感を覚えながらも、太ったハイエルフはじりじりと腰を前へせり出して行く。

「さてさて、どうかな?」

女性の背を見下ろしつつ問う。半分も埋めていないが、人族がここまで到達する事は稀《まれ》だろう。

裏付けるように女性は、苦しげな声を漏らした。

「ふっ、深いです」

そうだろう、そうだろう、と笑みを浮かべるも、容赦する気は毛頭ない。『堪忍して下さい』という連呼を心地よく聞きながら、さらに奥へゆっくりと進む。

しかし途中で、強い疑問に眉根を寄せた。

（人族とは、ここまで深いものだったか？）

訝《いぶか》りつつ、探るようにさらに先へ。ついに根元まで槍を押し込むも、まだ穂先がぶつかる肉壁はない。

あり得る事ではなかった。ここまでの鞘《さや》を持つのは、エルフ族しかいないはずである。

「……まさか、エルフ？」

思わず漏らした自分の言葉に、凍りつく背筋。

『相手は人族』と思い込んでいた迂闊《うかつ》さに、今さらながら気がついたのだ。エルフ王族の連絡員ならば、エルフであってもおかしくはない。

「今頃気づいたのお？」

予想を肯定する女の言葉を耳にし、引き抜こうとする太ったハイエルフ。

（何いっ！）

しかし槍を包み込む柔肉は、瞬時に石へと変化。結果として割れ目に挟まった槍は、岩に刺さった聖剣《エクスカリバー》のごとく微動だにしなかったのである。

女の先ほどの声音にも、それまで上げていたような切ない甘さはない。これも擬態であったのだろう。

（まずい。これはまずい）

冷や汗が止まらない。

何とか体を引き剥がそうと、太ったハイエルフは女の尻肉を両手でつかみ、歯を食いしばり全身の力を両腕に込め突っ張る。

（うおあっ！）

直後、自分の槍に強烈な圧迫感が走った。たとえるなら、根元から先端まで巻きついた蛇であろう。

「やめろ！　放せっ」

獲物を絞め殺さんと、きつく締め上げるような動きに、太ったハイエルフは声を張り上げる。だが女の肉で出来た蛇は止まらない。

こちらがビクリと反応するたびに、その場所へしつこく刺激を繰り返す。

（何だこの具合は）

今までに味わった事のない感触に戸惑うが、それも当然であろう。

大して経験のない太ったハイエルフと、人の世で何百年と体一つで生きて来たエルダである。互いの技量は、比べ物にならない。

蛇の締め上げに、ついに音《ね》を上げる槍。太ったハイエルフは苦悶の呻きと共に、大きく放ってしまった。

「おっ、おおっ」

大口を開けた蛇は、槍の先端を呑み込まんと喰らいつく。一方の胴体は、牛の乳を搾る時の手のように動く。

経験した事のないような量を吐き出すも、貪欲な蛇の食欲は止まらない。吸われる感覚は背骨へ甘い痺《しび》れを走らせ、腰を溶けさせる。

太ったハイエルフは歪めた口を大きく開きながら、女の背に崩れ落ちたのだった。

「ごちそうさま。なかなかの魔力ね。久し振りだったわよ、こんなに長いの」

身を起こし、体を半回転させ、抜かないままマウントを取るエルダ。今の体勢は、仰向けの男に跨った形である。

太ったハイエルフは無言で睨み上げ、片手を振って部屋の照明魔法に介入。すべてを点灯させた。

「あらあら、困った子ねえ。明かりはつけないでって、お願いしたでしょ？」

服を着たまま、邪悪な笑みを浮かべて見下ろす女性。しかしその顔は、プレイ前に見たものとは違う。

口と目の周囲から、無数のヒビが広がっていたのだ。

「裏切り者め。わしをどうするつもりだ」

答えを返さず、さらに笑みを深めるエルダ。ヒビは亀裂へと成長し、厚みのある化粧の壁が、男の腹の上へと次々に落ちて行く。

化粧を済ませたエルダの見掛けは、たとえるなら『憂いある表情を浮かべた観音菩薩《かんのんぼさつ》像』だ。しかし、今その表層は割れ砕け、塗り込められていた本体が外気にさらされている。

「……リッチ！　いや、エルダーリッチか」

即身仏のような姿に息を呑み、変装のための作り物の髪さえ逆立て叫ぶ太ったハイエルフ。

（アンデッドだったとは）

アンデッド。それはある条件下において時に発生する、命なき活動体。

それを眼前にし、今までの情報が次々とつながって行く。

（エルフ王族の生き残りではない。生きながら埋め殺された王族が、憎悪を糧に存在を変えたのだ）

ならば、世界の敵《ワールド・エネミー》を放置しているのもわかる。アンデッドは復権など望まない、あるのは生者への憎しみだけだ。

グリフォンとて眷属ではなく、何らかの力で使役しているのであろう。

（だから距離を取っていたのだな。触れれば命を吸われる。今の自分のように）

そこまで考えた時、人差し指が額に当てられた。次の瞬間、破裂するような衝撃を感じ、太ったハイエルフは意識を失う。

即身仏は、ベッドの上に伸びる太った男を冷たく見下ろし、口を開く。

「何がエルダーリッチよ。失礼しちゃうわ」

嘘偽りなく、エルダは生きている。アンデッドではなく、ただの極めて年老いたエルフだ。

太ったハイエルフは、見た目で勘違いしただけである。

「それにしても、随分年寄りのエルフねえ。何しに人族の街へ来たのかしら」

ゼロ距離の電撃でおしおきをすませた彼女は、男の耳へ手を伸ばす。

「髪で耳を隠しているみたいだけど、潜入しての情報収集？　まさかねえ」

顎に指を当て、首を傾げるエルダ。

平時の商人ならともかく、今は戦時。エルフ自身が敵地へ赴くとは考えにくい。

ハイエルフであるなどとは思いもせず、単なる年配のエルフと見ていたのも仕方がないであろう。

「まあいいわ。情報を貰う事で許してあげる。魔力も充分にあるし、洗脳なんて生やさしいものじゃ済まないから覚悟なさい」

再度指先を太ったハイエルフの額に当てると、呪文を口から紡ぎ出す。男の額に魔法陣が出現し、ゆっくりと回り出した。

「終わったら、私と同じように耳を切って放り出してあげる。すべて忘れている上にお金もなくなっているけど、頑張るのよお」

詠唱終了から発動までのわずかな間に、やさしく語り掛けるエルダ。

その後目を閉じ、男の脳内から記憶を吸い上げ始めたのだった。


ここで視点は、王都は歓楽街、御三家の一つであるジェイアンヌにいるタウロへ戻る。

『飢えたクールさん』と『やりたくてたまらない初物の青年』を送り出した後、ジェイアンヌの応接室で紅茶を楽しんでいた俺は、飲み終えるとロビーへ戻るべく廊下へ出た。

（おっ）

角を曲がるとすぐ前に、見事な尻を左右へ振って歩く女性を発見。

（お元気ですかあ）

心の中で挨拶しつつ、中指を立てて桃の溝をなで上げる。

勿論、魔眼は発動。明るめのポイントを的確に押す。

「ひいっ！」

猫のように飛び上がり、後ろ手に尻を押えて振り返る爆発着底お姉様。

全身に残り火のようにポツポツと見える光の点から、一仕事終えた帰りのようだ。

（やはりセクハラとは、こうでなくては）

クールさんには、とてもではないが期待出来ない反応。癒やされる思いに満たされながら、片手を上げ声を掛ける。

「忙しそうだね。疲れが溜まっているなら、いつでもマッサージしてあげるよ」

勿論無料で、と続け、ワキワキと片手で揉む仕草をした。

鼻の上辺りを紅潮させた爆発着底お姉様は、胸と股間を両手でガードしながら後ずさる。実にかわいい。

(魔法学院の生徒として、俺のプライベートに興味を持っているという話だったな)

それともすでに卒業し、口の曲がった教授の手伝いをしていたろうか。

(とにかく気をつけよう。彼女の前での俺は、セクシャルマッサージの得意な金のある遊び人だ)

クールさんの忠告に、全面的に従うつもりである。

初物喰らい《ユニコーン》は配下ながら、俺より遥かに頭がよい。賢人の言葉を無視するなど、愚者の行ないだろう。

(しかし、爆発着底お姉様と遊ばない、という選択肢はない)

花の都と呼ばれる王都の御三家、そのトップを張る女性なのだ。遠ざけたりすれば、俺の人生にとって大きな損失であろう。

「ああそうだ、予約しないと。いつ空いている?」

俺の言葉に、じっとりとした目でこちらを睨みつつ、何かを考える爆発着底お姉様。

そして意を決したように頷くと、俺へと告げた。

「これから半コマ、スライムゲームなら受けてもいいわ」

次は空いているが、その次は埋まっているという。

スライムゲームという野球拳を指定し、プレイ時間も半分。これはその後のコマの予約客に迷惑が掛からないよう、彼女なりに考えたのだろう。

「よろしくお願いします」

満面の笑みで即答した俺は、爆発着底お姉様の手を取りカウンターへ向かい、コンシェルジュへ話をしてプレイルームへ向かったのだった。

「それじゃ早速、ジャンケンポン！」

到着と同時に、立ったままプレイを開始。一秒とて時間を無駄には出来ない。

俺の伝えたジャンケンも馴染んだようで、彼女も遅れる事なく拳を出す。

「よっしゃっ！」

拳を突き上げる俺と、両腰に手を当て、顔を赤らめ横を向く爆発着底お姉様。彼女のミニスカートの中へ両手を差し入れ、下着をずり落とし足首から引き抜く。

数度鼻をひくつかせ香りを楽しんだ後、小さな布をベッドの上に放り投げた。

「よよいのよい！」

そしてすぐ、第二ラウンド開始。

これを重ねて、どちらかが裸になった時点でゲームセット。勝った方が主導権を持ってのプレイになる。

「やられた」

残念ながら、第一ゲームを落としたのは俺。

爆発着底お姉様は、自身に負担の少ないプレイ、つまり受け入れずに口だけで一方的に俺を責める事を選択。

ただし、手を使わず本当に口だけというのが、客の事を思う『おもてなしの心』であろう。

(とろけそうだ)

口に含まれつつ、俺は思う。

さすがはジェイアンヌのナンバー・ワン、肉厚の唇とまとわりつく舌の味わいは、まさに絶品。口を使っている最中の寄り目の表情もよい。

(負けた身だが、少しくらいなら、いたずらをしてもいいかな)

喉までの深い呑み込みから先端へのキスに変化したところで、腰を横へ動かし逃げてみる。

次に、口を開き舌を伸ばし追い掛けて来た彼女の横顔を、股間の剣の横腹で軽く叩いた。

「ちょっと」

片目を閉じたまま、怒った表情を作っている。やり過ぎたかな？　と思って止めたところをくわえられ、甘噛みされてしまう。

(うおう)

弱気になったところへのカウンターに不覚を取ってしまい、思わず発射。それを爆発着底お姉様は、不敵な笑みと共に飲み下す。

こうして一ゲーム目に対するプレイは終わり、二ゲーム目へ。時間的にはこれが最後だろう。

「王都でえ、遊ぶならあ、こういうゲームにしやさんせ」

二人で歌いながらクネクネと踊り、拳を振り上げる。

「よよいのよい！　あちゃあ」

額に片手を当て天を仰ぐ俺と、出したグーそのままにガッツポーズを取る爆発着底お姉様。彼女は俺の正面にかがみ込み、ベルトを外してズボンを落とす。

知的でセクシーなお姉様の眼前に、反動をつけて起き上がるテントの支柱。実に素晴らしい光景である。

そして十を超えるラウンドが過ぎた後、俺は飛び上がって叫んだ。

「勝った！」

トランクスのみの俺と、ミニスカート以外はすべて脱がされている爆発着底お姉様。いかに接戦だったかがわかるだろう。

おかげで時間も残り少ない。

押し倒しスカートをめくり上げると、深々と侵入。魔眼で光のポイントを探す。

（ここだ。色温度が最も高く、光も強い）

白い光点は、冬の天空に輝く天狼星《シリウス》のよう。

俺は爆発着底お姉様という夜空に描かれた大三角形の上二つ、豊かで重量感のある双丘の先端を指でつまみ、下の頂点である天狼星《シリウス》を突き始める。

（そらっ、そらっ）

彼女の場合、星が瞬く瞬間に合わせないと効果が出ない。照準とタイミングが高いレベルで必要な、難しい作業である。

（あと少し）

しかしそこで、無常にも予鈴が響く。

時間内に爆発させ、一緒に海底へ沈もうと思ったのだが時間切れ。やはり戦艦の防御力、残存性は頭抜けている。

組み敷いている彼女を見やれば、その顔は誇らしげだ。

（第一ゲームは俺の負け。第二ゲームは勝ったが、ご褒美タイムでゴールさせられなかった）

悔しい表情を作る俺をやさしく誘導し、シャワーで洗い流してくれる爆発着底お姉様。自分はここで次の準備をして行くからと言われ、一人ロビーへと向かう。

（楽しかったし、いいかな）

思えばジェイアンヌでの初スライムゲーム、しかも相手は爆発着底お姉様。充分過ぎるだろう。

（ただちょっと、生煮えだな。このままどこか次の店に行こう）

コンシェルジュに挨拶をし、歓楽街へと出て行く俺であった。

そしてこちらは、部屋に残った爆発着底お姉様。

「くっ」

タウロが部屋を出た後、タイルの上にへたり込む。

（寸前で時間切れっていうのも、きついものね）

灯った火は、導火線の根元付近まで来ていたのだ。あと少しで自分の奥底に引火していただろう。

腹の奥底に感じる灼熱感。その火を消そうと、シャワーを持つ手が無意識に下へと動く。

（何をやってるのよ私。駄目よ駄目）

精神力で踏み止《とど》まり、大きく息を吐く。

（それに、会話をする時間も持てなかったわ）

ピロートークを望んでいた彼女は、正規のプレイタイムで前後不覚に陥るのを危惧していた。しかし半分では、逆に短過ぎたようである。

もう少し長くとも思うが、今の状況を考えると轟沈《ごうちん》していた可能性も否定出来ない。

(相変わらず、恐ろしい男ね)

大きく呼吸を繰り返し、立ち上がる爆発着底お姉様。身支度を整えるべく、バスタオルで体を拭く。

ちなみに次の客は、煮えたぎる情熱が込められたサービスのせいで、プレイの途中で意識を失ったのだった。


そして舞台は再び、帝国領は北の街へ。

その街に一つだけの娼館の一室には、組み合わさる二つの人影があった。ベッドの上で仰向けになる太った年配男性と、その上に跨る即身仏である。

年配男性の額には、即身仏の指先が当てられていた。

(嘘でしょ、ハイエルフ？　何で指導者層が、精霊の森の外にいるのよ)

この即身仏に似た女性は、タウロの呼ぶところのエルダ。客として現れたエルフを倒し、魔法で記憶を吸い取っていたのである。

驚いた事にこの客は、エルフではあるもハイエルフ。そのため、里の民では知り得ぬ事を知っていた。

『世界樹の寿命が残り少ない』

『次代の世界樹は、世界の敵《ワールド・エネミー》に害されつつある』

『精霊の湖の守護者である大精霊獣ザラタンが、世界の敵《ワールド・エネミー》へ戦いを挑んでいる』

驚くべき内容の数々に、呆然とするエルダ。しかし同時に疑問も浮かぶ。

「世界の危機なんでしょ？　人族と戦争なんかしていないで、さっさとザラタンを助けに行きなさいよ」

白眼を剥く太ったハイエルフへ問うと、ハイエルフはぎこちなく口を動かし、聞き取りにくい声を吐き出した。

「……ワカラヌノダ」

その答えにエルダは、太ったハイエルフに跨ったまま顔をしかめる。

「場所ガ、ワカラヌ。ザラタン、ドコ？　世界樹、ドコ？　世界の敵《ワールド・エネミー》、ドコ？」

仰向けで寝そべる太ったハイエルフは、同じ事を繰り返しつつガクガクと震え出す。そして突如、大声を張り上げた。

「グリフォン！　ソコカ！」

同時に流れ込む、整理されていない記憶の集まり。それを何とか理解し、エルダは叫び返す。

「ちょっと！　精霊砲って何よ。グリフォンより先に世界の敵《ワールド・エネミー》を何とかしなさい！」

しかし、返答はない。

額から指を離し、長い両耳をつかんで前後に揺さぶるも反応なし。状況を理解し顔が歪む。

(焼き切れたわね。あれだけ負荷を掛けたのだから、仕方がないのだけれど)

不本意だが致し方なかったと、エルダは思う。ハイエルフだけに魔法防御力が高く、記憶を読むには、それを突破出来るほどの圧を掛けねばならなかったのだ。

息を一度吐くと、気持ちを切り替え思考を巡らす。

（やっぱり、知識も経験もない素人達には無理だったのかしら）

世界樹、ザラタン、大憲章《マギ・カルタ》。それらの知識を学び、経験で得たものを加え後代に伝えて来たのが王族である。

王制が、経年で劣化し腐敗していたのは事実であろう。しかし、失ってはならない知識を持っていたのも、また事実だったのだ。

（世界樹の代替わりに失敗したせいで、どこかよそに生えたんだわ。ザラタンが引っ越ししたのも当然よね）

そして精霊の湖の守護者は、場所をハイエルフ達に教えていない。信頼を得られていないのだろう。

唐突に理解し、表情を歪める。

（自分達の失敗を認めず、他人のせい。出来るのなら王族を黒幕にしたいのだわ）

思い浮かぶのは、紙片をくわえ路地裏を飛ぶ、前爪と後ろ脚のある白い小鳥の姿。

グリフォンはエルフ王家の象徴。代替わりしつつも、王や女王と共に世界樹の管理を担って来た精霊獣だ。

それが眷属として出現したというなら、その主は責任を転嫁する格好の標的となるだろう。

（だから精霊砲。グリフォンとその主を始末すれば、他の事もうまく行くと信じているのね）

開いた口が塞がらない。外から見ている分には気がつかなかったが、エルフ族の頂上は大分劣化が進んでいるようだ。

（それとも、そこまで追い詰められているって事かしら）

よい気味だ、と感じる反面、冗談ではないとも思う。

（巻き込まれて命を落とすなんて、真っ平よ）

ちなみに彼女は、世界の危機に興味はない。

何が起きようと、自分の寿命が先に尽きると考えているからだ。自分のいない世界など、どうなろうと構わないのである。

即座に彼女は、北の街を離れる事を決めた。

（よいしょっと）

自分に深く刺さっていた太ったハイエルフの一部を引き抜き、ベッドを下りるエルダ。所持品を探るため、男の体に手を伸ばす。

（エルフってわかるような物、全部外しておかなくちゃ）

疑われそうな小物を回収し、鞄の中へ。ついでにあり金も頂戴しておく。

代わりにナイフを取り出すと、まがい物の長髪をずらし、ハイエルフの長い耳にあてがった。

（心配しなくていいわよお。ちゃんと治療してあげるし、人族っぽく整えてあげるから）

手際よくカットを終わらせたところで、男の股間にあるエルフの証に気づく。裸にされれば、種族がばれるだろう。

（ここも、人族みたいにしてあげる）

根元をギュッとヘアバンドで縛り、再度ナイフを振るうのだった。

形を整え、治療、清掃を実施。最後に鏡の前で己の化粧を丹念に再構築し、男を魔法で覚醒させる。

ぼんやりした表情の太ったハイエルフの瞳に、意思の輝きはなかった。

（完全に壊れているわね）

手応えどおりである。二、三の問答を行ない、記憶を確認。

結果、今より以前の事は、何も覚えていなかった。

「さあ立って。ロビーに下りるわよ。あなたは『私を気に入って、店外デートに連れ出す』の。いいわね？」

曖昧に頷く男の腕を取り、階段へ。連れ出し料を男に代わってコンシェルジュへ支払い、店の外へ出る。

そのまま細い路地に連れ込むと、額に指を押し付け電撃を放った。

「じゃあねえ」

気を失い、壁へ背を預けずり落ちる太ったハイエルフ。それへ片手を振り、自宅へと戻る。

そして車輪のついた大きな旅行鞄を引きずり出し、中身を詰めながら考えた。

(このままじゃ、あれね。ローズヒップ伯とやらにも伝えておかないと)

しかしツテがない。

相手は高位の貴族である。いかに娼館で働く者の社会的地位が高くとも、面識のない自分には会ってくれないだろう。

(手紙も駄目ね)

出すとすれば、無記名か偽名。そんな物を読む者が、いや仮に読んだとしても、重きを置く者がいるだろうか。

(やっぱりここは、グリフォンにお願いしましょ。それがいいわ)

広場にいた屋台のおばちゃんの話では、午前と午後に一往復するらしい。運がよければ再会出来るだろう。

翌朝、広場に待機していると、紙片をくわえ飛んで行く、四つ脚の白い小鳥を発見した。

（これは確かに、『今日も頑張っているわねえ』って言いたくなるわ）

健気《けなげ》な様子に苦笑しつつ、路地へと旅行鞄を引きずって移動。狙うのは復路である。

待つ事少々。路地の奥から、届け物を終えたグリフォンが姿を現す。

『コンニチハ。ゴ主人様ニ、渡シテモライタイノ』

精霊語で話し掛けると、グリフォンは一度通り過ぎた後、旋回して着地。少し離れたところから、首を傾げ見上げて来る。

（大丈夫そうね）

エルダはこの前と同じく、石畳の上に四つ折りの紙片を置く。自分が後ろに下がるとグリフォンは前へ出て、クチバシで挟み上げ飛び立って行った。

（これでよし。後はローズヒップ伯次第よ）

記した内容は、『精霊砲』のみ。これで気がつけばよいし、何とも思わなければそれまでである。

何しろ自分は、根拠も情報源も示す事が出来ないのだ。仮に対面して言葉を交わしたとしても、伝えられる内容は紙片とさほど変わらないだろう。

（どこへ行こうかしら。帝都？　もう大丈夫だとは思うけど、あまり気が進まないわねえ）

車輪つきの大きな旅行鞄を引きながら、門近くの定期ゴーレム馬車乗り場に向かうエルダ。

行動の速さは彼女の身上。今までも、これで生き延びて来たのである。

（王国に戻るのはまだ早い。だけど東の国も駄目。洗脳の天敵である聖女がいる）

考えあぐねた末、決めたのは帝都。

どこへ行くにしても、一度は帝都に出なければならない。それに洗脳が露見して逃げ出したのは、随分と昔の事だ。

帝都に留まるか出て行くかは、状況を探りながらでよいだろう。

（退屈しないのはいいけれど、体力的にしんどいわあ）

白い長衣《トーガ》姿の美しい女性は、石畳に車輪の音を響かせながら広場の端を歩いて行くのだった。

第二章　精霊砲

同時刻、北の街から北へ少し。

精霊の森の中心に聳える世界樹。その根元最奥部にある大きなウロの中には、ハイエルフ達が集まっていた。

ここは世界樹において、最も魔力の濃い場所である。かつては幼木がここに育っていたが、すでに枯れ、取り除《のぞ》かれていた。

「問題はないようじゃな」

一人が満足そうに頷く。

行なっているのは、精霊砲を撃つための準備。第一段階の魔法陣を、先ほど起動させたのである。

空間の中央、膝くらいの高さの位置に、魔法陣が浮かぶ。直径は、両腕を一杯に伸ばしたくらいだろう。

「この魔法陣に光が満ち溢れれば、次の魔法陣を動かせるでしょう。皆で集まるのは、またその時ですね」

音もなく滑らかに回転する魔法陣を見つめ、そう口にする議長代理。言葉は丁寧だが、口調に感情はこもっていない。

なで肩のハイエルフは我の強い同僚をまとめるため、感情を殺す選択をしたようである。

「段階が三つ必要か。仕方がないとはいえ、歯がゆいものだ」

腕を組み、濃く太い眉を曲げるハイエルフ。

精霊砲の魔法陣は巨大なため、魔法的に非常に重く、いかに魔力量の多いハイエルフ達であっても
いきなりは動かせない。

『小さな魔法陣を用いて、中型の魔法陣を起動。次に中型の魔法陣の力で、精霊砲の魔法陣を回す』

そのため、このような手順を取ったのだ。

『精霊砲』

それは大憲章《マギ・カルタ》の一部であり、大憲章《マギ・カルタ》の定めたルールを守らせるための鉄槌《てっつい》である。

本来は自動で起動し、そのための魔力も世界樹から流れ込むため、今のような回りくどい手法は必要ない。

『ならばなぜ？』

その答えは簡単である。ルールと関係なく、手動で使おうとしているからだ。

ちなみに大憲章《マギ・カルタ》はかなり穏健に設計されているらしく、ハイエルフ達が知る中において、精霊砲へ攻撃を命じた事はない。

『精霊の森大戦』

かつての人族との戦いに用いられた時も、ハイエルフ達が手動で発動させていたのである。

「今のうちに、範囲と威力を決めておかないといけませんな」

言葉を発したハイエルフへ、疲労の濃い目を向ける議長代理。

「……そうですね、うっかりしていました。では皆さん、次回までに自分なりの案を考えて来て下さい。その場で決を取ります」

すべての判断を多数決に任せた議長代理は、そう告げたのだった。

百合の谷を出発した百合騎士団《リリーナイツ》の団長騎は、王国との境を西へ越え、さらに王国領内の砂漠を西へと進む。

目的地は帝国の北の街。しかし帝国は王国の西に位置するため、横切らなければならないのだ。

『国外の騎士に、国内を通過させるのか』

騎士とは、人族の持つ最高戦力。ならば、そのような意見も出るだろう。

だが百合騎士団《リリーナイツ》は、どの国でも許されている。

『金によってのみ動き、契約を守る』

これを貫き、時間を掛けて信用を積み上げて来たからだ。

彼女達を『拝金主義者』と非難し、嫌悪を示す者は少なからずいる。しかし為政者に限れば、ほとんどいないと言ってよいだろう。

『自分は正しいと思っているが、その判断基準が明確でない』

言い換えれば、『流されやすく、その時の気分で動く』。世に多くいるそのような者達よりも、よほど信が置けたからである。

（あんなに面倒だったデザートゴーストが、こんなに簡単に倒せるとは）

右目の下に長い傷痕のある熟女団長は、操縦席で独り思う。

『デザートゴースト』

それは砂漠の砂の中に潜む、直径二メートルほどのイボイボした球体の魔獣である。常に砂を身にまとい、地表を歩く者がいれば、その砂を槍状にして真下から体当たりを行なう。

そのため騎士が剣で倒すには、砂の槍をかわし、槍の中の本体を斬るしかない。だがこれが、非常に難しかった。

（B級の時は、振り遅れて砂中へ逃げられる事が多かった。しかしさすがはA級、剣速が違う）

同じタイミングで振り始めても、本体を両断出来たのである。

（これならもう、素材を王国の商人ギルドに頼む必要もない）

思い出されるのは、この近辺で出会ったベージュ色の騎士。欲しかったデザートゴーストのドロップ品を大量に所持していたため、『百合の谷での使い道』という情報を渡す事で譲ってもらったのだ。

『ドロップ品でイボイボがあるバランスボールを作り、それに座って飛び跳ね、気持ちよくなる』

このエクササイズが、百合騎士団《リリーナイツ》の団員の間では大人気。ただし、どうしても手荒に扱ってしまうため、品薄になってしまう。

ゆえに、恥ずかしさに耐えて情報を開示したのだが、今のように簡単に倒せるのなら、充分以上に自給出来るだろう。

（白百合隊へ土産として持って行ってやってもいいが、白百合隊は整備士を同伴させていないからな）

自分達では加工出来まい。帝国の整備士に頼むという手もあるが、使い道は聞かれるはず。

まつ毛の長い切れ長の目を持つ団長は、少し悩み、今回はドロップ品を砂漠に捨て置く事にした。

（もう砂漠の西端か。デザートゴーストを相手にするのが楽になると、随分と近く感じるものだ）

周囲から砂が消え、緑まばらな痩せた草原へと変化。それに気づいた団長は、パールホワイトのA

級騎士を振り返らせ、砂の海をしみじみと眺めやる。

次に草原に引かれた石畳の街道を、再度西へと歩み始めたのだった。

(正面から来るのは、王国騎士団の騎士か)

そして景色は草原から森へと変わり、夕日が眩しくなって来た頃、石橋の架かった川へ到着。橋を渡らずに手前で止まったのは、王国騎士団の騎士に道を譲るためである。

この橋、商人の乗るゴーレム馬車ならすれ違う事も可能だが、さすがに騎士には厳しかったのだ。

(どうした？　早く来い)

自分と同じように、単騎で歩いて来たB級騎士。しかしこれも同じように、対岸の端の手前で立ち止まっている。

次に、招き寄せるように片手を動かしたので、どうやらこちらを先に通してくれるらしい。

(王国内で、王国騎士が道を譲るか。今までにない事だが、これもA級騎士だからこそだな)

軽い驚きと、同じくらいの喜びを薄めの胸に、熟女な団長はA級騎士に橋の上を歩かせる。そして渡り終えたところで、軽く片手を上げ王国騎士団のB級騎士に謝意を示した。

向こうも同様に片手を上げたのを見て、そのまま脇を通り抜けたのだが、なぜかB級は立ち止まったままである。

(見られている)

振り返らなくてもわかる。

(これもA級の効果だ)

ここまで来る間も、街道上の商人達から、同じような視線を向けられていた。

不快な種類ではない。好奇と羨望、それに美術品の観賞が混ざったようなものだろう。

（王国騎士団の者ならわかるだろう、百合騎士団《リリーナイツ》がA級騎士を手に入れたと。しっかりと上へ報告してくれ）

もはや団長騎はB級ではない。団長はその事を、広く周知させたいと考えていたのである。

無意識に鼻腔を膨らませ、歩みを止める事なく夕日へと進むのだった。


ここで視点は百合騎士団《リリーナイツ》の団長騎とすれ違った王国騎士団のB級騎士、その操縦席に座る編み込みおかっぱ超巨乳ちゃんへと移る。

（遠目でもわかるほど肩で風を切って歩く騎士がいたと思えば、滅多に見掛ける事のないA級騎士。せっかくだからと眺めるために道を譲ったのだけれど）

逆光の中、次第に小さくなる背を見つめながら、大きく深く息を吐く。

（まさか、百合騎士団《リリーナイツ》の団長騎だったなんて）

所属と立場がわかったのは、肩に『四色に塗り分けられた百合』が描かれていたため。百合は百合騎士団《リリーナイツ》所属である事を、そして白、赤、青、黄の四色は、各色の隊の上に立つ旗騎である事を示しているのだ。

（あらためて見れば、騎体も白にしては艶があるし）

角度によっては虹色にも見えたので、あれがパールホワイトなのだろう。百合騎士団《リリーナイツ》の団長騎に、必ず施される色である。

『騎士が肩で風を切って歩いていた』

ちなみにこの事に、百合騎士団《リリーナイツ》の団長は気づいていない。

街道ですれ違うゴーレム馬車の乗り手達から注目を浴びているうちに、なぜかそうなってしまったのである。

(これはビッグニュースよ。大至急、騎士団本部へ帰って知らせないと)

彼女の任務は『街道沿いの村々の見回り』で、予定は明日まで。しかし何事もなかったため、すでにルートを回り終えていた。

そのため、どこかよさそうな街で一泊し、ゆっくり帰るつもりだったのだが、取りやめた方がよいだろう。

(皆、驚くわよねえ。それに上官達から、根掘り葉掘り聞かれちゃうわ)

その様を想像し、両頬を上へ上げる編み込みおかっぱ超巨乳ちゃん。C級からB級に乗り換えて間もない下っ端だが、たまには場の主役になりたかったのである。


王城の北側に建つ、重厚かつ無骨な建物。それが王国騎士団の本部である。

いくつかある執務室の一つの主は、タウロの言うところの『少々不細工な筋肉青年』であり、騎士団のナンバー・スリーのコーニール。彼が部下から報告を受けたのは、とっぷりと暮れ、そろそろ帰ろうかと考えていた時だった。

『百合騎士団《リリーナイツ》の団長騎が、A級になった』

内容はこれで、至近で目撃したので確実らしい。

「今いるものを集めろ。足りなければ官舎から呼び出せ。団長へ報告するため、明日の朝までには情報をまとめたい」

すぐに会議室で、情報の掘り下げを始めた。

「虹色に反射する白い騎体に、四色の百合の紋章か。確かに百合騎士団《リリーナイツ》の団長騎だ」

砲弾型の巨乳を持つ操縦士が再度報告し、集まった者達は唸り、思った事を口に出す。

「来た方角も、百合の谷からで辻褄《つじつま》が合います。我が国は依頼を出していないので、向かう先は帝国北部でしょう」

一人が地図を指し示し、それを囲む者達が頷く。

「問題は、どうやって手に入れたかですな。中規模以上の国なら建造出来なくもありませんが、百合騎士団《リリーナイツ》のために造るとは思えませぬ」

帝国、王国、東の国、これら三つの大国を除けば、保有しているA級は一騎がほとんど。すなわち『国の旗騎』であり、その国の技術の粋である。

この世界の戦争の勝敗は、騎士同士の戦闘で決まる。ならばいくら金を積まれようと、敵になり得る傭兵騎士団へ売れはしないのだ。

「帝国が味方につけるために渡した、という線もありますが」

腕を組み難しい表情を浮かべた古参の操縦士が、言い掛ける。

『エルフ族と緊張関係にある帝国は、現時点で四隊のうち二隊を雇用している』

その事から、さらなる協力の対価として、と考えたのだろう。しかし古参の操縦士は言葉を切り、頭を横へ振って自らの見解を否定した。

「それなら金で済むでしょう。加えて百合騎士団《リリーナイツ》は、一国へ全面的な助力は行ないませぬ」

それが、百合騎士団《リリーナイツ》の基本方針。なぜなら一国にオスト大陸を制覇された場合、次の標的は百合騎士団《リリーナイツ》になるからだ。

傭兵稼業は、複数の勢力があってこそ成り立つのである。

「ここ最近で、行方のわからなくなったA級はあるか？　とくに東部諸国でだ」

建造でないなら鹵獲《ろかく》、そう考えたコーニールが問う。東部諸国を強調したのは、諸国内の戦いに赤百合隊が加わっているからだ。

『白百合隊は、帝国の北の街でエルフ族へ対する警戒。黄百合隊は、同じく帝国の大穴で採掘の手伝い。そして青百合隊は、東の国の国内警備』

ちなみにこれが、他隊の動向である。

「ありませんね。それに東部諸国の連中は、戦場にA級を出していません」

答えたのは、中年女性操縦士。

目の前に置かれているのは『帝国鍛冶ギルド騎士年鑑』と、各国のA級騎士リストだ。すでにチェックを終えたのだろう。

ちなみに『帝国鍛冶ギルド騎士年鑑』とは、オスト大陸にあるほぼすべての騎士を網羅した唯一の資料である。

「東部諸国の戦争は、年中やっている祭りのようなものですからな。本気で相手を潰す気がありませぬから、A級を動かす事もないでしょう」

呆れたように言ったのは、先ほどの古参の操縦士。会議室に沈黙が訪れた少し後、今まで無言だった太めの操縦士が、眉根に縦皺を作りつつ口を開いた。

「残る可能性としては、『建造する力のある国が、中途半端な性能の騎士をA級として売った』、あるいは『百合騎士団《リリーナイツ》自身が、B級をA級に見えるよう飾り立てている』というものですが」

そこまで口にし、言った本人も含めて全員が頭を横へ振る。

「まがい物を渡したりすれば、損得抜きの全力で潰しに来るぞ。後者については、露見すれば団を解散したくなるほどの恥だ」

皆の気持ちを代弁したのは、この場での最高位であるコーニール。言い終えた後、心の中で息を吐く。

王国騎士団は一時期、貴族から徴用したC級騎士を、『これはB級騎士である』と強弁していた事がある。当時の王国騎士団に『B級以上でなければ騎士と認めない』という決まりがあったためだが、コーニールはそれにうんざりしていたのだ。

(出来得るなら、報告は明日の昼にしてほしかった)

見過ごせないが、王国にとっては緊急とは言えない情報である。しかし耳にした以上、調べないわけにもいかない。

(重要度から見て、帰宅した団長や副団長を呼び戻すほどではない)

つまり、ナンバー・スリーである自分がまとめなければならないという事だ。

(タウロさん、あなたが羨ましいですよ。退職してそちらへ行きたいくらいです)

出世してから帰りが遅くなり、比例して遊ぶ時間の減ったスケベ大好きマッチョマンは、商人ギルドで働く友人を思う。

(それがかなわないくらい、わかってはいますけれどね)

望んで入団した王国騎士団だ。高い評価をされたからには、求められた責任を果たさねばならない。せめてもの目の保養にとコーニールは、報告をしてくれた部下、遅い時間だが張り切ってくれている編み込みおかっぱ超巨乳ちゃんの、歩くたびに揺すられる砲弾型の巨乳を目で追ったのだった。


夕方まで、あと少しというところの王都。

狼に似た小型魔獣の群れを倒し終えた俺は、東門を通って商人ギルド騎士の格納庫へ戻っていた。

(王都近くにも現れるようになったか)

襲われたのは、定期ゴーレム馬車。西にあるアウォークとを結ぶ便である。

怪我人が出なかったのは、キャビンが木製とはいえしっかりしていたからだ。個人の商人が好む幌屋根だったなら、危なかっただろう。

(あれくらいなら、C級でもいいんだが)

今回は、王都にいたからすぐに向かえた。しかし遠くに行っていれば、対応は難しい。

何か対策を考えないといけないだろう。

そのような事を考えていると、草食整備士から声を掛けられた。ギルド長が俺へ、用事があるらしい。

(同じ事を考えていたのかな)

そう思いつつ、中央広場に面して建つ商人ギルドへ歩き出す。三階のギルド長室で、ゴブリンに似た小柄な老人が俺を待っていた。

「忙しいところすまんの」

笑顔で椅子を勧められ、座る。

聞かされた用件は、想像していたものとはまったく別。何でも大店の跡取り息子が、夫婦関係で悩んでいるらしいのだ。

「奥方を、気持ちよくさせられぬそうじゃ」

若旦那は、大分悩み苦しんだという。

『自分と妻、どちらに問題があるのかわからない。ここは一つ、王都で最も高名なドクターに見てもらおう』

夫婦で意見が一致し、俺へと話が回って来たのだそうだ。

「ドクタースライムは二つ名です。医者のような事は出来ませんよ」

肩をすくめ答えるも、ギルド長の笑みは変わらない。『タウロ君は、もっと自分に自信を持つべきじゃの』などと、少しずれた事を言っている。

何とか頼む。と手を合わせられたので、承知する事にした。

「今からですか？」

返事をすると同時に、ゴーレム馬車の手配を始めるゴブリン爺ちゃん。これから行く旨の使いも飛ばす。

驚きはするものの、いつもの事だという気もする。

「向かう先は、『帝国屋』の屋敷じゃ」

準備が出来るまで、相手についての話を聞く俺。

帝国屋という屋号だが、れっきとした王国の商人で、主要な取引先が帝国だからつけたらしい。

（よくある感じだな）

取引相手の国の名に『屋』をつけた屋号は、前世でも多かった。

「大穴にゴーレム鉱山があるじゃろう。あそこと大口の取引をしておる」

鉱物の値が下がった今、利幅は薄い。しかし扱う額が大きいため、利益はかなりのもの。

大番頭が硬軟使い分けの巧みなやり手な事もあり、王国商人ギルド内でも、一、二を争う大商人なのだそうだ。

「じゃからわしらも、無下には出来ん」

そうこうするうちにゴーレム馬車が到着。ギルド長と共に乗り込み、中央広場を横断して西へ向かう。

帝国屋の店は中央広場の東、商店街にある。しかし屋敷は、北西のアッパータウンだそうだ。

（歓楽街の北か）

東西に走る大通りを挟んで、俺の住んでいるところの反対側。馴染みはない。

歓楽街を北へ曲がってからの景色は、手の込んだ彫刻の多い大理石の建物ばかり。そんな中、帝国屋の屋敷は、少しばかり毛色が違っていた。

（へえ、これが『帝国様式』か）

砂色の石材で造られた、水平線が強調された大邸宅で、無骨だがずっしりとした安定感がある。

キョロキョロ見回しつつ、ギルド長と共に執事らしい人の後ろをついて行くと、通されたのは大きな部屋。中央にキングサイズのベッドがあり、三組の男女が並んで俺達を待っていた。

「お忙しいところお越しいただき、ありがとうございます」

挨拶をされ、挨拶を返す。

この俺と同年代。三十路ちょいくらいの夫婦が、若旦那と奥さん。両脇の二組は、友人夫妻なのだそうだ。

「実は同じ悩みを抱えておりまして。彼らにも見学させていただければなと」

すまなそうに頭を下げる、育ちのよさそうな小太りの若旦那。断る理由もないので、俺も笑顔で承諾する。

早速奥さんと握手をし、魔眼を発動。まずは診察だ。

(あまり開発されていないなあ)

心の中で唸ってしまう。何もしていなくても、かすかに光ったり消えたりするのが普通なのだが、それがない。

おそらく、問題があるのは奥さんの方だろう。

(どうするべきか)

腕を組んで考える中、ある事を思いつき、隣のギルド長に耳打ちした。

「ええんじゃないかの」

人生経験豊富な先人からお墨付きをいただけたので、俺は執事を呼んで物を頼む。

『筆、絵の具、絵の具皿』

望んだものはすぐに、盆に盛られた状態で水差しと共に届けられた。

筆が何十本もあるが、これは頼み方が悪かったせいだろう。反省しつつ指示を出す。

「じゃあ奥さん。全裸になってベッドへ仰向けに寝て下さい」

覚悟していたらしく、素直に従う。上品な女性が恥ずかしそうにする姿は、なかなかによい。

俺はベッドの上に膝立ちし、真剣な表情で肌色のキャンバスを眺め、筆を取った。

（入りは、胸の間だ）

乾いた筆を、胸の谷間に一置き。一旦離すと左下に着地させ、わずかに右へ。

そこから腹の真ん中を、下腹部に向け一直線に走らせる。

「んふっ」

股間の宝珠で筆を跳ねさせたところで、奥さんが声を出し身を強張らせた。

（鈍くはない。ならばおそらく、旦那さんの責めが弱いのだろうな）

ふくよかな感じで、やさしそうな雰囲気の三十路男。奥さんへ、気を使い過ぎているのかも知れない。

分析しつつ彼女の胸から股間にかけ、大きく『永』の一字を書いて行く俺。

奥さんの脇腹へ力を込め右はらいする頃には、各所に光の点や筋が浮かび上がっていた。

（さすがは『永字八法《えいじはちほう》』）

基本にして極意。頷いた俺は、険しい表情で鋭く声を出す。

「赤！」

即座に執事から差し出される、赤絵の具を含ませた筆。俺はそれで奥さんの胸の先端を塗りつつ、旦那さんに説明する。

「これから奥さんのいいところを、絵の具で染めて行きます」

俺の魔眼は、色温度で相手の感度が見える。低い方から、赤、オレンジ、黄色、白の順だ。

用意してもらったのも、この四色。

「んっ！　くっ！」

脇の下、耳の裏、宝珠と筆を走らせるたびに、大きく仰け反る奥さん。汗ばみ紅潮した肌を睨み、俺は一声。

「布！　それにオレンジ」

胸の先端が、赤から変化したのだ。絵の具を布で拭い取り、ぴんぴんに立った先端を、筆で下から何度も塗り上げる。

「もう一度布！　今度は黄色だ」

途中で、さらに温度が上がってしまった。

それから少しの後、すっかり前衛芸術のようになってしまった奥さんを前に、俺は旦那さんに告げる。

「塗られた場所が弱点です。何度もなぞって、しっかりと覚えて下さい。覚えられたなら、悩みは解決するでしょう」

差し出された乾いた筆を受け取り、唾を呑み込みベッドへ上がる小太りの旦那さん。色のある部分を、やさしく丁寧に筆でなでる。

(筆なら、力を入れなくても効く。乱暴に出来ない性格なら、こちらの方が合っているはずだ)

俺の考えの正しさを示すように、色温度で黄色い声を上げ身をよじる奥さん。一方の旦那さんは呼吸も荒く、執拗に筆で色を追う。

どうやら筆プレイを気に入ってもらえたようだ。

「あの、絵の具が流れてしまったのですが」

ベッドのヘッドボードに奥さんを追い詰めている様を見物していると、振り返った旦那さんが困ったような表情で告げる。

見ればそこは、大開脚した脚の付け根部分。断続的に噴き出す湧水によって、すっかり洗われてしまっていた。

気の毒な事に、奥さんをここまでの状態にした事がないのだろう。

「……もはや、絵の具はいらないという事ですよ」

穏やかな笑みと共に告げる俺。一方の旦那さんは、目から鱗《うろこ》が落ちたような表情を作る。

次にズボンを脱いで、奥さんへ覆いかぶさって行く。

（仲良き事は美しきかな。夫婦円満、まことに結構）

夫婦の共同作業を眺めつつ、満足感と共に思う。すると背後から、遠慮がちな申し出があった。

「あの、私達にもご教授願えませんでしょうか」

二組の友人夫妻である。全員が顔を赤らめているのは、今の光景に当てられたからだろう。

診察してみると、帝国屋の跡取り息子と同じ状況。

（旦那さんが、やさし過ぎるからな。友人達も似たような気質に違いない）

ならば解決法も同じはず。再度俺は、奥さんの上に筆を振るう。

『永』を描き、色を塗る。作業の途中で、ふと疑問が湧き上がった。

（娼館での経験が豊富なら、こういう事はないはず）

どこかでだれかが、教えてくれるだろう。

もしかしたら結婚するまで、屋敷内のメイドで済ませていたのかも知れない。気を使った彼女達が演技で過剰反応でもしていれば、こういう状況も起こり得る。

（あれ？）

根拠のない推測をしながらの三人目。だがここで、俺は大きく首を傾げた。

（肘と膝か）

よいところは人それぞれ。これまでも、同じような部位が光った人はいる。

問題は、そこへ筆を這わしても光が強まらない事だ。

（おかしいなあ）

困った時は、上司に相談。

いつの間にか熟女なメイドさんを脱がし、筆で遊んでいたゴブリン爺ちゃん。それを後ろから捕まえ、聞く。

「何じゃそんなの。こうすればいいんじゃわい」

邪魔された事に不満そうな様子を示しつつも、あっさり返答。

小柄な老人はベッドに飛び乗ると、いきなり奥さんの膝頭に噛み付いた。

「ひゃあああっ！」

布を裂くような悲鳴と、攣《つ》ったかのように伸びきり痙攣《けいれん》する脚。

ゴブリン爺ちゃんは真上へ蹴り飛ばされ、その後、太腿の間に頭から落下。そこへさらに、奥さんの水鉄砲が追い討ちを掛ける。

驚いた事に彼女は、今の一噛みで達してしまったらしい。

「こんなところじゃの」

起き上がった老人は、びしょ濡れの顔をペロリと舌で舐め言葉を発した。

(旦那さんが、やさし過ぎるだけではない。奥さんに、『痛いのが好き』という嗜好があったのも原因か！)

ゴブリン爺ちゃんがいなければ、見つけられなかったであろう。深く頭を下げて感謝を示す俺を見て、旦那さんも続く。

こうして商人ギルドの問題は、一つ解決したのだった。


北の街、領主の館。

執務室のテーブルを、ミニのタイトスカートを穿いた化粧の濃い熟女と、痩せ気味の老人、それに筋骨たくましい白髪短髪の大男が囲んでいた。

北の街の領主である熟女子爵、帝国騎士団の騎士団長、そしてローズヒップ伯である。

「私のところからローズヒップ伯のもとへ帰る途中に、受け取ったようですね」

真紅に塗られた唇を開いたのは、熟女な子爵。

皆が見つめるのは、テーブルの中央に置かれた紙片。それには一言、『精霊砲』とだけ記されていた。

ローズヒップ伯のペットであるグリフォンが、何者かに託され運んで来たのである。

「意味はわかるが、意図が読めん。せめて相手がわかればのう」

小さく頭を左右へ振り、息を吐く老武人。

精霊砲とは、エルフ族の最終兵器。その事は知っているが、わざわざ知らせて来た動機がわからない。

『あまり追い詰めるな。エルフ族が精霊砲を使うかも知れないぞ』

そのような意味合いなら、今さらである。

帝国内に根強く残るエルフびいきの連中が、交易停止以降、繰り返し主張して来た事だからだ。

「警告されても、こちらから引くわけにはいかん」

老武人の言は、ここにいる三人の共通認識。一度でもこちらが折れれば、エルフ族は事あるごとに精霊砲を持ち出すだろう。

『口にすれば、皆が譲歩する』

そのような事態にしてはならなかった。

「申し訳ありません。こ奴がもう少し賢ければ、誰から受け取ったかわかるのですが」

渋い表情で謝りつつ、ローズヒップ伯は股間で小さくうずくまる白い小鳥をなでる。

無骨な肉厚の手で触れられ、目を細めるグリフォン。それへ目を落とし、白髪短髪の大男は続けた。

「ですが私個人としては、無視すべきではないと考えます。親馬鹿かも知れませんが、こ奴はそれなりに人を見ますので」

相手にする価値なしと思えば、運んで来たりはしない。わざわざローズヒップ伯が付け加えたのは、ある人物が頭にあったからだろう。

それは先ほど保護された、いささか肥満気味の老人の事。この人物は人の行き交う広場の中央に立ち、声を限りに叫んでいたのである。

「この街は焼き尽くされる！　天から降り注ぐ炎と硫黄の雨によって」

目が合うと近寄って来て、目の前で両腕を広げ天を仰ぐ。そして長髪を振り乱し、口から泡を飛ばすのだ。

「精霊の森との関所を開け！　悔い改めるのだ！　残された時間は多くない」

住民から苦情が殺到したため、衛兵が出動。今は治療士の手当てを受けている。

「何者なのでしょう」

熟女子爵の問いに、返るのは沈黙。

着ている服は高価なので、裕福だと思われる。しかし何も覚えておらず、身分を示す物も持っていない。

「あの反応では、差出人ではないようじゃの」

老武人の意見に、大きく頷くローズヒップ伯。もしやと思いグリフォンを連れて行ったところ、突如奇声を発して襲い掛かって来たのだ。

実のところ治療士のもとにいる一番の理由は、ローズヒップ伯の拳をカウンターで喰らったからである。

「精霊砲を使用する可能性が、これまで以上に高い。陛下へは、そうお知らせしておくかのう」

言葉を継ぐ老武人と、頷く二人。

撃つとすれば数百年振り。北の街と周囲に駐屯する騎士達を狙うのか、それとも帝都か。

自分達ならば、本拠地を狙うだろう。

「かなりの距離です。届くのでしょうか？」

首を傾げ、疑問を呈する塾女子爵。

『精霊の森大戦』では、至近に迫る人族の連合騎士団が目標だったのだ。そのため射程がわからない。

「後は、精霊の森への監視の強化ですね」

言葉を継いだ熟女は、無意識にウェーブの髪を手ですく。振り撒かれた強い香水の香りに、グリフォンが少しだけ身じろぎをした。

「それと、この街が狙われた場合に備えて、住民達の避難準備もしておきます」

対応が決まった事で、議題は次へと進む。

ちなみに太ったハイエルフが広場で説教をした理由は、わずかながらも記憶が残っていたからだ。

これは、ハイエルフの魔法耐性の高さのおかげである。

『この街に、恐ろしい災厄が降りかかる』

しかし記憶は断片でしかなく、口に出来たのもこのくらい。ただ、身を焦がす焦燥感だけはあり、それが彼を行動に走らせたのだろう。


所変わって、ここは王都のジェイアンヌ。

俺は鞄に大小様々な筆を忍ばせ、ロビーでお茶を飲んでいた。教導軽巡先生の予約待ちなのである。

(やはり、相談するなら教導軽巡先生だ)

先日、とある大商人の跡取り息子の悩みを解決するため、筆で奥さんの体をなぞりまくった俺。

結果だけ見ればうまく行ったが、ギルド長の助力があればこそ。力不足を思い知らされたのだ。

『筆プレイを試し、さらに上を目指す』

それが今日の目的。

実力の近い俺達二人が力を合わせれば、技は磨かれるはず。求道者である教導軽巡先生は、成長の機会を喜ぶだろう。

『この領域に立っているのは、王都でもきっと私達だけですね』

先日のコマンド入力プレイの後、息も絶え絶えながら嬉しそうに語っていたのが思い出される。

進む事をやめない教導軽巡先生。彼女となら、『永字八法《えいじはちほう》』を超える技法を編み出せるかも知れない。

（おや？）

指で筆遣いのイメージトレーニングをしていると、視界の端に一人の客の姿が入って来た。ロビーの壁に片手をつき、前屈《かが》みでよろめくように歩いている。

年齢は、少年と青年の間くらい。股間を片手で押えている事から、かなり溜まっているのだろう。

（コンシェルジュやサイドライン、喜んでいるな）

カウンターで嬉しそうに微笑む、マスター・コンシェルジュ。反対側の壁に並ぶダイナマイトバディの美女の群れも、好意的な目を向けている。

『この店の食事を楽しみにして、限界までお腹を空かせてやって来た』

娼館をレストランにたとえたなら、最大級の賛辞だろう。それも表現しているのは、言葉ではなく体なのだ。

（店だけじゃない。周囲の客達もだ）

自分で処理せず店まで来た忍耐力と、その原因である先端から溢れ出そうな若さ。称賛と羨望の混ざった眼差しを、紳士達はさりげなく送っている。

俺はこの世界の文化を、改めて素晴らしいと思った。

（あれ？）

だがそこでさらに気づく。この少年以上青年未満の人物に、見覚えがあったのである。

よく一緒に仕事をする冒険者チーム。そこで最も若く、ただ一人の魔術師で間違いない。

（そうか。今日はチームの『自分へのご褒美』の日なんだな）

リーダーである、やたら渋いおっさんが言っていたのだ。

顎に手を当て、考える俺。

（しかしジェイアンヌか）

確か、あのチームの格付けはEランク。中位と言ってよいだろう。

一方ジェイアンヌは、王都御三家と称される最高級の店。上から目線で申し訳ないが、彼らの収入には釣り合わない。

たまのご褒美にしても、負担は大きいはずだ。

（今度一緒に仕事をした時は、いいドロップ品が取れるよう配慮しよう）

ドロップ品とは、倒した魔獣から採取される有用な部位。傷の多少で、値は大きく違うと聞いている。

（俺が精密な狙撃を行なえば、破損は最小限で済むからな）

存在しない杖《ライフル》を狙うように構え、撃つ真似をする俺。

（えっ？）

するとなぜか射線上にいた雛壇の女性達が、顔色を青にして左右へ逃げてしまったのだった。

ここで視点は、タウロの視線の先でよろめき歩く冒険者、ビンスへと移る。

（一服盛られた）

心に浮かぶのは、彼の仲間である三人のおっさん達の顔。

忙しい上に気温も高くなって来たため、『精のつく物でも食べに行こう』という話になったのである。

『肉をたらふく食い、その後は娼館』

この冒険者チームお約束の、『自分へのご褒美』コース。いつもと違うのは、細工がされていた事だ。

分厚いステーキの付け合せについていた温野菜。それへ毒キノコを混ぜ込んだと、ビンスは見ている。

（よかれと思っての事なんだろうけど）

苦みばしったリーダーと、おっさん達の会話を思い出す。

「切った後、天日に干しただけの雑な処理だから、どうかなと思ったんだがな」

リーダーの言葉に、酒焼けした痩せたおっさんが腕を組んで唸る。

「それでも効果は並以上ですから、もともとの質がいいのかも知れやせんね」

何でも知り合いから干し毒キノコを安く引き取り、おっさん達で食べたらしい。

毒キノコの名は白い淑女《ホワイトレディ》。猛毒だが、強力な精力剤の原料になる。

自分には必要ないと、聞き流していたのが間違いだった。

「さっきの飯は俺達のおごりだ！　御三家なんて関係ねえ。お前の連打で穴だらけにして来い」

食堂を出たところで、戦士なおっさんに背を叩かれた意味。それが今ならわかる。

ジェイアンヌのロビーへ入り女性の香りを吸い込んだ瞬間、この状態になったのだから。

「待ってたわよ。さあ行きましょ」

カウンターにたどり着くと、奥から予約していたミニツインさんが弾むような足取りでやって来る。

髪型がツインテールで、体つきは華奢《きゃしゃ》で小柄。付け加えるなら胸も尻も大きくない。

しかしベッドの上では杖からナイフへ武器を換える僕にとって、最適の女性である。

「迷惑掛けるかも知れないけれど、よろしく」

僕の言葉に、『嬉しいだけよ』と笑顔で返してくれるミニツインさん。

その場で抱きつきたくなるのを必死にこらえ、肩を貸してもらいながら階段を上がったのだった。

「えっ？」

これは、飲み物を届けた見習いの子が出て行った直後の、ミニツインさんの言葉。

扉へ施錠する彼女の後ろ姿に我慢出来ず、襲い掛かってしまったのだ。

「ちょ、ちょっと待って」

服はそのまま、シャワーもなし。慌てるミニツインさんを無視して、扉に押し付けるようにして立ったまま侵入。

そこで驚いたのが、すでにミニツインさんも準備が出来ていた事だ。

それも前のコマの残り火などではない。いろいろと手順を踏んだ後と同じくらいの、本気の状態である。

なぜかと聞きたいところだが、今はそれどころではなかった。

「ごめんね」

マナー違反のロケットスタート。謝りはするが、僕は自分を止められない。

ミニツインさんの顔の両側、扉に両手を突いて左右へ逃げられないようにし、なおかつ下から突き上げ続ける事で崩れ落ちる事も許さない。

ごめん、ごめん、と繰り返す事数回。我慢し過ぎていた僕は、大きく中身を吐き出した。

（……駄目だ。全然収まらない）

さすがは、『同じ高さに積んだ金貨と同じ額』と言われる白い淑女《ホワイトレディ》。信じられないほどの効果である。

知り合いから安く手に入れたとリーダーは言っていたが、それだって下限はあるだろう。

善意がこもり費用を掛けたいたずらに、感謝と苦情の二つが同時に湧き上がる。しかしそれは、膨れ上がった欲望に押しのけられた。

頭を横に振って気持ちを切り替え、激しく律動を再開。

「え？　え？」

混乱した声を上げるミニツインさん。一度ここで、仕切り直しになると思っていたのだろう。

「本当にごめん」

再度謝ると、ミニツインさんの体をさらに圧迫。扉の蝶番《ちょうつがい》を激しくきしませ始めたのだった。

（……ふう）

あれから何回出しただろう。扉との間に挟み込んだミニツインさんは、小刻みに痙攣を続けている。

立ったままでは筋力的に辛《つら》くなって来たので、後ろから抱きかかえ、そこからお姫様抱っこに変更するとベッドへ運ぶ。

（軽いなあ）

仰向けに寝かせた彼女は目と口を大きく開き、涎《よだれ》を垂らしつつ浅い呼吸を繰り返していた。

「嘘っ！」

どこか遠くを見つめていた目に焦点が戻り、僕の胸を両手で突っ張りつつミニツインさんは息を呑む。

なぜならあれだけ出したはずなのに、僕がまた正面から侵入したからだ。

「無理無理、これ以上は無理」

叫びではなく、ささやきに近いくらいの小声。僕は耳元で、『ごめん』という言葉を繰り返し、またもや体を連続で弾ませる。

ベッドのスプリングを利用しているので、先ほどより楽だ。

（背中が気持ちいい）

僕の背中を、ミニツインさんの小さな拳が何度も叩く。だけど全然痛くない。

次に指を立てるが、爪を立てず引っ掻《か》く事もしないので、ツボを押されるようで心地よい。

こうして僕は今までの人生で一番大量に、そして何度も出し続けたのだった。

「本当に申し訳ありませんでしたっ！」

残り時間も少しとなった頃、やっと落ち着き、ベッドの上で頭をマットに擦《こす》り付ける僕。

正面には乱暴されたかのように着崩れ、べとべとになったミニツインさんがへたり込んでいる。

小柄な彼女の容量を超え、溢れ出してしまったのだ。実際量と回数で言えば、一人で輪姦したようなものだろう。

「……驚いたけど、しょうがないわよ。あれだけ溜めてたみたいだし」

意外とあっさりと許してもらえ、心から安堵の息を漏らす。指名を拒否されるのだけは、絶対に嫌だったからだ。

そこから僕は、弁解まじりに白い淑女《ホワイトレディ》を食事に混ぜられた事を話す。

「あれは、君みたいな若い人が使っちゃ駄目よ」

呆れた表情のミニツインさん。薬師によって調合された精力剤は、『寝たきりのお爺さんでも立たせる』と言われるほどのものなのだそうだ。

煩悩に悩む若者にとっては、毒にしかならないという。

「女性にも効果があるのかな？」

興味を惹かれ尋ねると、男性にしか効かないらしい。

「とにかく、回数が多いのは構わないけれど、準備くらいさせてね」

額を指で数度突かれるだけで、お仕置きは終了。すっかり安心した僕は、『準備』という言葉で思い出す。

なので聞いてみた。いきなりのプレイだったのに、ミニツインさんにしっかりと準備が出来ていた理由を。

「……女の子には、そういう日もあるの」

それ以上は教えてくれなかった。

身支度を終わらせた後、ロビーまで送ってもらい店を出た僕。歓楽街の大通りを、初夏の夜風が吹き抜けて行く。

乱れた髪を手ですき、風に目を細めつつ星空を見上げる。

（明日からは、水だけの生活だなあ）

持っていたお金は、お詫びのつもりですべてチップにしてしまった。そのため正しくは、今夜食べる分もない。

それでも心に若干の余裕があるのは、明日リーダー達に会った時、前借りするつもりでいるからだ。

（あり金全部をチップにするようなプレイをした原因は、間違いなくキノコなら少しくらい、わがままを言ってもよいだろう。

（あれ？）

大きく伸びをした拍子に、肩掛けの鞄の中でカチャリという音がする。疑問に思い中を覗くと、見慣れぬピンク色の封筒が入っていた。

（何だろう）

妙に重さのあるそれを取り出すと、表に書かれた文字が歓楽街の明かりに浮かぶ。

『また来てね』

息を呑みつつ、手のひらの上で封筒を傾ける僕。中から出て来たのは数枚の金貨だった。さっき渡したチップの全額に近い。

（……銀貨と銅貨だけ受け取ったのか）

この瞬間僕の心は、完全にミニツインさんの虜になってしまったのである。

ビンスが帰った後のジェイアンヌ。

その従業員控え室には、ツインテールの小柄で華奢な女性と、同じくツインテールの胸の大きな女性がいた。

ビンスの相手を務めたミニツインと、敏感系諸兄に大人気のツインテである。

「どうしたの？　大丈夫」

前屈みで腰を押え、顔をしかめているミニツインに、ツインテが聞く。戻って来た答えは、今の客の回数が凄かったとの事。

「あたしの時は、そんな事なかったけど。あなたが本当に好みなのね」

少々悔しそうな表情を作り、大きな胸を揺らす。

彼女はビンスの前担当者。彼が経験を積んで腕を上げたため、ツインテの許容感度を超えてしまったのである。

「理由があるのよ。食事にキノコを混ぜられたんですって。それも白い淑女《ホワイトレディ》」

溜息と共に口にする小柄な女性。それを聞いて豊乳は眉をひそめた。

高価なだけあって、処理された白い淑女《ホワイトレディ》は薬効のみで無害。しかし質の悪い媚薬を盛られた経験があるだけに、好きになれないのである。

大きく息を吐き出すと、気を取り直し口を開いた。

「でも、ちょうどよかったじゃない。あの日だったたんでしょ？」

月に数日、性欲が何倍にも跳ね上がる日。生物の理《ことわり》を、魔法で強引に押えつけているがゆえの副作用である。

「まあね。だけど欲しかっただけに、感度も上がっちゃって大変よ」

テーブルにペタリと顎を乗せ、小柄な女性は疲れた表情で返す。

「何とかならないかなあ。あの状態で雛壇に座っているの、結構きついのよ」

続いた言葉に、ツインテは大きな胸を横に揺すり口を開く。

「だけど、まだましじゃない。変な方向に出ちゃう人もいるんだし」

ほとんどは性欲の増進という形を取る。しかし、違う女性もいた。

現れ方は、臭いを嗅ぎたくなったり、裸を見て欲しくなったりと様々。満たすのが難しい人は、本当に気の毒である。

「あら、何のお話をしてらっしゃるの」

入って来たのは、おっとりした雰囲気にグラマラスなボディを持つ、長いストレートヘアの女性。サイドラインの彼女も、一仕事終え休憩に来たのだ。

『あの日』の話題だと知ると、深い溜息を漏らす。

「私の場合は、無性に喉が渇いてしまいます。ですけど癒やせるのは、男の人のあれだけ」

客の多くは下の口を好むため、なかなか潤せないらしい。

「大変ねえ」

気の毒そうな表情で、ツインテールを上下に揺らす二人。客には聞かせられない女性だけの話題に、しばし花が咲くのであった。


帝国の北の街を進発したC級騎士が、街道を一路南へと駆けて行く。

途中で操縦士の魔力が尽きたのだろう。C級騎士はそのままに乗り手だけを代え、また走る。そうして到着したのは、帝都だった。

『エルフ族が精霊砲を使用する可能性が高い』

騎士が運んで来たのは、この知らせである。読み終えた威厳ある中年男性の皇帝は、私室に侯爵と帝国魔法学院の学院長を呼ぶ。

「お待たせ致しました」

背が高く姿勢のよいロマンスグレーの紳士である侯爵が入室し、痩せ細った老人である学院長が続く。

二人が雅《みやび》なソファーへ腰を下ろしたところで、対面の皇帝はテーブルへ文を置いた。

「これに書かれている精霊砲とは、射程が長く威力の大きな魔法攻撃であろう」

超遠距離からの一方的な攻撃。その恐ろしさを思い、表情を硬くする侯爵と学院長。

侯爵の雰囲気がより重いのは、骨身に染みているからだ。王国侵攻時、アウォークで幽霊騎士《ゴーストナイト》から狙撃を受けたのである。

「しかし一番の脅威は、エルフ族に戦時協定を守る意思がない事だ」

二人の反応を見やった後、皇帝は続けた。

『戦争は戦闘員の間でのみ行ない、非戦闘員に危害と被害を与えてはならない』

戦時協定とは国家間の紳士協定であり、その内容はこれ。しかしエルフ族は、先に北の街へ騎士を突入させ居住区を焼いている。

『非戦闘員は資源であり、それを取り合うのが戦争』

これが人族の認識だが、エルフ族は違うのだろう。人族の非戦闘員に、価値など認めていないのかも知れない。

「騎士達や兵士達が狙われるのなら、それは致し方ない。結果、『帝国』という形が消え去っても、それが戦争というものだからな」

だが、と語気を強め、威厳ある中年は言葉を継ぐ。

「もし精霊砲が街や都へ向けられるのなら、それは我らの知る戦争ではない。向こうが一線を越えるなら、こちらも越えて報復を行なう」

頷きつつも、侯爵の心に疑念が湧く。

『精霊の森に引きこもり、大規模な魔法で遠距離から一方的に攻撃して来る』

そのような相手への対抗策を、見つけられなかったからだ。

侯爵の現在の立場は、宰相が空席の帝国における『宰相代理』と言ってよい。この場に呼ばれたのも、それが理由だろう。

その彼が知らない手が、他にあるとは思えなかったのである。

「……陛下、もしかしてあれを。それで私めをお呼びになったのですか」

だが、学院長には心当たりがあるらしく、眉の間に深い縦皺を刻みつつ言う。隣の同僚へ目を向けた侯爵へ、皇帝が問うた。

「東の国にドラゴン・アントが現われた。その事は知っているな?」

姿勢を正し、肯定するロマンスグレーで紳士な侯爵。

ドラゴン・アントとは、魔力を餌とする蟻型の魔獣である。その場で百合騎士団《リリーナイツ》に退治されたという話だが、もし拡散していれば大変な事になっていただろう。

これまでは物語の中でのみの存在と思われていたので、帝国内でも大いに話題になっていたのだ。

（……待て、魔力を餌とするだと？）

引っ掛かるものを感じ、侯爵は頭の中身を回す。

（餌にするからには、魔法への耐性は高いはず。おそらくだが、並の魔法など効くまい）

そこで、魔法に大きく頼る存在へ思い至る。

（エルフか）

ドラゴン・アントの話を持ち出した皇帝の意図に気づき、侯爵は口を開く。

「ドラゴン・アントが帝国にもいるという事ですか」

侯爵の察しのよさに、笑みを浮かべる皇帝。ただし返答は、半分肯定というものだった。

「その物ではないが、類する物だな。いざとなれば、それを精霊の森に放つ」

続いて述べられたのは、『その存在は、代々の皇帝と魔術学院の学院長にのみ伝えられている』という事。皇帝の視線を受けて、学院長が説明を引き継ぐ。

「魔獣ではなく植物です。我々は『滅びの種』と呼んでおります」

痩せ細った老人いわく、呼び名のとおり種の状態で、見た目を表現するなら『ダイヤで出来たヒマワリの種』だそうだ。

近くに魔力を持つ存在がいれば、宙であろうと吸い寄せられるように張り付き、根を出し魔力を吸うという。

「ツタの一種と言っていいでしょう。魔力を糧に猛烈な勢いで伸び太り、鎌のような葉をさらなる獲物へ突き立てます」

人族だろうが魔獣だろうが区別なく攻撃し、餌がある限り生長し続ける。相手を選ばないという点は、精霊砲と同じだろう。

聞き終えた侯爵は、数拍の間言葉が出なかった。

「まさしく滅びの種ですね。ですが、どこかで止めねば、その名のとおりになってしまいませんか？」

ツタに覆われたオスト大陸の景色が思い浮かび、たまらず侯爵は皇帝へ問う。

威厳ある中年男性は片方の口の端を上へ向けると、『まずは落ち着け』との言を頭に置いた。

「そのツタはな、伸びはするが増えんのだ。花は咲かず実を付けず、ゆえに新たな種も作らない」

加えて、分割された場合、『核』のある一つ以外は枯死するという。

（危険なのは間違いないが、絶対に手が付けられない、とまでは行かないか）

なるほど、と頷く侯爵だが、今度は別の疑念が湧く。

（種を作らないというが、なら滅びの種はどこから来たのだ？）

訝《いぶか》しげな表情を浮かべ、考え込む侯爵。

その姿に、かつての自身を見たのだろう。皇帝は先んじて回答を口にした。

「生き物のありようにしては、あまりに歪《いびつ》であろう？　余と学院長はな、人為的に作られた『武器』ではないかと考えておる」

ロマンスグレーの紳士は唸る。都合のよさを考えればわからないではないが、だからといって納得も出来ない。

（掛け合わせて新色の花を作り出すのとは、違うのだぞ）

滅びの種クラスの植物を人の手で作り出す。それが出来たという話など聞いた事がないし、出来るとも思えなかった。

頭上で疑問符を揺らしているロマンスグレーの紳士の姿に、皇帝は、であろうな、と息を吐く。

「背景を知らねば腑に落ちまい」

そして語り出す、中年皇帝。

それによれば、手に入ったのは今から約三百年前。場所は今三人がいるこの宮殿の、地下にある遺跡との事だった。

当時の皇帝が隠しトンネルを作らせていたところ、掘り当てたのだという。

「特筆すべきは二つ、まずは広さだ。この宮殿そのものが、遺跡の上に建っていると言っていい」

侯爵の目が細まったのは、驚きからであろう。建国時から増改築を繰り返して来たこの宮殿は、小さな街ほどの大きさがあるのだから。

だが侯爵の驚きは、皇帝の次の言葉で完全に塗り潰された。

「二つ目は、遺跡を作り住んでいたであろう住人が、人族ではなかった事だ。勿論、エルフ族でもないぞ」

根拠は遺跡の内部構造。二本の足で立ち歩くのはとても無理で、四つん這いならなんとか、というものだそうだ。

「姿形はわからんが、我らは『宝石喰い《ジュエル・イーター》』と呼んでおる」

名の由来は、宝石が大量に貯蔵してあった事。ただし宝物庫にしては部屋の作りが荒く、扉もお粗末。

『食糧庫なのではないか』

別に宝物庫にふさわしい部屋が発見された事もあり、その意見が採用されたらしい。

「そして宝物庫で発見されたのが、ダイヤモンドで出来たヒマワリの種。いわゆる滅びの種ですか」

侯爵が、自らに言い聞かせるように説明をなぞったのは、情報があまりに異質なためだろう。

皇帝は頷くと、今ではすっかり冷めた紅茶を手に取り、喉を湿らせる。

「ミスリル銀で出来た箱の中に、同じくミスリル銀製の指輪入れくらいの小箱が四つ入っていてな。滅びの種はその小箱に、一粒ずつ収められていたそうだ」

再開した皇帝の言によれば、調査員が小箱を開けてすぐ、ダイヤモンド製のヒマワリ種は矢のように飛んで調査員の額に突き刺さったらしい。

取ろうと手を伸ばすも、一気に発芽。周囲の者が慌ててツタを引き抜こうとしたところ、その者達の手や腕にも鎌のような葉が突き立てられ、ツタはさらなる生長をとげたそうだ。

『滅びの種が、どのような性質を持つのか』

それが判明するまで、三つの種と少なくない命が消費されたらしい。

「宝物庫とは言ったが、余は武器庫と思っている。危険だからこそ別室を用意し、魔力を遮断出来るミスリル銀製の箱に入れたのではないかとな」

ミスリル銀は魔道具の材料になる。しかし最も知られた用途は、騎士の操縦席を覆う殻であろう。

操縦士の発する魔力を逃がさず受け止めるために用いられ、密閉出来るかどうかで騎士の燃費が大きく違って来るのだ。

(確かにミスリル銀の箱の中にあれば、外の魔力は届くまい)

つまり、滅びの種は活性化しないという事。侯爵は心の中で一つ頷き、考えを進める。

(武器と信じられなかったのは、人族では不可能と思ったからだ。しかし作り手が人族でないのなら、話は違う)

確認の意味で、侯爵は皇帝に質問した。

「人族では到底作り得ない高度な魔道具、それが遺跡にはあったのでしょうか?」

回答は、侯爵の予想どおり。ただし、人族には不要な物が多かったらしい。

「わかりました。『滅びの種は人為的に作られた武器』という見方に、私も賛同致します」

侯爵の返答を受け皇帝は、『エルフ族相手に用いる』件へ話を戻した。

「精霊砲の射程が不明な今、帝都とて絶対に安全とは言い切れん」

侯爵自身は、帝都へ届く可能性は低いと見ている。しかし予想でしかないため、皇帝の言を否定出来ない。

「もし余に何かあった時は、代わりに指揮を取れ。滅びの種の保管場所は、学院長が知っている」

皇帝の言葉に、深く頭を下げる侯爵。

受け取ったのは『非常時の権限』という重いものであったが、気後れはない。この任を担えるのは自分だけだ、という自負があったからだ。

(円卓会議のメンバーであろうとも、学院長の本質は学者。他の者らも、得意分野以外の視野は狭い)

とてもではないが務まるまい。宰相の席を巡って自分と争う辺境伯ならまた違っただろうが、あの男は帝都を離れランドバーンにいる。

（一歩リードというところだな。恨むならランドバーンで功績を立て過ぎて、その地を離れられなくなった己を恨め）

不謹慎かも知れないが、つい心の中の口元が緩む。

「使わずに済むのが、一番よいのだがな」

しかし、直後に皇帝の漏らした言葉が耳に入り、慌てて襟を正す侯爵であった。


世界樹の根元最奥にある大きなウロ。

その中心には膝くらいの高さに魔法陣が浮かび、白い光を発しながら回転している。大きさは、人が両腕を伸ばしたくらいであろう。

今、その周囲を、十数人の老人達が囲んでいた。

「充分でしょう。これなら第二魔法陣も回せるはずです」

なで肩のハイエルフが口にし、周囲の者達も同意を示す。

議長代理である彼は一歩踏み出し、宙へ向け両腕を突き出した。

「では皆さん、私へ向け魔力を送って下さい」

行なおうとしているのは、第二魔法陣の起動。そのための力は第一魔法陣から供給されるのだが、操作をするのに魔力が必要なのである。

「始めます」

議長代理が口の中で何事か呟くと、身長よりやや高い位置に小さな白い光の点が出現。高速で跳び回り、大きな魔法陣を描いて行く。

これが第二魔法陣。直径は第一魔法陣の倍はあるだろう。

白い光の線で作られた水平の円盤は、まだ回転していない。

「ゆっくりと、慎重にだぞ。急ぎ過ぎると、第一魔法陣が止まる」

食い入るように見つめながら眉の太いハイエルフが言い、また、他のハイエルフも口々に注意や警告を口にする。

一人で操作を担わなければならず、かつこの中では年若いなで肩のハイエルフの感じる重圧は、かなりのものであろう。

「よし、動き出した」

身を乗り出し、拳を握り締める眉太。しかしすぐ、別の意味でさらに拳は固くなる。

頭上の第二魔法陣はじりじりと回り始めたが、膝下の第一魔法陣の回転速度が極端に落ちたのだ。

「もっとゆっくりよ！　もっとゆっくり！」

入院中の薬師とは別の老婆が、口を両手で押え悲鳴に似た声で叫ぶ。

ここでも各所から上がる、悪気のない個人的なアドバイス。それでも議長代理は集中を維持し、重くて繊細な作業をやり遂げた。

今や第一魔法陣の回転速度は元に戻り、第二魔法陣はゆるやかだが安定して回っている。

「うまく行きました。では前回残した課題、精霊砲の範囲と威力について協議しましょう」

額の汗を手で拭い、ほっとした様子で振り返る議長代理。

指を鳴らすと、ウロの内壁に地図のタペストリーが出現。遥かな高みから地表へ近づく鳥の視界のように、北の街が拡大されて行く。

「協議も何も、北の街じゃろうが」

「いや、騎士が駐屯しているのは城壁の外だ。あそこも含めなければ」

「あのいまいましい検問所もあるぞ」

一人の疑問に、別の者が返す。意見が述べられるたびに、地図上の赤い円の大きさが変化した。

グリフォンの行動範囲の広さを危惧し、円を広げる者。広げれば威力が落ちると、絞る者。

最終的に残ったのは、北の街から検問所まで収める円。出された案の中では、大きい方になるだろう。

「皆さん。そろそろよろしいですか」

意見が出尽くしたのを見計らい、議長代理が問う。採決で半数以上の手が上がったのを確認し、言葉を続けた。

「賛成多数。範囲は地図のとおりとします」

第二魔法陣に光が満ちれば、第三魔法陣を回す。そこまで至れば、残るのは精霊砲の起動のみ。

ここまで順調に進んだ事に安堵の息を吐く、なで肩のハイエルフであった。


王都から西へ、定期ゴーレム馬車で二日の距離にある地方都市、アウォーク。今この街から北へ延びる街道に、一隊の隊商がいた。

五台のゴーレム荷馬車を連ね、穀物や燻製肉、それに蒸留酒の樽などを満載し、北へ向かって進んでいる。

「旦那、いい香りですねえ。たまんねえや」

先頭の御者台で手綱を握る髭面のおっさんが、樽からにじみ出る酒の香りに鼻をうごめかす。彼は運送業者で、ゴーレム荷馬車の持ち主。

隣に座る太った『旦那』が、荷主の商人である。

「頼むから、途中でゴーレム馬に飲まれて減ったとか言わないでくれよ」

ニヤリと笑う、人の形をした髭面のゴーレム馬。『仕事は信用第一。大丈夫でさあ』と返すが、旦那は困った顔を崩さない。

日焼けとは違う肌の黒さが、いかにも酒が好きそうに見えたからだ。ちなみにゴーレム馬は飲食などしない。

髭面のおっさんはからかうように、『燻製肉も、つまみにゃ最高ですね』などと続けた。

「親父！　何か来ますぜ。西側の森だあ」

その時後方の荷馬車から、鋭い警告が届く。

緊張と共に左を向く二人。森の奥で鳥の群れが飛び立ち、御者台に座っていても地面の揺れが感じ取れた。

「槍を構えろ！　救難信号を出せ！　ゴーレム馬全速！」

別人に変貌した髭面の親父が、部下達へ指示。すぐに魔法陣の描かれた巻物《スクロール》が使用され、光の塊が垂直に打ち上がる。

そして花火のように商人ギルドの紋章、『天秤に乗る女神』を描き出した。

「大トカゲ！　その数一頭！」

部下の報告は続く。

細い木々をへし折り、下生えの中から姿を現したのは、濃緑色の爬虫類《はちゅうるい》。大きさは四トントラックを超え、中型魔獣に分類される。

「くそっ、脚が短いくせに速え」

後方から聞こえた声に、激しく揺れる御者台から振り返る旦那。最後尾の荷台には男達が立ち、牽制すべく必死に槍を振るっている。

だが、逃げ切れそうにない。

「旦那。大トカゲは食えば止まる。後ろの一台、あるいは二台が犠牲になるのを覚悟して下せえ」

低い声で告げる髭面に、息を呑む。犠牲と言っても、荷物だけで済むとは限るまい。おそらく、彼の部下達も含まれるだろう。

「っ!?」

そこまで考えたところで横殴りの激しい衝撃を受け、地面に投げ出される旦那。痛みに呼吸が止まる中、何とか目を開けると、目の前にはもう一頭の大トカゲがいた。

(一頭じゃなかったのか)

先頭のゴーレム馬車が横転し道を塞いだ事で、二台目が追突、三台目が急停止。結果として五台すべてが、二頭の大トカゲに挟まれる。

(ここは主要街道だぞ。辺境の細道じゃあないんだ)

そう思うのだが、現実は変わらない。絶望に身動き一つ取れない旦那の前で、大トカゲは口を大きく開く。

次の瞬間、大トカゲの頭部が下顎を除き吹き飛んだ。

（はっ？）

何が起きたのかわからない。

大トカゲの頭部がはじける音はした。しかしそれ以外、何の音も振動もなかったはず。

そしてまた、同じ破裂音が後方から響く。顔を向ければ、そこにも頭を失った大トカゲの姿があった。

「何が？」

腰が抜けたままの旦那は、口からそんな音を出す。

一方、いち早く混乱から立ち直った髭面の親父は、周囲の確認と怪我人の手当てを指示した。

「親父、視線の通る範囲には何も、誰もいません」

地面に仁王立ちのまま腕を組み、険しい表情を崩さず頷く髭面。隣を見下ろすと、座り込んでいる太った中年に声を掛ける。

「旦那。この場でゴーレム馬車の修理、それに荷の積み替えを行ないやす。一台目と二台目の損傷が激しいので、運べない荷はここに置いて行きやすが、いいですかい？」

無言で何度も頭を縦に振る旦那であった。

そして約三十分後。頭のない大トカゲの尻尾がやっと動きを止めた頃、地面を揺らす存在が南から近づいて来る。

それは王国騎士団に所属する一騎のB級騎士。救難信号を見て、アウォークから駆けつけて来たらしい。

『状況を教えて下さい』

外部音声で問われ、太った商人が答える。もっと詳しい話が聞きたいと、B級は片膝を突き胸甲を開いた。

姿を見せたのは、どう見ても少年の操縦士。しかし態度や物言いは落ち着いており、安心感を与えてくれる。

（これは、もてるだろうなあ）

旦那は思う。端整な顔立ちに、中性的な雰囲気。立ち居振る舞いも、育ちのよさを感じさせるのだ。

実際、隊商の女性が小さく口笛を吹いたほどである。

「そうですか。突然、大トカゲの頭が破裂したと。それも二頭続けて」

聞き終えた少年操縦士は、顎に手を当て考え込む。そして大トカゲの血が伸びる西を見た後、反対側の山岳地帯へ目を向けた。

周囲の者達も同じように東を見るが、山と青空、それに雲以外は何も見えない。

「動けるようになるまで、C級をつけます。では私はこれで」

遅れて到着した王国騎士団のC級達に場を任せ、貴族の子はB級に乗り込みアウォークへ戻るべく向きを変える。

そして騎士を歩かせつつ、沈痛な面持ちで息を吐いた。

（大トカゲか。我々の討伐が原因だな）

昨日、B級C級合わせて七騎で、アウォークから西へ出陣。国境を侵し村へ迫る魔獣の群れを撃退したのである。

（おそらくは、その時の討ち漏らしだ。何頭かには抜かれていたという事か）

未熟な者達も多く参加していたため、見落としてしまったのだろう。商人が語った謎については、とりあえず保留する事にした。

アウォークへ着いた貴族の子は、王都に戻るべく部下を引き連れ東へ出発。途中、後ろを歩くC級が、外部音声で気になる事を口にする。

『何だあいつ、まだいるのかよ』

話し掛けられた隣のC級が、騎士の目を北へ回しつつ外部音声で返す。

『商人ギルドは楽でいいよなあ。あそこに座っているだけで済むんだからよ』

貴族の子が見やれば、遠くの岩山の頂に座るベージュ色の騎士が見えた。老嬢《オールドレディ》で間違いない。

『今の話を聞かせてくれないか？』

前を行く貴族の子に話し掛けられ、青年操縦士は緊張しつつ答える。

年齢は自分より下でも、腕が立つ上に見目麗しい。貴族出身という事もあって、心酔する若手は何人かいたのだ。

その一人である青年によれば、昨日から同じ場所にいて、何もせずに座っているのだという。

『絶対さぼっているんですよ。俺らから商人ギルドに話しておきましょうか？』

息巻く青年を無視し、貴族の子は考えを巡らす。

（あの位置取り。タウロさんなら、西と南の街道を狙う事が可能だ）

人に聞かせても、信じる者はいないだろう。しかし東の伯爵のところで自称賢者と戦った時から、自分はそう確信している。

そして昨日という時間。少年の頭に、上司であるコーニールの姿が浮かんだ。

(……フォローをお願いしていたのか)

倒しきれなかった魔獣が、王国へ侵入する。その可能性を考慮して、手配していたに違いない。

悔しいが、先ほどの隊商を思えば杞憂《きゆう》でなかった事がわかる。

(何が未熟な者も多いだ。自分だって力不足のくせに)

反省し、恥じ入る。もっともっと上司から、いろいろな事を教えてもらわなくてはならない。

その思いが少年の後ろの門を、熱く甘くうずかせる。

荒くなった呼吸を何とか整え、再度岩山の老嬢《オールドレディ》を見やった。

(お礼を言いたいけれど、嫌がるだろうな)

王国騎士団員への道を断たれ、操縦士学校を辞めざるを得なかった年上の同級生。王国騎士団へよい印象は持っていないはず。

今回も、友人である上司の頼みだから受けたのだろう。

(ありがとうございます)

そこで貴族の子は、片手を上げて挨拶するに留めた。向こうも見ていたらしく、同じように片手を上げる。

背後でC級達が騒いでいるのは、ギルド騎士を下に見ているからだろう。『そんな事する必要ありませんよ』という外部音声が耳に届く。

(意識改革というのは、進まないものだな)

年上の部下へ言い聞かせなければならないストレスに、大きく溜息をつくのだった。

アウォーク北東の岩山の頂上に陣取り、南を見つめる老嬢《オールドレディ》。視線の先では一騎のB級が、こちらへ片手を上げている。

(貴族の子だ)

西の隊商のところにいた、見覚えある騎体だ。彼なら大トカゲの件も、俺の仕業と気がついただろう。

彼は操縦士学校の同級生。

『接近戦から逃げ回り、遠距離からの攻撃に徹して判定勝ちを狙う』

そのような模擬戦での俺の戦い方を『卑怯《ひきょう》』と罵らず、『強い』と評価してくれた唯一の人物だ。

(気をつけて帰れよ)

懐かしさと共に、老嬢《オールドレディ》の手を上げ返す。あれだけの実力者に『気をつけて』というのも何だが、まあよいだろう。

騎士の頭を巡らせ、街道に魔獣がいないのを確認し、操縦席の中で頭を掻く。

(しかしこの距離だと、小さい魔獣はきつい)

さっきの大トカゲも、動きが止まるまでは撃てなかった。

煽《あお》り運転のように荷馬車に張り付いて走っているものだから、少しでもずれれば隊商を吹き飛ばしてしまうだろう。商人ギルドの騎士として、それだけは出来ない。

息を吐き、首を大きく回して音を鳴らす。

(夕方まで待って、魔獣が出なければ完了だな)

王国騎士団が、元を断つべく少なくない騎士を動かしてくれたのだ。コーニールからの私的な依頼であっても、俺もギルド長も大歓迎である。

ちなみに俺は、アウォーク近辺からでも毎日日帰り。今日も全速で王都へ向かい、プライベートに全力投球の予定である。

(今夜は負けないぞ)

教導軽巡先生との初めての筆合戦を思い出す。

最初こそ、俺の筆使いに身をよじらせていた彼女。しかし途中で反撃に転じ、後はこちらが涙目での打ち回る状態になってしまった。

最後は根元を強く握られ、焦らしプレイの『毒抜き』までされている。

(教導軽巡先生も、魔眼を持っているからな)

『見切り』と呼び名は違うが、同じようなものだろう。

(また負けたらどうしよう)

背骨を痺れさせる甘い戦慄に、俺はブルリと体を震わせたのだった。


同時刻、王国商人ギルドの三階にあるギルド長室。応接セットのテーブルには三つのコーヒーが置かれ、それを同じ数の人影が囲む。

サンタクロースに似た恰幅のよい老人が、白い髭をなでながら口を開いた。

「宰相のお話とは、どのようなものでした？」

問うた相手は、ゴブリンに似た小柄な老人。ギルド長である。

先ほど、王城から戻って来たばかりなのだ。

「騎士を買わんか、と言って来おった。Ｂ級が揃ったせいで、今度はＣ級が余って来たようじゃの」

言い終えると静かな表情でコーヒーに手を伸ばし、サンタクロースな副ギルド長と強面《こわもて》の主任にも勧める。

サンタクロースはカップを手に取るも、納得しかねる表情で首を傾げた。

「Ｃ級は役に立つ。騎士団長は、そう口にしておられませんでしたかな？」

カップで口元を隠しつつ、答えるギルド長。

「全部を手放すわけではないの。あくまで余剰分じゃ」

続く説明によれば、声を掛けたのは三大ギルド。商人、冒険者、鍛冶だけらしい。

意見を求める小柄な老人に、サンタクロースは目を閉じ黙考。強面の主任は遠慮がちに手を挙げた。

「最近、街道に現れる魔獣が増えています。老嬢《オールドレディ》だけでは少々厳しいかと」

Ｃ級で対応可能なのはＣ級に任せ、老嬢《オールドレディ》は彼女でなければ処理出来ない案件に向かう。

維持費に関しても、Ｃ級ならそれほど掛からない。

「以上です」

述べ終えた強面の主任は、採点を待つ学生のような視線を老ゴブリンへ送る。

「わしもそう思うの。正直ちと、タウロ君に頼り過ぎておる。いなくなったりすれば、すぐ昔へ逆戻りじゃぞ」

前任操縦士の暗黒時代を思い出し、とくに副ギルド長が表情を歪めた。そして咳払いをし、口を開く。

「私も賛成です、問題は操縦士ですな。人手不足はどこも同じ、王国騎士団が相手では、正直勝ち目はありません」

浪人を雇う、他から引き抜く、あるいは操縦士学校の生徒から見つけるしかない。

しかし王国騎士団からも話があれば、皆そちらを選ぶだろう。ブランド力が大きく違うのだ。

「では、操縦士をまず探し、目途《めど》が立ったら騎士を購入する。そのような方向でよろしいでしょうか」

頭にスケジュールを浮かべつつ確認する、強面の主任。しかしサンタクロースは少し考えた後、長い白髭を左右に振る。

「騎士は買っておきたい。せっかく相手が売りたがっているのだからな」

操縦士へ声を掛ける時も有利になる。格納庫に誘って『自分用の騎士』を見せれば、心が傾く事もあるだろう。

そう続けたサンタクロースへ、ギルド長は大きく頷く。

「それがええ。宰相に返事をしておこう。操縦士については、皆で探すしかないの」

その後三人は、各自の心当たりや人脈について意見を交わす。その中には、タウロに意見を求める案も含まれていた。

ある程度まとまったところで、副ギルド長が眉根を寄せて白髭をいじる。

「前任の操縦士。あれを再雇用せよと、圧力が掛かるかも知れませんな」

皆の頭に浮かぶのは、タウロの前に老嬢《オールドレディ》の操縦席に座っていた人物。共通する評価は、害あって益がないというものだ。

腕を組み、強面の主任が表情を曇らせ声を出す。

「騎士に乗っている、そのような噂は聞きません。間違いなく、席にあぶれていると思います」

眉根を寄せ同意した後、サンタクロースは鋭い視線をギルド長へ向けた。

「操縦士学校の先輩は、後輩に甘いですからな。騎士を増やすと聞けば、ねじ込んで来るかも知れませんぞ」

前任操縦士は、『真の操縦士』と呼ばれる思想の信奉者。騎士団ＯＢや一部の有力者には、その価値観が色濃く残っている。

『困っている後輩の面倒を見てやろう』

泣きつかれれば、先輩の務めと動き出す輩がいてもおかしくはない。

「安心せい、それだけは絶対にさせん。わしとて我慢の限界というのはある」

表情を消し、ギルド長は断言。

「言い出した奴を潰す」

続けられたのは、たった一言。しかしあまりの迫力に、強面の主任は縮こまるのを止められない。

「ところで話は変わるがの」

今のが幻だったかのように、雰囲気と表情をやわらげるゴブリン爺ちゃん。懐から筆を取り出し、帝国屋でのタウロとの一件を話し始めたのだった。


初夏の青空の下、王都中央広場に設けられた野外コンサートのようなステージ。

壇上には宰相だという垂れ目のおっさんが立ち、何やら堅苦しい挨拶をしている。

行なわれているのは『歓送式典』。延びに延びていたが、いよいよ東の国の聖女様がご帰国されるのだ。

(あれが聖女様か)

広場の南東隅で片膝を突く老嬢《オールドレディ》の操縦席に座り、多くの民衆の頭越しに眺めつつ思う。

お姫様ヘアーの高校生くらいの女の子で、仰々しい服装をした爺さんと笑顔で握手を交わしていた。

あれは多分、国王陛下だろう。

『護衛騎士の紹介を致します』

二人が去った後、宰相が拡声魔法の短杖《ワンド》を手に告げる。それに合わせ、ステージ脇で片膝を突くA級騎士がゆっくりと立ち上がった。

(いよっ！　二刀の王《バイキング》)

名付け親の俺は、心の中で騎士の名を叫ぶ。

深い青色の胸甲がなめらかに開き、一歩前に踏み出した操縦士が一礼。飾緒《しょくちょ》と肩章をつけた、礼装姿のコーニールだ。

(いつもとは別人だな)

正直、整った顔立ちではない。しかし自信に溢れた涼やかな笑みは、王国騎士団ナンバー・スリーの威風を感じさせる。

鼻の下を伸ばしサイドラインを冷やかして歩く『串刺し旋風』と、同一人物とは思えなかった。

紹介は続き、次に中央広場の南西、老嬢《オールドレディ》の反対の隅にいるB級が立ち上がる。

(格好いいねえ)

中から現れたのは、掛け値なしの美少年。操縦士学校で同級だった、貴族の子だ。

姿を見せるだけで女性達がざわめき、優雅な仕草で礼をすると、黄色い悲鳴がけたたましく上がる。

秘密を知る俺はその様子に、ふふんと鼻を鳴らした。

（随分と色気が増しているな）

コーニールの影響だろう。

貴族の子は童貞だが、処女ではない。美少年までなら守備範囲の上司に、串刺しにされ何度も回されてしまっているのだ。

東の国への往復の間も、たっぷりと楽しまれてしまうに違いない。

さらに一騎B級が立ち上がるが、知っている操縦士ではなかった。

（よし、式典終了）

俺と老嬢《オールドレディ》がここにいるのは、『罪と罰』を東の国へ伝える伝道師の護衛であるから。しかし、貴族の子のように名を呼ばれる事はない。

王国騎士団と民間騎士団の違いだろう。

（大勢の前で挨拶するのは嫌だから、それは構わないが）

ずっと操縦席に座っているだけなら、別に礼装をする必要はなかったのではなかろうか。

万一の事を考え深夜まで鏡の前で行なった、笑顔で礼をする練習。その労力を返してほしいものである。

その後はむっちり太腿のミニスカ女子マーチングバンドに先導されて、大通りを南下し王都の外へ。

そこで俺は初めて、伝道師と面会した。

「商人ギルド騎士の活躍は、私も聞き及んでおります。護衛をしていただけるなど、光栄の極みですな」

笑顔で握手を求めて来たのは、がっちりした体つきの中年男性。握り返し挨拶をするものの、俺はこの人物とどこかで会ったような気がしてならない。

「罪と罰の伝道師が男で、意外ですか？」

記憶を掘り返す俺の表情を、そう受け取ったのだろう。言われ慣れているのか、屈託のない笑みはそのままだ。

俺は脳みそをスコップですくう作業を止め、思考をそちらへ切り替える。

（実際俺も、地味子ちゃんだと思っていたし）

真紅のバタフライマスクに、卓越した鞭さばき。そして客の茹《ゆ》で上がりを見逃さず、溶けたバターのように蝋を垂らすセンス。

神前試合での衝撃的なデビューもあり、『地味子女王』の名が一番売れている。

そう告げる俺へ、伝道師のおっさんは説明してくれた。

「彼女は優れた女王ですが、人に教えるのには向いていません」

後輩が教えを乞うと『心の闇に身を任せろ』とか言うらしく、理解出来る者がいないらしい。理屈より感覚の天才肌なのだろう。

キャサベルでの女王育成は、このおっさんが一手に引き受けているそうだ。

（ＳＭプレイは、今や多くの店で行なっている。それでもキャサベルが頭抜けているのは、このおっさんの力によるものなのだろう）

なるほど大人物だと頷いていると、伝道師のおっさんを呼ぶ声が横から届く。

そちらを向けばコンシェルジュの制服を着た青年が、焦った様子で走って来ていた。

「失礼。何かトラブルがあったようです」

おっさんは詫び、兄ちゃんと話を始める。よく聞こえないが、どうやら女王の教育に関する事のようだ。

はい、はい、と言いながら、何度も頭を上下させる兄ちゃん。若きコンシェルジュは最後に俺へ深く頭を下げると、王都の中へ掛け戻って行く。

その背中へ向け、おっさんは大きな声で言葉を投げた。

「痛みや熱さは、やる方にもしっかり覚えさせるんだ。罪と罰は決して一方的なプレイじゃないって事を、頭に叩き込んでおけ！」

離れて眺めていた俺だが、今の言い方が記憶の何かに合致。奥底から音声が、映像をともなって浮かび上がる。

『無登録で商いをしたら重罪だからな。ここはお前の田舎とは違うって事を、頭に叩き込んでおけ！』

王都より遥かに規模の小さい街の門。そこで胸当てをつけた衛兵が、声を張って俺へ告げていた。

このやりとりは、俺がこの世界に転移した直後。初めての人里であるランドバーンの入口のものに間違いない。

（このおっさん、ランドバーンの門番だ！）

ポーションを売りに来たという、身分を証明出来ない不審な人物。そんな俺へ街に入る許可を与え、さらには商人ギルドに登録するよう忠告までしてくれた親切な中年衛兵である。

(向こうは、気がついていないようだけど)

俺にとっては、忘れる事の出来ないビッグイベント。しかし門の番人にとっては、日常的な出来事の一つだろう。

(人生、いろいろあるんだなあ)

すでにランドバーンは帝国領。そこで衛兵をしていたおっさんも、仕事を失ったに違いない。

それが今や、国を代表して『罪と罰』を他国へ伝えに行くのだ。激流というようなものでは済まないだろう。

(一度、その波乱万丈の人生を聞いてみたいものだ)

人の世の不思議に思いを馳せていると、近くの兵から『出発だから準備しろ』と告げられる。

「了解」

返事をし俺は騎士へ、伝道師のおっさんは馬車へと乗り込む。すぐに先頭の青いA級が歩き出し、俺達は列の最後尾についたのだった。


そしてこちらは、伝道師だけが乗る客車の中。

後方に流れる王都の城壁を見やりながら、おっさんは感慨にふける。

(まさか俺が、他国への使者に選ばれるとは)

タウロの予想どおり、このおっさんは元ランドーバーンの衛兵。国に対するそれなりの忠誠心で、門番や治安維持などを行なっていたのである。

（……俺なんかがなあ）

顔を歪めさせたのは、苦過ぎるほどの後悔。ランドバーン会戦で王国騎士団が敗れ、帝国兵が街中に雪崩《なだ》れ込んで来た時、恐怖に耐えられず真っ先に逃げてしまったのだ。

人々を守る役目でありながらの卑怯な行ない。自分自身に対しても、言い訳は出来ない。

「うああっ！」

当時の記憶がフラッシュバックし、心が耐え切れずに悲鳴を上げる。

ここから先は、街を出たところで帝国兵に捕らえられてしまった彼の記憶だ。

（尋問室にしては広い。そしてあれはステージ？）

穴の三つある木の板。つまり首と両手首を拘束する木のかせを付けられ、さらに猿轡を噛まされた後、連れて行かれたのは会議室のような部屋。

部屋の奥には一段高くなった段があり、膝ほどの高さの低い台が、五つほど横一列に並べられていた。

（身体検査か？　しかし、なぜ下だけなのだ）

男達によってベルトを外され、ズボンと下着も下げ脱がされて行く中で、おっさんは思う。

ここにいる捕虜は、自分を含め男が五人。自分が最初だが、全員が同じように下半身を丸裸にされた。

（ぐっ）

呻いたのは、後頭部を下へ強く押し下げられたから。首と両手首を固定する木のかせが、低い台に留められた事で、全員が前のめりで尻を突き出す体勢となる。

（これは一体？）

隣の捕虜と視線を交わすも、そこにあるのは自分と同じ怯えと困惑のみ。やがてステージの幕が一度下ろされ、それなりの時間の後に上げられた。

幕の向こうに見えたのは、飲み物を片手にくつろぐ十数人の男達の姿である。

（何だ？）

それでも自分は、これから何が始まろうとしているのか理解していなかった。知ったのはこちらに背を向ける白髪短髪の大男の、『敗戦姦』という言葉によって。

（俺は男だっ！　やめろっ！）

木のかせで低い台に留められてなお、自分の頭をつかみ低い台へ押し付ける毛深く太い腕。尻へは鋼のように硬い砲身が入れ代わり立ち代わり侵入し、熱い弾丸を吐き出して行く。

（……やめろ、もうやめてくれ。頼む）

傷が生じれば、即座に注がれる怪我治療ポーション。休む間など与えられない。

人数が増えれば猿轡を外され、口での奉仕も要求された。そしてそれはこの場だけにとどまらず、休戦協定が結ばれ捕虜が解放されるまで続いたのだ。

「やめろおおっ！」

絶叫と共に時は、伝道師として東の国へ向かう馬車の客室へ戻る。

（あれは罰だ。見捨てて逃げ出した俺の罪への）

だらだらと冷や汗を流し、馬車の中で自らの震える体を掻き抱く。

ランドバーンの衛兵だったこのおっさんが、どのような思いで今の地位に上り詰めたのか。その事がタウロに語られる事は、おそらくないであろう。

王都中央広場のすぐ北側に聳える王城。その東隣には王国の最高学府、王立魔法学院がある。

何本もの尖塔を備えた白亜の建物。その廊下を痩せ気味の中年男が、いつも以上に大きく口を傾け歩いていた。

彼の名はテルマノ。魔法学院の看板教授にして、国内最高との呼び声高い薬師である。

（そう簡単には栽培させてくれぬか。さすがはアムブロシアだな）

手に入れた種からアムブロシアを育てようと、力を注いでいた彼の同僚。薬草学の教授から話があったのだ。

『どのように手を尽くしても、発芽直後の双葉の状態より大きくならぬ』

そして思い悩んだ薬草学の教授はテルマノの両肩を強くつかみ、『アムブロシアを持ち込んだ学生を締め上げ、入手経路を吐かせろ』と凄んだのである。

（何と心の弱い男よ。熊のようなその体躯は見掛けだけか）

先ほどのやり取りを思い出し、左右に頭を振りながら大きく息を吐く。

テルマノは当時の学生、今は助手を務める爆発着底お姉様に問うつもりはない。秘密にするのは個人の自由だし、それを侵してはならないと考えている。

「我々は学者だ。暴力で答えを奪おうとするのではなく、自らの知力で求めるべきではないかね？」

軽蔑した口調で言い放った後、鋭い足払いで熊教授を転倒させた口曲がり。続けて硬い靴先で下顎を蹴り飛ばし、ノックアウトして来たのだ。

『知を求める者には敬意を、奪う者には厳罰を』

これがモットーであり、反する輩に容赦などないのである。

（しかし、あの熊も追い詰められて平静を失っていたのだろう。栽培が前へ進みさえすれば、元に戻るはずだ）

そのためにも何か助言が出来ればよいのだが、あいにく自分の専攻はポーション。植物を育てる知識はない。

険しい表情で顎に手を当て、構造上の限界まで口を曲げる。その時学内に、鐘の音が響き渡った。

（……もう夕方か。今日は早めに帰らねばな）

自分の研究室へ戻り、いそいそと支度を始める。

そしてまだ残る学生達に声を掛けると、軽やかな足取りで歓楽街へと出発。勿論、行く先はジェイアンヌだ。

怪人初物喰らい《ユニコーン》に発芽させられ、『先輩』に育成されたテルマノは、娼館遊びにすっかりはまってしまい、週に二度は通うようになっていたのである。

御三家のプレイ代は破格だが、高位の薬師である口曲がりには気にならない。

「おう、来たか。待ってたぜ」

店に入りカウンターへ向かえば、予約していた『先輩』が現れた。

軽くウェーブの掛かった髪をショートにし、仕草や言葉遣いはワイルド。初めて会った時は、怖いと思ったものである。

実際は面倒見のよい、素敵な女性であったのだが。

「すっかり立派になったなあ、おい」

口曲がりの股間をシャワーで流しながら、目を細める先輩。以前は曲がったタケノコであった物が、経験を積む事によって曲がったキノコへと脱皮したのだ。

『先輩のおかげです』とテルマノが言うと先輩は、照れながらも満更でもなさそうに笑う。

「よし、胸を貸してやる。来いよ」

バスタオルを使って水気を吸取った後、ベッドを親指で差す。

二人は白いシーツの上に倒れ込み、テルマノは胸以外もすべて借りたのであった。

「お前、本当に頭がいいな。俺が反応した場所、全部覚えているだろ」

一回ごとに腕を上げているぜ、と先輩は、規則正しく荒い息を吐きながらも褒める。

「恐縮です。いずれ先輩のすべてを解析して見せますよ」

目標を追い掛け越えようとする後輩の言葉に、『おっかねえ』と笑い返す先輩。

しかし、まだ実力差は歴然。曲がった口から呻き声を漏らすと同時に、下の口も漏らしたのであった。

「抜かずにもう一回か、それとも休むか？」

問われ、休む事を選択したテルマノ。ゆっくりと引き抜き始めるも、途中で先輩の顔が歪む。

「お前のは曲者なんだから、慎重にな。最後の最後で弾くんじゃねえぞ」

その言葉に、『やれ』という意味を勝手に感じ取った彼は、下の口から抜けた瞬間、曲がりを利用して口の真上にある硬い鼻をこするように叩いた。

「こっ、この野郎。わざとやりやがったな」

先輩の臍の下が震えたので、一矢報いる事が出来た事を確信。額の汗を手の甲で拭いつつ、充実感と共に己の曲がったキノコを見やる。

その時先輩の下の口からアサリのように少量の水が噴き出し、キノコへと数回に分けて掛けられた。顔を見やれば耐えるように口を引き結んでいるので、感覚の揺り戻しがあったのだろう。

(……これは)

それは何という事のない、ごく普通の光景。しかし賢者となっていたテルマノの脳内で、無関係な二つが雷光と共に結びつく。

(キノコに水、アムブロシアへポーション!)

単なる思い付きでしかない。しかし今の彼にはそれが、素晴らしい発見であるかのように感じられた。

「先輩のおかげです!」

興奮した様子で肩をつかまれ揺すられるも、先輩には何の事かわからない。頭に疑問符を浮かべたまま、ぼんやりした瞳で見つめ返すのみである。

そして数日後、薬草学の熊のような教授は、テルマノに謝罪と感謝を述べたのだった。

一方こちらは、王都を発し街道を東へと進む聖女様一行。

重要人物の行列だけあって、個人はもとより定期ゴーレム馬車まで路肩に寄って道を譲る。そのため足は速く、昼過ぎの出発にもかかわらず夕方には湖南岸の街に着いた。

(予定を見た時はそんなに進めないだろうと思ったが、こういう事か)

街の外で老嬢《オールドレディ》に片膝を突かせ、俺は思う。

定期ゴーレム馬車を路線バスとすれば、緊急車両くらいの差があったのだ。

(俺はここで野営だな)

街一番の宿には聖女と司教、それに護衛のコーニール達三人が宿泊。伝道師のおっさんは一段落ちる宿。

俺も泊まろうと思えば、その次くらいの宿は予約出来ただろう。だが、していない。

(何か面倒臭そうだし)

晩餐会などあったら困るのだ。

テーブルマナーなど、『ナイフやフォークは外側から使う』くらいしか覚えていない。国賓の揃う場に出たりすれば、気疲れする上に恥を掻くだけだろう。

そのため周囲の警戒を理由に、野営を選んだのである。

(どうせ今夜だけだ)

明日の午後には国境で別れ、王都へと帰るのだ。老嬢《オールドレディ》の速度なら、夕方には帰り着くだろう。

いざとなれば脚部から風魔法を噴き出させ、湖上をホバーで横断するという技もある。

(だけれど司教座都市か。行ってみたかったなあ)

当初の予定では、俺も東の国の首都まで同行。何日か観光を楽しんだ後、寄り道しながら戻る事になっていた。

しかし街道に跋扈《ばっこ》する魔獣のせいで、長期の留守が出来なくなったのである。

「王国騎士団が気を使ってくれての。東の国に入ってから先は、護衛を肩代わりしてくれるそうじや」

これはゴブリンなギルド長の言葉。おそらくコーニール辺りが、先日のアウォーク見守り業務の礼として取り計らってくれたのだろう。

だが俺としては、国外旅行をしてみたかったので残念である。

(次の機会って事にするか)

北に湖の見える高台で老嬢《オールドレディ》の操縦席に座り、星と月の映る湖面を眺めながら思う。

ちなみに食事は、街から少年が売りに来たサンドイッチ。肉と野菜が山ほど挟まった、でかいのが一個だ。

味はよいのだが、具がボロボロとこぼれ落ちるのが難点である。

(……湖ねえ)

コーヒーを飲みながら様々な事を考え、それを頭に留めず流して行く。蝉時雨《せみしぐれ》のような蛙《かえる》の大合唱の中、夜は更けて行くのだった。

夜が明け、聖女一行は街を立つ。そして昼過ぎには、予定通り東の国との国境へ到着。コーニールや貴族の子には馴染み深い、自称賢者と戦った場所の近くである。

俺と老嬢《オールドレディ》は、ここで皆とお別れだ。

『申し訳ありませんが、よろしくお願い致します』

老嬢《オールドレディ》の外部音声をつなぎ、よそ行きの声でコーニールへ伝道師の事を頼む。別段謝る必要はないのだが、潤滑油みたいなものである。

立場上、鷹揚《おうよう》に頷く深い青色のA級と、両脇で直立不動姿勢を取るB級二騎。

（さあて、帰ったらまずは風呂だな）

外から見えないのをよい事に、操縦席で大きく伸びをする俺であった。


オスト大陸北部に広がる精霊の森の、最深部に聳える樹高千メートルを超える巨木、世界樹。

周囲に伸びる枝は直径四千メートルもの緑の傘を形作り、傘下にはエルフの里を抱いている。

『世界樹はエルフ族のもの』

里で生まれ育ったエルフ達がそう思うのも、致し方ないであろう。魔力ではなく観光のみの資源であったなら、人族も頷いたはずだ。

今、世界樹の根の最も深い位置にある大きなウロの中では、中小二枚の魔法陣が宙に浮かび、白い光を発しつつ水平に回転していた。

「いよいよ三段階目か。最初からこうすればよかったものを」

枯れ木のように痩せたハイエルフが、口を傾け馬鹿にしたような表情で言い放つ。

両脇の下に松葉杖を挟むという、エルフ騎士団の騎士団長の痛々しい姿に、集まっていたハイエルフ達がざわめいた。

「お加減はよろしいので？」

「うるさい」

なで肩の議長代理が声を掛けるが、松葉杖に支えられた枯れ木は顔をしかめ吐き捨てる。

「いいから来たんじゃない。頭悪いの？」

傍らに立つ薬師の老婆が棘のある口調で言う。時折顔をしかめ額に指を当てている事から、頭痛はまだ治まっていないのだろう。

一方の騎士団長は、声を荒らげ松葉杖で壁を叩く。

「いいからさっさと始めろ」

代理職についてから表情が乏しくなっていたなで肩のハイエルフは、さらに減らすと魔法陣に向き直る。

気持ちのよくない静寂が満ちたウロの中で、作業を再開。すでに描き出されていた三番目の魔法陣を、二番目と同じ手法で動かして行く。

「……成功です。皆さん、お疲れ様でした」

多くの魔力を提供し疲れの見えるハイエルフ達へ、さらに疲弊《ひへい》した様子の議長代理が礼を言う。

皆が見つめる先には、上下に並んだ大中小の魔法陣の回転している姿がある。

一番高い位置の最も大きい円盤に光が満ちれば、精霊砲主回路を立ち上がらせる事が出来るだろう。

「魔力操作が雑過ぎない？　力押しに頼るから、皆に不要な負担を掛けるのよ」

論評する薬師の老婆と、同意を示す枯れ木のように痩せた老人。二人は起動魔法に参加していないため、消耗した様子はない。

議長代理は返事をせず、振り向きもしなかった。


東の国の聖女一行と別れた俺と老嬢《オールドレディ》は、日が落ちる寸前に王都へ帰り着く。

歓楽街で風呂と食事を済ませ、自宅へと戻ったら、その後は居間で眷属達といつもの語らいだ。

しかし、何かおかしい。ダンゴロウの元気がないのである。

「どうした。大丈夫か？」

床に敷かれたバスタオルの上で、おとなしくしている体長十五センチメートルのダンゴムシ。いつものようにトコトコと歩き回ったりしない。

胡坐《あぐら》を掻いたまま俺は、両脇をつかんで持ち上げる。すると少しだけ体を丸め、ちょっとだけ多脚で宙を掻いた。

「目が回って、気持ちが悪いって？」

聞けば、地中の魔力に当てられたらしい。

大地の奥深くから地表へと向かう、魔力の流れ。地脈というらしいが、本人いわくグルングルンなのだそうだ。

『自分ノ提案ダ』

池から来ていた亀が、すまなそうな声音で言う。

魔力の濃い場所があちこちに発生したりと、最近、これまでにない事が起きている。事態を把握するため、三匹が手分けして調べていたのだそうだ。

「お前達は平気なのか？」

揃って頷く、体長二十センチメートルのアゲハ蝶の五齢幼虫と、同じくらいの体長の亀。イモスケは風、ザラタンは水を担当していたのだが、どちらもさほど乱れていなかったらしい。

理解した俺は、早速持ち上げたままのダンゴロウへ魔法を掛けた。

(状態異常回復が効くはず)

予想どおり、Fランク一発で完治。念のため病気治療と怪我治療も使ってみるが、どちらも手応えはない。

元気になったダンゴロウをバスタオルの上へ降ろし、ザラタンへ目を向ける。

「庭森を守ろうと考えてくれたんだな、ありがとう」

情報を集めていたのは、何が起きても対処出来るようにするためだろう。

『だけどな』と言葉を継ぎ、将軍の背に手を当て見やる。

「無理は駄目だぞ。それで具合が悪くなったんじゃ、何にもならない」

頷いた後、丸くなるダンゴムシ。俺はその姿に目を細めた後、言葉を続けた。

「今日は、ここでゆっくり休め。絵本でよければ、好きなの読んでやるぞ」

立ち上がり書棚へ寄ると、丸まっていたダンゴロウが復活。身を起こし、俺へ向けワシャワシャする。

希望したのは『蟹《かに》戦士』。

冒険者である主人公は、河原で水辺に戻れず泡を吹いていた沢蟹を見つけ、川へ戻してやる。

恩を返すため重鎧の戦士へと姿を変えた沢蟹は、主人公の仲間になって旅の御供をする、というストーリーだ。

「――足は遅く水ばかり飲んでいますが、蟹戦士は強かった。その装甲で皆を守り、敵を切り裂き潰して行きます」

興奮した様子で体を揺する、俺の膝へよじ登ったダンゴムシ。正面で聞いているイモムシも、話に引き込まれているように見える。

「四角い顔に離れ気味の小さい目と、もみあげと一体化した手入れのされていない髭。蟹戦士は美形ではありませんが愛嬌があり、とくにゴリラのような女戦士から好まれていました」

ここから先は定番の展開である。

野営の夜、パーティーメンバー達は、茂みが揺れているのに気づく。そして焚き火の周囲を見回してみれば、蟹とゴリラがいない。

『きっとあいつらだ。見に行こうぜ』

二人は寝るのが早いので、いつもの景色と言ってよい。しかし茂みに揺れがあるなら、また別であろう。

屈強な戦士二人による夜の肉弾戦。それに興味があったメンバー達は、男も女も息を潜めて茂みに近づく。

だがそこで目にしたのは息詰まるサブミッションの応酬ではなく、人の姿のまま脱皮している蟹戦士の姿だった。

『私は以前に助けていただいた蟹です。恩を返したいと旅のお手伝いをして来ましたが、ここまでのようですね』

正体を知られると解ける魔法だったらしく、音と煙を出し手の平サイズの蟹へと変化。そして夜の茂みへ横歩きで消えて行ったというもの。

(この後味の微妙なところが、昔話だよなあ)

尻切れトンボの上、グッドなのかバッドなのか今一つわからない終わり方。突っ込みどころも満載である。

これはどこの世界でも、大して変わらないようだ。

だが、イモスケとダンゴロウは満足したらしい。一方、亀の方は、バスタオルにぺったりと顎をくっつけ、時折瞬《まばた》きをしている。

(子供向け過ぎたか？)

苦笑しつつ眺めていると、膝がくすぐったい。

下に目を向けると、原因はダンゴロウだった。次の話をねだっているのだろう。

隣にはいつの間にか、イモスケの姿がある。眷属筆頭は将軍の横腹を頭で押し、波を発した。

『なおってるよね？』

体の調子の事であろう。頭を横へそらし、波を返すダンゴロウ。

『まだ』

『うそ』

俺が構い過ぎた事へ、不満を持ったのだろう。

これは平等に扱った方がよいと思い、イモスケへも再度聞く。

「お前も具合が悪いのか？」

体の前半分を持ち上げ、元気よく頭を縦に振るイモムシ。その様子に、今度はダンゴムシが横腹を押し返した。

『うそだ』

『そっちこそ』

膝の上で押し合いを始めたので、仲裁に入る俺。

「今日は皆でゆっくりしよう。イモスケも花の処理が終わったんだろ？　お疲れ様」

嬉しそうに頷くイモムシ。花を叩く作業が大変なのを知っているだけに、ダンゴムシも何も言わない。

念のため亀にも体調を尋ねるが、問題ないとの事だった。

「せっかくだ。次はザラタンに話をしてもらおうかな」

長生きの大精霊獣。昔話は得意だろう。

急に振ったせいで戸惑う亀。宙を見つめ思いを巡らした後、おもむろに口を開く。

『面白イカハ、ワカラヌガ』

そう前置きし、話し始めた。

『遥カナ昔、世界樹ハ一本デハナカッタ。ソノ頃ハ大キナ人型ノ生物ガオリ――』

この世界の逸話は、俺にとって大変興味深い。幸い副首領と将軍の興味も引けたようで、二匹共熱心に耳を傾けている。

ザラタンも満更ではないらしく、穏やかながら嬉しく思っている波が届く。

『――ソコデ言ッテヤッタノダ。マズハ自分ノ――』

頭を横に振り気合いが入る亀に、拍手をする俺と、興奮してワキワキする膝上の二匹。こうして夜は、ゆったりと更けて行ったのだった。


舞台が移動する先は、タウロの自宅から北へ進む事少しの場所。

歓楽街の大通りに面して建つ、白大理石で組み上げられた高級感溢れる娼館には、王国騎士団から一人の使者が訪れていた。

ここは『キャサベル』。王都御三家一の老舗である。

「操縦士学校の試験を受けろお？　一体どういう事だよ」

最上階のスイートルームで使者と面会した、黒革ビキニに真紅のバタフライマスクの若い女性は、口を歪めて鞭を振るう。

全裸の使者は四つん這いで、一打を受けるごとに甘い悲鳴を張り上げていた。

「女王陛下は操縦士としての素養がおありと、騎士団長閣下が判断されたのです」

息も絶え絶えに、説明をするおっさん。

彼は現役のB級操縦士。重騎馬討伐《ヘヴィーランサー》には参加しなかったものの、ランドバーン会戦では帝国の辺境騎士団と剣を交わした歴戦の猛者である。

地味子女王の常連であったため、勧誘の使者に選ばれたのだ。

「騎士団長だと！」

憎悪のこもった呻き声と共に、再度振るわれる鞭。鋭さを増した先端は、空気を切り裂き炸裂音と共に、吹き出物の痕のある汚い尻を打ち据える。

「いた、いいいいっ！」

受けたおっさんは、一際高く嬌声《きょうせい》を発した。

ちなみに実際に判断したのは、ナンバー・スリーのコーニール。騎士団長の名を出したのは、公式な誘いだからである。

（思い出させやがって）

心の闇がうずく。

常連客が王国騎士団の使者として現れたため、店は気を使いスイートルームを準備した。

しかし、皮肉な事にこの部屋は、かつて騎士団長と過ごした思い出の場所。力がこもるのも無理ないであろう。

（あのプレイは、自ら申し出た事。それで騎士団長を恨むのは筋違いだ）

弟達の治療費が欲しかった。だから、高額の報酬と引き替えに受けた。

わかってはいる。だが心についた傷から、どす黒い何かが溢れ出すのを止められない。

（いつになったら解放してくれるんだ？　黄金の美食家《グルメ・オブ・ゴールド》！）

これも、自分で一方的にこだわっているだけだ。

騎士団長に、地味子女王の心を縛っている意識などはない。美味なる記憶として茶色の多いグルメ絵日記の、一ページを埋めているだけである。

（何とかしないと）

だからこそ自分自身で動かなければ、この呪縛から逃れる事は出来ないとも思う。

再び尻を叩き、甘さの混じった悲鳴を耳にしつつ考える地味子女王。そして一つの解決策を思いつく。

「いいよ。受けてやるよ、その試験」

ありがとうございます、と涙を流して汚い尻を振るおっさん。その尻を踏みつけ、地味子女王は言葉を続けた。

「だけど勘違いするんじゃないよ。操縦士になれても、王国騎士団には入らない」

ハイヒールの下で動きを止めた汚い尻を見やり、口の端で笑いつつ太腿のホルダーから蝋燭《ろうそく》を引き抜く。

色は赤。一般向けの低温タイプである。

鞭を床に置き、空いた右手でパチンと指を弾く。魔法の力で、左手の赤い蝋燭に火が灯った。

「目的は騎士に持たせた鞭で、お前んとこの団長をぶっ叩く事だからねえ」

尻を蹴倒し仰向けにさせ、地味子女王は顔を覗き込み問い掛ける。

彼女は操縦士や騎士団の事について疎《うと》いので、具体的な未来を見てはいない。

『模擬戦の国内大会のようなもので優勝すれば、立ち会える機会があるのでは』

そう思う程度である。

「それでもいいのかい？」

そして、自分へ向けられた剣の先へ蝋を垂らす。

「っ！」

汚い尻のおっさんは口を大きく開けるが、声が出ない。苦しげな表情で浅く呼吸を繰り返している。

「いいのかって、聞いているんだよ！」

さらに滴り落ちる蝋。おっさんの剣は、蝋で作られた即席の朱鞘に収められて行く。

金魚のように数回口を開閉させた後、おっさんは大声で叫んだ。

「いいです！」

しかも、一回ではなく連呼。

「いいです！　ああ、いいです！」

五回ほど言葉を重ねた後、焼いたイカのように反り返り、舌を中空に鋭く出す。

直後、朱鞘の周囲から白い喜びが噴き出したのだった。

小一時間後、キャサベルのカウンター裏にある事務室へ、淡色のワンピースを着たおとなしそうな若い女性が姿を現す。

バタフライマスクを外し、女王でなくなった地味子ちゃんである。

「それで、使者の方は何と？」

オーナーである年配のコンシェルジュに問われ、地味子ちゃんは答えた。

「操縦士学校へのお誘いでした」

控えめに鈴を鳴らしたような、おとなしい声音である。その姿を見つめつつ、思考を巡らすオーナー。

（素質があると見たのか）

現在のところ、操縦士の才能を見極める術はないと言われている。しかし王国騎士団では、何かを見つけたのかも知れない。

少しの間を置き、顔を上げて口を開く。

「それで、どうするつもりかな？」

両拳を胸の前で握り、真剣な表情で地味子ちゃんは言う。

「受けてみようと思います。ですが合格して学校へ通う事になっても、お店の方も続けて行きたいと思っています」

自由度の高い学校のようですから、と続けられた言葉に、安堵の息を漏らすオーナー。

（女王時の彼女は、キャサベルの看板の一つだ）

じゃんけんで服を脱ぎ合うスライムゲームの評判も、悪くはない。しかし他店との差別化が難しい。その点、地味子女王は逸材、失うには大き過ぎた。

（学校に通う間はいいとしても、操縦士になったらそうは行かないだろう）

だが、彼女の人生は彼女のもの。助言は出来ても、止める事は出来ない。

「悔いのないよう、頑張りなさい」

オーナー兼コンシェルジュは微笑を浮かべ、そう告げたのだった。


王都の二つ名は『花の都』である。耳にした者が思い浮かべるのは、高級店の立ち並ぶ西の大通りだろう。

しかし大通りがあるのなら、裏通りや横丁もある。そしてこの下級娼館が面しているのも、歓楽街外れにある細い路地沿いだった。

「お疲れでーす」

雛壇に座る同僚へ声を掛けたのは、長い赤毛を三つ編みにしたソバカスのある少女。一仕事終え、戻って来たのである。

ロビーに客がいないのを確認。鞄から手紙を取り出し、本日何度目かの目を通す。

（操縦士学校へのお誘いだ）

内容は、自分に操縦士の才能があるかも知れないので、是非受けてみてほしいというもの。

差出人は王国騎士団、紋章入りの封蝋も施されている。

（届けに来た人は操縦士徽章《きしょう》をつけていたっていうから、いたずらや詐欺じゃないと思うけど）

昨日自分が非番だった日に訪れ、店に託して行ったという。今朝出勤した時、コンシェルジュから渡されたのだ。

（王国騎士団の操縦士かあ）

自分を誘いに来たのなら、礼儀として指名をした可能性は高いだろう。

娼館は社交場であるが、この店は下級店。庶民には下級店でも憧れの場所だが、『血筋によらぬ貴族』とまで言われる王国騎士団の操縦士は、さすがに来ない。

（昨日仕事に出ていれば、貴重な体験が得られたのに）

ゆえについ、そう惜しんでしまうのである。

（どんな味なんだろ。まあ、『火酒のお兄さん』以上とは思えないけれど）

『火酒のお兄さん』とは、自分を目当てに通ってくれる最近出来た常連客。そして彼女自身のお気に入りだ。

店の同僚から、『酒豪』と呼ばれる赤毛三つ編み。しかし、実際にお酒が好きなわけではない。

彼女は下の口や下の喉、それに下の胃袋にも味覚があり、男性の注いでくれるものを『酒』として味わえる。

（だけどもしかしたら、今までにない風味があったかも）

残念がっているのは、操縦士が『特殊な才能がないとなれない』と言われているため。他の男達とどのような違いがあるのか、それを知りたかったのだ。

（……受けてみようかな）

戦うのは嫌だが、行くのはあくまで学校。しかも入学した生徒のうち騎士の操縦士になれるのはごくわずかで、多くは『ゴーレム操縦免許』を手に野へ下るらしい。

(ゴーレム操縦の技術を持てば、年齢にかかわらず職に困らないらしいし)

街道を行く馬、大規模農場で犂《すき》を引く豚、建設現場など、役畜《えきちく》型のゴーレムは広く活躍している。

ただし扱うには免許が必要で、取得は結構面倒臭い。しかし騎士の操縦士学校に入学して座学をすべて修めれば、制限なしの最上位免許が得られるのだ。

『お金が貯まったら田舎へ戻り、ワイン農園を開く』

それを夢見る彼女にとって、大きな助けになるのは間違いない。

(それが、ただで手に入るかも知れないんだもの。受けなきゃ損よね)

騎士の操縦士になりたいと願う者達からすれば、眉をひそめる考え方だろう。しかし彼女は、そもそも騎士への興味が薄いのだ。

価値観の違いというものは、人それぞれなのである。

「あら？　ファンレター？」

後ろから覗き込まれ、声を掛けられた赤毛三つ編みの酒豪の子。

驚きに奇妙な声を上げ、隠すように手紙を畳み後ろを振り返る。そこにいたのは、手紙を見るために中腰になっている、プレイを終え上気した雰囲気のひっつめ髪の奥様だった。

「似たようなものかな」

鞄に戻しつつ返された言葉に、笑みを浮かべて雛壇に座る奥様。よい客だったらしく、機嫌がよい。

この店の雛壇に常時座る女性は、二人から四人。今、ロビーに客はいないが、これが平常運転だ。

そして酒豪の子とひっつめ髪の奥様は、しばし雑談を交わしつつ客の訪れを待つのであった。


場所は歓楽街から東へ、王都の中央広場へと移動。

商人ギルドの向かい側。つまり広場の西側に建つ、無骨ながらも風格のある建物。それが王国冒険者ギルドの本部である。

(どうするべきか)

最上階にあるギルド長室には、執務椅子に座る大柄な壮年男性が一人。腕を組み天井を見上げ、体重で椅子をきしませていた。

半袖の腕や顔に走る古傷は、服の下にもあるのだろう。いかにも冒険者上がりといった風情である。

「どうされました？　先日王城から戻られて以降、お悩みのようですが」

ギルド長に問うたのは、冒険者ギルドの主任である色白の痩せた中年男性。

ギルド長に呼ばれたため大分前に来たのだが、用件を告げられず椅子も勧められない。立ったままにも疲れて来たので、こちらから声を掛けたのである。

「見てみろ」

ギルド長は天井から主任に視線を動かし、さらに机の上にある書類へと移す。

それは、先ほど王城から持ち帰ったもの。書かれているのは騎士の諸元と、払い下げ価格だ。

「C級騎士を買わないかと持ち掛けられた」

その言葉に、失礼、と言って書類を手に取る主任。目を半眼にしてページをめくって行く。

自分の意見を聞きたいのだろう。そう判断し、主任は書類を机上へ戻し口を開いた。

「よろしいのではないでしょうか」

その言葉に、主任を凝視するギルド長。疑うような視線を向けているのは、真っ先に反対すると思っていたため。

以前、冒険者ギルドでは二騎の騎士、いずれもB級を保有していた。そのうちの一騎を手放すよう強硬に主張したのが、誰あろうこの主任なのである。

「……意外だな」

商人ギルド騎士の活躍により街道から魔獣達が姿を消し、比例して冒険者ギルドの収入も激減した。

『護衛と採取』

この二つの柱を失ったのだから、当然であろう。

街道が安全になった以上、護衛は不要。そして護衛代が掛からなくなった事で、遠隔地からも物が王都へ運ばれるようになったのだから。

『見合う稼ぎが得られないのなら、高く売れるうちに手放すべきです』

結果、主任の意見を受け入れざるを得ず、迷彩柄の一騎を王国騎士団へ売却したのである。

大柄な骨格に大量の筋肉をまとい、肌は古傷だらけで態度は不遜。一見すると怖いものなどないように見える冒険者ギルドのギルド長だが、その広い背中を押したのは、現役時代でも味わった事のない恐怖である。

急降下する収入と、さして下がらぬ支出は、毒を持つ魔獣以上の恐ろしさを与えて来たのだ。

「理由は？」

首を回しゴキリと音を立て、言葉を継ぐギルド長。

かつては売れと主張し、今度は買えと言う。真意を尋ねられた色白の痩せ中年は、平素と変わらぬ口調で返した。

「C級はB級より、維持費が格段に安く済みます。それに小さな仕事でも、経費が少ないため利益が見込めましょう」

危険の少ない地の探索や、強くない魔獣の退治など、B級だと赤字になる仕事は多い。

だからといって格納庫に飾っておけば、それはそれで金が掛かる。操縦士も整備士も無給ではないのだ。

「なるほどな」

赤字の仕事というのは、非常にやる気が起きない。仕事の難易度に合わせて騎士を選択出来るなら、雰囲気も少しはよくなるだろう。

「それに最近、北部諸国で採取の仕事が増えています。精霊の森との境にある山々は険しく危険ですから、採取班の護衛にC級騎士は最適かと」

続く説明に、ギルド長はたくましい顎を縦に振る。

帝国とエルフの関係が悪化したせいで、エルフの里から品物が入らなくなる一方、北部諸国は賑《にぎ》わい始めていた。

理由は、残された唯一の交易路である事と、精霊の森に隣接しているため。国境の山々では、精霊の森の恵みのおこぼれにあずかれるのだ。

「そうだな、一騎買うとするか。せっかくの北部諸国での機会を、逃すのも惜しい」

しかしそこで、大きく肩をすくめる。

「願わくば、このままずっと関係悪化が続いてくれると助かるのだがな」

冒険者ギルドの本分が発揮されるのは、世界が危険と苦難に満ちていてこそ。

『街道に魔獣が跋扈《ばっこ》し、隣町へ行くにも危険がともなう。街近くの森であろうと、護衛なしで足を踏み入れるのは自殺行為』

このくらいが理想なのだ。

「戦争にならない程度の混乱。そうなってくれれば、大分楽になるのですがね」

同意の言葉を述べる主任。

聞かれれば、非難されるような言葉ではある。しかし冒険者ギルドに籍を置くものとしては、正直な気持ちであった。


冒険者ギルドから再度歓楽街へ戻り、ここはジェイアンヌの従業員休憩室。

テーブルを囲むように置かれたソファーには、数人の女性達が座り、思い思いに時間を過ごしていた。

「どうしたのよ。眉の間に皺なんか作って」

声を掛けたのは、胸の大きなツインテールの女性。声を掛けられたのは、チアガールのような衣装をまとったショートヘアの肉感的な女性である。

「ドクタースライムとプレイ後に会話をしたいのだけれど、うまく行かないのよ」

ドクタースライムであるタウロの呼ぶところの爆発着底お姉様は、ムチムチの太腿を高く組んだまま物憂げに答えた。

何でもあまりにぎりぎりの勝負になってしまうため、事後の余裕がないらしい。

「お客様のプライベートを探るのは、褒められた事じゃないわよ」

執着の理由を知るツインテは、呆れ顔で窘《たしな》める。

「わかってはいるのだけれどね」

肩を落とし、小さく息を吐く爆発着底お姉様。頭では理解しているのだが、学術的な興味が抑えられないのだ。

薬師を目指し古い伝承を好む彼女にとって、エリクサーは夢の存在。そしてタウロは、原料となるアムブロシアを持ち込んだ人物なのである。

「店外デートに誘ったらどうですか？　制限時間がありませんから、プレイ後に好きなだけ話が出来ますよ」

ボーイッシュな顔立ちをした、赤いロングヘアーの長身の女性が提案。その発言を受け、部屋の中に沈黙が舞い降りた。

(あれ？　この店では駄目だっけ)

その反応に、周囲を見回す赤髪ロング。

店外デートの扱いは、店によって様々。店内プレイの価値を落とすとして、嫌うところもあるのだ。

「あなたは来たばっかりだから、わからないと思うけど、それはとっても危険な事よ」

諭すようにツインテが言葉を出す。ちなみに赤髪ロングは、ジェイアンヌでは新顔だがルーキーではない。

娼館で働く女性の契約は、プロのスポーツ選手のようなもの。実力さえあれば、大陸中どこの店でも働けるのである。

赤髪ロングのように『二つ名』持ちなら、なおさらであろう。

「そうなんですか」

ピンとこない様子で返す、長身の赤髪。

東部諸国出身の彼女は聖都巡礼の帰りに、『花の都』と名高い王都を訪れたのだ。ジェイアンヌへは、滞在費と旅費を稼ぐために来たのである。

すぐに採用されたのは、彼女の名がそれなりに知られていた事と、店が求めていた人材だったからだろう。

『大口《ビッグマウス》』

これが長身赤髪ロングの二つ名で、退職して久しい『大物食い《ジャイアント・キリング》』の後継者。受け入れ可能なお相手を失い嘆くビッグサイズの紳士達のために、店側が懸命に探していたのだ。

ちなみに大口《ビッグマウス》と言っても、顔にある口のサイズは普通である。

「お店でなら、いざという時スタッフを呼べるわ。だけど外じゃ、そんな事出来ないでしょう？」

説明を続けるツインテ。意味するのは、『客が暴走した時の保険がない』という事だ。

質の悪い媚薬から救ってもらった時に受けた、ドクタースライムのマッサージ。ツインテの脳裏にその記憶がよみがえり、背筋を震わせ言葉を継ぐ。

「あの男は特別なの。下手をしたらあなた、精神的に死ぬわよ」

タウロによって極楽浄土の川の真ん中に落とされたツインテは、そこから必死に現世へと泳ぎ戻って来たのだ。実感のこもった言葉には、唾を呑み込ませる重さがある。

顔を強張らせた大口《ビッグマウス》は両手を上げて降参のポーズを取り、息と共に言葉を吐き出した。

「さすがは花の都ですねえ。自分も店内だけにしておきます」

王都屈指の高級店で働く女性達に、ここまで言わせる名士。好奇心旺盛な彼女だが、さすがに恐怖が上回ったのである。

「そろそろ休憩も終わりね。行きましょうか」

壁掛けの時計を見たツインテが、立ち上がり皆をうながす。助言が聞き入れられたため、満足げな表情だ。

一方で爆発着底お姉様が肩をすくめたのは、悩みが解決しなかったからだろう。

雛壇、サイドライン、予約客のためのカウンター。廊下へ出た彼女達は、それぞれの目的地へと散って行く。

(この次は、予約が入っていたわね)

雛壇に腰を下ろしたツインテは、豊かな胸を寄せるように腕を組む。そして片頬に手を当て、客の姿を思い浮かべる。

(体重がある人だから、覆いかぶさられたら逃げられない。こちらが主導権を取らないと、大変な事になるわ)

前回はその体勢で、胸を責められ続けたのだ。

感度のよさが売りのツインテの客は、感度のよい諸兄限定。互いに責め合い、激しく反応し合う事でプレイが成り立っている。

(あれはきつかった)

もてなし側であるツインテが、一方的に責める事はない。しかし客側は違う。

悲鳴を上げもがくのを押えつけ、嬉々としていじり、舐め続けたのだ。

(私の弱いところも覚えたはず。同じ事をされたら、きっと体がもたない)

視線を下げ真剣な表情で対策を考えていると、隣に座った赤髪ロングの新人が、剥き出しの二の腕をつつく。

(お客さんみたいですよ。こっちを見ています)

ささやかれ顔を上げると、そこに立っていたのは冴えない三十路男。誰あろう、先ほど話題に上がった人物である。

(ドクタースライム!)

目と口で大きな円を作り、声なき声で叫ぶ。

しかし、さすがは一流店の働き手。すぐに自分を取り戻すと、引きつりながらも笑みを作る。

相手は嬉しそうに笑うと、片手を上げて挨拶して来た。

漏れた言葉を耳で拾ったのだろう。視線の先をツインテと合わせる、ボーイッシュな赤髪ロング。

(あれが?)

想像していたのと大きく違う印象に、訝しげに目を細める。

『筋肉と脂肪で作られた分厚い肉体に、凶悪な棍棒《こんぼう》を股間に備え持つ大男。濃い体毛からはむせ返るほどのオスの臭いを発し、一たびプレイが始まれば誰にも止められない』

皆が恐れる様子から、このような性豪をイメージしていたのだ。

(一体この男のどこに、『精神的な死』を覚悟させるほどのものがあるのですかね)

興味はあるが、相手をするのは正直怖い。

遠くから観察する事にした赤髪ロングは、雛壇の端へとさりげなく席を移す。その動きにドクタースライムは一瞬視線を動かすも、すぐにツインテへと戻した。


ここで視点は、タウロへと移動する。

(ツインテだ、久し振り)

悪い噂はなかなか消えないものらしく、全面解禁には程遠い。

そのためジェイアンヌで俺の相手をしてくれるのは、いまだ教導軽巡先生と爆発着底お姉様の二人だけ。どちらも要予約なので、入店したら真っ直ぐにカウンターというのが、いつもの流れだ。

(サイドラインはカウンターへ行く途中に前を通るけれど、雛壇はロビーの奥だからなあ)

つまり意図して赴かないと、雛壇の彼女達を目に出来ない。ちなみに今日は予約より早く来てしまったため、久し振りに店内を見て回っていたのである。

(相変わらず、俺に対しては表情が硬い)

強張った笑みは、ツインテなりの精一杯なのだろう。思わず苦笑が浮かんでしまった。

(ん?)

気づいたのは警戒するような表情と、俺の手へ向けられた視線。なぜか豊かな胸を腕で隠すようにし、挨拶で上げた右の手のひらを睨んでいる。

(何だ?)

心当たりがないため、指を開閉してみた。

するとツインテは腕で自分を強く抱きしめ、耐えるような表情を作る。

（まさかこれって）

仮説を検証するべく、揉むように手を動かす俺。距離を隔てたツインテはそれに反応し、身をよじり顔を歪めた。

『足の裏をくすぐる振りをすると、触れていないのに笑い転げる』

この現象で間違いないだろう。

（ツインテの感度がよいのは知っていたが、これほどまでとは）

呆れるばかりである。プレイのお相手は諦めているが、これでは視界に入るのすら避けられかねない。

（だけどこれ、ちょっと面白いな）

せっかくなので検証を深めるべく、今度は両手で空気を揉む。

「……ちょっと、やめて」

座ったまま身を丸め、抗議の声を上げるツインテ。

楽しくなって来た俺は荒々しく揉みしだき、空気を指先でつまみ、口を開け舌を動かす。

「駄目駄目、駄目ったら！」

つまんだ指先をぎゅうっと手前へ引っ張り、パッと放す。ツインテは押し殺した悲鳴と共に身を震わせ、動かなくなってしまった。

周囲からは、低いどよめきと恐れるようなまばらな拍手。いつの間にか、店の客達が集まっていたようである。

（何あれ？　離れた位置から攻略した？）

これは雛壇側から見ていた、大口の心の声《ビッグマウス》。


信じられない、と続けたのも無理ないだろう。五歩、あるいは六歩も間が空いているのに、ジェスチャーだけで同僚を達しせしめたのだから。

（触れずにこれなら、『精神的な死』というのも頷けますね）

納得がいったとばかりに頭を縦に振る、長身に長いストレートの赤い髪の新人。王都花柳界の頂《いただき》の一つを目にし、深い感銘を受けたのだった。


翌日、俺は商人ギルドにポーションを納めた後、中央広場で昼食を取り歓楽街へ向かう。今日は操縦士としての仕事はない。

突如各所に出現した魔力の高い場所と、そこへ向かうべく精霊の森を出た魔獣達。その玉突きによる魔獣達の動きも、ようやく落ち着いて来たからだ。

意欲と能力のある魔獣の多くは、すでに移動し終えたのだろう。

（今日はポニーテールか。久し振りだなあ）

操縦士学校の同級生にして、王国騎士団に所属するB級乗り。彼女は少し前に、娼館のバイトへ復帰した。

エルフへ貢いだ借金も返し終えているので、金に困ってはいないはず。きっとポニーテールなりの、息抜きかストレス解消なのだろう。

俺と同じく魔獣退治に忙しかったため、最近、肌を合わせる機会が遠のいていたのだ。

（いたいた）

裏通りにある下級娼館、『制服の専門店。どんな制服も揃っちゃう。さあ、あなたも今すぐ、制服、征服！』。その店内に入りロビーを進むと見えたのは、雛壇の隅で脚を組んで座る、十台半ば過ぎのポニーテールの少女の姿である。

当然ながら操縦士の制服を着ており、タイトスカートから伸びる若く健康的な太腿が、目に眩しい。

「今日はよろしく」

呼び出して挨拶するが、ややきつい顔立ちの少女は軽く肩をすくめるだけ。変わりないようで、何よりである。

階段を上がりプレイルームに着くと、ポニーテールは片眉を曲げ口を開いた。

「さぼっているって噂が流れているわよ。もう少し真面目に働いたら？」

どんな噂かと、とりあえず聞き返す。

何でも騎士団内に、『アウォークの北にある岩山に、一日中座っている老嬢《オールドレディ》』を見た者がいるらしい。

（高い場所から広範囲に、街道を見守っていたのだけどな）

射程の長い、俺と老嬢《オールドレディ》にだけ可能な技だ。知らぬ者からすれば、何もしていないように見えたのだろう。

（まあ、いいか）

近接に弱い俺にすれば、情報は伏せていた方が有利。そのため反論せず、適当に流しておく。

「アイスティー二つね」

注文を取りに来た見習いの子へ、二本の指を立てる俺。そこでふいに、アイディアが一つ湧いた。

少女未満の子の手に多めの小銭を握らせると、ポニーテールには聞こえないようささやく。

「飲み物を届けにこの部屋へ戻るのは、今から十分後にしてくれ。そして飲み物を置いてもすぐには帰らず、俺が合図をするまで部屋に留まっていてほしい」

俺の意図がわからないのだろう、二、三度瞬きをする幼女。それでもしっかりと頷き、廊下へ出て行く。

自分の思いつきに笑みを浮かべた俺は、ソファーに座りポニーテールへ膝上を指す。

「はい、ここに座って」

言われたとおり、俺に背を向け腰を下ろすポニーテール。

俺の事を嫌っていようが、ここは娼館。指名を受けた以上、お客様の要望に応えなければならない。

抱きかかえるように両腕を回し、太腿の内側へ手を這わせた。

(この張りと、肌触りの滑らかさ。さすがだな)

鍛えられた少女の肢体に感心している俺へ、苦情を言うポニーテール。

「飲み物が来てからにしなさいよ」

見習いの子が出て行ってから、扉に鍵を掛けてプレイ開始。確かにそれが普通だろう。

しかし俺は、恥ずかしがるポニーテールの姿が見たいのだ。

「ノックが聞こえたらやめるよ」

そう答え、触るのをやめない。俺の膝の上でポニーテールは、またもや肩をすくめ息を吐く。

付き合いも長くなって来たので、言っても無駄だと理解したのだろう。

(この反応。随分とストレスを溜めていたようだな)

魔眼で見るとわかるのだが、体の反応がよい。太腿への刺激も、かなり心地よく感じているはずだ。

妙に物わかりがよかった理由は、この辺にもあるに違いない。

(俺と同様、ポニーテールも魔獣退治で忙しかったはず。慰めは、自分でするくらいか)

同じ刺激でも、人からされれば全然違う。

壁掛けの姿見へそっと目を向ければ、気持ちよさそうに目を半眼にしているポニーテールの姿が映っている。

俺が背後にいるせいで、顔は見えないと油断していたのだろう。無意識に太腿も緩み、されるがままに開いて行く。

(よし、いいぞ)

計画どおり。俺は気づかれぬよう気を配りつつ、ポニーテールの脚に自分の脚を絡ませる。

こうしておけば、勝手に閉じる事は出来ない。もし俺が力で勝れば、ポニーテールの太腿を開かせる事も可能だ。

(快楽に酔えるように、やさしく。しかし、物足りなくなってはいけない)

触り続ける俺の努力は実り、ついにポニーテールは我知らず大開脚。太腿の付け根の下着の境まで、俺の両手に触られている。

(グッドタイミング)

ここで響く、幼女によるノック。一気に意識が覚醒したポニーテールは、脚を開ききっている事を理解し、反射的に閉じようとした。

しかし出来ない。俺が脚を絡ませ、妨害しているからである。

「くあっ！」

このティーンエイジャーらしからぬ声は、膝上に座るポニーテールのもの。脚の付け根にある鋭く固い突起を、俺が下着の上から強くつまんだからだ。

ますます閉じようと脚に力を込めるポニーテールと、正比例で指の圧力を高める俺。彼女が耐え切れず力を抜けば、俺も弱める。

「……そういう事ね」

抵抗すれば、指の間で押し潰される。その関係性に気づいたポニーテールは、憎々しげに言う。

ちなみに手で邪魔しようとした場合は、ペナルティでさらにパワーアップである。俺は理解の速さを嬉しく思いつつ、廊下で待っているであろう見習いの子へ声を掛けた。

「どうぞ、開いてますよ」

お盆にグラスを二つ載せ入室して来る幼女を見て、驚き動揺するポニーテール。慌てて脚を閉じようとするが、当然その行ないは俺に蕾《つぼみ》を潰させる。

「ひうっ」

息を呑み、ポニーテールは力を抜く。一方、テーブルに汗を掻いたグラスを置き終えた幼女は、興味深そうにタイトスカートの奥、下着越しにそこをつまむ俺の指先を見ていた。

「……この変態」

これは幼女ではなく、俺へ向けられた言葉である。

妙に運んで来るのが遅かった事と、帰らずに残っている幼女の姿。

『見習いの子に、恥ずかしい姿をさらす』

俺の狙いを悟ったであろうポニーテールは、顔を歪め吐き捨てたのだ。

褒め言葉として受け取った俺は、下にある口の唇を指で深くなぞり、その上の鼻を指の腹でこすり上げる。

しかも一度ではなく継続だ。魔眼で見ながら、彼女の内圧を高めて行く。

「あんたまさか、このまま私を？」

信じられない表情で、強引にこちらを向くポニーテール。近過ぎてピントが合わないながら、俺は平然と言葉を返した。

「変態なのだから、当然だろう。お姉さんのだらしないところ、見習いの子に見せてあげなよ」

なでさすり続ける俺と、歯を食いばり耐えようとするポニーテール。しかしご無沙汰で欲求を溜め込んでいた若い肢体は、心を裏切り限界を超えようとする。

魔眼で観察していた俺は再度、目の前にある耳へささやいた。

「あの子、興味あるみたいだねえ」

幼女はソファーの前にしゃがみ込み、熱心に股間を見学している。その姿を目にし、ポニーテールは自分自身の限界を引き上げた。

(やるな)

俺が加減したのではない。彼女が、自ら上限を上げ耐えたのである。

『見習いの子の眼前で、ゴールしたくない』

その強い羞恥が、力をくれたに違いない。素直に称賛を贈ろう。

（だけどこれは、反動が大きいぞ）

たとえるなら風船だ。頑張った分だけパンパンになった風船は、割れた時の衝撃も増す。いつも以上の衝撃波は、ポニーテールをより遠くまで吹き飛ばすだろう。

「ほら、見てる、見てるよ。すっごく見てる」

口でポニーテールへささやき、指で破裂寸前まで彼女を高める。

「うっ、くっ」

言葉に反応し、ポニーテールは歯を食いしばりさらに上限を上げる。その回数、実に三回。体は震え出し、顔は真っ赤。接している俺の頬まで熱い。

（さすがに限界だな）

俺の目の合図を受け見習いの子は、残念そうな表情をしつつも退室して行く。飲み物の代金は、あらかじめテーブルの上へ置いたので問題ない。

扉が音を立て幼女が姿を消した瞬間、ポニーテールは己を解き放った。

「くおおおおっ！」

十代半ば過ぎの少女にあるまじき、はしたない咆哮と共にポニーテールは大爆発。何度も仰け反り、腹を大きく波打たせる。

もし彼女が下着を脱いでいて、幼女が見学を続けていたのなら、見習いの子はびしょ濡れになっていただろう。

股間から手を離した俺は後ろからポニーテールを抱きしめ、脈動する体の動きを楽しんだのだった。

「そろそろ大丈夫かい？」

しばしの時を置き、ソファーに横たわるポニーテールへ声を掛ける。

俺はすでに腰バスタオルで、ベッドの上で寝ながら待機だ。身を起こした彼女はもの凄い目で睨んで来るが、いつもの事なので気にならない。

「鍵を閉めないと、また遊びに来ちゃうかもよ」

施錠するのは、店で働く女性の仕事。俺の言葉に顔をさらに険しくしたポニーテールは、へっぴり腰で扉へ寄りカチャリと音を立てる。

そして振り返ると、姿勢を正し宣言した。

「よくもやってくれたわね。覚悟しなさいよ」

凄まれるが、嬉しいばかりで怖くはない。

なぜならここは娼館。やられるのも、やり返すのも、どちらもベッドの上での事なのだ。

「また負けるんだから、そんな事言わなければいいのに」

いつものように煽ってやると、語気を荒らげて乗って来るポニーテール。

気持ちよく喧嘩出来る相手は貴重だ。彼女にはいつまでも、このままでいてもらいたいものである。

「……その減らず口、いつまでもつかしらね」

自信のありそうな口調に、警戒する振りを見せて喜ばせる俺。勝っても負けてもかまわないので、こちらは期待が増すばかりだ。

ベッドに膝立ちで上ったポニーテールは、仰向けの俺の腰から、テントのようになっているバスタオルをどかす。

そして跨ると自らの下着を横にずらし、息を呑みつつテントの支柱を迎え入れ始めた。

（いつもながら、熱くて気持ちいいよなあ）

温泉につかったような溜息を、長く漏らしてしまう。

先ほど派手に達したばかりなので、最初からかなりの高温。名品良品様々味わって来たが、彼女の壷はかなりよい。

作った親と、育てたポニーテール。実によい仕事である。

（むうっ）

心静かに味わっていると、突然の圧迫感が股間を襲う。いつも以上の締め付けを感じて見上げると、勝ち誇ったポニーテールの顔があった。

「どう？　苦しいでしょ」

見下ろしながら得意げに語ったのは、俺と戦うべく技を編み出し磨いて来たという事。自分に合う技を求め、調べもしたと言う。

（なるほど。だからこれか）

以前、クールさんの真似をして回転技を披露したが、俺の偽物『串刺し旋風』で返り討ちにあっている。

次は『ライトニング・ソード』だが、これも最後は『らあにんぐ・そど』と、呂律《ろれつ》の回らぬ名前に変化してしまった。

（回転も、前後運動も駄目だった。そこでたどり着いた答えが『締め』なのだな）

鍛えているポニテは、もともときつい方。彼女の事だから、この日に備えて練習もしたはず。

確かに悪くない。

（しかし、相手が悪いぞ）

ポニーテールは知らないだろうが、俺はジェイアンヌをホームとするドクタースライム。超一流のお姉様やお嬢様方に、この程度の締まりはいくらでもいる。

しかも頂点に立つ教導軽巡先生の必殺技は、『断頭台』だ。比べるのは酷だろう。

「痩せ我慢も、ほどほどにした方が身のためよ」

苦しそうな様子を見せない俺を見て、ポニーテールは吐き捨てると上下の律動を開始。『身のため』とは我慢した時の反動の大きさを、先ほど身を持って体感したからだろう。

しかし顔を歪ませ始めるのは、俺ではなく彼女。それを見上げつつ、俺は心の中で忠告する。

（締めて動かれると気持ちいいが、それは動く方にも言える事だぞ）

中身が引きずられるのだから、当然である。

この反応から見てポニーテールは、締める練習はしても、締めて動く練習はしていなかったのだろう。

予想外に増え続けるダメージに、歯を食いしばりながらも口を開く。健康的な白い歯が、なかなかによい。

（敗戦姦を受けたら、こんな表情をするのだろうなあ）

北部諸国での熟女子爵の姿と重ね合わせ、想像の中で楽しむ。だがそこで、重大な事に気がついてしまった。

（そう言えばポニーテールって、後ろの門はどうなんだ？）

敗戦姦は、合法的な陵辱である。もし敵側に男が多ければ、不足を補おうと隣の穴に突っ込んで来る可能性は高い。

もし、ポニーテールに後ろの経験がなければ、とても辛い事になるだろう。

(試して見なくてはな)

かつての同級生にして、この店でのお気に入りだ。力を貸してあげたい。

俺は彼女の背中へ両手を回すと、タイトスカートをずり上げ、下着と肌の間へ両手を差し入れた。

次に尻肉をつかみ両側へ広げると、右手の中指をポニーテールが一輪だけ所有する菊の花へあてがう。

「ふっ?」

予想していなかった背後からの奇襲《バックアタック》に、後頭部で束にした髪を揺らすのを止めるポニーテール。

この反応に未経験である事を確信したが、同時に俺は不覚にも呻き声を上げた。

(くっ、締まる)

菊に指の腹が埋まった瞬間、前の締め付けが強化されたのである。

断頭台までは行かないが、かなりの水準だ。しかも教導軽巡先生と違い、相手を考えない反射反応。

正直言って、苦しい。

(迷っているな)

真上にあるポニーテールの顔は、『怒って振り払う』か『このまま続ける』かの間で揺れている。

原因は俺の、素で見せた苦悶の表情だ。

戦士である彼女は、これを滅多にない勝機と見たのだろう。

(おほおっ)

ゆっくりとだが、グラインドを始めるポニーテールの尻。指への嫌悪感より、俺に勝つ事を選んだようだ。

ならばその勇気ある選択に、俺も精一杯応えなくてはなるまい。

(魔眼で光を探りつつ、丁寧に)

前後に動く腰に合わせ、右手の中指一本でポニーテールを慣らして行く。

優先するのは『気持ちよさ』。拒否感を上回る甘さを与えるのだ。

(こちらでもゴール出来るよう、俺もレベルアップに協力しよう)

彼女の成長は元同級生とし、またそれ以上に客として嬉しい。

(焦らないで、慎重に)

俺の技術と経験、それに情熱が功を奏し、粘り強く指を受け入れ続けるポニーテール。指の関節を一つずつ、ゆっくりと埋め、わずかに光る快楽ポイントをやさしく押す。

(よし、いいぞ)

イメージは、錆《さ》びた蝶番に油を差し動かすもの。無理せず根気良く開閉する事で、滑らかさを取り戻して行くのだ。

薄く目を開き無心で腰を動かすポニーテールは、前後で確かな喜びを得ている事だろう。

(しかしきつい。そろそろ限界だ)

双方ダメージ量は多いが、ポニーテールにはまだ後ろに対する心の壁がある。残念ながら今回は、俺が先のようだ。

(お先します!)

尻肉をギュッと握り、思いを吐き出す俺。腹の奥に熱さを感じたポニーテールは無心から浮かび戻り、目を丸くし俺を見つめる。

すぐに状況を理解し、口の両側を吊り上げ叫んだ。

「あたしの勝ちよ！」

おっしゃるとおり。俺は素直に負けを認め、賛辞を送る。

勝利に高揚する気持ちが、体にも変化を与えたのだろう。後ろの門の奥に、今までにない強さの光が現れた。

（これだっ）

予想していないのに、これだはない。しかし本能的に撃つべきと察した俺は、中指を根元まで突き込みその光を捉える。

直後ポニーテールは、お尻で盛大にゴールした。

「んはうっ？」

自分でも理解出来ていないのだろう。混乱した様子である。

俺はポニーテールにこの喜びを、彼女の体に刻み込むべく指をうごめかす。

（一過性のものにしてはいけない。そのためには、打ち上がった状態を維持しなければ）

天高く舞い上がったものの、お尻の推力が落ちないため地上に降りられない。結果としてポニーテールは、お尻の世界の空を広く巡ってしまった。

もうここは見知らぬ世界ではない。いつでもこの世界へ戻って来られるだろう。

（成功だな）

確信を持ち、指を引き抜く。これで彼女は、前後どちらでも飛ぶ事が出来るようになったはず。

巣立ちした雛を見る親鳥の目で、シーツの上でひくつくポニーテールを眺める。

（むう）

中指を鼻に近づけ一嗅ぎした俺は、わずかに眉根を寄せたのだった。


場所は変わって、世界樹の根にあるウロ。中央には大中小の魔法陣が上下に積み重なるように並び、ハイエルフ達が周囲を囲んでいる。

すべての魔法陣は白い光に満たされ、準備が整った事を表していた。

「では皆さん。お手伝いの方、よろしくお願いします」

丁寧な口調で告げたのは、議長代理であるなで肩のハイエルフ。数名のハイエルフが頷き、本を開き片手で持つ。

ちなみに枯れ木のように痩せた老人と、薬師の老婆の姿はない。衛兵へ、通さぬよう命じたのである。

（失敗の許されない作業を行なうのです。大音量の雑音しか出さぬ者に、邪魔をさせるわけには行きません）

エルフ騎士団の騎士団長と、里一番の薬師。

これまで議長代理は、二人の有力者を丁重に扱って来た。しかし先の振る舞いを見て、考え直す事にしたのである。

「では始めます」

大きく息を吸い、ゆっくりと、そして丁寧に言葉を紡ぎ出す。

手には何も持っていない。詠唱すべてを頭に叩き込んで来たのだ。

『外を向き背で円陣を組む、翼を広げし十六の案内人達よ。翼を閉じ、円陣の中央にある心臓へ魔力を通せ。これは大憲章《マギ・カルタ》の命である』

なで肩のハイエルフの言葉に、五名の補助者達の声が同じフレーズを続ける。

言い終えた後、訪れたのは静寂。反応がない事へ表情を険しくし、議長代理は文言を変え唱え直す。

『隣人と翼を重ね、魔力が流れ込むのを防ぐ。それは役目の一部でしかない。再度命ずる！　翼を傾け隙間を作り、今こそ魔力を心臓へと導くのだ。案内人たる役目を果たせ』

『――役目を果たせ』

復唱が、ウロの内部で反響しながら消えて行く。

変わって訪れた静寂に、焦燥の色を強める議長代理。しかしすぐ、音と揺れの間くらいの振動が響いた。

それはまるで、地下で複数の石の壁が動いたかのよう。詠唱に参加していないハイエルフ達から、低いどよめきが上がる。

『……職務に忠実な十六の案内人達へ、敬意を』

『敬意を』

額の汗を手の甲で拭い、大きく息を吐く議長代理。そして詠唱補助者達と共に、揺れが収まるのを待つ。

さほどの間をおかず、揺れは何かが流れるような静かな振動へと変化した。

周囲へ目で合図を送り、なで肩のハイエルフは息を吸い胸を膨らませる。

『五色の槍と矢を持つ裁きの執行者よ。そなたの十六の羽持つ心臓は今、魔力で満たされた』

補助者の復唱が終わるのを待ち、言葉を継ぐ。

『目を覚まし力を振るえ。地上は今、裁きを受けるに値する者達で満ちている』

議長代理は大きく右手を前に突き出す。その動きに合わせて、三段階目の魔法陣が周囲に稲光を発し始めた。

最後の一節を、皆で声を揃え力を込めて叫ぶ。

『満ちる魔力を羽で受け、脈を打て執行者の心臓。接続《エンゲージ》！』

右手を高く掲げ、振り下ろす議長代理。五人の補助者もそれに続く。

次の瞬間、落雷のような炸裂音と共に、強烈な光がウロの内部を満たした。

(どうだ？)

焼けた眼底が視力を取り戻すのを待ち、議長代理は周囲を見回す。

変化がない事に不安を感じ始めた時、足の下からこれまでにない遅いテンポの重い鼓動が伝わり、ウロの内部には滝のそばにいるような轟音が満ちる。

「……成功だ」

誰かが口にしたその言葉が、状況を正確に説明していた。

「我々は発動まで、制御を続けます。皆さんはここを離れて下さい」

顔に安堵を浮かべた議長代理は、見守っていたハイエルフ達へ告げる。

巨大な心臓の近くにいるような騒音のため、声は非常に聞き取りにくい。議長代理と五名の詠唱補助者を残し、ハイエルフ達は耳を手で押え顔をしかめながらウロを後にした。

「いや、凄いものじゃった。まさか精霊砲の起動に立ち会えるとはのう」

ミスリル銀製の分厚い両扉の外へ出たところで、ハイエルフ達は感想を口にし合う。

ほとんどの者達に見えるのは、純粋な学術的興奮。ハイエルフがゆえの性《さが》であろう。ある程度想いを吐き出すと、話題はウロに残った議長代理達へと移る。

「数日はあそこにいるのか。補助者に選ばれなかったのは屈辱だが、あの音を聞いた後では助かったとも思うな」

肩をすくめる何人か。同意を表したのだろう。

長い階段を上るべく歩き出したところで、上方から怒号と金切り声がわずかながら聞こえて来た。

「やれやれ、元気なものだ。あれだけ力が余っているのなら、魔力を提供してもよかろうに」

揺れを感じて団長と薬師が来たのだろう。衛兵達は議長代理の命を、しっかりと守っているようである。

「顔を合わせれば噛み付かれるじゃろうな。面倒臭いのう」

苦笑を交わし合うハイエルフ達であった。


精霊の森のすぐ南。さして広くない平原を挟んで、帝国領北の街が存在する。

街を囲う城壁の外には薔薇騎士《ローズナイト》のテントが立ち並び、黒地に多数の薔薇を散らせたB級騎士が、地に片膝を突いて駐騎していた。

「世界樹が光っているだと？」

一際大きいテントの中、部下へ問い直すローズヒップ伯。

今の時刻は昼前。今日最初の定時偵察で、気がついたと言う。

「日の光で見えにくいですが、近くで注視すればわかります。また、徐々にですが強まっているようにも感じました」

操縦士の言葉に、眉を曲げて考え込む白髪短髪の壮年の大男。机上の紙片を手に取ると、高い筆圧で何事かを書き記した。

「領主と閣下にだ。頼むぞ」

ペン立てへ頭を突っ込みほじくっていたグリフォンへ、折った紙片を突き出す。

後ろ脚のある白い小鳥はクチバシで挟むと、テントの外へと飛び立って行った。

『速い上に、これまで一度のミスもない』

実績で主の信用を勝ち得たペットは、薔薇騎士《ローズナイト》の伝令として活躍していたのである。

今回も街中にいる二人へ届き、熟女子爵と老武人はすぐにテントへ現れた。

「お呼び立てして申し訳ありません。お二人の騎士が駐騎するこの場の方が、何かと都合がよいと思いまして」

ローズヒップ伯は席を勧め、偵察からの情報を伝える。

帝国騎士団の騎士団長である老武人のA級騎士。漆で塗られたような色合いの鎧武者は、すでに修復が完了していた。

領主である熟女子爵の、真紅のA級も同様である。

「わしらも、この目で見るべきじゃな」

聞き終えた老武人の言葉に、同意を示す熟女子爵。ローズヒップ伯は立ち上がり、口を開く。

「では早速参りましょうか。我らA級三騎なら、エルフ騎士の射程に入っても大丈夫でしょう」

警戒したのは、森の中からの魔法攻撃。しかし魔法耐性の高い盾を持つ老武人が一緒なら、黒緑の刺々《とげとげ》しいエルフA級に狙われても離脱出来るだろう。

そう考えテントを出た三人は、各自の騎士へ乗り込み出発する。

ローズヒップ伯の、黒地に大輪の赤い薔薇を染め抜いたA級。その操縦席には、当然のようにグリフォンもいた。

「今は魔力を食うな」

頭の上のペットへ告げるローズヒップ伯。理解しているのかいないのか、言われた方は後ろ脚で首を掻く。

三騎は北へ向かい、小さな平原を南北に分割する巨石の壁に到達。検問所に詰める兵やC級から見送られ、さらに北へ。

遠距離からの魔法攻撃を受ける事なく、精霊の森の外縁近くまで侵出した。

「……確かに、光を放っておるのう」

騎士の高い視点から、森の木々の頭越しに世界樹を仰ぎ見ると、色が変化する虹の靄《もや》のようなものが立ち上っている。

「お前も見てみろ」

興味を示すグリフォンに声を掛け、少しだけハッチを開けるローズヒップ伯。

胸甲の隙間から顔を出し、外を眺める白い小鳥。振り返ると主の股間へ舞い降り、巨大ミミズ《サンドワーム》を激しくつつき始めた。

「何か気づいたのか？」

一瞬で巨大ミミズ《サンドワーム》の硬度を上げ、クチバシを跳ね返すローズヒップ伯。つつきだすのは動揺した時のこのペットのくせなので、対応も慣れたものである。

落ち着きを取り戻したグリフォンは主を見上げ、感情の波を飛ばして来た。

(この感覚は恐怖？　巨大な滝や増水し濁流と化した川へ感じるような、本能的なものだ)

険しい表情を作り、ローズヒップ伯は再度問う。

「不味《まず》い事が起きるのだな？」

返される感情は『イエス』。

「何時《いつ》だ。すぐにか？」

今度は迷う様子を見せる。しかし伝わって来る焦りから、切迫していると判断。

他の二騎を手招きし、互いの胴を触れ合わせる黒地に薔薇のA級。そして音量を落とした外部音声を発し、相手の騎体へ響かせた。

『グリフォンが警告を発しています。ごく近いうちに、何かが起きると』

真紅の騎体が、振動で言葉を返す。

『精霊砲ですか？』

熟女子爵の質問に、わからない、と答えるローズヒップ伯。少しの間を置き、漆塗りの騎士も胴を震わす。

『精霊砲とみなし、動くのがよかろう。一度戻り、すぐに行動を起こすべきじゃ』

北の街の外、薔薇騎士《ローズナイト》の天幕へ帰った彼らは、まず帝都へ知らせを走らせる。

次に自分達の出来る事、北の街が狙われた場合についての、打ち合わせを開始した。

「騎士主力は、検問所まで押し出すべきです」

ローズヒップ伯の意見に、頷く二人。

検問所からは、東西に巨石積みの防壁が作られている。守るのならここが最適だろう。

続いて話し合われたのは、住民を守る方策について。

「地下室がある者は地下へ。石造家屋に住む者は、奥の部屋にこもらせます。それ以外の者は講堂へ集めましょう」

こちらは、熟女子爵の提案。

講堂とは、中央広場に面して建つ石造りの集会場で、収容人数も多い。また、これあるを見越して、水や食料、それに毛布なども運び込んである。

老武人が了承したのを見て、熟女子爵は顔を斜め後ろへ向けた。

「避難の指揮は頼むよ。あたし達は前線へ行く」

そこに立つのは、幸薄そうな老け顔の痩せ男。熟女子爵の副官である。

「お任せ下さい」

副官からの敬礼を受け、三人のA級乗りは席を立ったのだった。


街の外の天幕から領主の館の執務室へと戻った老け痩せは、早速、住民を避難させるべく書類を片手に部下達へ指示を出し始める。

ちょうど一段落ついた頃、兵士が報告に現われた。

「百合騎士団《リリーナイツ》の団長殿が到着されました。領主閣下への面会を求めておられます」

老け痩せが訝しげな表情を浮かべたのは、来るという話を聞かされていなかったため。だがそれも、続く報告に驚きへと変わる。

「A級騎士だと？」

あれだけの戦力を保持する騎士団にもかかわらず、団長騎はB級騎士。その事で百合騎士団《リリーナイツ》は、長く揶揄《やゆ》の対象となって来た。

何があったのかは知らないが、ついにそれへ終止符が打たれたらしい。

「すぐにお通ししてくれ。それと飲み物を二つ」

椅子から腰を上げ、同じ部屋にある応接セットへ向かう老け痩せ。頭の中では、この状況をどう利用するか考え始めていた。

（来訪の目的は、A級騎士のお披露目だろう）

副官である彼は知っており、なおかつ自分の目で見ている。上司と客人が友人同士である事と、先に客人が白百合隊と共に訪れた際、上司がA級騎士を散々に自慢した事を。

二人の関係から察するに、客人は見返すためにやって来たに違いない。

（重要なのは動機ではない。今この地に、A級騎士が一騎増えるという事だ）

現状は、帝国騎士団長、ローズヒップ伯、それに自分の上司の三騎。それが四騎になるという事は、戦力的に非常に大きい。

少しでも北の街に留まってもらうためには、どうすべきか。その事に思いを巡らせているうちに、目の下に長い傷痕のある長いまつ毛の細身の熟女が、執務室に姿を現した。

「気にする必要はない。約束もなしに来たのはこちらだからな」

対面のソファーに腰を下ろした百合騎士団《リリーナイツ》が、運ばれて来たコーヒーを片手に言う。これは老け痩せが、熟女子爵の不在を詫びた事への返しである。

「しかし、国境線に張り付くとは思わなかったな。しかも、帝国騎士団の団長とローズヒップ伯も同じとは」

残念そうな声音が響く。見せたい相手が、揃ってこの場にいないからだろう。

「よろしければ、ご案内致しますが」

このまま帰られては困る老け痩せは、次を言わせず持ち掛けた。しかし目に下に傷のある熟女は、コーヒーカップを皿に戻すと手を軽く横へ振る。

「いや、さすがにそれは遠慮させていただこう」

続いて告げられたのは、『最前線に立つのは武人の誉《ほま》れであり、今頃やって来た自分に、活躍の場を薄める資格はない』というもの。

それが本心かは不明だが、このままではまずい、と老け痩せは判断。方向を変えて案を出す。

「では、戻るまでお待ちいただく、というのはどうでしょう。その間、『街の守備』という形で雇わせていただけたなら、大変にありがたいのですが」

当然ながら、安くはない。しかし熟女子爵の代行である老け痩せには、それを払えるだけの権限がある。

客人はしばし考えるように目を伏せた後、口を開く。

「得意先が困っているのなら、断わる理由はない。あまりに長くなるようでは困るが、いられるうちは助力しよう」

これを聞き、心の中で強く拳を握り込む老け痩せ。彼には知りようのない事であるが、実は目の下に傷のある熟女も、同様に拳を握っていた。

（得たばかりのA級だ。さすがに最前線へ身をさらすわけにはいかない）

これは彼女の心のうち。響いているのは、『張り切るのはいいですが、壊さない程度でお願いしますよ』という、出発時に整備士から掛けられた言葉である。

『お披露目、仕事、安全確保』

今回の出張の目的であるこの三つ、そのすべてを達成出来る目途が立ち、わずかにだが熟女の頬が緩む。

（エルフは戦時協定を無視するという。ならば、精霊砲とやらをこの街へ向ける事も考えられる）

しかしその確率は、前線にいても同じ事。ならば少し下がったこの場所の方が、まだましだろう。

百合騎士団《リリーナイツ》の騎士団長は、そのように判断したのだった。


ここで舞台は帝国北の街から、王国の首都王都へと飛ぶ。

時刻は昼過ぎ。青い空の高い位置にある太陽から、初夏の日差しが王都へと降り注いでいる。

俺は中央広場の南東、ミドルタウンにある学校へと向かっていた。

（店外デートって初めてだなあ）

母校で後輩の試合があるとかで、教導軽巡先生に誘われたのである。

（しまった。もう来てる）

待ち合わせ時間より早く来たはずなのだが、校門の前にはすでに教導軽巡先生の姿。距離があるのにわかったのは、とても目立つからだ。

顔立ち、スタイル、それにオーラ。さすがは御三家で働く女性。存在感の次元が周囲とは違う。

「待たせましたか？　すみません」

小走りに近寄り、声を掛ける俺。周囲が男女を問わず声なきどよめきを上げ、驚きの表情でこちらへ目を向ける。

『釣り合わない』

伝わって来る感情を言い表すのなら、この言葉だ。自分のルックスの事は知っているので、この反応も当然だろう。

（この訝しげな視線も、また気持ちいい）

どう思われようと、白いロングスカートをまとった女神様が微笑み返しているのは事実。俺は見栄を張る感じで、少しばかり馴れ馴れしく手を取り、校内へ。

背中に突き刺さる視線と、わずかなひそひそ声に自己顕示欲がたっぷりと満たされ、ついつい心が高揚する。

「タウロ様、あの屋内競技場です」

場所もわからないのにエスコートしていた俺は、苦笑する教導軽巡先生に手を引き戻された。

目を向ければそれは、石造りのドームを備えたそれなりに大きな建物。入口には『花道《かどう》大会、女子地区予選会場』と記された看板が出て、大勢の観客達を呑み込んでいる。

「ライバル校と、伝統の一戦なのですか」

ベッドでの会話を思い出し、口にする俺。まだ一回戦なのだが、因縁の戦いなので応援したかったらしい。

教導軽巡先生の選手時代の話を聞きながら、建物の中へ入る。

「先輩！　来てくれたんですか」

すると早速、中学生と高校生の間くらいの女子生徒達に囲まれた。

部活の後輩との事だが、皆、非常に興奮している。憧れというより、伝説の存在なのだろう。

おまけの俺は、少し離れて屋内を見回す。

(あそこでやるのか)

ドーム型の天井を持つ広い空間。その中央にあるのは、直径六メートル、高さ一メートルほどの円形の舞台。柔らかそうなマットが敷かれている。

『マットの上で行なわれる、本番以外の性技の競い合い』

これが花道で、学生の間で最も人気のある競技なのだそうだ。そして教導軽巡先生は学生時代、無敵に近かったらしい。

「こちらにお座り下さい」

生徒の一人に案内されたのは、最前列の席。そこでしばらく待っていると、ようやく後輩達から解放された教導軽巡先生が隣に来た。

「凄い人気ですね」

俺の言葉に、照れたように肩をすくめる教導軽巡先生。その後は試合開始まで、説明を聞きながら過ごす。

要約すると、今日の試合は個人戦ではなく団体戦。それも先鋒から大将までの五人からなる、勝ち抜き戦なのだそうだ。

観客席よりさらに前に、マントを羽織った少女達が並んで座っている。彼女達が選手なのだろう。

「そろそろ始まります」

教導軽巡先生の言葉に前後して、くせっ毛の少女が舞台へ上がり、マントを脱いで黄色いビキニ姿をさらす。

向こう側から現れたのは、きつい顔立ちでお嬢さまカットの青いビキニ。どちらも若いせいか、未完成のスリムなボディラインをしている。

「試合開始！」

舞台に立つ審判の声で、ファイティングポーズで中央に近寄る二人。早速相手のブラを剥ぎ取るべく、猫のようなパンチを放ち合う。

相手の腕を弾いた黄色が両手でがっちりと青の胸をつかみ、ブラの上から強力にもみしだく。その様子を見ながら俺は質問した。

「なでる、揉む、舐める。攻撃方法はこの三つだけでしたっけ」

頷く教導軽巡先生。殴ったり叩いたり、関節を決めるのも駄目。とにかく痛くしてはいけないらしい。

振り解《ほど》けず押し倒され、ブラを奪われ胸に吸い付かれる青ビキニ。ブリッジして逃れようとするが、逆に背中に手を回されがっちりと抱きしめられてしまう。

吸い続けられた事で、一瞬だが閉じ合わされた太腿が緩む。その瞬間を見逃さず、黄色ビキニの右手が下腹部へ伸びた。

「ひいっ」

絶望の青ビキニの声と同時に、指が布と肌の間へ侵入。激しくうごめき出す。

さほど間を置かずして相手校の選手は、苦悶と甘さの入り混じった叫びを上げギブアップした。

「まずは一勝ですね」

俺の言葉に、笑顔でハイタッチを求める教導軽巡先生。がら空きの胸にタッチしたら、やさしく頭突きされてしまった。

一方舞台には、次鋒の青ビキニが登場。同じ色と形のビキニなので、ユニフォームなのだろう。

(今度は接戦だな)

脱がし合った結果、どちらも全裸。寝技に移行した今の状況は、互いに相手の股間へ頭を突っ込み、激しく舌を動かしているというもの。

舐めすする音が、声援の合間に響く。

「あっ」

これは教導軽巡先生の声。後輩が耐えられず、顔を離してしまったのだ。

すぐに体を反転させ、自分の股間を相手の射程から遠ざける青ビキニ。今や青が黄色の太腿の間に顔を埋め、一方的に舐めまくる体勢である。

(決まったか)

すでに黄色の意識は途切れがちなのだろう。朦朧《もうろう》とした表情で宙に片脚を伸ばし、顎を仰け反らせ背を震わす。

（これで一勝一敗）

その後も、交互に勝ちを拾い合う展開。しかし最後に相手の大将に連勝され、教導軽巡先生の母校は負けてしまった。

曲げた指を突っ込み左右にこじる技で、屈服させられたのである。

（ん？）

肩を落とす教導軽巡先生を慰めつつ、相手校のベンチへ目を向ける俺。そこで見知った姿を見つけてしまった。

向こうも気がつき、こちらへと歩み寄って来る。口を開き掛けた俺より先に、隣から教導軽巡先生が声を出す。

「負けちゃったわね」

「当然でしょう、私が指導しているのですから」

答えたのは、凛とした雰囲気で背筋がしっかりと伸びた若い女性。誰あろう、クールさんである。

二人の間で視線を往復させる俺へ、教導軽巡先生が説明してくれた。

「学生時代のライバル？」

驚きと納得で呻く俺。さきほどの『教導軽巡先生は無敵に近かった』という部分だが、互角に戦ったのはクールさんだったらしい。

初物以外の客を取らないため時間に余裕のあるクールさんは、最近母校のコーチを引き受けたのだそうだ。

「では、失礼します」

俺へ頭を下げるとクールさんは艶のある長い髪をひるがえし、向こう側へ去って行く。

「世の中広いようで狭いというか、いろいろあるんですねえ」

溜息をつく俺へ、教導軽巡先生は肩をすくめて笑う。

初戦敗退のため会場を後にすると、競技場内にもう一つの看板を発見した。書かれている文字は『花道大会、男子地区予選会場』というもの。

(聖都の神前試合に近いという話だけれど、さっきのは女同士だったな)

本番がなかったのも、そのためだろう。

(じゃあ、男女混合はこちらに違いない)

心に頷いた俺は、教導軽巡先生を伴い会場へ入る。そしてすぐに後悔した。

(俺は馬鹿だ)

自分の浅慮に、呆れるばかりである。

さっきは『女子』で百合試合、では『男子』ならどうなのか。当然ながら薔薇試合だったのだ。

ステージ上で戦っていたのは、ずり下げられ半ケツになったビキニパンツの男子達。そそり立った互いの股間を口に含み、マット上で輪になっていたのである。

(うへえ)

正直、これしか声が出ない。

一方、教導軽巡先生は平然としたもので、観客席を見回し『人気が出て来たみたいですね』と嬉しそうに言う。

数年前、彼女が現役の頃、男子はあまり盛んではなかったらしい。

（そうだ。これがこの世界なのだよな）

女子があるなら、男子もある。当たり前の事なのだ。

同性同士の試合が気持ち悪いというのなら、女子の部に対してもそう思わなければならない。

（俺が男だから、男子の試合は苦手。これも理由にはならないだろう）

性別を入れ替えて考えれば、教導軽巡先生が女子の試合を見たのと同じである。

（何という文化の違い）

異世界という事を、改めて思い知らされる。しかし俺は、この文化の段差を乗り越える気はない。

（俺は女性が好き。それでいい）

無理をする必要はない。好きに生きればよいのだ。

気持ちを切り替えた俺は、教導軽巡先生をうながし会場の外へと出、言葉を掛ける。

「これから買い物をして、その後は食事ですね」

微笑みと共に頷く教導軽巡先生と手をつなぎ、商店街のある北へと歩く。

そして暗くなるまであちらこちらを巡った後、プレイで締めるべくジェイアンヌに同伴出勤したのであった。


帝国領の北の街、時刻は昼と夕の間頃。

中央広場には、腕を組んで北を眺める一騎のB級の姿があった。

せいぜい二階建ての建物しかない中で、全高十八メートルの騎士の存在感は圧倒的である。屋根の尖った部分まで入れても、倍の高さと言ってよいだろう。

乗っているのは熟女子爵の副官、幸薄そうな老け顔の痩せた男である。

(状況が違えば、幻想的で美しい景色と思えたのかもな)

目に映るのは、虹色の光の湯気を立ち上らせている世界樹。上空の雲が色合いと形を変えつつ流れて行く様は、不気味にしか思えない。

それもあの光が、『精霊砲発射の予兆』の可能性が高い事を知っているからだ。

(逃げ遅れはいないようだな)

次に視線を下げ、人っ子一人いない街路を確認し頷く。

テント住まいも多かった住民達は、残っている石造りの丈夫な建物へまとまって避難済み。速やかに進んだのは、声掛けと誘導に騎士を用いたからだろう。

視点が高く外部音声を備えた巨人は、この任に非常に適していたのだ。

(精霊砲がどのようなものかわからない以上、安心は出来ん)

再度目を世界樹の方向へ戻し、考える。

(伝承によれば、精霊の森に攻め入った人族の騎士達を敗退させたという)

騎士すら退けるものが直撃すれば、石造りの建物程度では防げまい。地下室にいても危ないだろう。

そこで大きく息を吐き出し、頭を軽く横へ振る老け痩せ。

(このような事、普通なら心配する必要はないのだが)

『戦時国際法』により、民間人へ害を加える事は禁止されている。配慮すべきは巻き添えを出す事だけだ。

殺し合いとは、軍人の間でのみ行なわれるものなのである。

（しかしエルフ族には、それが通用しない）

先の夜襲において、エルフの騎士は街に火を放ったのだ。その価値観なら、街へ精霊砲を向けても不思議はない。

昏《くら》い気持ちで騎士を振り返らせ、避難民の詰まった背後の講堂へと視線を移す。

間近に騎士がいるのを見て、興奮しているのだろう。窓からは大勢の子供達が顔を出し、手を振っていた。

（現金なものだ）

苦笑を浮かべたのは、子供達の顔が一斉に横へ向き、手を倍するほどの勢いで振り始めたため。

理由など、振り返らなくともわかる。パールホワイトのA級騎士が、斜め後ろから近づいて来たのだろう。

『異常なしだ。世界樹の色以外はな』

外部音声で、女性の落ち着いた声が響く。

見回りなど、中規模国家並みの戦力を擁する百合騎士団《リリーナイツ》の団長にやらせるような仕事ではない。しかし『何もしない方が苦痛だ』との理由で、進んで行なってくれていたのだ。

（見せびらかしたい、という気持ちもあるのだろうが）

講堂の子供達へ手を振り返しているA級を見ながら、老け痩せは思う。

自分の上司が真紅のA級騎士を手に入れた時もそうだった。あれほどではないが、自分もC級からB級に乗り換えた直後は、同じようなものだったろう。

『お疲れさまでした。以降は待機になりますので』

騎士は自分達を除き前線へ送り済みで、兵士は全員、建物の中。後は、相手の出方を待つしかない。外部音声を返し、老け痩せはB級を再度、世界樹の方角へ向ける。頷いたA級も、B級に肩を並べて北へ目を向けたのだった。


同時刻、北の街からわずかに北。小さな平原に検問所が設けられ、そこから東西に巨石積みの壁が延びている。

ここが現在のエルフ族に対する最前線で、騎士のほとんどが壁に沿って展開していた。

『世界樹、強く発光！　色が虹から赤へ変化しました』

白い百合の紋章を肩につけた騎士の集団が、前方遠くから外部音声で叫ぶ。

B級三騎、C級四騎からなる彼女達は、国際的傭兵騎士団『百合騎士団《リリーナイツ》』の白百合隊。壁から大きく北へ出て、偵察を行なっていたのである。

『精霊砲でしょうか』

盾を構えた、黒地に薔薇のA級が呟く。答えたのは、隣に立つ漆塗りの鎧武者。

『おそらくのう』

鎧武者のさらに隣では、真紅のA級が無言で森を見つめている。

見る事しか出来ない彼らの前で、さらに強まる赤い光。そしてついに赤い光は天空へ昇る柱となり、雲を撃ち抜き同心円状に吹き飛ばした。

『……あれは火の矢《ファイヤーアロー》？　狙うのは、ここか！』

老武人の言葉に、周囲の騎士達の顎が上がる。視線の先にあるのは、遥か上空に発生した無数の赤い光の点。

距離があるためゆっくりに見えるが、実際は高速で飛来して来ているに違いない。

『構えい！』

大声と共に、魔法耐性の高い国宝の盾を掲げる老武人。周囲の騎士達もそれにならう。

そして数瞬後、火の矢《ファイヤーアロー》が雨のごとく降り注ぐ。

大盾を構えたC級へ一発、二発。三発目で腕関節がいかれ、大盾が下がる。

四発目が命中したのは胴体。五発目で胸部から火を噴き、地へ転がった。

『いつまで続くんだよお！』

それが誰の声だったのか、わからない。代わりにローズヒップ伯の野太い大音声が、他を圧して響き渡る。

『前へ進めえいっ！』

一切の疑問を呈する事なく、前進を始める黒地に薔薇のB級達。石壁を乗り越え、早足で進む。

検問所より精霊の森側へは落下して来ていない事に、ローズヒップ伯は気づいたのである。

すぐに、着弾し続ける火の矢《ファイヤーアロー》の範囲から抜け出した。

『北へ逃げろおっ！』

薔薇騎士《ローズナイト》達の外部音声に、何騎かが反応。転がるように火の雨の中から逃れ出る。

『後続の誘導は、閣下達に任せる。我らはここでエルフに備えるぞ』

ローズヒップ伯の指示に、一斉に北を向く薔薇騎士《ローズナイト》。

森から遠距離攻撃魔法は届かないが、混乱に乗じて射程まで出て来るかも知れない。今攻撃を受ければ致命的だ。

部下達に盾を構えさせた後、白髪短髪の大男は操縦席で、さらに北へ向け叫ぶ。

『呑まれるな！　百合騎士団《リリーナイツ》！　お前達もエルフに備えろ』

呆然とした様子でこちらを見ていた七騎は、慌てて隊列を締め直し北を向く。

防壁の南側では、二騎のA級が降り続く火の雨の中を駆け回り、範囲外へ逃れるよう指示を出していた。


舞台は再度、北の街。その中央広場に立つB級騎士の操縦席へ移る。

（あれは火の矢《ファイヤーアロー》か？）

空に現れ、次第に大きくなる無数の赤い点。その正体に気づき、実年齢より老けた顔が歪む。

予想したうちで、最悪の事態が起きたのだ。

『民間人への無差別攻撃』

威力は不明、数も『多い』という以外はわからない。しかし、住民に甚大な被害が出るのは確実だろう。

直撃を受けなくとも、大規模な火災はまぬがれ得ないのだから。

『呆《ほう》けるな、指示をよこせ』

隣に立つA級騎士から叱咤《しった》が飛び、老け痩せは我に返る。そしてすぐ、出来る事と出来ない事を切り分けた。

（分散して石造りの民家や地下に避難している者達の事は、一緒にいる兵達に任せるしかない）

自分の手が届くのは、ここだけだ。

『講堂を守りますので、助力をお願いします』

言いながら、講堂を背に大盾を構える老け痩せのB級。それにならって百合騎士団《リリーナイツ》の団長騎も、大盾を掲げる。

ちなみにパールホワイトのA級が大盾を持っているのは、老け痩せが支給したから。遠距離からの魔法攻撃には、身を隠せるほどの大きな盾が有効なのだ。

(任せろと閣下に答えたからな。守らなくては)

頭に浮かぶのは、ウェーブの掛かったロングヘアに香水の香りがきついセクシー熟女。たまにタイトのミニスカの中身が見える上司の姿に、口の端を曲げる。

直後、大盾へ火の矢《ファイヤーアロー》が続けざまに激突したのだった。

(……これほどとは)

数分後、B級の操縦席内で老け痩せは呻く。原因は、暑さ。

騎体への直撃はない。しかし大盾と周囲へ絶え間なく着弾し続けている火の矢《ファイヤーアロー》が、膨大な熱量をもたらしていたのだ。

(冷却系の補助魔法陣は、すべて全開か)

これが示すのは、処理能力を超えつつあるという事。だが問題はもう一つ、補助魔法陣を動かし続けられるのか、というものがある。

騎士の全力疾走とまでは行かないが、それに近いほどの勢いで魔力を消費し続けていたのだ。

(う?)

空気の熱さに息を吸うのが辛くなり、意識が朦朧とし始めた頃、大盾への衝撃が消える。

終わったのかと思い大盾の横から騎士の顔を出せば、こちらに背を向け大盾で火の矢《ファイヤーアロー》を受け続けるA級騎士の姿があった。

（駄目だ。それでは講堂に火の矢《ファイヤーアロー》が当たる）

高さはないが横に広い講堂は、身の丈十八メートルの騎士であろうと一騎ではカバーしきれない。

そのためのもう一騎なのだが、それが今、自分の前にいる。

そう考え横へ動こうとしたところ、A級が足の裏でB級の膝を蹴って来た。

『現実を見ろ。もう助からん』

A級の外部音声に、認めたくなかった理解が進む。

補助魔法陣を積んだB級騎士の操縦席でさえ、耐えきれないのだ。いかに火の矢《ファイヤーアロー》の直撃を受けていなくとも、熱量は講堂内に生者の存在を許さないだろう。

『このままではお前も死ぬ。だから私の陰から動くな』

それもまた事実。講堂と同じように、騎士は壊れずとも自分の命は残っていまい。

認めた老け痩せは、騎士に膝を突かせ身を小さくする。冷却系への負荷が軽くなったのは、火の矢《ファイヤーアロー》が大盾に当たらなくなったおかげだろう。

（申し訳ありません。任せていただいたのに、守れませんでした）

心の中でミニのタイトスカート姿の上司に詫びながら、自身が生きるためだけに補助魔法陣を回すのだった。

一方、A級騎士の操縦席では、目の下に傷のあるスリム系熟女が、背後のB級騎士がおとなしくなったのを確認し息を吐き出す。

(B級だったら死んでいたな)

大盾で火の矢《ファイヤーアロー》を受け止めつつ思う。

最初は、行けると見ていたのだ。この一斉射撃さえ防ぎきれば、講堂の民も、また石造りの建物や地下室にいる民達も何とかなると。

そのため頭の中では、付随して起きる火災への対処を考えていたくらいである。

(甘かった)

しかし、大量の火の矢《ファイヤーアロー》が降り注いで終わり、ではなかったのだ。間をおいて次の波が来る、というわけでもない。

ただひたすらに、今もなお降り続いていたのである。

(幸い、冷却系の補助魔法陣には余裕がある。これ以上激しくならなければ大丈夫だろう)

さすがはA級と言うべきか、搭載されている補助魔法陣は大出力で高効率。操縦席を覆うミスリル銀製の殻も純度が高いため、操縦士の発する魔力を漏らしにくかった。

さらに加えるなら彼女の魔力量が、並の操縦士を大きく超えていた事もある。

(しかし使ってみてわかったが、この騎士、環境系の補助魔法陣の割合が大きくないか?)

他のA級と乗り比べた事はないが、B級と比べると比率が違う。そこで思い出されたのは、この騎士を建造したのは帝国の大貴族だという事。

(乗り手は武人ではなく、お殿様と坊ちゃんだという話だからな)

操縦席の快適性を重視した、その可能性がなくはない。

百合の谷の整備士は『性能に偏りのない優等生』とこの騎士を評したが、もしかしたら乗り心地重視の騎士ではなかろうか。

（まあ、すべては生き残ってからだな）

大空から飛来し続ける火の矢《ファイヤーアロー》を睨みつつ、後で整備士に聞こうと心に決めた百合騎士団《リリーナイツ》の団長であった。


その頃、精霊の森の外縁はエルフの民で溢れていた。

『精霊砲の使用』

これが直前ではあるが里の者達へ告知され、見物に来たのである。酒や軽食を提供する屋台まで現れ、雰囲気は花火大会に近い。

「おおーっ」

どよめきが起きた理由は、背後の世界樹が一層強く赤い光を発したため。彼らからは角度的に見えないが、光は柱となって上空へ伸びて行く。

数拍の間を置き、無数の赤い光点が空の彼方から落下して行った。

「……きれい」

溜息をつくように声を漏らしたのは、耳の長い美少女。胸の前で両手の指を組み合わせ、陶然とした表情で見つめている。

隣に立つ人のよさそうな青年が、同じ光景を目に映しながら口を開いた。

「汚れを清める浄化の火だね。なぜ人族は、身の程を忘れ驕《おご》ってしまうのかなあ」

悲しみのこもった声音に、美少女は彼氏を見る。その横顔ににじむのは、やるせなさ。

青年は人族を駆除する事に、心を痛めていたのである。同時に、強い怒りも持っていた。

「身の丈に合った振る舞いをしていれば、こんな事にはならないのに。痛いのは叩かれた方だけじゃないんだ。叩いた側の手も痛いんだよ」

語気を強める耳の長い青年の手を取り、自分の頬に当てる少女。

「そんなに自分を責めないで。これで人族も、『悪い事をしちゃ駄目』って反省してくれるはずよ。その時にはきっと、私達エルフ族の手の痛みも理解してくれるわ」

金色の長い髪を持つ少女へ視線を落とし、青年は小さく頭を横に振って苦笑しながら息を吐く。そして膝を曲げると、耳元でささやいた。

「ありがとう。いつも君には救われてばかりだ」

弱い自分を、常に支えてくれる最高のパートナー。見つめる青年の瞳に、少女の瞳が大きく映る。燃え盛る街と平原を背景に、唇を重ねる二人の影であった。


森の南端で見物する里の民の後方、世界樹そのものの幹に設けられたハイエルフの館。

そのバルコニーにも一組の男女がおり、火の雨と海を眺めていた。枯れ木のように痩せた老人と、薬師の老婆である。

「何だ、騎士を倒しきれておらんではないか。人族の巣を焼いただけでは片手落ちだぞ」

不快げに口の端を曲げ言葉を吐き出したのは、エルフ騎士団の団長を務める痩せ老人。木枠に布を張ったデッキチェアに脚を組んで座っている事から、怪我は大分よくなったのだろう。

隣に座る老婆も、呆れた表情で同調した。

「しっかり魔力を操作すれば、範囲が同じでも威力を上げられるはずなのに。平原の野焼きでもしているつもりなのかしら」

雑だ、下手だと言葉を重ねる老婆と、一言一言に強く頷く枯れ木のように痩せた老人。

老婆が言葉を切ったところで、無念そうに口を開く。

「お前が担当しておれば、こんな無様な事にはならなかったものをな」

「本当よ。体が本調子じゃないのが残念だわぁ」

そこで老婆は小首を傾げ、騎士団長へ問う。

「だけど何で、うちの騎士達は出て行かないの？　今なら一薙《な》ぎでしょう」

枯れ木のように痩せた老人は苦い顔を作り、椅子に立て掛けていた松葉杖をバルコニーの手すりへ振り下ろす。

「巻き込まれる事を恐れ、やんでから行くつもりであったのだろう。臆病な奴らよ」

次に杖の先で、人族の騎士達を指し示す。そこでは帝国の騎士達が一列横隊を組み、こちらへ向け盾を構えていた。

「今からでは遅い。すでに態勢を整えられてしまった」

解説を聞き、老婆は眉を撥ね上げる。

「精霊砲を撃った方は雑。騎士達は臆病で判断がお粗末。私達二人が抜けただけで、こんなになっちゃうのお？」

その言葉に団長は深く頷き、肺の奥底から息を吐く。

「早く復帰せんとな。エルフ族のためにも」

同意と共にデッキチェアの間にある小テーブルに手を伸ばし、ワイングラスをぶつけ合う二人であった。

火の矢《ファイヤーアロー》の豪雨がやんだのは、実に三十分後。

検問所の北へ集合した騎士達は、呆然と南側を見つめている。理由はわからないが、エルフ騎士による攻撃はなかった。

『……』

誰も言葉を発しない。この場の可燃物は燃え尽くされ、燃えないものも頑丈でなければ砕かれている。

騎士達が見つめるのは、逃げられずに地に伏した僚騎達と、その背後に見える廃墟と化した北の街。

火の雨が降り終わってわかったのだが、火の矢《ファイヤーアロー》は検問所周囲だけではなく、北の街へも降り注いでいたのだ。

『街まで、焼かれたのか』

座り込んでいた一騎が、ノロノロと外部音声を響かせる。

大火の反動なのか空からは、煙を吸った黒い雨が落ち始めていた。

『これが、精霊砲？』

これは、百合騎士団《リリーナイツ》白百合隊のC級操縦士の言葉。彼女達以外で生き延びたC級は、わずかしかいない。

B級でも、逃げ遅れた者は命を落としている。冷却や煙処理の補助魔法陣を備えているものの、長く続いた連撃に耐えられなかったのだ。

雨でも消えぬ残り火の赤い光と、無数に立ち上る白から黒までの煙。そこへ向け火より赤いA級騎士が、一歩踏み出す。

『街へ向かいます』

帝国騎士団の騎士団長である老武人へそう告げると、熟女子爵は老武人とローズヒップ伯にこの場を任せ、平原を駆けた。

ここからでも、残骸と化した街を囲む城壁が目に入る。たとえ地下室へ逃げ込んでいようと、命ある者はいないだろう。

それでも行くのは確認したい事、わずかながら可能性のある者がいたからである。

（そこかい）

黒い雨の中、街の中央でうずくまる煤《すす》で真っ黒になったB級を発見。副官騎で間違いない。

講堂を背にうなだれるその騎士へ、真紅の騎士は歩み寄る。

（逃げないで守ろうとするなんて、あんたらしいよ）

そのおかげか講堂の建物は残っていたが、それだけでしかない。屋内は、完全に焼けてしまっていたのだから。

そしてそれは、騎士にも言えた。騎体に目立った外傷はないが、操縦士は蒸し焼きに違いない。

（……何かさあ、面倒ばかり掛けちまったねえ）

操縦席でうつむき、顔から滴を落とす熟女子爵。

B級騎士の胸甲を強制的に開けようと、真紅の騎士は腰を落とし腕を伸ばす。指が震えているのは、操縦席内の惨状を覚悟したからだろう。

『開けるな、周囲が冷めるまで待て』

突然の外部音声に、飛びすさり顔を上げる熟女子爵のA級騎士。その視界に、姿形からA級と思われる騎士が映る。

どうやら講堂の向こう側に座っていて、今、立ち上がったようだ。

『せっかく磨いて来たのだが、これでは台なしだ』

しかも発せられる声音は、熟女子爵のよく知る人物のもので間違いない。そう、百合騎士団《リリーナイツ》の騎士団長である。

（なぜここに？　今の言葉の意味はもしかして？）

疑問と希望がないまぜになった頭で、悪友が乗っているであろう騎士を見つめる熟女子爵。

黒い雨のせいで、ヨーグルトにコーヒーを掛けたような色模様になった百合騎士団《リリーナイツ》の団長騎は、固まったままの悪友へ言葉を継ぐ。

『お前の副官は生きている。ただし、気を失ってはいるがな』

火の矢《ファイヤーアロー》がやむまで魔力は続いたが、騎士を立ち上がらせようとしたところで尽きたらしい。本当にギリギリだったのだろう。

希望が現実になった事で、少しばかり落ち着きを取り戻した熟女子爵は、次に疑問の方を口にした。

『A級騎士が手に入ったから、見せに来たのさ。いないから帰ろうかと思ったが、戻るまでとそこの副官に雇われた』

返されたのが、この答え。それで理解した熟女子爵は、悪友へ心からの礼を言う。

だが、煤の雨で汚れたパールホワイトのA級騎士は、腕を組んだまま無言。そして少しばかり間を置き、『まあ、な』と歯切れ悪く返した。

(気づいていないのか)

これは、百合騎士団《リリーナイツ》の騎士団長の心の声。

先ほどの副官騎へ対する様子を見て、少しばかりからかってやろうと思ってはいた。しかし声音に湿ったものが混ざっていたため、気勢を削がれてしまったのである。

『どうする？　お前と二人なら運べるぞ』

ならば早めに会わせてやろうと、熟女子爵へ提案。素直に賛成されたため、二騎のA級騎士は、熱で空気が激しく揺らめく街の中を、B級騎士を抱えて歩き出したのだった。


同時刻、王都のダウンタウンの北の外れにあるタウロの自宅。

教導軽巡先生との店外デートをし、店でのプレイを終え帰って来た俺は、居間にイモムシ、ダンゴムシ、亀を集め穏やかに時を過ごしていた。

「ん？　どうした」

突然、ダンゴロウがピクリと跳ねたのである。聞けば何か地面から伝わるものがあったらしく、これから探ってみると言う。

「無理はするなよ」

この前は地脈の乱れに当てられて、車酔いのような状態になったのだ。頷いたダンゴロウは、恐る恐るといった様子で丸まり、地面の下へ意識を集中する。

少し後、元に戻って皆へ告げた。

『なんか、へん』

それを受け、イモスケとザラタンも担当分野を探る。

イモムシなイモスケは『風』、亀であるザラタンは『水』だ。亀が水が欲しいと言うので、洗面器に水を汲み、体長二十センチメートルの亀を中へ浸す。

『うん、へん』

体の前半分を起こし、イボ足を少し動かし同意するアゲハ蝶の五齢幼虫。

しかし、詳しくはわからないという。ダンゴロウとザラタンはそれぞれ地と水に詳しいが、イモスケは『どちらかと言えば風』程度なのだそうだ。

（飛べるわけじゃないからな）

言われて、なるほどと思う。

イモスケの生活空間は枝の上という、空と地面の間だ。精霊獣のため蝶になるのかどうか不明だが、現時点で翅《はね》はない。

「そっちはどうだ？」

俺の問いに、長生きの物知り亀は言葉少なに返す。水自体に大きな変化はないが、他で何か大きな事があった余波を感じると言う。

顔を見合わせる、三匹の精霊獣と一人の人間。

イモスケの提案で、今日は皆で俺の寝室で寝る事にした。何やら胸騒ぎがして不安らしい。

（間違いなく、何かがあったんだろうな。まだわからないけれど、心の準備だけはしておかないと）

枕元に亀、布団の中にイモムシとダンゴムシを入れ、明かりを消した暗闇の中で思う俺であった。

帝国北部、北の街の少し南。そこに広がる岩だらけの荒野を、騎士の大集団が縦隊を組んで南下して行く。

時刻は早朝。初夏という一年で最も日の出の早い季節である事から見て、夜を徹して歩き続けていたに違いない。

「何だよこいつら」

小声で隣にささやいたのは、二人の冒険者のうちの一人。荒野に住むトカゲを採取していた彼らは、数日前からこの地で野営していたのである。

地震にしてはいつまでも続く揺れに目を覚まし、岩陰に隠れて様子を窺っていたのだ。

「負け戦か？」

もう一人がそう返したのも、無理ないだろう。煤け黒く汚れた騎士達は、ゴーレムであるにもかかわらず疲れきって見えたのである。

受けた印象は『葬送の列』。しかし予想外の存在が視界に入り、我知らず言葉を継ぐ。

「……嘘だろおい。薔薇騎士《ローズナイト》に、帝国騎士団の団長騎もいるぜ」

帝国内外に名を轟《とどろ》かす精鋭騎士団と、死神ほど名は売れていないものの『帝国最強の一角』として名高い、鎧武者のようなA級騎士。

それが揃って敗走するなど、近年の帝国の勢いから見て信じられなかったのである。

「依頼された数は捕まえた。欲張らずに帰った方がいいな」

悪い予感に表情を曇らせ、提案する一人目。

振り返った先にあるのは、ツタで編んだ採取かご。中ではトカゲ達が、舌を出したり引っ込めたりしている。

「そうだな、何があったのか知らないが、ろくな事じゃないだろう」

冒険者達は、騎士の列が通り過ぎるのを待つ。北の街まで距離があり、なおかつ間に岩山がある地形のため、彼らは昨日の惨事に気づかなかったのだ。


視点は荒野を進む葬送の列を見つめる冒険者達から、列を率いる帝国騎士団の団長へと移る。

目指すは、荒野の南端にある街。帝国騎士団の騎士団長である老武人の領地にして、次なる防衛線の構築場所だ。

(物資は蓄えておるから、しばらくは凌《しの》げるじゃろう)

鎧武者の操縦席で騎士の列を眺めつつ、痩せ気味の老人は頬を指で掻く。

補給を担っていた北の街を失った今、早急に大軍を食わせられる場所へ連れて行かなくてはならない。水も食料も、焼け残りを掻き集めた数日分しかないのである。

『北の街の検問所を強行突破したエルフ騎士が、速度に任せて帝都へ迫る』

その場合を想定し、老武人の所領では私兵が守りを固めていたのだ。軍を迎え入れる下地は、整っていると言ってよい。

軽く安堵の息を吐くと、思考の題材を変更する。

（精霊砲の攻撃範囲があれほど広いとは、想像もしておらんかったわい）

検問所から北の街までの距離は、街の直径のおおよそ十倍。これを直径とする円の内側が、文字どおり焦土と化したのだ。

眉根を大きく寄せ、深く考える老武人。精霊砲を受けた直後の昨日の夕方から、大きな疑問が拭えないのである。

（伝承によれば、精霊の森に迫った人族の騎士達を一撃で砕いたとある）

しかし今回、操縦士が命を落としているものの、火の矢《ファイヤーアロー》で砕かれたB級はない。直撃で破壊されたのは、C級に限られている。

（騎士に対するには、いささか威力が低過ぎる。じゃが多数を殺すのなら、きわめて効果的な武器であろう）

ここまで広範囲の命を奪う力を、老武人は知らない。

北の街の場合は、範囲内の九割以上が丈《たけ》低い潅木《かんぼく》と草しかない平原だった。もしこれが帝都であったなら、死者の数は百倍以上になっていただろう。

（何を狙っておる？　北の街を滅ぼして、それに見合う益を得られるのか）

答えが得られず、頭を左右に振る老武人。

『交易の再開と、ゴミの処分』

以前、エルフ族の使者が要求していたのは、この二つ。しかし要求が通らなければ街を焼くような相手と、交易したいと思う国があるだろうか。

かなうのはせいぜい、無人となった焼け野原にゴミを捨てるくらいだろう。

（わからん。頭を使う仕事は、陛下や侯爵に任せるとするか）

操縦席で肩をすくめた後、鎧武者の視線を後方へ送る。目に映るのは、列の最後尾をうつむいて歩く、真紅のA級の姿だ。

北の街の領主、熟女子爵の騎士である。

（領民が、一人残らず殺されたからのう）

自分も北の街を見たが、それはひどいものだった。

拳で戦うかのように構えた黒焦げの死体。それがいたるところに横たわり、とくに広場の噴水の周りでは、折り重なり山を作っていたのである。

（気に病むな、と言っても無理じゃろうな）

真っ青なアイシャドウに、真っ赤な口紅の迫力ある美人。怖そうな見た目に反し、彼女は領民の間に入って行く領主だった。

これほど民と気安く接するのは、円卓会議のメンバーでは辺境伯くらいだろう。距離が近かった分、精神的なダメージも大きいに違いない。

（まあ辺境伯なら、皆の前で大泣きした後、ケロッとしていそうではあるが）

老武人は操縦席の中で溜息をつくと、後方へ下がり、熟女子爵の隣へ並ぶ。復讐《ふくしゅう》で視野が狭まっているであろう彼女に、釘を刺そうと考えたのだ。

『少しいいか？』

自分の接近へ反応はするも、いまだ昏い雰囲気の真紅のA級へ、漆塗りの鎧武者は外部音声を鳴らす。

『陛下が黙ってはいまい。この報復は必ず、そして徹底的に行なわれる』

しかしの、と継ぐ。

『それは今ではないぞ。一度退き策を練り、準備を整えてからじゃ。手もなく森へ突っ込めば、勝ち目などない』

精霊の森はエルフ族の領域。数々のトラップに、攻撃魔法による待ち伏せがあるのは疑いない。

だからこそ帝国は、交易を断って干上がらせる持久戦を取ったのだ。

(返事がないのう)

老武人は小さく息を吐き、肩を並べる真紅のA級から、前を行く騎士達へ視線を移す。

そこでは何騎ものB級が、急ごしらえの荷車を引いていた。乗せられているのは操縦士を失ったB級や、比較的形の残っているC級である。

『陛下は、これまで何度も危機を乗り越えてこられた。そなたも知っておろう』

思い当たる節があるのだろう。やっと顔を上げる熟女子爵のA級。

それを見た帝国騎士団の騎士団長は、力づけるように言葉を重ねた。

『その時まで己を磨き、力を取っておくがいい。守りから攻めに転じた時、先頭に立つのはそなたじゃ』

鎧武者へ顔を向け、深く頭を下げる真紅の騎士。それを受けて老武人は、集団の先頭へ戻るべく歩みを速める。

チラリと騎士の目を後方へ向ければ、一騎のB級が熟女子爵へ寄って行くところだった。

(副官が生き残ったのが救いじゃな。脆《もろ》いところがあるから、あれまで失っておれば壊れていたかも

知れん）

年齢より老けて見える、幸薄そうな痩せ男。端から見れば、『我儘上司に振り回される、気の毒な部下』だろう。

だが老武人は、これも見た目と違って、かなりよい組み合わせだと思っている。

（支えてやれ、ならばすぐ立ち直るじゃろう）

騎士の胴を時折触れ合わせているのは、外部音声にしたくない会話を振動で行なっているからに違いない。

帝国騎士団の長たる老武人は、騎士の目を前へ戻すと、自領を目指し集団を率いたのだった。


東から昇った太陽が中天へ差し掛かる頃、昨日から南下し続けていた集団へ、老武人は停止命令を出す。

披露が限界だろうと見て、昼食を兼ねた小休止を挟む事にしたのである。

（さすがに大丈夫だとは思うが、顔色でも見ておくか）

配給された黒パンと水を手に、熟女子爵のもとへと自らの足で向かう老武人。片膝を突いた真紅のA級の前まで来たのだが、そこに彼女はいなかった。

代わりになぜか数名の操縦士や兵士が、真紅のA級の脚に片耳を押し付けている。

（何をやっておる、というか、あれか）

自分の存在に気づき慌てて姿勢を正そうとする彼らに、そのままでよい、と手と目で合図し、自分もならう。

騎士の脚から伝わって来た振動は、思ったとおり、操縦席内で発せられる男女の嬌声であった。

（この声は副官じゃな）

傷心の上司を慰めているのだろう。いや、二人の関係から見るに、熟女子爵が引っ張り込んだか。

戦場ではよくある事なので、とやかく言うつもりはない。

（いやはや、激しいのう。せっかく生き延びた副官を、ここで殺してしまいそうじゃ）

もっともっとの連呼に、片耳を押し付けたまま両眉の端を下げる老武人。しかし聞き続ける中、考えを改めた。

会話から副官の方も、かなり乗り気である事がわかったからだ。

（やりたくて目をギラギラさせている副官と、それに気づいていながら知らぬふりで煽る上司か）

ミニのタイトスカートで巻かれたムチムチの太腿を、副官の前でわざと何度も組み替えていたらしい。机の下で股間を硬化させる副官の視線を、熟女子爵は楽しんでいたのだろう。

お許しが出た今、副官は抑えていた獣性を解放し、彼女が望むとおり滅茶苦茶にしつつあるようだ。

（相談事もあったが、これは無理じゃな）

熟女子爵の副官を助けてくれた、百合騎士団《リリーナイツ》の団長。自分達に挨拶をした後、南下に同行せず谷へ帰ってしまった彼女を、もう一度雇えないかというものである。

聞けば熟女子爵と昔からの知り合いとの事なので、口利きを頼みたかったのだ。

（A級騎士がいてくれれば、心強い）

精霊砲による火の矢《ファイヤーアロー》の豪雨。B級は範囲から逃げるのに精一杯だったが、A級ならばその中でも作戦行動が出来る。

エルフ族と戦うのに、これほど心強い存在はないであろう。

（しかし、一体どこで手に入れたものやら）

思い出されるのは、惨敗と言える周囲の状況に配慮しつつも、わずかに漏れ出す『見て』という百合騎士団《リリーナイツ》の団長の気持ち。

北の街へ来た目的も、白百合隊への激励よりお披露目の意が強かっただろう。ちなみに白百合隊の雇用は継続されており、今もこの集団に含まれている。

（ではの）

騎士の脚から耳を離した老武人は、いまだとりつく操縦士や兵へ目くばせし、場を去る。次に向かう先はローズヒップ伯の所だ。

だが薔薇騎士《ローズナイト》の駐騎する一角の手前で、足を止める。

（参ったわい）

頭を左右へ振って引き返したのは、ここも同じような感じだったから。

戦場で命の危険を感じ、なおかつ今は徹夜明け。『子孫を残さねば』という本能に股間を硬化させられた益荒男《ますらお》達が、男同士ではあるものの刺しつ刺されつしていたのである。

無論、その中心はローズヒップ伯だ。

（まあ、仕方あるまいな）

これもやはり、よくある事。外に迷惑を掛けずに精神を維持出来るなら、推奨こそすれ咎《とが》めなど出来ない。

ずっしりと重い黒パンを水で流し込みながら、独り歩く帝国騎士団の騎士団長であった。

第三章　初物喰らい《ユニコーン》

場所は帝国北部から南東遥か、王都へ飛ぶ。

空は晴れ渡り、降り注ぐ強い日差しが街路の石畳を眩しく輝かせ、目を開けていられないほど。そんな中俺は、自宅の居間で眷属達を前に首を傾げていた。

「今のところ、何の話もないな」

バスタオルの上で顔を見合わす、イモムシ、ダンゴムシ、それに亀。昨夜、これら三匹の精霊獣が異変を感じ取ったため、俺は情報を集めるべく朝から街へ出ていたのである。

「商人ギルドのギルド長も、いつもどおりだったし」

俺の知る中では、ゴブリン爺ちゃんの耳が最も早い。そのため真っ先に向かったのだが、俺の顔を見るなり娼館遊びに誘って来た。

「新しい勝負法を考えたんじゃ。昼食後にでも試してみんかの」

聞けば、『倒した女性の人数ではなく、合計年齢で競う』というもの。

（難易度に合わせて、高得点が得られる仕組みになっている）

その点では、よく出来ていると思う。だがこのままでは厳しいだろう。

「年齢をそのまま足すのではなく、自分との年齢差にしてみてはどうでしょう」

俺も含め皆の好む年齢層は、ゴブリン爺ちゃんが考えているよりずっと下なのだ。

なので適当に意見を述べ、脱出して来たのである。

（俺の案を採用してまた誘われるかも知れないが、その時はその時だ）

ゴブリン爺ちゃんの件から目の前の眷属達へ意識を戻し、言葉を継ぐ。

「商人ギルドそのものに、変わった話は伝わっていないと思う」

その後、副ギルド長や強面の主任にそれとなく聞いて見たが、手ごたえはなし。逆に、『何かあったのか』と問い返されてしまった。

「王国騎士団本部の前もうろついてみたけれど、普段どおりだった」

中央広場の北に聳える王城の、さらに北側にある騎士団本部。もし緊急出動が控えているのなら、殺気立つような気配があるはず。

しかしこちらも、今のところ変わりはない。

「だけどお前達が感じたっていうのなら、間違なく何かが起きている。情報がまだ届いていないか、王国には関係ないかのどちらかだな」

納得したらしく、頭を上下に小さく振る三匹。

「とりあえず様子見で行こう。もし体調や気分が悪くなったりしたら、我慢せずに言うんだぞ。すぐに治すから」

さすが、という感じの波が眷属達から届き、俺は少々小鼻を膨らませ胸を張る。石像からの借り物の力だが、主としてよい格好が出来ただろう。

「どうした？」

そこでピクリと、眷属筆頭にして『死ぬ死ぬ団』副首領のイモスケが反応。頭を持ち上げ窓外へ向けた。

『ゆにこーん』

『ゆにこーんだ』

将軍のダンゴロウも続く。二匹にとって唯一の部下、怪人初物喰《ユニコーン》らいが我が家に迫っているらしい。

精霊獣は気配に敏感なので、いつも先に教えてくれる。

「クールさんか。約束はしてないけれど」

時計を見れば、午前中の終わり頃。

「仕事がなければ大抵は昼まで家にいるって、伝えておいたからかな」

何か用事があって、駄目元で尋ねて来たのかも知れない。

一方二匹は、少しばかり残念そう。庭森で育てているナスとキュウリが、まだ未熟だからだ。

『こんどくわせる』

『ふとくてまがってて、すっごいのを』

今までと違い、隠れるつもりのない上役二匹。出迎えるべく玄関へと移動して行く。

一方亀は、黒目がちのつぶらな瞳でじっと俺を見つめて来た。

「池に戻る？　紹介しなくていいのか」

イモスケやダンゴロウと違い、ザラタンの事は知らせていない。よい機会かと思ったのである。

しかし、物知りの年寄り亀の考えは違うらしい。

「今のところ、普通の亀でいたいって？」

名を出せば、知らぬ者はいない大精霊獣だ。長い人生、そう思う事もあるのだろう。

前世の芸能人を思い出し妙に納得した俺は、両手で甲羅をつかみ、庭にある池へ運ぶ。水に放してやると、気持ちよさそうに泳ぎ出して行った。

『はやくはやく』

一方屋内からは、俺を呼ぶイモスケの波が届く。そして直後に聞こえるノックの音。

「はいはい」

濡れた手をタオルで拭きつつ、玄関へ向かう俺であった。


ここで時は、昼から夜へと大きく進む。

王都中央広場から見て、南東にあるミドルタウン。ここに建つ住宅の子供部屋では一人の少年が机に向かい、熱心に勉強していた。

年の頃は十代前半。夕食を終えてから部屋にこもり、そろそろ二時間になる。

(お母さんが来る頃かな)

思うのと時を同じくして、ノックの音が響く。返事をして椅子ごと振り返ると、トレイにコーヒーとクッキーを載せた少年の母親が、扉を開けて入って来た。

「お疲れ様。休憩の時間よ。熱心なのはいいけれど、適度に息抜きをしないと効率が落ちるわ」

長い髪を後ろで一まとめにした、三十台半ばの女性。

太ってはいないが細過ぎず、抱き心地のよさそうな体つきをしている。なかなかの美人と言ってよいだろう。

小さなテーブルにトレイを置き、ベッドに腰を下ろし微笑みながら息子を見るお母さん。目が合った瞬間少年は、椅子から立ち上がり母親へと襲い掛かった。

「お母さん！」

仰向けに押し倒すと、柔らかな胸に顔をうずめ左右にこすり付ける。だが母親に、驚きや動揺はない。

「焦らないの。わかってるから」

これから始まる休憩は、溜まったストレスを母親相手に吐き出すというもの。賢さを一時的に上げ、再び机に向かわせるための手段である。

（効果あるわねえ）

母親仲間に勧められて始めたのだが、息子の変化は劇的だった。あまり勉強熱心ではなかった息子が、夕食後は寝るまで机に向かうようになったのである。

（二回目でも全然衰えない）

一時間ごとに休みを挟んでいるため、今回は二度目の息抜き。

さきほどまで胸へ顔を押し付けていた少年は、すでに母親の両脚を肩に乗せのし掛かり、自分の産まれ故郷へ帰還を果たしている。

（本当に容赦ないんだから。お母さんじゃなかったら、嫌われちゃうぞ）

力ずくで折り曲げられた体から伸びる、白い脚の先。そこにはレース地の白い下着がぶら下がり、少年の動きに合わせて激しく揺れていた。

（やりたい盛りよねえ。この動き、自分が出す事しか考えていないわ。まあ、この荒々しさも悪くはないけれど）

くぐもった声を漏らしつつ、考える母親。そんな彼女を正面に見据え、息子は体を前後させながらいつものように問う。

「お母さん。僕はお父さんを超えられたかな」

息を吹き掛けられただけでも達するような、敏感な年頃。それでも意味ある言葉を口から出せるのは、母親の配慮があるから。

締め付け過ぎず、やさしく柔らかく包み込む母の愛によって、プレイ中の会話が可能になっているのである。

「そうねえ」

くすりと笑い、言葉を継ぐ。

「勢いと情熱は凄いけれど、まだお父さんの方が上よ。お母さんの反応を見ながら合わせて来る、大人の余裕があるもの」

答えを受け取った息子の息子は、母親の中で急激に硬さと温度を上げる。そのまま無言で、これまでに倍する激しい律動を開始した。

「ちょっと！　相手の事を思いやる余裕が大事って、今言ったばかりでしょう」

悲鳴まじりに抗議をするが、少年は左右に大きく頭を振る。

「長所を伸ばすのも、成績を上げる一つだって言ったじゃないか。僕はこの勢いと情熱で、今日こそお父さんを超えて見せる」

連続して叩き付けられる若い腰に、一撃ごとに母親の体はベッドから浮く。そのたびに体がずり上がり、頭がヘッドボードに押し付けられ首が曲がった。

しかし息子は、そんな母親の苦しげな表情を一顧だにしない。

「ああっ！　お母さん」

大きく体を震わせながら、生まれ故郷へ熱いストレスを大量に吐き出す。

受け止めた母親も、熱量が引き金となったのだろう。両手でシーツを固く握り、食いしばった歯の間から大きな呻き声を漏らした。

父親に勝てなかった自覚はあるらしく、目を伏せて深々と息を吐く少年。次に上目遣いで母親を見つめると、切なげな声を絞り出す。

「もう一回、もう一回だけやらせて。お願い」

心と体が収まらないのだろう。しかし母親は、毅然とした態度で言い放った。

「駄目です。次の休憩までとっておきなさい」

言い終えると小皿のクッキーを口にくわえ、息子の口の前へ突き出す。

口で受け取った少年が咀嚼し飲み込むと、次に冷めてしまったコーヒーを口移しで流し込むお母さん。

最後は口を重ね、中で舌を伸ばし口内のクッキーの残りを舐め取った。

「じゃあお勉強、頑張ってね」

片脚脱ぎになっていた下着を引き上げると、トレイを片手に部屋の外へ。

キッチンにコーヒーカップを置くと、夫のくつろぐリビングへ移動する。

「どんなもんだ？」

雑誌をテーブルに置き、息子の様子を尋ねる三十半ば過ぎの夫。妻は向かい側に座り、口を開いた。

「頑張っているわ。先生も、『このまま行けば王立魔法学院も夢じゃない』っておっしゃってくれたもの」

聞いた夫は目を丸くし、驚きの声を漏らす。

『王立魔法学院』

それは王国における魔法系の最高学府。選び抜かれた者しか門をくぐる事を許されず、卒業生は全員エリートと言ってよい。

「俺の子がなあ」

我が子の持つ大きな可能性に思いを馳せる、決してエリートではない父親。自然と頬が緩むのも、致し方ないであろう。

「彼女に感謝ね。『やる気にさせる勉強法』は本当に凄いわ」

母親仲間の名を出すが、夫は頷かなかった。

「お前の魅力があったればこそだよ。お前が母親じゃなかったら、あの子も勉強する気になどならなかったろう」

真正面から真顔で告げられ、赤面する妻。照れ隠しに、口を尖らせ話題を変える。

「でもあの子、何かというとあなたと比べたがるのよ。『お父さんと自分、どっちが気持ちいいか』とか、子供が母親に聞く事じゃないわ」

眉を吊り上げる母親とは対照的に、夫は笑って返す。

「そういう年頃なのさ。息子にライバル視されるのも今のうちだけだし、嬉しいもんだよ」

言い終えると笑みをニヤリとしたものに変え、言葉を継ぐ。

「この間、娼館で新しい技を覚えて来たんだ。早速今夜試してやるから、覚悟しておけよ」

さらに顔を紅潮させ、困惑した声を出す妻。

「どうしちゃったのよ。あなたまで勉強熱心になるなんて」

当然だろう、という風の夫。

「まだまだ、息子に負けるわけにはいかないからな。いつかは追い越されるにしても、それまでは精一杯、高い壁で居続けてやる」

それにな、と口調を真面目なものに変えた。

「父親である前に、俺も一人の男だ。大好きなお前を、一番に喜ばせられる存在であり続けたい」

言葉を返せず、うつむく妻。

『息子と夫が揃って自分を求め、互いに競い合い腕を磨く』

その状況は、母親としても妻としても嬉しいばかり。今の幸せに、頭がくらくらして来るほどだ。

そこで夫の背後にある壁掛け時計が目に入り、驚いた声を上げる。

「あっ、もうこんな時間。準備しないと」

妻の視線を追い時計へ目を向けた夫は、不思議そうな表情を作る。もう少し時間があるはずと思ったのだ。

その表情を読み取り、付け加える。

「リクエストがあるのよ。学生時代の制服を着てほしいんですって」

パタパタと足音を立て寝室へ向かい、そそくさと着替えを済ませて戻って来た妻。そこに立つのは、一言で言うなら『ハイカラさん』。

近年はやりの、ブレザー風やセーラー風ではない。巻きスカートにシャツと短いマントという、彼女の母校の伝統的な服装である。

「まだ着れるものなのねえ」

そう呟きながらクルリと回る妻へ、脂下《やに》がった目で夫は告げた。

「次で三度目の休憩だから、息子の相手は終わりだよな。その格好のまま寝室に来てくれよ」

再び頬を赤く染め『あなたまで？』と下を向く、長い髪を一まとめにした人妻女学生。しかし拒否はせず、照れながら頷く。

そして振り返らず、赤面したまま息子の部屋へと消えて行った。

「いいよ！　凄く素敵だよお母さん」

息子は母親の学生時代の姿を見て、リビングに届くほどの大声で叫ぶ。

「これじゃ、お父さんが惚れちゃうのも当たり前だ。くそう悔しいなあ。もし僕がそこにいたら、お父さんなんかに渡さないのに」

さすがに呆れ、お母さんは言う。

「お父さんがいなかったら、あなたはここにいないのよ。だから、そんな事言うものじゃありません」

しかし息子は、聞く耳を持たない。

「ずるい！　お父さんはずるいよ。こんなに素敵なお母さんを、ずっと独り占めにして来たなんて」

乱暴に制服をはだけさせ、侵入して来る息子の息子。お母さんはその扱いに、抗議の声を上げる。

「こらっ！　服が破けちゃうでしょ。この後、制服のままお父さんのお相手をするんだから、もっと丁寧に扱いなさい」

しかしその言葉は、完全に逆効果だった。

「そんなの許さない！　もう怒った。お父さんの相手なんか出来なくなるくらい、僕の情熱でお母さんをガタガタにしてやる！」

とある中流家庭の、日常の一コマであった。


帝国南東部の、王国との国境近く。もしそこに星の光を背に受け夜空を高々と舞う鳥がいたとすれば、暗闇に閉ざされた草原のただ中に、大きな光の塊りが見えただろう。

辺境伯の治める地方都市、ランドバーンだ。

日付が変わって数時間後の今、近くに光はない。しかし鳥が南へと向かえば、光の点が見えたはずである。

『草原を越え、荒野を越え、砂漠に入って複数の大砂丘を越えたさらに南』

そこには砂の中から掘り出された遺跡があり、一団が調査をしていたからだ。

日が落ちてから行なっているのは、昼は灼熱《しゃくねつ》のため。今は気温で言うなら十数度と、体にやさしくなっているのである。

「素焼きの大皿だな」

蜘蛛型のゴーレムに跨った鷲鼻《わしばな》の中年男性が、ゴーレムの前脚で丁寧に砂を横へどかしつつ言う。

蜘蛛と言ったが枝の間に巣を張るタイプではなく、陸上型。表現するなら、手漕ぎボートくらいの大きさのあるハエトリグモだ。

「無地ですかあ。絵でも描いてあれば、少しは情報になったんですけどねえ」

応えたのは、隣で同じくハエトリグモに乗る助手のヒョロッとした若者。

彼と鷲鼻、それぞれの蜘蛛の顔には四つずつ丸目がある。それらが車のライトのように大皿を照らしているので、見えたであろう光の点はこれであろう。

「しかし、さすがは帝国製の最新型作業用ゴーレムだ。豚で大まかに掘って途中から人力など、この味を知ってしまったら戻れんな」

残念さを振り払うように、ハエトリグモの頭をなでる鷲鼻。

このゴーレムは馬型ほど速く走れず、また豚型ほどの力もない。しかし不整地に強く、細かい作業が出来るのだ。

ただし多機能な分だけ高価で、同じ大きさなら馬や豚の倍より高い。

『ドラゴンを探す会の、南の砂漠の調査班』

二人の素性はこれであり、他に雇われ護衛として、一騎のC級騎士が周囲の警戒に当たっている。

ちなみに作業用ゴーレムは、帝国と王国の二強体制。しかし、最近までゴーレムの素材となる鉱石が手に入らなかった王国は新型を出せておらず、そのため性能面で劣勢だ。

「むっ？　これは」

大皿を助手の若者のゴーレムに渡した後、前脚でさらに砂を掘っていた鷲鼻が、声を出す。

めぼしいものでもあったのかと、助手の若者はハエトリグモを前に進ませ、照明を当てて覗き込んだ。

「……若葉ですね」

砂の中から出て来たのは、立てた小指に葉をつけたような、みずみずしい緑色。乾燥しきったこの環境下では、明らかに異常である。

空振りと思い始めていた、この調査。それに変化をつけそうな波に、二人は軽い興奮を覚えつつ、ハエトリグモの前脚で周囲の砂を寄せて行く。

『若葉を中心に植えた、素焼きの鉢』

砂の中から姿を見せたのは、これであった。

直径は、先に掘り出した大皿と同じくらい。どうやら皿ではなく蓋だったらしい。

「植木鉢でしょうか、これ。動かせます？」

助手の若者の言葉にハエトリグモの前脚で持ち上げようとするも、すぐ首を左右に振る鷲鼻。植木鉢の下は石の床だが、植木鉢を貫通して石の床に根を張っている感触だったのだ。

「結構、大きいぞ」

蓋を開けた事で鉢の中に流れ込んだ砂を、ゴーレムの前脚で慎重に掻き出しながら、鷲鼻が呟く。

植木鉢内の土の表面から測れば、高さは肘から指先くらい。若葉と思ったのは先端部で、若木と言った方がよいだろう。

「文字らしきものが書いてあるな。確認するから照らしてくれ」

そう告げるとハエトリグモの背から降り、砂の上へ腹ばいになる鷲鼻。助手の若者はハエトリグモの身体を傾け、目の光を植木鉢の側面へ当てる。

「……読めるぞ、おそらくだが、『希望の最後』だ」

遥か昔に使われていた言語のうちの一つで、幸い鷲鼻の知識の及ぶものだったようだ。

「随分と意味深な響きじゃないか。これは面白そうだ」

ねそべったまま不敵に笑い、書き写すよう助手の若者へ指示。助手は早速ハエトリグモを降り、鷲鼻の隣の砂地に腹をつける。

「これ、『最後の希望』じゃないですかね。この言語って、修飾が逆になっていたような」

だが、助手の方がより詳しかったらしい。咳払いをして『そうかも知れん』と濁した鷲鼻は、話題を今後の事へと移す。

「我々が来た事がきっかけで発芽したのか、もとからこうなのか、それはわからん。しかし、これは『変わった事』だ」

上へ報告し、指示を求める必要があるだろう。その意見に、助手の若者も同意を示す。

「では文字に続いて、この若木も描いてくれ。毎日描いて十日も経てば、育ち続けているかがわかるだろう」

続く鷲鼻の言葉に助手の若者は、なるほど、といった表情で手を動かす。

描き終えると、スケッチブックをハエトリグモの鞍《くら》にぶら下げた荷物入れへ収め、鷲鼻へ尋ねた。

「報告書は、いつもの商人さんに渡すのでいいですか？」

それでよい、と返し、ハエトリグモに跨る鷲鼻。そして少し移動させると、再度、前脚で砂を掘る。

『上から反応が返るまでは、遺跡全体の調査を続行』

そういう事であろう。

「じゃあ自分は、こちらの方を調べますね」

思い思いの場所で、忙し気に前脚を動かし始める二匹のハエトリグモ。それと対称的に、静かにたたずみ周囲に魔獣がいないかを警戒する、砂色に塗られた一騎のC級騎士。

（あいつらか）

そのような一団を、少し離れた砂丘の陰から観察する者がいた。ランドバーンの領主である辺境伯の辺境騎士団、そのB級騎士である。

（あの量をあの頻度、合計三人なら辻褄は合う）

操縦席で、顎をなでつつ一人考えるおっさん操縦士。

『五日に一度、日が落ちてからランドバーンを出て、日付が変わる前に戻って来る個人商人がいる』

最近、このおっさんはそれに気づいたのだ。

調べてみると、一頭立てのゴーレム馬車に積むのは、水と食料に日用品。しかしランドバーンから往復半日の位置に、人など住んでいない。

（これはおかしい）

そう考え、張り込んだのである。

結果、見つけたのは、ランドバーンから南へ砂丘を一つ越えたところで、荷車を引く蜘蛛型のゴーレムへ荷を引き渡している姿だった。

（品物は欲しいが、ランドバーンへは行きたくない。かといって、商人に自分達のところへ来てもらうのも嫌だ。といったところか）

どう考えてもまともではないので、さらに追跡。蜘蛛型のゴーレムに気づかれないまま、少し前に到着していたのである。

『物の動きから異常に気づく』

ちなみにこれは、辺境騎士団なればこそ。帝国騎士団や薔薇騎士団《ローズナイツ》では、まず無理だろう。

弱兵で知られる辺境騎士団だが、他の面では秀でている部分もあるのだ。

（あの連中とは思うが、違っていたら不味い。とにかく急ぎ知らせるべきだな）

隠密と追跡も並以上であるおっさん操縦士は、静かにB級騎士を後退させ、星空のもとランドバーンへ引き返したのだった。


明けてその日の朝、辺境伯の執務室に姿を見せる、痩せ気味の冴えないおっさん。辺境騎士団の騎士団長である。

瞼《まぶた》が半分ほど落ちているのは、夜明け直前に部下からの報告で起こされたからだ。

『そろそろ起きようか』

そのような一番眠りの深い時だったため、まだ眠気を引きずっていたのである。

「以上でございます」

聞き終えたハゲと言ってよい髪の薄さの中年男性は、渋さと呆れを半分ずつ混ぜた表情を浮かべ口を開く。

「また、あの連中か」

「あの連中で間違いないでしょう」

辺境騎士団の団長は恭《うやうや》しく答えた。

『あの連中』とは『ドラゴンを探す会』の事。

『騎士を連れた、所属不明の一団を発見』

この報が入れば『一大事！』と、色めき立つのが普通だろう。それこそ東の国での、百合騎士団《リリーナイツ》の青百合隊のように。

しかし、辺境伯主従は違うのだ。

「本人達は隠しているつもりでしょうが、行動を見れば一目瞭然ですからな」

やれやれ、とばかりに肩をすくめる騎士団長。

役職のとおり、辺境伯は辺境に配される事が多い。そのため、前人未到の地へ調査に立ち入ろうとする面々としばしば遭遇し、悪い意味で慣らされてしまったのである。

「ランドバーンに来てまで会うとは思いませんでした。いやはや、本当にどこにでもいるものです」

続いて辺境伯の参謀であるハンドル髭が、頭を横へ振りつつ息を吐く。この三人の中では、彼が一番の被害者であろう。

『法も許可もお構いなしで我が道を進み、咎められそうになると、金や人脈の力で背後からこちらの肘をつかむ』

意外に影響力のあるドラゴンを探す会に振り回され、後始末を押し付けられる事が多かったのだ。

『基本的に無害だが、面倒臭い連中』

ちなみに三人のドラゴンを探す会への評価は、これで一致している。

「とりあえず放っておくか」

朝の日差しに頭部を輝かせた中年は、眩しさで目を細める参謀と騎士団長へ言う。

「それがよいでしょう。労力がもったいないですし」

追従したのは、騎士団長。残るハンドル髭は、『それでよいのか、後で面倒事になるのはごめんだぞ』と表情で語っている。

そのような参謀へ辺境伯は、まあ聞け、という風で言葉を継ぐ。

「若干とはいえ、ランドバーンに金を落としてくれるのだ。それに連中は、何か見つければ一気に金を使って来るぞ」

言われてその可能性に気づき、確かに、と頷く二人。実際これまでも、稀にだがそのような事はあったのだ。

現在のランドバーンの活況は、大穴からの鉱物によるところが大きい。辺境伯としては、それに頼り過ぎたくなかったのである。

「では、モグラのように穴だらけにして地面を陥没させるような事がない限り、静観と致しますか」

ハンドル髭の言葉に、落とし穴に落ちた部下を持ち、さらに『遺跡を壊した』と逆切れされた経験のある騎士団長は眉をしかめる。

「仕方がありませんな、そうならない事を願いましょう」

だがその痩せ気味で冴えない騎士団長も、肩をすくめ同意したのだった。


オスト大陸北部、精霊の森。世界樹の幹にあるハイエルフの館の会議室には、大勢のハイエルフ達が集まっていた。

いないのは療養中の議長と、行方知れずの太ったハイエルフのみ。エルフ騎士団の騎士団長である枯れ木のように痩せた老人に、里一番の薬師である老婆の姿もある。

『精霊砲を使用した後の、世界樹の状況について』

本日行なわれるのは、この報告。

エルフ族の指導者層であるハイエルフは、会議に参加する権利を持つ。精霊砲の制御と違い、迷惑だからと扉を閉ざす事は出来ないのだ。

「結論から申し上げますと、世界樹への影響は想定内。再度の精霊砲使用は、充分に可能でしょう」

なで肩の議長代理が言い終えると同時に、世界樹の見回りを担当した年配のハイエルフが口を開く。

「葉が黒くなり落ちつつあるが、全体の一割ほどに留まっておる」

世界樹が放射する魔力量の減少も、葉と同じ約一割。その事を耳にし、安堵の表情を浮かべるハイエルフ達。

『戻る事なく寿命の終わりに向けて、緩やかに減少し続けて行くであろう世界樹の葉』

言い換えれば、余命が一割減ったという事だ。決して小さな数字ではない。

しかし、ここ最近、ハイエルフ達は多くの想定外の事象にさらされて来た。そのためかなりの覚悟で臨んでおり、反動で拍子抜けさえしたのである。

「知ってのとおり世界樹の葉は、枝から離れると風に溶けるように消えて行く。そのため里の者達も気づいておらぬようだ」

続く年配の言葉を聞いて、さらに表情を明るくするハイエルフ達。

『エルフ族を苦しめるために、人族が国境を封鎖した』

里の者達の耳に入っているのは、これだけ。

世界樹の寿命が近い事や、次代の世界樹の所在が不明な事を知らない。勿論、精霊砲を使用すれば世界樹の命が縮む事もだ。

眉の太いハイエルフが、満足そうな表情で口を開く。

「ならば動揺もありますまい。断片の知識だけ齧って騒ぎ立てられても、いらぬ混乱を招くだけですからな」

「そうそう、我らハイエルフに任せておけばよいのじゃ」

同意する見回り担当の年配ハイエルフ。これは彼だけでなく、ハイエルフ達の総意であったろう。

実力によって大憲章《マギ・カルタ》から選ばれ、『ハイエルフ』の称号を得た彼ら。元は里の民なのだが、自分達と一般のエルフの間に明確な線を引いている。

革命前の王族のあり方と似ているのだが、気づいていたのは太ったハイエルフくらいだろう。そして、すでに彼はいない。

「グリフォンはどうなりましたかな？　それに次代の世界樹も」

眉の太いハイエルフの言葉に、皆の視線が議長代理へと向かう。なで肩のハイエルフは、小さく咳払いしてから答えた。

「グリフォンの生死については、わかりません。ですが連日街の中を飛び回っていたという事ですので、仕留めたと見てよいと思います」

一度グラスの水で喉を潤し、言葉を続ける。

「次代の世界樹についてですが、やはり北の街にはなかったようですね。あれば焼け落ちているでしょうし、そうなれば芽吹くなど、何らかの変化がこちらの世界樹に見られたはずですから」

二つ目は残念な話であるが、出席者達に失望は見られない。もともと次代の世界樹は、帝国南東部にある『大穴』の底に隠されていると推測されていたからだ。

「大穴で我らの騎士が遭遇したという、正体不明の騎士も現れませんでした。おそらくですが王族の生き残りは、世界樹のある大穴を離れなかったのではないでしょうか」

さらに続けられた議長代理の説明に、眉の太いハイエルフは少しの間を置き考えを述べる。

「ではグリフォンを伴っていたのは王族の生き残り本人ではなく、託された手の者だったという事でしょうかな」

見回りを担当した年配のハイエルフは、得心したように頷いた。

「里の者達の動揺を誘うつもりが、その前に焼かれおったようじゃな。あそこまで広く撃ち込まれるとは、さすがに予想しておるまい」

言い終えると歯の足りていない口を大きく開け、呵呵《かか》と笑う。議長代理は会議室を見回し、頃合と判断。議題を次へと進ませるべく声を出す。

「当初の予定どおり精霊砲を再度、大穴へ向け使用したいと思います」

私語がやみ耳目が集まるのを感じ、言葉を継ぐ。

「相手は地中深くへ潜んでいるでしょうし、世界の敵《ワールド・エネミー》もいると思われます。次回は広範囲を焼く火の矢《ファイヤーアロー》から、狭いながらも威力の高い雷の槍《サンダースピア》に変更してはどうでしょうか」

大穴の直径は約千メートル、検問所から北の街までに比べれば遥かに小さい。その事を思い、眉の太いハイエルフは顎をなで頷いた。

「世界の敵《ワールド・エネミー》の装甲がどれほどのものかはわかりませんが、雷の槍《サンダースピア》で貫けぬという事はありますまい。大穴に巨大な雷光の柱を立ててやりましょうぞ」

地底湖と思われる地で、世界の敵《ワールド・エネミー》と単身戦っているであろうザラタン。それを巻き込む事については、誰も口にしない。

『すべてが終わった後、世界とエルフ族を守るために戦ったと褒め称《たた》える』

そのような形にする事が、暗黙の了解であったのだ。決定を告げようと議長代理が息を吸い込んだタイミングで、薬師の老婆が高々と手を挙げる。

「次の操作は私がやるわ。あんな手際、正直見てられないもの」

議長代理の目つきが険しくなるが、老婆の方は涼しいもの。自分が正しいと思っているため、言われた方の気持ちにまで想像が及ばないのだ。

「二発目となれば、世界樹への影響も増すだろう。より腕のよい者が行なう事で、負荷を減らす事が出来る。当然の事だな」

腕を組み言葉を発する、隣に座る枯れ木のように痩せた老人。議長代理の苦労を知っている周囲は、誰も同意を示さない。

しかしこちらも老婆と同様、雰囲気の悪さに気づきもしなかった。議長代理は一度目を閉じ、不快な気持ちを抑え思考を巡らす。

(精霊砲の発動指揮を取れば、間違いなく歴史に名が残るでしょう。羨まれる立場なのはわかります)

しかし、と心の中で溜息をついた。

(議長の代理と、精霊砲の発動指揮。両方は負担が重過ぎますね。どちらか一つにしなければ、私の心と体が持ちません)

思い浮かぶのは、心労で大量の血を吐き倒れた議長の姿。それは遠くない未来の、自分の姿であるように思える。

ゆっくりと目を開くと、なで肩のハイエルフは静かな口調で言葉を出す。

「……わかりました。お願い致しましょう。三段階目の魔法陣が止まっていますので、そちらの再起動から始めて下さい」

晴れ舞台を譲った議長代理の判断に、わずかなざわめきが起きる。しかし老婆は頷かず、口を歪め言い放つ。

「私が受け持つのは、裁きの執行者への呼び掛けからよ。やってあげるんだから、下準備くらいしておきなさい」

最後の華やかな部分だけ行ないたがる態度へ、さすがに咎める発言が多数湧く。老婆を庇い、枯れ木のように痩せた老人が声を張り上げた。

「腕のよい者と悪い者の魔力は、等価値ではない。重要な場面にこそ、集中して投入すべきだ」

だが賛同の声はまったく上がらず、逆に『第三段階からやらないのなら、引っ込んで見物していろ』との意見が勢いを増す。

さすがに不利を悟り、老婆は皺の多い顔を渋くし了承した。

「仕方がないわね。じゃあ、あんたとあんた、それにそっちの三人。私の補助をしなさい」

名指しされ、嫌そうに顔をしかめる者達。だが断りはしない。

水属性の高位の術者であり里一番の薬師である老婆から、治療やポーションの提供などで世話になっていたからだ。

「以上です。次で我々を悩ませて来たこの問題にも、決着がつくでしょう」

会議が終わった後、議長代理の周囲に集まり声を掛けるハイエルフ達と、まったく気にせず部屋を出る団長と薬師。

こうして精霊砲の指揮者は、議長代理から薬師の老婆へと移ったのだった。


ここで時間は半日ほど、クールさんが予告なしに我が家を訪れた時まで遡る。

王都ダウンタウンの北の外れにある自宅の居間で、俺はクールさんと応接セットで向かい合って座っていた。

ちなみにソファーの間にあるテーブルの上には、体長二十センチメートルのイモムシと十五センチメートルのダンゴムシが乗っている。

「急ぎ、ご報告したい事がありましたので」

眉根に深い皺を作り真剣な表情で告げる、背筋のスッと伸びたクール系美女。

表情が乏しいクールさんにしては珍しい。よほど深刻な事柄なのだろう。

(お前達が昨夜気づいた、異変の事についてみたいだぞ)

イモスケとダンゴロウへ、心の波を飛ばす俺。二匹はクールさんと精神的パスがつながっていないので、このような形で中継しているのだ。

(しかし、商人ギルドや王国騎士団より情報が早いとは)

我が配下ながら恐ろしい。しかしなぜか、彼女ならと納得出来る部分もある。

二匹と頷き合った俺は厳しい表情を作り、続きをうながした。

「初物の数が、大きく減少しています。このまま放置すれば、近いうちに枯渇してしまうかも知れません」

沈黙が、二人と二匹の上へと舞い降りる。

どうやら、俺の予想は外れたようだ。童貞を奪われる者達の声など、精霊獣達は拾ったりしないだろう。

『なんのこと？』

くりっと振り返り、頭を傾げ俺へ問うイモスケ。

『はつもの？』

俺の心に浮かんだ言葉。その意味がわからなかったのだろう。ダンゴロウもこちらを向く。

答えられない俺は腕を組み、険しい表情のまま初物喰らい《ユニコーン》を見つめる。彼女は居住まいを正し、静かな口調で事の起こりから説明を始めた。

『漁獲量の右肩下がり』

それが続いた事で気づいたという。

調べてみれば、クールさんの勤める最高級娼館ジェイアンヌだけではない。中級、下級、多くの娼館で、年若い初物を見掛けなくなっていたそうだ。

『何者かが、乱獲しているに違いない』

そう考えたクールさんは、調査場所として学生達の生息域である学校を選択。人脈を生かして母校へと潜り込み、秘密裏に調査を行なっていたそうである。

「それで、花道部のコーチをしていたのか」

話がつながり、説明の途中で声を出す俺。

教導軽巡先生と花道大会の予選を見に行った時、相手校のコーチをクールさんが務めていたのだ。

「おっしゃるとおりです」

認めた後、話を再開するクールさん。調査の結果について述べる。

「母親が、我が子を食べていました」

勉強する事への動機付けや、机に向かう事で発生するストレスの吸収。そのために、我が身を供しているという。

結果として『初物』という貴重な生物資源は、家を出る前に消費されてしまっているのだそうだ。

「なるほどね」

前世の倫理観を引きずる俺にすれば、引っ掛かるものは確かにある。しかし魔法的に避妊が出来る以上、生物学的な問題はない。

（この世界では、禁忌《タブー》の理由そのものが解決されている）

否定しようにも、根拠を示せないのだ。

（それに娼館へ連れて行くのと違って、家庭の財布にもやさしいしな）

これで成績が上がるのなら、母親達がやり始めるのもわかる。顎をなでながら頷く俺へ、悲痛な叫びにも似た初物喰らい《ユニコーン》の声が響く。

「このままでは初物は絶滅し、私の食べる物がなくなってしまいます」

太腿の上で拳を握り締め、うつむき声を絞り出す飢えた一角獣。確かに彼女にとって、重大事だろう。

どうしたものかと見つめる俺へ、テーブルの上からイモムシが上半身を持ち上げ訴えて来た。

『たすけてあげて』

どうやら『食べる物がなくなる』という部分が、琴線に触れたらしい。

ダンゴロウは、慰めるべく頭をなでようとでもいうのだろうか。一度丸くなりテーブルからクールさんの膝へ転がり落ちると、元に戻って登り始めている。

(俺に一体何が出来る?)

初物喰《ユニコーン》らいの形よく豊かな胸を下から攻略出来ず、登山ルートを求めて太腿の上を動き回るダンゴムシ。

それを眺めながら、俺はさらに表情を険しくした。

『やっつける』

登るのを諦めたダンゴムシ将軍が、クールさんの膝の上でこちらを向き提案。俺はそれへ渋い表情を返しつつ、クールさんの手からダンゴロウを受け取る。

「ええとな、お腹が空いて死んじゃうわけじゃないぞ。母親が食べるのも同じだ」

心配そうな波を発している二匹へ、表現に悩みつつ説明する俺。『息子を食べる』と言っても、ローマ神話のサトゥルヌスとは違うのだ。

「申し訳ないが、今の時点では防ぐ手段を見つけられない」

手であやしてダンゴロウを丸くしつつ詫び、次善の策を考える。

「知り合いにも聞いてみるよ。少し時間をくれ」

そう続けた俺へ、お願いしますと深く頭を下げるクールさん。

反応から見て彼女は、即答を得られるとは思っていなかったようだ。それでも何かせずにはいられず、俺のところへ来たのだろう。

（配下が頼って来たのだから、何とかしてやりたいところだが）

さらに頭を絞ってみるが、やはり何も思い浮かばなかった。息を一つ吐き、気持ちを切り替え口を開く。

「学校への潜入は、今後も続けるのかい？」

そう問うと、力なく頭を左右に振る。目的を果たした今、残る意味はないらしい。

「ですが去るのは、コーチとしての仕事を果たしてからにしたいと思っています」

短い期間になってしまうが、今後につながる何かを残してやりたいのだそうだ。そこで俺の頭に、一つのアイディアが浮かぶ。

資源の保護では力になれなかったが、こちらなら何とかなるかも知れない。

『初心者でもすぐに身につき、それでいて奥が深い。さらに習熟度合いに応じて、力を発揮する事が出来る』

そのような技術があると告げると、驚きの表情と共に身を乗り出す女子花道部のコーチ。

喰いつきのよさに理由を聞くと、指導に当たって壁にぶつかっていたそうだ。

「娼館と違い学生の部活動ですから、あまりに高度な技は教えられなかったのです」

生徒達では、やはり地力が足りないとの事。かと言って基礎鍛錬ばかり行なうと、飽きて離れてしまうらしい。

難しいものである。

「じゃあ、今度教えにジェイアンヌへ行くよ。いつがいい？」

そう問う俺を、真っ直ぐに見つめ返すクールさん。

「首領さえよろしければ、今この場で」

一瞬驚いたが、すぐに収まる。彼女が初物喰《ユニコーン》らいとなった時、寝室でプレイした事を思い出したからだ。

コーチをやめる決断をしたクールさんにとって、学ぶ機会は早いほどよいのだろう。

「わかった。じゃあ寝室のベッドで準備をしておいてくれ。俺も持って行くものがある」

ソファーから立ち上がり、居間の隣にある寝室へと向かうクールさん。衣擦れの音が聞こえて来た事から、服を脱いでいるのだろう。

その美しいボディラインを想像しながら、テーブルの上で俺の方を向いている二匹に目をやる。

「お前達も来るか？　首領ドクタースライムの、凄いところを見せてやるぞ」

これからのプレイは、あくまでも技の伝承。俺が一方的に責めるだけだ。前回のように逆襲され、みっともない悲鳴を上げる心配はない。

喜ぶ眷属達を片腕で抱え、もう一方の手で戸棚から四本の筆を取り出す。

『永字八法《えいじはちほう》』

伝えるのはこの技だ。

基礎であるが、磨き上げれば極意に達する。これほど学生に向いているものもないだろう。

「お待たせ」

寝室の扉を開くとベッドの上には、すでにクールさんが仰向けで横たわっていた。

黄金比で構成された色白の体は、大理石の女神像を髣髴《ほうふつ》とさせる。俺は眩しさを感じつつ、枕もとのサイドテーブルにイモスケとダンゴロウを置く。

「筆を使う技だけど、慣れれば指先や舌でも代用出来ると思う。その辺は工夫してくれ」

不思議そうに筆を目で追っていたクールさんに告げ、開かせた両太腿の間で膝立ちになる俺。

そして四本の筆を両手で箸を持つよう構えると、目を細めて魔眼を発動させた。

「奥義、両手箸」

クールさんの胸にある高々とした白い双丘。二つの先端へ左右から四つの筆先が襲い掛かり、つまむようにはさむ。

しかし強くしたりはしない。柔らかな筆先で包み込み、大きく育つように丁寧に動かすのだ。

（さすがは教導軽巡先生の助言をもとに編み出した技だ。突起の色温度が急激に上がっている）

表情こそ変わらないものの、甘く溶けるような錯覚を覚えているはず。その証拠に二つの突起は、溶かされまいとみるみる硬くなって行く。

教導軽巡先生によると、クールさんは見かけの印象から、あまり感度はよくないのではと誤解される事があるらしい。

（しかしそんな事はない。出来る女性は、あらゆる面で一流だ）

逆に、この落差が魅力の一つなのである。

「頭の上で手を組んで」

指示を出し、脇の下から柔らかな二の腕の内側へ筆を走らす。その後は向きを変え、首筋から耳の裏だ。

表情は変わらぬものの、まばたきはゆっくりへと変化。魔眼で確認するまでもなく、うっとりとしているのがわかる。

「……これは、素晴らしい技術のようですね。門外不出なのではありませんか？」

口の端から熱い息を、言葉と共に漏らすクールさん。俺は彼女の顎下から喉元へ筆先を往復させつつ、左右に頭を振った。

「秘密にはしていないよ。もとは、商人ギルドのギルド長の前で思いついたものだからね」

そして大商人の跡取り息子やその友人、教導軽巡先生も知っている事を伝える。

「ライバル校のＯＧが知っているのは、まずいかな」

可能性もあるなと思い尋ねるが、今度はクールさんが頭を左右に振った。

「生徒に教えれば、いずれ広まります」

さっき門外不出かと聞いて来たのは、秘密にしなければならないものなら受け取れない。そう考えたかららしい。

「俺としては、逆に広まってほしいくらいだ。その方が将来に夢を持てるし」

多くの女性が書を学べば、いずれ凄腕の書家が誕生するかも知れない。その時は是非、お相手してもらいたいものである。

納得したクールさんは頷き、荒い呼吸を繰り返す口から言葉を紡ぎ出す。

「ですが部員達にはまず、『秘術』として教えようと思います。あの年頃はそういうものに憧れますし、練習にも身が入るでしょう」

それからしばしの間、部屋の中にはクールさんの呼吸の音だけが響く。

彼女の体に取りすがった俺は時計職人のような繊細さで、丹念に描き塗り続ける。ただ帝国屋の若旦那の時と違い、絵の具を用いてはいない。

（そろそろか）

強い光を魔眼に感じ、目を向ける。それはクールさんの太腿の付け根で、色は白く眩しいほど。しかも脈打つように点滅しているのだ。

（筆は焦らしプレイだからな。欲しくなっているのだろう）

教導軽巡先生も、狂ったようにあられもない叫びを繰り返したものである。プレイ後に思い出し赤面する姿が、これまた非常にかわいらしかった。

（今、楽にしてやる）

付け根の中央にある豆へ四つの筆先をあてがい、方向を変えつつ超高速でなで上げる。それはまるで、車をやさしく洗う洗車機のブラシのよう。

刺激に耐えかね、無意識に脚を閉じようとするクールさん。しかし間に俺の胴があるためかなわず、俺の背で足首を組む事しか出来ない。

（来た！）

百ボルトの白熱球に、間違って二百ボルトを通した時のような光が魔眼に映る。

体から顔まで真っ赤にさせたクールさんは、ついに破裂。顔をくしゃくしゃにして腹の底から咆哮した。

「イイーッ！」

さすがは初物喰らい《ユニコーン》。死ぬ死ぬ団の鑑である。

『いいーっ！』

サイドテーブルの上の副首領と将軍も、遠吠えを聞いた狼のように身を起こし返す。

後ろ手に枕を抱え込み、激しく身をよじり続けるクールさんから、サイドテーブルの眷属達に視線を移す俺。

「どうだ」

額の汗を腕で拭い満面の笑みを浮かべると、二匹は大きな喝采を送ってくれたのだった。


オスト大陸西部を領する強大国、帝国。今、帝都の中央にある宮殿の一室では、円卓会議が行なわれていた。

議題は勿論、『北の街の消滅』についてである。

「ただちに各国の大使に伝えよ」

指示をしたのは、上座に座る中年男性。斜陽の国を一代で蘇らせた今代の皇帝は、空席の目立つ卓を見回しつつ言葉を継ぐ。

「その際、誇張も隠蔽も不要だ。包み隠さず、ありのままを知らせるように」

周辺諸国からの帝国評は、『大陸統一の野心を持つ、凶暴な軍事国家』というもの。それはまったくの事実なのだが、協力を求める時はマイナスである。

少しでも信用を得るため、第一報に生《なま》の、そして最大の情報を載せる事にしたのだ。

「帝国内のエルフ達の扱いは、どう致しましょうか」

見るからに仕事の出来そうなロマンスグレーの紳士、侯爵が問う。

頭髪の薄い辺境伯と、戦闘狂である死神はランドバーン。帝国騎士団長たる老武人、ローズヒップ伯、それに熟女子爵は北部に留まっている。

この場での侯爵の立場は飛び抜けており、二人の会話で会議が進んでいると言ってよいだろう。

「戦時協定を守ってやる必要はない。すべて捕らえ、牢に放り込んでおけ」

眉を歪めつつ答える皇帝と、鼻息荒く頷く出席者達。そんな中、侯爵だけは真意を理解した。

(民が知れば、怒りにまかせて殺してしまう恐れがある。暴動が起きる前に、先手を打つ形だ)

仕える相手とアイコンタクトで確信を得た後、静かな口調で提案を一つ。それは、『皇帝は居を移すべき』というもの。

「帝都が精霊砲に焼かれ、民や我々が死んだとしても、陛下が無事なら帝国は滅びません」

顎に手を当て無言でいる皇帝へ向け、言葉を重ねる。

「逆に陛下を失えば、誰が残ろうともこの国はバラバラになるでしょう」

そうなれば各国はどう動くか。円卓会議に出るほどの者達なら、結末は容易に想像出来る。

非道なエルフ族を糾弾するどころか、見ぬふりをして帝国を、仲良く切り分けおいしくいただくだろう。

「そうなっては、民の仇《かたき》を討つ事も出来ません」

円卓を囲む者達からも、同意の声が上がり始める。それを見て皇帝は、侯爵を真っ直ぐに見つめ口を開く。

「卿の言に従おう」

座ったままながら胸に手を当て、深く頭を垂れるロマンスグレーの紳士。しかしこれも、皇帝と以心伝心のコンビプレーである。

侯爵の意見は、客観的に見て事実。しかし部下達の前で、皇帝自らが言い出すべきものではない。

(辺境伯がいれば、自分より先に進言していただろうがな)

それも過剰な身振りで、目に涙すら浮かべ真摯《しんし》に訴えただろう。宰相の席を争うハゲた中年以外で口にしそうなのは、老武人くらいだ。

競争相手が少ない事への満足と、いささか頼りない同僚達への不満。複雑な感情を抱きながら、頭を上げる。

それを待っていたかのように主君は円卓会議の終了を告げ、部屋を出て行った。

(さて、表の会議の次は裏だ)

退室して行く同僚達を見送るも、動かず残る者が一名。自分と同じく裏の円卓会議に出席する、帝国魔法学院の学院長である。

ロマンスグレーの紳士と痩せ細った老人は、肩を並べて威厳ある中年男性の私室を目指す。

「エルフ族が民に精霊砲を放った以上、我らも『滅びの種』を精霊の森に放つぞ」

入室した、侯爵と学院長。二人へ向けられた皇帝の第一声は、これであった。

次に机の上へ、厳重に密閉されたミスリル銀製と思われる小箱を置く。

(大丈夫とわかっていても、気持ちのいいものではないな)

小箱を見つめ、侯爵は唾を呑む。

滅びの種とは、人族以上の技術を持つ種族によって作られた、植物兵器と思われる物。ミスリル銀によって魔力を遮断された小箱の中には、ダイヤモンドで出来たヒマワリの種が収められているのだろう。

「あの者達にこれを持たせ、北部諸国側から山越えさせよ」

皇帝が命じた相手は、学院長。あの者達とは何かと思えば、『魔力をまったくもたない人族』らしい。

魔術師になれなくても、また小型ゴーレム一体動かせなくとも、人族は魔力を持っている。それが完全にゼロという存在は、珍しいと言えるだろう。

(魔力がないから、滅びの種に直《じか》に触れても問題ない、という事か)

見つけ出すたび魔法学院で雇用し、信用のおける者を選んでは、滅びの種の管理をさせていたそうだ。

「山越えで精霊の森近くまで行かせ、素手で投げ込ませるとの事でしたが、結界に弾かれませんでしょうか？」

学院長への指示を聞き終えた侯爵は、『何かあるか』との主君からの問いに、感じた疑問を口に出す。

「結界の魔力を糧に発芽しますので、そうなっても問題はありません」

答えたのは、学院長。裏の円卓会議はこれで終わりとなったので、自分が呼ばれた理由は、『今の動きを知っておけ』というものだろう。

だが、皇帝と学院長の用件が済んだとしても、自分にはまだ残っている。よい機会なので、この場で提案する事にした。

「陛下にお移りいただく先は薔薇城《ローズキャッスル》が最適と考えておりますが、いかがでしょう」

それは咲き乱れる花々に囲まれた、川べりに立つ優雅な白い城。

(丘と川に挟まれ守りやすい上に、複数の騎士を迎え入れる施設も整っている)

侯爵の中で、彼《か》の地以上の場所はない。しかし皇帝は、露骨に難色を示す。

なぜなら薔薇城《ローズキャッスル》とは、ローズヒップ伯の居城にして薔薇騎士団《ローズナイツ》の拠点。

『三日いれば、誰であろうと薔薇に染まる』

そう呼ばれる場所なのだ。

勿論、いまだ独身で子のない皇帝に、世継ぎは必須。当然ながら、侯爵も手を打つつもりである。

「余は、ランドバーンでいいと思っているのだが」

死神卿がいる事を考えれば、悪くはないだろう。しかし、そこには辺境伯もおり、侯爵的によろしくない。

宰相席を奪い合うライバルのところへ、皇帝を送るわけにはいかないのだ。

(何とかご納得いただかねば)

二手先、三手先を読み説得を試みる、切れ者の侯爵であった。


ここで舞台は帝都から大きく南東、王都へと移動する。

クールさんが相談に訪れた日の夕方、俺はイモスケとダンゴロウの手入れを行なっていた。

「くすぐったくても暴れるなよ」

体長二十センチメートルのイモムシの背をつかみ、引っ繰り返してブラシで体を払う。きれいに見えても、イボ足の間に砂がついていたりするのである。

大分前に聖都で購入したものだが、眷属達からの評判も悪くない。

『いいーっ』

ワキワキしながら突如として波を発する、死ぬ死ぬ団の副首領。

『いいーっ』

順番を待っていた将軍も、波を返す。

今、我が家では、初物喰らい《ユニコーン》に永《えい》字《じ》八《はち》法《ほう》を伝授してから、このシャウトが流行しているのである。

ダンゴロウの番になれば、また叫ぶのは間違いない。

「今頃、生徒達に教えているのかな」

イモムシをバスタオルの上に置き、代わりにダンゴムシを手に取りつつ口にする。

花道の予選で見た少女達は、中学生と高校生の間くらいに見えた。前世の学校と同じなら、あまり遅くまで授業はやらないだろう。

そして俺の予想どおりクールさんの母校では、部活動を始めるべく少女達が花道場に集まっていたのだった。


「準備体操やめ。窓のカーテンをすべて閉めなさい」

未成熟なボディを青のビキニに包み、屈伸運動をしていた少女達は、コーチの指示を受けて周囲へと散る。

花道場は、敷地内に建つ独立した建物。窓外で残念そうな表情を浮かべる男子達へ、少女達は小さく舌を出しながら厚手の布地を横へ引いた。

『顔立ち、スタイル、成績』

女子花道部の入部条件は厳しく、この三つが優れていないと入れない。クラスからは一人が普通で、二人いるのが珍しいレベルである。

学校のアイドル級がビキニ姿で体操しているのだから、見物したくなるのも当然であろう。

「まずは王都大会予選突破、おめでとう。よく頑張りましたね」

同じく青ビキニ姿のクールさんが言う。少女達と違い、こちらは凹凸のある大人の女性の体形だ。

このまま美術館に立っていても違和感がないどころか、命の輝きで圧倒しそうなほど。さすがは御三家の現役サイドラインである。

「ですが本選の相手は、いずれも強豪校ばかり。勝ち進むのは並大抵ではありません」

わかっているのだろう。真剣な表情の少女達の間に、張り詰めた空気が満ちる。

「そこであなた達に、奥義の一つを教えます。部の秘技として守って行きなさい」

言い終えるコーチと、それを見つめる少女達。目にあるのは崇拝だ。

『御三家の現役サイドラインにして、神前試合の総合優勝者』

たとえるなら、メジャー競技のゴールドメダリストにして世界記録保持者。それが現役のまま、部活のコーチに就任したようなものである。

クールさんからの申し出を伝え聞いた時、校長は最初信じなかった程だ。ちなみになぜその気になったのかは、本人が一言も口にしないため誰も知らない。

「学ぶのは『相手への触れ方』です。練習には筆を使いますが、これで指や舌の動かし方を覚えて下さい」

準備して来た筆を全員に配り、お嬢様カットの少女を手招き。

目の前に横たわらせると乾いた筆をかざし、胸から下腹部に掛けゆっくりと『永』の字を描いて行く。

「突く、なぞる、撥ねる、ついばむ。この模様には、様々なタッチの要素が含まれています」

絶妙の筆遣いを受け、狂おしげな声を上げる生徒。その口を片手で塞ぎ、コーチはクールに続ける。

「基本ですが奥は深く、これのみで極意と言える領域へ達する事が出来るでしょう」

止まらない筆先に、ついにお嬢様カットは暴れ出す。コーチは静かな声音で、『押え込んで』と皆へ指示。

両手両脚の上に乗られ動けなくなったビキニ姿のキャンバスは、腹筋を波打たせつつ『永』の字を受け入れる。

唾液で滑ったクールさんの手を首を振って外したお嬢様カットは、目を血走らせて訴えた。

「コーチ！　脳が溶けちゃいます！」

しかし、コーチの筆は止まらない。唾液に濡れた手でブラをずらすと、手の唾液を筆に含ませ、胸の先端にある尖りをなでる。

「馬鹿になるっ！　馬鹿になるうっ！」

小さな円を何度も描く動きに、声は大きくなる一方。だがやはり、コーチの様子に変化はない。

淡々とした口調で説明が続く。

「勝とうとするあまり、強く揉んだり、つまんだり、あるいは吸ったりしてしまいます。皆さんも自覚はありますね？」

頷く皆の前で筆先は、剥き出しの胸の先端から腹へと丘を下る。そしてそのまま平野を疾走し、股間の谷間へとたどり着いた。

「ですがそれは逆効果。この筆が、力を込めずとも気持ちよく出来る事を示しています」

布地の上からでもわかる硬い尖りへ、布地の上から圧力を加える筆の先。充分に溜めを作った後、手首を利かせてコーチは払う。

「わかりましたね？」

言い終え筆が止まると同時に、お嬢様カットの声と意識も途切れた。

生徒達は誰も言葉を発しない。ただ驚愕《きょうがく》や恐怖、それに若干の好奇心が混ざった目をお嬢様カットに向けているのみ。

彼女は上下の口から透明な唾液を垂れ流し、女の子がしてはいけない表情をしていたのである。

「では互いの体を使って、練習を始めて下さい。一人になった者は、私が相手をします」

瞬間的に隣の肩をつかみ、組になる部員達。運悪く両側が逆方向を選んでしまった部員は、左右を見回した後真っ青になり、抜けた腰で後ずさる。

その様子を見てクールさんは、初めて静かに微笑んだ。

「私は直接、創始者から教えを受けたのですよ。それに比べれば、大した事はありません」

ぶんぶんと首を左右に振り、お尻で後ろへ這い進むショートカットの少女。しかし逃げるところなどありはしない。

追い詰められ跨られ、筆先を臍の上に下ろされる。

「この技に関しては、私もまだまだ未熟者です。一緒に腕を磨いて行きましょう」

生徒は逆光の中、下からクールさんを見上げる。それは恐ろしくも美しく、神の存在を信じさせてしまうほどのものだった。

そして彼女は『脳が溶ける』という感覚を、生まれて初めて味わったのである。

同じ敷地内の、少し離れた場所にある花道場。こちらでも、男子花道部の猛練習が始まろうとしていた。

青のスパッツ以外何も身につけていない、髭の剃《そ》り跡青々しい三十前後のコーチが、部員達へ向け大声を出す。

「約束練習、開始っ！」

四角い道場一杯に敷き詰められたマットの上にいるのは、二人一組で向かい合う六人の少年達。

青ビキニパンツ姿の部員達は大声で返事をし、中腰で腕を伸ばし合う。

『股間を狙い伸ばされた手を、直前で払いのける』

そのように取り決め、これを交互に行なうのが約束練習。徐々に速度を上げて行き、体が温まったところで試合形式へと移るのだ。

練習開始時の定番で、ウォーミングアップと言ってよいだろう。

(またあいつか)

コーチは一人の新入部員の姿に目を留め、表情を苦くする。悪い意味で目立つ、今年の問題児なのだ。

ただし、態度が悪いわけではない。それどころか素直で、おとなしい方である。

(あれでは、つかんで下さいと言っているようなものじゃねえか)

約束練習のため、触れられてはいない。にもかかわらず、すでにビキニの上から顔を覗かせている少年の弱点。

頬は紅潮し、目も潤んでいるのがわかる。コーチは背後から近づき腰に抱きつくと、厳しい声音で告げた。

「こんなんで試合になると思ってんのか。ああ？」

青ビキニを半分ずり下げ、弱点を節くれだった分厚い手で握るコーチ。

「っ！　申し訳ありません」

短い悲鳴と続く謝罪。それを無視してコーチはさらに強く握り込む。息を呑み声を押し殺す少年の耳へ、昼食のニンニク臭い息を吐きつけた。

「何べん言わせりゃわかるんだ。いい加減にしろよお前」

そしてそのまま、手を荒々しく上下。最初の下への動きによって力ずくで剥き出しにされた少年は、太い右手を両手でつかみ絶叫する。

しかしコーチの右手は止まらない。『しごきダコ』のある人差し指と親指で少年の傘の下側、弱点中の弱点を押し潰し、蒸気機関車のピストンのように音を立てて動かす。

「甘い声出してんじゃねえぞ！　やめてほしけりゃ次からちゃんとやれ」

身をよじり、目に涙を浮かべて叫び続ける少年問題児。とっくに限界を超えているのだろうが、コーチの小指で作った輪がぎっちりと根元を押えているため、出す事を許されない。

小指の腹に脈動する圧力を感じ、コーチは顔をしかめた。

（荒っぽく扱ってるのに、喜んでやがる）

少年特有の滑らかな体つきに、どちらかと言えば中性的な顔立ち。好む男は多いだろう。

容姿が対戦相手のツボならば、相手を爆発させやすくする事が出来る。その点では素質があると言ってよい。

（しかし、決定的に闘志が足りない）

勝とういう意志が感じられないのだ。行動にも現れない。部員同士の練習試合でも、相手の攻撃が始まると無抵抗になってしまう。

最近は約束練習の段階で、弱点を上から出すようになってしまっていた。

『甘い戦慄が走って、体が動かなくなってしまうんです』

これは本人の弁である。

（どうすりゃいいんだよ）

コーチの悩みは深い。

男子花道部の部員は少ないため、全員がレギュラー候補。弱いからと切り捨てるような贅沢は、とても出来ないのだ。

そして校内にも、競争相手がいる。

（いきなりのあの結果、どうなってんだ）

名門だった事もあるが、最近は低迷していた女子部。それが大物コーチの就任で、まさかの王都大会予選突破である。

男子部の成績は下に張り付いたままなので、コーチの肩身は急速に狭くなってしまったのだ。

（ん？）

没頭していた考え事から浮上すると、後ろから抱きかかえている少年の体がガクガクと痙攣しているのに気づく。

(やり過ぎたか)

握力を緩めてやると、顔を幸福感に輝かせ、甘い雄たけびと共にかなりの量を、勢いよく高々と放つ少年。

コーチの技を盗むべく注視していた相方の部員は、これあるを予期して華麗に横へとかわした。

「いいぞ、腕を上げたな」

感心し、褒めるコーチ。はにかみ頭を掻く正面の少年だが、その顔に第二段の直撃を受けてしまう。

初弾が放たれた後も、コーチの右手は止まらなかったのだ。それどころか動きを速め、一息もつかせずに出す事をうながし続ける。

空になるまでしてやらないと、この問題児はすぐにまた大きくしてしまうのだ。

「出せ出せ、全部出せっ!」

連続して第三弾、第四弾と、白い弾道軌道を宙に描き続ける少年。五発目には色がなかったので、ここまでと判断してコーチは少年の体を離す。

腰の溶けた若い体は、青のビキニパンツから尻の上半分を出したまま、前のめりにマットへ突っ伏した。

(……ちっ)

心の中で舌打ちしたのは、自分の弱点も大きくなってしまったから。

(何だその尻、もじもじと左右に揺らしやがって。誘ってんのかあ?)

実のところ少年は、コーチの好みのど真ん中なのである。部にとっても個人的にも少年は、『問題児』であったのだ。

（このくらいの年齢の尻、やっぱりたまんねえ）

鼻息荒く一つの決断を下し、周囲を見回し声を張り上げる。

「いい機会だから、打ち合い《ラリー》ってやつを見せてやる。全員約束練習をやめ、こっちへ来い」

五人の部員達は、目を輝かせてすぐに集まって来た。

『前にある自分の弱点で、相手の後ろの弱点を責める』

これが打ち合い《ラリー》。男子花道の醍醐味《だいごみ》であるが、難易度は高い。

手と指による『有効』や口を使う『技あり』と違い、『一本』での勝ち負けがあるからだ。

「相手を震わせれば勝ち。逆にこちらが先に出すと負けになる」

説明しつつ、手についた少年の滴を指先にからめ、半分ずり下がった青ビキニの奥にある菊の花に塗りつける。

「うふうっ」

またもやしごきダコを効果的に使うコーチの指技に、意識は戻らずとも声を漏らす問題児。

五度も放った後なのだが、またもや弱点が大きくなって行く。きっと心の底から、花道の事が好きなのだろう。

「注目」

充分にほぐれたのを確認し、自らの青スパッツをずり下げるコーチ。

たてがみのような腹毛の下に生える弱点は、視線を浴びる事でさらに硬度と角度を増していた。

鬼コーチと陰で呼ばれるのも、これでは仕方がないだろう。

「まずは、これで一本勝ちだ」

金棒を押し込まれた少年は、即座に仰け反って弾のない空撃ち。試合ならこれで終了だが、練習であるがゆえに止まらない。

息を弾ませ若桃を味わうコーチの脳裏に、一つのアイディアが思い浮かんで来た。

(こいつ、カットマンとして育てれば強くなるんじゃねえか)

前で責めるドライブマンと、受けてから逆襲するカットマン。花道を始めたばかりのこの年代は、ドライブマンが圧倒的に多い。

理由はドライブマンの方が、早く強くなれるからだ。

(普通は、ものになる前に卒業しちまう。しかし才能があれば別だ)

何よりこの問題児に、ドライブマンは務まらない。

(……チームに一人カットマン。団体戦の中堅辺りに入れておけば、流れを変えるアクセントになるかも知れねえ)

思いつきに興奮したコーチはさらに硬度を上げ、問題児の腰の両側をがっちりつかみ速度を速める。反応と具合から見ても、行けそうな気がして来た。

(ようし、これから毎日、徹底的にしごいてやるからな)

唇を舌で舐め、若桃を潰す勢いで金棒を前に突き出す鬼コーチであった。

オスト大陸西部に広がる帝国。

北は精霊の森、北東部は北部諸国、東は聖都を間に挟み、広範に王国と接している。

そして今、南東部にある帝国最大のゴーレム鉱山『大穴』の底では、A級騎士が単騎でゴーレムと戦っていた。

(俺を殺せ)

操縦席で独り言ちたのは、目の下に濃い隈のある、昏い目つきの頬のこけた男。

『死神』と呼ばれる彼と、乗り手によく似た細身長身で黒灰色のA級。この組み合わせは、帝国最強の一角と恐れられている。

(どうした。殺さねば死ぬぞ)

地を這うように払われる大鎌《デスサイズ》と、後退してさける光沢ある鉛色のゴーレム。大鎌《デスサイズ》が通過した直後、鉛色のゴーレムは爆発的な突撃を仕掛けて来た。

ダッシュを受け止めた岩盤に小さいが放射状のヒビが入り、微細な破片を後方へと飛ばす。

(それでこそメタルゴーレム。さあ、A級上位と言われる、その力を見せてみろ)

口の端を上に曲げ、騎士に大鎌《デスサイズ》をツバメのように折り返させる死神。メタルゴーレムを真横から殴打し突進を横へそらさせるが、重い拳はA級の横腹を捉えてもいた。

「かはっ！」

アバラが折れるような激痛を感じ、凶相の操縦士は声を漏らす。だが怪我はない。

ヒビが入ったか砕けたかしたのは、あくまで騎士。操縦士は感覚だけなのである。

(この痛み。今日は調子がいい)

大鎌《デスサイズ》を構え直し、死神は喜悦の表情で強敵を睨む。

『感覚のフィードバック』

これは優れた操縦士が『乗れている時』、ごく稀に遭遇する事象。味わえるのは上位の一握りに限られ、並の操縦士では噂で聞いた事があるかどうかだろう。

しかもその上位でさえ、大抵は違和感に毛の生えた程度だ。

(体をひねれば、顔が歪むほどの激痛。以前とは比べものにならぬ)

頬を緩ませ、口の両端を上へ曲げる。

近年、陰気な凶相の操縦士の実力は、大きく上昇していた。それは壁を越え、一つ上のステージに到達したと言ってよいだろう。

(やはり『罪と罰』が、俺をさらなる高みへと導いてくれたのだな)

メタルゴーレムの繰り出す拳を、大鎌《デスサイズ》で正確に叩き落としながら思う。この騎士の動きの精度と反応の速さは、以前では出せなかったものだ。

(俺は変わった)

戦う事にしか生きる意味を見出せなかった、かつての自分。生への執着が薄いため、死にたがっているとさえ思われていただろう。

しかし今は違う。命をつなぎ、さらなる喜びを味わいたいと思っている。

(一生に一度しかない死。悔いのない生の後に来るそれは、どれほど甘美なものであろうか)

求める到達点は同じ『死』だが、これまでとは向き合う姿勢がまったく違う。取っておきだからこそ、じっくりと熟成させ味わいを深めたいと考えているのだ。

ゆえに今、同格以上の敵と相対していても、期待はあれど恐怖はない。

(俺を満足させられるなら、殺してよいぞ)

自分以外到達出来ない、大穴の最深部。助けも捜索も来ないこの場所で、生きたまま騎士ごとゴーレムに噛み砕かれる。

想像するだけで、股間の大鎌《デスサイズ》がズボンに圧迫されひどく痛んだ。

(さあ、次はゼロ距離戦闘だ。どちらかが死ぬまで殴り合おうか)

歪んだ笑みを顔に張りつけ踏み出すも、メタルゴーレムは警戒した様子で後ろへ下がる。伝わって来るのは、戦いを止め離脱しようとする意思。

(メタルゴーレムともあろうものが、つまらん計算をするものだ。それとも進化したばかりだからか)

消耗戦を嫌がっているのが、ありありとわかる。

『たとえ死神に勝っても、その後ヘヴィーストーンゴーレムに食われれば意味がない』

そう考えているのだろう。騎士の頭を周囲に振れば、数体の暗褐色のゴーレムが離れた位置からこちらを注視していた。

メタルゴーレムの縄張りゆえ近寄って来ないが、弱れば別に違いない。

(楽しみは次回に取っておく。いいものを食って、さらに強くなっておけ)

自分を蹂躙《じゅうりん》出来るほどに。

心の中で声を掛けた死神は、騎士を一足跳びで下がらせる。そして振り返り、遥かな地上へ向け坂を上り始めた。

周囲のヘヴィーストーンゴーレムは、余力を残した細身のA級を襲いはしない。

(構わず攻撃して来るのは、ストーンゴーレムからだな)

ひしめくゴーレムを突破する面倒さを思い、肩をすくめる死神であった。

大穴から北西へ少し。そこには辺境伯領の首都、ランドバーンがある。

大穴を領する帝国の重臣、辺境伯。ハゲた中年男性である彼は、領主の館の執務室で二人の男達と打ち合わせを行なっていた。

「昨日、死神卿から報告があってな。大穴の底でメタルゴーレムを目にしたそうだ。その時は日没が近かったため、戦わずに帰って来たらしい」

辺境伯の発言に納得顔で口を開く、操縦士服姿の冴えない中年男。辺境騎士団の騎士団長にして、B級乗りである。

「それでですか。何やら今朝早く、いそいそと出掛けて行きましたが」

団長の言葉にハンドル形の髭を持つ参謀は、額に手を当て溜息をついた。

「間違いありませんね。一人で倒しに行ったのでしょう」

死神の地位は、辺境伯とほぼ同じ。ランドバーンに駐留しているのは、与力せよと皇帝より命じられたからに過ぎない。

見掛けも中身も恐ろしいが、邪魔さえしなければ危険はない。そのため、やりたいようにやらせている状態なのだ。

「死神卿の事ですから、単騎でメタルゴーレムを倒す可能性はあります。ですが倒したメタルゴーレムを、地上へ運び上げる手段がありません」

もったいない事です。と再度深く息を吐くハンドル髭。

メタルゴーレムの体には純度の高いレアメタルが多く含まれ、その価値は計り知れないと言ってよい。しかし弱兵で知られる辺境騎士団はもとより、百合騎士団《リリーナイツ》黄百合隊でさえ実力差が開き過ぎ、同行出来る者がいないのである。

結果としてこれまで倒し続けて来た貴重な鉱物資源は、現地に放置され他のゴーレム達の餌となっていた。

「死神卿はこれまで何度も、大穴の底まで行っております。ですがこれまで、メタルゴーレムの存在は確認されませんでした」

冴えない中年騎士団長は一旦言葉を切り、腕を組んで続ける。

「おそらくですが、最近になって誕生したのでしょうなあ」

そして何とも言えない表情で、頭を左右へ振った。

『ゴーレムは喰らい合う事で鉱石を精製し、上位種への進化を遂げる』

彼の部下にいる学者肌の操縦士達によって、可能性が指摘されている。

それを耳にしてから死神卿は、わざと回収不能な深部にゴーレムの遺骸を叩き落とすようになったのだ。

『強敵が見つからないのなら、自ら作る』

そのような意図なのだろう。

ちなみに辺境騎士団は、『弱いが多芸で、うまく使えば他を出し抜ける』という、いかにも辺境伯好みの騎士団である。

「まあ、死神卿だからな。好きにさせるしかあるまい」

肩をすくめた辺境伯は、目を閉じ唇を突き出し、風呂で湯に浸かった時のような声を漏らした。両手は自分の太腿の間にある、金髪メイドの頭にあてがわれている。

「さすがだな、上手だぞ」

喉を動かす金髪の頭をやさしくなで、うっとりとした表情を作る辺境伯。彼ら三人はテーブルを置かず、椅子を輪に並べて話をしていたのだ。

そしてテーブルの代わりにあるのは、三人の膝立ちをするメイドの姿。それぞれの股間へ頭を埋め、懸命に舌を使っていたのである。

「こら、ちょっと強い。吸い過ぎだ。待て」

目を閉じたまま天井を見上げ、気持ち悪い声音で呻くハゲ中年。やっと回って来た帝国重臣への奉仕の機会に、自慢の技を見せようとメイドが張り切っているのだろう。

辺境伯も本気で嫌がっているわけではなく、味わうように頭を左右に振っている。参謀と騎士団長も、上司に続いてメイドへと飲ませた。

「失礼致します」

そこへノックの音が響き、辺境伯は下半身裸の状態で入室を許可する。局部はメイドに含ませているので、丸出しではない。

現れた兵士も、少しばかり羨ましそうな思いを目ににじませるだけだ。

「帝都から知らせが届きました。こちらになります」

先ほどC級が到着したらしい。よほど急いでいたらしく、操縦士は着くと同時に魔力切れで昏倒したと言う。

椅子に座ったまま背後の机の上からナイフを取り、封蝋を飛ばして中身を取り出す。

「……何？」

読み進めるに従って、色が抜けて行く辺境伯の顔色。

何やら重大事が起きた事を悟り、参謀と団長はメイドの頭に手を置いたまま、表情を引き締めたのだった。


ランドバーンから東へ、かつて存在した定期ゴーレム馬車で四日の距離に、王国の首都王都がある。

帝国と王国の間で休戦協定が結ばれた今でも、この路線はまだ復活していない。

日没後、俺は自宅の居間で、いつものように眷属達と語らっていた。


『うえていい？』

バスタオルの上で半身を起こし、許可を求めるイモスケ。

何を植えるのかと問うと、自在に植物の種を入手出来る森の賢人は、『はつもの』と答えた。

初物喰らい《ユニコーン》がお腹を空かせていると知って、自分に出来る事を考えたのだろう。

「独立した種類じゃないんだ。誰にも収穫されていないのを、初物って呼ぶんだぞ」

頭を縦に振り理解を示したイモムシから、イメージの波が届く。それを受けて俺は、自分の説明が悪かった事を悟る。

山菜の『わらび』のようなものだと、理解してしまったらしい。

最初に出る太くて長い一番わらびが『初物』で、二番わらびがそれ以外。そして初物喰らい《ユニコーン》は、一番わらびしか食べない習性だと思ったようだ。

「間違ってはいないんだが、何と言うかな」

腕を組み、悩ましげに眉を寄せる俺。そこへ将軍であるダンゴロウから声が掛かる。

『まもる』

こちらも初物の件。

伝わって来るイメージは、栗のイガや胡桃《くるみ》の殻。食べられないように、がっちり防御を固めるという趣旨だ。

将軍自ら丸くなり、堅牢さをアピールしている。

『これならだいじょうぶ』

自信満々のところ心苦しいが、俺は頭を左右に振らざるを得ない。

「初物の方も、食べられたがっているんだ」

とりあえずそう答えると、二匹は顔を見合わせ、ひそひそと相談。

『くだもの？』

『そうかも』

そんな波が漏れ伝わって来る。鳥などに食べられる事を前提にした、果実のようなものだと捉えたのだろう。

食べられたがっている果物が、食べたいと思う者の目の前になる。普通なら、その場で食われて終わりだろう。

しかしそれを何とかして、初物喰らい《ユニコーン》の食卓に届けなくてはならないのだ。

『むずかしい』

『むずかしいね』

困難な課題に、無言になる二匹。ちなみに亀はこの話題に加わらず、バスタオルに頭を預けて眠っている。

「食べられずに生き残った初物を、探した方がいいのかなあ」

あるいは、『お母さんを驚かしちゃおう』キャンペーンを張るか。

これは『親の知らないうちに経験し、腕を磨いておきましょう』という文句で未経験者を誘い、食われる前に食ってしまうというもの。

(面白いかも)

教えてあげるつもりで、油断していたお母さん。それがまさかのクリティカルヒット連発で、息子によってシーツの海に沈められてしまうのだ。

(いやどうだろう。クールさんの事だから、後ろの方を教え込んでしまうかも知れない)

確かにお母さんは驚くだろうが、それは正道ではあるまい。

『かにせんし』

『かにせんしにたのむ』

俺の『探す』との発言に、眷属達が反応。

確かに絵本の『蟹戦士』の主人公達は、探し物などの依頼をこなして感謝されていた。しかし『初物』は、採取依頼の対象になるのだろうか。

「やっぱり、ギルド長に相談するしかないか」

商人ギルドの三階に巣食う、ゴブリン爺ちゃん。その姿を思い浮かべると、無意識に頭を左右に振ってしまう。

(期待は出来ないな。『母より、祖母の方が上手じゃぞ』とか、言い出しそうな気がする)

とりあえずこの件は、後回しにする事にした。

「ところで、お前達が言ってた魔力の乱れだが、その後気づいた事はないか？」

精霊獣達が、絶対の確信を持って口にする『異変』。数日が過ぎたが、まだ何か起きたという話は聞こえて来ない。

頭と体を揃って傾げる二匹をよそに、物知りの長生き亀が目と口を同時に開く。

『一度落チ着イタガ、マタ乱レ始メテイル』

池にいながら、時折さぐっていたのだそうだ。

しかし、わかるのはそこまで。何が起きているのか、あるいは起きようとしているのかは、つかめないらしい。

『ワズカナ情報デモ入レバ、ソコカラ推測出来ルノダガ』

ゆっくりと目をしばたたくザラタン。

これは俺が、足を使って聞いて回るしかないだろう。幸い魔獣退治で各地へ出向き、商人や冒険者達と話をする機会もある。

「それは俺に任せてくれ。魔力の調査の方は、無理をしない程度にな」

頷く亀と、イモムシにダンゴムシ。こうして一日は、ゆっくりと過ぎて行くのだった。


ここで昔話を一つ。

千年近く前、精霊の森はエルフ族の里で起きた『無血革命』。これにより、エルフ族の王制は終わりを告げた。

王族は血を流さぬよう生きながら土に埋められ、血は絶えたと伝えられている。

しかし無血革命から数ヶ月の後、洞窟を歩く王族の姿が一つあった。

『古き墓所』

ここはそう呼ばれ、王族以外には秘匿されている場所。

入口は精霊の湖に流れ込む川の上流、険しい渓谷にある滝の裏。血の薄い者は入れないよう、強固な魔法で守られている。

「……モット奥」

洞窟深くは、まったく光が差し込まない。そのため真っ暗だが、王族には見えているらしい。

迷いない足取りで、しかし妙にゆっくりと進んで行く。

そしてたどり着いたのは大空間。ここまでも巨人が這って進めるくらい太かったが、そこはさらに広かった。

闇でも見通せる者であれば、鎧をまとった巨人が一体、眠るように横たわっているのがわかっただろう。

「アッタ」

腐りかけの下顎を開き、言葉を発する王族の成れの果て。すでに眼球を失った二つの窪みが、闇の中騎士へと向けられている。

このゾンビの元は、エルダの長兄。グリフォンとの契約に成功し、次期王として父の手伝いをしていた青年だ。

『目の前でグリフォンを殺され、王位を目前にしながら平民に埋め殺された』

その事への恨みと心残り、王族がゆえの魔力の高さ、それに星の巡りや地脈などが重なって、命なき活動体へと存在を変えたのである。

運がよかったのか悪かったのか、それは彼にもわからないだろう。

「……？」

首を傾げる、泥と水にまみれたゾンビ。伝承では二騎あるはずなのだが、一騎しかない。

しかし腐りかけの死体は、考えるのをやめた。どうせ体は一つしかないのである。

「乗ル、動カス、ソシテ殺ス」

胸甲を開き、ゾンビは呟きながら操縦席へと乗り込む。

しかし胸甲を下ろし騎士を立ち上がらせようとしたところで、彼の時間は止まる。

起動に必要な魔力を供給出来ず、自分の活動に必要な分まで持って行かれてしまったからだ。

「ナ……ン……デ？」

原因はアンデッドに変じた事。生きているエルフ族の王子に比べ、ゾンビが持つ魔力量はわずかでしかない。

そして状況は、致命的な悪循環に陥ってしまう。

『自然回復する魔力は、即座に騎士が吸収。しかし起動には足らず、時と共に漏れ出し大気の中へ消えて行く』

結果として騎士は横たわったまま。ゾンビも魔力不足で休眠に入る。

「……」

騎士の操縦席に座ったまま、元王子はまどろみ続ける事になったのだった。

帝国の地方都市ランドバーン。南には荒れ気味の草原が広がり、さらに南に進めば砂漠へと続いている。

今、その草原を二人の男性が、西日に照らされ長い影を引きながら北へと歩いていた。

「ようやく到着ですね。徒歩だとさっぱり景色が変わらなくて、心が折れそうになりましたよ」

安堵の息を大きく吐く、ヒョロッとした青年。彼は『ドラゴンを探す会』の会員であり、ランドバーン南の砂漠にある遺跡で、発掘作業の助手をしている。

「軟弱な、と言いたいところだが、今回ばかりは同意せざるを得ん」

返したのは、もう一人。発掘チームのリーダーである、鷲鼻の中年男性だ。

今日の昼に遺跡を発した二人は、砂漠の終わりで乗っていたハエトリグモ型のゴーレムを降り、そこから歩きでランドバーンを目指していたのである。

『遺跡の調査報告書を、ドラゴンを探す会の本部へ送る』

目的はこれ。

『次に商人が来た時に、報告書を送ってもらうよう依頼する』

当初はそう考えていたものの、発見した若木が数日でわかるほど生長。

『知らせたい、この驚きを共有したい』

結果、気持ちを抑えられなくなったのだ。

会話をしている間も足は進み、二人はランドバーンをぐるりと囲う壁の門の前へ。畑仕事を終え帰宅する人々に交じり、門をくぐる。

そしてどこの都市へ行っても中央広場に面して建つ、帝国の商人ギルド、そのランドバーン支部へ向かったのだった。

「ではこれを、聖都にある大図書館の館長宛てで」

混み合う商人ギルドの中で人を掻き分け、報告書の入った大判の分厚い封筒をカウンターへ置く鷲鼻。すぐさま金額を示され、その場で支払う。

ちなみに『聖都の大図書館』はドラゴンを探す会の表の顔で、『館長』は会長の事である。

「空が真っ赤ですよ、明日も晴れですね」

建物の外へ出ると、助手の青年が西の空を見上げながらそう口にした。

「まだ春とはいえ、日差しを浴びれば暑い。帰りにまた半日近く歩かねばと思うと、いささか憂鬱だな」

渋い顔で返す鷲鼻。青年は薄い肩をすくめた後、己の腹を片手で押え言葉を継ぐ。

「明日の事は明日にして、まずは夕食にしませんか。久し振りに手の込んだ物が食べたいです」

自炊ばかりでしたからねえ、との続きに、鷲鼻も頷く。

『焼くか煮るかした肉と野菜、それにパン。味付けは塩とコショウを自分で掛ける』

野営しての発掘調査であるがゆえ、仕方がない。しかし納得をし、かつ慣れていても、続くとさすがに辛いのだ。

中央広場周辺の屋台から漂い始めた、夕餉《ゆうげ》の香り。それに誘われるよう歩き出した二人は、石畳の上に置かれたテーブルセットに腰を下ろし注文。

「これこれ！　こういう奴ですよ。求めていたのは」

半日の歩きで疲れ切った体に、冷たいエールを染み込ませた青年は、『麻婆《マーボー》ナス』のような料理を口へ入れ、さらにエールで流し込み叫ぶ。

いくつもの料理が並んだテーブルの向こうでは、鷲鼻が唐揚げを噛み締め、感に堪《た》えたように首を縦に振っていた。

「何と言うか、効くな」

唐揚げを飲み下した後、そう呟き、続いて『エビチリ』そっくりの大振りの海老《えび》をフォークで刺し、口へ運ぶ。

咀嚼を始めた上司の目尻に涙が浮かぶのを見て、青年は笑みと共に空になったエールのジョッキを置いた。

「お姉さん！　エールお代わり！」

夕と夜の間という、まだ早い時間のせいだろう。混んでいないためすぐにエールが、青年の頼んだ『ニンニクの芽と豚肉の細切りの炒め物』と共に届く。

鷲鼻はいつになくテンションの高い助手の様子に苦笑を浮かべ、注意をうながした。

「飲み過ぎるなよ。いつかみたいに酔い潰れては、食後の楽しみを味わえんぞ」

言われて思い出したのだろう。青年は口を付けていたジョッキの角度を、少しばかり浅くする。

『外食、娼館、宿で睡眠』

野営先では自炊、自己処理、寝袋の生活を送っている二人だ。この三つがどれほどに大事か、想像に難くないだろう。

実際、別の遺跡調査時に『娼館』を飛ばしてしまった青年は、後悔と失意で翌朝宿のベッドから出て来られなくなったものである。

「もう二度と、あんな事はしませんよ」

ジョッキから口を離すも泡の髭をつけたままの青年の決意に、鷲鼻はさらに笑みを強めたのだった。

そして約一時間後、名残り惜しいながらも満腹の少し手前で抑えた二人は席を立つ。向かうは勿論、女性と遊ぶための店である。

「それなりに繁盛しているようで、何よりだ」

満足げに頷く鷲鼻の前の店、掲げられた看板にあるのは『公衆浴場』の文字。実はこの店、ランドバーンが帝国に占領されてから出来たのだ。

『銭湯が娼館の機能を併せ持つ』

帝国にはよくあるが、王国ではあまり見られない形式。

当然、ランドバーンクラスの都市ならあってしかるべきだが、ここはつい最近まで王国領。住民達に受け入れられるかどうか、心配だったのである。

「帝国と王国の間で取ったり取られたりの地ですから、昔はあったのかも知れませんよ」

ヒョロッとした青年は考察しつつ、『それにしても、このタイプの店が好きですねえ』と言葉を足す。

「大きな風呂にゆったりと浸かって、疲れを溶かせるのだ。これ以上の店はなかろう？」

続けて鷲鼻は、『別行動でも構わんぞ。どうせ宿は一緒だからな』と続けるが、青年は頭を左右へ。

自分も気に入っていますから、と続ける。

鷲鼻から『お前は一言多いのだ』と言われるも、気にした風もなくその背に続き、店の中へと入って行く青年であった。

「二名頼む」

間口の大きな入口を入れば、すぐに駅の改札のような入口がある。鷲鼻がまとめて入浴料を払うと、改札を通って『脱衣所』と書かれた扉の前へ。

扉を開ければ数人の男性が服を脱ぎ、あるいは着、もしくは体をバスタオルで拭いていた。

「あーっ、癒やされる」

全裸になった鷲鼻は脱衣所から奥の大浴場へと進み、軽く体を流してから湯の中へ。

「毎日、風呂にだけ入りに来る人がいるそうですけれど、気持ちはわかりますね」

隣で同じようにくつろいでいる助手が口にし、まったくだ、と鷲鼻が返す。青年の言うとおり、『娼館の機能を併せ持つ』この店は、風呂だけで帰ってもよいのである。

正しく言えば、『娼館として遊ぶには、追加料金が必要』であろう。

「より熱い風呂に入って、汗を掻くとするか」

大風呂を堪能したところで、小さめの浴槽へと向かう鷲鼻。一方、助手の青年は、『自分は泡の出る方へ行ってきますね』と違う方向へ。

途中、頭や体を洗ったりしながら数種類の風呂を味わった二人は、脱衣所で風に当たって汗を引っ込ませた後、備え付けのバスローブで身をくるむ。着終わった後に向かったのは、入って来た扉とは別の扉であった。

「すぐには決められませんよ」

目を泳がせた青年が、溜息と共に言葉を出す。

扉の先にあるのは雛壇。この店の制服なのだろう、座る十数人の女性達は超ミニの白衣をまとっており、太腿の間に三角形の下着が見える。

「君と君にお願いしようか」

だが鷲鼻の方はあっさりと、しかも二人を選ぶ。娼館にしては破格に安いが、それはこの段階でのサービスが『マッサージ』のみであるからだ。

三人分の支払いを終えた後、女性二人に挟まれるようにして奥の広間へ。そこには座り心地のよさそうなソファーが、三歩分ほどの距離を空け十以上並んでいる。

「じゃあ、肩と足裏から頼む」

ソファーに腰を沈めた鷲鼻の依頼に、超ミニ看護師さん二人組は、一人が背後に、もう一人が足元にひざまずく。

そして両手で、肩と足の裏を揉み始めた。

「相変わらず贅沢ですねえ」

ようやっと一人を選び遅れてやって来た助手の青年が、そう言いつつ対面のソファーへ。

胸と尻が大きいせいで、白衣の裾が股下ぎりぎりの看護師さん。彼女は青年の両肩へ手を乗せると、丁寧に指先へ力を込め始める。

「ああ、そこそこ」

青年はすぐに、情けない声を上げ始めた。

しかし恥ずかしくはない。青年の上司である鷲鼻も、加えて他に数人いる客も同じような声を出しているのだから。

「首周りが軽いです。間違いなく血の巡りがよくなりましたよ」

二十分間ほどのマッサージを終えた青年が、細い首と薄い肩を回し肺の底から息を吐く。鷲鼻の方はソファーの背を倒して寝台にし、うつ伏せになった背と脚を二人掛かりで揉みほぐされていた。

「さて、体も軽くなった事だし、試運転をせねばな」

マッサージが終わった鷲鼻は、寝台から身を起こし関節を軽く回す。

『試運転』とは勿論プレイの事。嬉しそうな表情を浮かべた青年と三人の超ミニスカのマッサージ師を引き連れ、さらに奥へと向かう。

「若いのだから、一人じゃ足りないだろう」

マッサージ用の広間を出る段階で、そこにいるコンシェルジュへ女性三人分の追加料金を払う鷲鼻。ただしここで、自分が選んだ二人のうち一人を助手の青年の方へ押す。

(奢られる身でありながら、二人を指名する。そのような男ではないからな)

鷲鼻なりの助手への慰労なのだ。加えて言うなら、『帰された彼女の面目が立つまい』という気遣いもある。

「ありがとうございます。でも、こんなに出来るかなあ」

二人のミニスカ看護師の間に立つヒョロッとした青年は、弱気な事を口にしつつも満更でもない様子。そして二人と三人に分かれ、それぞれのプレイルームへと向かったのだった。

「脱がなくていい、そのままベッドに仰向けになりたまえ」

これはプレイルームに入った鷲鼻が、二十歳前後の顎下までのストレートの女性へ告げた言葉。言われるがまま横になる彼女に続きベッドに膝で上った鷲鼻は、まずは服の上から胸をなでまわす。

「この二つの丘の下には、遺跡が埋もれているやも知れぬ」

難しい表情を浮かべると手を離し、次に彼女の白衣のボタンを一つ一つ外して行く。

「であるなら、まずは表土を剥がぬとな」

そして白衣を両側へ開くとフロントホックのブラを外し、生の二つの丘陵を露出させた。

これが、鷲鼻の好きな『女性を遺跡に見立てたプレイ』。女性の側に怪訝《けげん》な様子が見られないのは、プロだけに様々な客を見ているからだろう。

「やはりな。何か埋まっているではないか」

独り呟くと、二つの丘の頂上に指先をあてがう鷲鼻。そこから指先を、刷毛《はけ》で埋もれた陶器の土を除くように動かす。

繊細でありながらも弱くはない刷毛の動きに、息を呑みくぐもった声を出し、軽く身じろぎする女性。そこから現れた体の自然な反応に、鷲鼻は目を細め破顔した。

「思ったとおりだ。使い道はわからんが、貴重な物に違いない」

丘陵の頂上に先ほどまで埋まっており、今は刷毛の刺激で隆々と地表に姿を現した桜色の突起。使い道などわかりきっているが、今は知らぬ顔でその二つをつまみ、左右へ軽くひねる。

直後、女性は身を反らし、背をベッドから浮かせた。

「いかんいかん、祭祀《さいし》用のものであったか。この地面の揺れは、神か精霊が怒っているのかも知れん」

わざとらしい笑みで呟いた鷲鼻は、二本の指で圧力を掛けていた突起を解放。そして放した手を胸から腹へと滑らせると、さらに下へ、股間を覆う三角形の布の上へ進ませる。

「む？　溝があるぞ。もしや、かつての灌漑《かんがい》か？」

ならば重点的に調べねばと、またもや『表土を剥がねば』と口にしながら下着をずり下げ、足先から抜き取り、発掘品を扱うかのごとく形を整え脇へと置く。

そして彼女の両膝を大きく左右へ広げると、鷲鼻は身を屈め親指で灌漑跡を引き開いた。

「何と！　灌漑ではなく、地下への入口だと？」

眉根を寄せて険しい表情を作ると、『この宝玉は何だ？』と独り言《ご》ちながら、地下道入口の上部に埋まっている玉を、こちらも指先という刷毛での洗い出しを開始。

すぐに彼女は腰を浮かせ腹を波打たせるが、鷲鼻は指先を離さず動かし続ける。

「くっ、鉄砲水とは。地下道奥の秘宝を守るためのトラップか」

目に入るところであった、と言いながら濡れた顔を手で拭う。

その後も執拗に玉の洗い出しを行なっていると、ついに彼女は押し殺した呻きを上げ、腹を頂点に海老のように反る。

続いて地下道から透明な水を鋭く、かつ断続的に噴き出させた。

「これは危険だ。何本か杭《くい》を打って区画せねば」

いまだ口を強く引き結び、腹筋を震わせている彼女。その様子を目尻を下げて見やった鷲鼻は、己が肉杭を地下道入口にあてがい、腰という大ハンマーを大きく振りかぶる。

続いて、そーれいっ、という太い掛け声と共に叩きつけた。

「……っ！」

初手で最奥を目指した打ち込みに、両目と口を大きく開ける、今や前面をはだけた白衣一枚の看護師さん。すでに肉杭は土の層を抜け岩盤へ届いているというのに、鷲鼻は再度大ハンマーを振るう。

「土の締まりが強いのに、水分が溢れているだと？　これは実によい、いや、打ち込むには手強い土層だ」

打ち込まれるたび、噴き出す水飛沫《しぶき》。女性が両手を鷲鼻の胸に当てたのは、『今は動かないで』の意だろう。

鷲鼻は気づかぬ風で、しかし口の両端はしっかり上へ曲げながら大ハンマーを振り続けた。

「いやはや、三本も杭を打ってしまうとは。おかげで股間の杭袋も空になってしまった」

そして持ち時間の半分以上を過ぎた頃、杭打ち作業は完了。ちなみに最初の一本目と二本目は正面から、最後の三本目は後ろからである。

休みを与えず容赦なく行なった杭打ちの結果、女性はうつ伏せで尻と背を震わせていた。

『発掘調査は肉体労働』

ドラゴンを探す会の者達が口を揃えるが、これは事実であろう。証拠にこの鷲鼻の足腰は、農家の旦那もかくや、というほどに強靭《きょうじん》なのだから。

「どれ、もう一度風呂に入って来るか」

一旦脱いだバスローブを身にまとうと、プレイルームを出てマッサージ部屋の前を通り、大浴場の脱衣室へ。

鷲鼻に時間を気にする様子がないのは、『プレイタイムから足が出たなら延長する』と考えていたからだ。

（あいつは、細いくせにしつこいからな）

頭に浮かんでいるのは、助手の青年の姿。ヒョロッとした体つきを裏切らずさして力はないが、かわりに持久力が凄まじいのだ。

若い事もあって、杭の本数も十二分。二人を相手にしても、疲れを知らずに楽しんでいるだろう。

「確かにいただきました。またのお越しをお待ちしております」

これは遊び終えた後、プレイルームを出てすぐのカウンターでコンシェルジュに掛けられた言葉。

鷲鼻の予想どおり、助手の青年は規定より一時間ほど長く遊んだのである。

「さすがに自分が払いますよ」

青年はそう言うが、もともと延長込みで考えていた鷲鼻は、彼に財布を出させない。

人里離れた場所で、二人っきりで長期間。そのような遺跡調査の場でも人間関係が良好なのは、鷲鼻のこういったところのおかげだろう。

「帰りに軽く飲んで、宿で寝るか」

忠誠心を上げている青年は、鷲鼻の誘いに笑みを浮かべ頷いたのだった。

そして翌朝、ホテルの朝食バイキングをがっつり食べた二人は、ランドバーンの外へと出る。

「よし、遺跡に着いたら仮眠をして、日が落ちたら調査再開だ」

疲労も煩悩も抜け、すっかり艶々となった鷲鼻の力強い宣言。まったく同じ顔色の助手の青年も、しっかりと頷く。

しかし半日弱を歩いて砂漠の端へたどり着き、そこで岩陰の砂中に半ば埋めて隠したハエトリグモに跨った時には、昨日の出発時とさほど変わらない顔色に戻っていた。

「やっぱり、昼の半日歩きはきついですよ。次回は、もっと街の近くまでゴーレムに乗って行きませんか」

普通の肩からなで肩になってしまった青年の言に、真剣に検討を始める鷲鼻であった。


時刻は昼前。俺は老嬢《オールドレディ》に乗り、アウォークから北へ向かう街道を歩いていた。隊商を襲った二頭の大トカゲを、遠距離から狙撃して倒した道である。

イモスケ達が何かを感じ取ってから数日。いまだこれといった情報は入って来ない。

(何かが起きたのなら、そのうちわかるだろう。それより今は仕事に集中だ)

本日はウッドゴーレム退治。この先の森に現れ、木々を食い荒らしているらしい。

B級の老嬢《オールドレディ》が行くものの、実のところC級案件。気楽なものである。

(ん？　あの土埃、騎士か)

俺の向かう先である北の方角。その遠くに湧き上がっているのが見えた。

次第に大きくなる律動的な地面の揺れからして、間違いなく走っているのだろう。

(王国騎士団のC級か)

道を譲るべく老嬢《オールドレディ》を端へ移動させる。商人や旅人達も気づいたのだろう、ゴーレム馬車を路肩に寄せ始めた。

(俺がやったら、すぐに苦情が来るぞ)

C級は俺達をまったく気にせず通り過ぎ、蹴り飛ばした土埃を盛大にゴーレム馬車へぶっ掛ける。

周囲を舞う砂や土が収まると、再度ゴーレム馬車を歩かせ始める商人達。迷惑そうな表情をしているが、王国騎士団を訴える事はないだろう。

民間騎士との立場の違いというやつである。

(随分と急いでいるようだったし、急報を携えているのかもな)

庭にいる三匹の精霊獣の様子を思い出し、眉根を寄せつつ頬を指で掻く。しかし、追い掛けて聞くわけにもいかない。

後でギルド長へ聞く事を心にメモし、土埃の消えきらない街道を静かに歩かせ始めたのだった。

『じゃあ撃ちますから、皆さん伏せて下さい』

その後すぐに目的地へ着いた俺は、外部音声で木こりのおっさん達に告げる。

少し離れたところには、騎士とほぼ同サイズのデッサン人形がおり、巨木に抱きついたまま幹を齧っていた。

老嬢《オールドレディ》にも木こりのおっさんにも、まるで関心を持っていない。

『それっ』

立ったまま、Fランクの光の矢《マジックミサイル》を一発。それで完了。終わったと伝えると、木こりのおっさん達は胴から二つに折れたウッドゴーレムに群がって行く。

斧《おの》を振り始めたのは、何らかのドロップ品を手に入れようというのだろう。

『じゃあ、これで帰りますよ』

おっさん達のリーダーへ告げ、老嬢《オールドレディ》に背を向けさせる。操縦席の中で俺は、これからの事を考えていた。

(途中で、昼飯でも食って行くか)

立ち寄ったのは街道沿いにある、そこそこの大きさがある村。確か名物料理があったはず。

村外に片膝立ちで駐騎させ、結び目の沢山あるロープを使い苦労しながら地面に降りる。門番をやっている村人へ声を掛けると、老嬢《オールドレディ》を見ていてくれるとの事だった。

「助かります。取っておいて下さい」

ありがたくお願いする俺。チップを渡したついでに目当ての店を聞くと、笑顔で背後の一軒を指差す。

村であるにもかかわらず、店の前には短いながらも行列が出来ていた。

(随分と、はやっているなあ)

少しばかり並んだ後、席に着き大盛りを注文。メニューは一つしかないので、迷う必要はない。すぐに運ばれて来たのは、大きなどんぶりに入った汁の少ない蕎麦のようなものだった。

(噂になっているのは、これか)

フォークもスプーンも箸もない。あるのは盆に置かれた二本の長ネギだけ。

周囲を見れば、客達はネギを両手で持って、麺を口へ掻き込んでいた。途中で何度か齧るので、次第に短くなって行く。

面白い食べ方だと言えるだろう。

(薬味のネギを刻む手間、それを省いたのが始まりかな)

農作業の合間に、ささっと作る昼食。そんな想像を勝手にしながら、ネギを動かす。

食べにくいが、さっぱりしていておいしかった。

（胃袋が膨れたら、今度は股間が膨れて来たぞ）

睡眠は充分。それで食欲が満たされたのだから、生物として当然であろう。しかし俺は、急いで王都へ向かいはしない。

ピンクののぼり旗が玄関前に出ている、一軒の民家へと向かう。

小さくとも、ここは娼館。人がいるからには需要があり、需要があるのなら供給があるのだ。

（さて、どんなものか）

期待し過ぎないように心を抑えつつ、家の中へ。

この世界において二十代後半から三十代半ばは、『娼館を開いてみたくなるお年頃』と言われている。

自分自身と、自分が味付けしたパートナー。その味に自信が持てるようになり、人に試してもらいたくなるらしいのだ。

（周りに煽られ、その気になってしまうんだよな）

自宅へ客が来た時などに、行なう接待。

『凄く上手』、『これは商売になるよ』、『俺も王都へたまに行くけど、お前さん達の方がうまいね』

その時受ける世辞も混ざった評価で、成功しそうな気分になってしまうのだ。

勿論、行列が出来るほど評判になり、人を雇って店を大きくする事もある。あるいは実力を認められ、調律師の道を歩み出すなど。

（だけれどそれは、ごく一部だ）

ほとんどの場合、現実の分厚い壁に阻まれ店を閉めるのである。

「私達の店へ、ようこそ！」

三十代夫婦の声に、意識を引き戻される俺。ここは夫婦で経営しており、男性は妻、女性は夫が相手をするという。

(悪くはないな)

やたらカールした長い茶髪を持つ奥様。その容姿は、店を出すだけあって水準以上である。

俺はお願いする事にした。

(うーん、この夫婦の寝室っていうのがいいね)

自宅をそのまま使用しているので、プレイルームは日常使う部屋そのまま。

他人の家の匂いを胸一杯に吸い込みつつ、二人掛けのソファーへ腰を下ろす。そして立ち姿の奥様へ目をやる俺。

(えっ？　いきなり脱ぐの)

派手目の私服を鑑賞する間もなく、下着姿となってしまう。それを見て、俺のテンションはいく分低下。

スタイルは悪くないのだが、下着の趣味が合わなかったのだ。

(高級なのはわかるけれど)

花柄レースで紫色のブラとショーツ。しかもやたら透け透けで、布地の面積が極端に狭い。

奥様は後頭部に手を当てポーズを取りつつ、見せ付けるようにその場でクルリと一回転。尻の部分は完全に紐だ。

俺はその姿と雰囲気で、一つの考察を立てる。

(これはおそらく、女性側の視点だ)

あくまで個人的な意見だが、女性の思うセクシーさと、男性の思うセクシーさは違う。

『露出が少なく地味』と女性が思う服装が、男性からは『清楚でそそる』と受け止められる事もあるのだ。

(まあ、好みは人それぞれだけどな)

だが少なくとも俺に、Tバック紐パンで興奮する感性はない。

(旦那さんの趣味？　いや、奥様のやりたいようにやらせているのかも)

趣味が高じて始めた店だ。その可能性は高いだろう。

思い出されたのは、前世の『蕎麦とピザ』という、田んぼの真ん中にポツンと建つ店。一体何だと入ってみれば、メニューは看板どおりの蕎麦とピザ、それにピザをおかずに蕎麦を食うというお得セットのみ。

『夫は蕎麦屋を、妻はピザ屋をやりたかった』

定年退職して始めたという夫妻に聞いてみれば、それが理由だった。おそらくここも、そのような感じなのかも知れない。

そして始まった俺へ跨ってのプレイは、可能性を確信へ変えるものだった。

『どう？　あたし凄いでしょう』

そのような気持ちが、ひしひしと伝わって来るのである。

振り付けがやたらと多く、確かに運動量は凄い。しかしそれが味わいに結びついているかと言えば、答えは否だ。

（申し訳ないけれど、この店それほど長くはないだろうな）

一人の客として思う。

俺は妖精さん型の客なので、改善点を声高に主張したりはしない。合わなければ、来店しなくなるだけだ。

（他にもあるみたいだし、もう一軒行ってみるか）

胃袋は一杯だが、玉袋にはまだいくらかの余力がある。少し離れた場所の、同じピンクののぼり旗の家へと向かう事にした。

「いらっしゃいませ」

中にいたのは、二十代後半と思える細身の若奥様が一人だけ。旦那さんは畑に出ているらしい。聞けば農耕用の豚ゴーレムを購入したので、支払いの助けになればと始めたそうだ。

（俺の趣味はこっちだな）

ショートのボブに、白を基調にした飾り気の少ない上下。スカート丈は、座れば膝が出るくらい。身ぎれいにはしているものの、普段着の範囲内である。

（客が来れば嬉しいけれど、来ないなら仕方がない。そんな感じなのだろう）

さすがは世界最古の商売、体さえあれば始める事が出来る。

独り感心していると、通されたのは居間。娼館を意識したような飾り付けはされておらず、普通の家と全く変わらない。

『家にお邪魔したら、旦那さんが留守だった』

その感が強く、実によい。

ソファーに腰を下ろした俺へ、アイスティーを運んで来る若奥様。彼女が中腰でグラスをテーブルへ置いたところで動きを止めさせ、半袖脇の下からチラリと見えるブラを堪能する。

次は正面へ立たせての、スカートめくりだ。

「臍が見えるまで、たくし上げて下さい」

ほのかに頬を染める若奥様の様子に頬を緩ませた俺は、両手を回すと後ろから尻をなで、鼻先で正面の下着を軽くこする。

(癒やされるなあ)

戸惑うような素人臭い反応が、俺の心へ染み透《とお》って行く。

満足した俺は、若奥様へ向こうを向かせ、尻から俺の膝へと座らせる。そして服の上から、ゆっくりと両胸を揉み始めた。

(おほっ、この弾力)

いささか小振りだが、握力が鍛えられそうな感触である。続けていると若奥様の顎が上がって来たので、両手を脇の下から布地の間へ滑り込ます。

指先に当たる二つの突起は、硬く鋭く尖っていた。

(太腿も開いて来た)

さっきまではぴっちり閉じ合わされていたのだが、今は膝の間に拳が一つ以上入りそう。

胸から両手を引き抜き、両太腿の内側を手の平でなでさする。肉付きが薄いがすべすべで、非常によろしい。

ここで若奥様は、大きく仰け反り声を上げた。

（気持ちいいだろう。だけどゴールはさせないぞ）

触るのも、あくまで脚の付け根まで。魔眼を働かせ、直前の状態で寸止めし続ける。

（はいはい、駄目駄目）

俺の両腕をつかみ、お願いする若奥様。しかし無視だ。

かなわぬと知ると、今度は腰を動かし俺の手を誘導しようとする。しかしこれも、魔眼で察知し華麗にスルー。

とうとう自分の手を自らの股間へ伸ばして来るが、これは俺が手首をがっちり握って許さない。

（さっきの店で一度出したから、残り弾数は一しかない）

だから俺は、まだズボンを脱いでいないのだ。

泣き声に近い悲鳴を上げ、俺の膝上で身悶えする細身の若奥様。シャワーを浴びる時間を計算した俺は、壁の時計を睨みながらギリギリのタイミングで本番へ突入。

ちなみに若奥様は服を着たまま。白系のショーツだけが、膝までずり落とされている。

（お待たせしましたあ）

焦らしに焦らされ待ちに待った一撃を喰らい、一気に頂点に到達する若奥様。激しく出し入れする俺の動きは、彼女に戻る事を許さない。

結果して若奥様の発する叫びは、もはや人語ではなくなっていた。

（うっひ、気持ちいい）

本能による天然の体の反応は、王都の上級娼館の技にも匹敵するだろう。

（これよこれ）

全身を激しく脈打たせ、意思とは無関係に絞り取ろうとする細い体。今度は出し惜しみせず求められるまま吐き出し、心行くまで下の口で飲んでもらったのだった。

（ふう、最高）

プレイが終わり、俺はシャワーを浴びるため独り浴室へ向かう。

ソファーに寝かせた若奥様は、余韻で絶賛反応中。精神の天と地の間を、何度も往復しているようである。

（はいチップ）

きれいさっぱり身嗜みを整えた俺は、前払いで払った料金の他、それに匹敵する額をテーブルに置く。

満足させてもらったし、若奥様も今日は他に客を取れないだろう。着替えを済ませた俺は、上機嫌で住宅を出る。

（ん？）

そこで目に入ったのは、玄関前でしゃがんでいる少年の姿。俺を見ると跳ねるように立ち上がり、勢い込んで聞いて来た。

「おじさん、終わった？」

頷きつつ振り返れば、玄関扉に掛けられた『接客中』の札。少年が手にしている丸い硬貨は、おそらく銀貨だろう。

つまりこの少年も、お客さんという事だ。

（若奥様はあの状態だが、まあいいか）

中にいるのは服を着たまま、視線定まらぬ表情で独り反応し続けている細身の若奥様。やりたい盛りの少年にとって、リードされず好きなだけ出来るという状況も、悪くないだろう。

「やり放題だ。頑張れよ」

俺は少年の肩を軽く叩き、激励を送る。相手は気にする事なく、玄関へ勢いよく飛び込んで行った。

「こんにちはー！　お願いしまーす」

家の中へ入り、元気よく挨拶する少年。続いて少年の上げた驚きの声と、すぐにプレイ開始を想像させる若奥様の嬌声が上がる。

俺は微笑みを浮かべつつ、村外に駐騎した老嬢《オールドレディ》へと向かうのだった。


王都中央広場から北を望むと、至近に尖塔の束が高く聳え立っている。

青空を背景に、雲のように白く輝くこの建物群こそ王城。今、王城の奥の間では、緊急の御前会議が行なわれていた。

『エルフ族が精霊砲を使用。帝国北の街は消滅、住民に生存者なし』

これが議題。報をもたらしたのは、帝都に駐在する大使が発したC級騎士である。

重大事であり悲惨な内容だが、議場に悲愴感は漂っていなかった。休戦中の敵国と、国境を接していないエルフ族との争いだからだろう。

「泥沼化してくれると助かりますな。北部の戦場で騎士と兵達を際限なく消耗してもらえれば、ランドバーン奪還も容易でしょう」

一人の発言に多くが頷き、別の者が口を開く。

「エルフ族と手を組むというのは、いかがですかな？　あり得るとは思えませんが、万一帝国が勝って精霊の森を手に入れたりすれば、一大事ですぞ」

うんうんと首を縦に振る者達の中、今度は反論が上がる。

「休戦協定の一方的破棄は、我が国の信用にかかわります。ここは一つ帝国内に大量の麻薬をばらまき、内側から腐らせる方が得策かと」

感心したような声が各所から漏れ、提案者は得意顔。アピールするように上座に座る国王をちらりと見、言葉を継ぐ。

「陛下。大穴は今でこそランドバーンにいる辺境伯が支配しておりますが、もともとあの一帯はアウォークの一部にございます。帝国を追い払った暁には、どうか当家にお返しいただけますようお願い致します」

帝国最大のゴーレム鉱山をおねだりする大貴族の姿に、さすがに多くの者達は顔をしかめた。司会に徹し、ここまで意見を述べて来なかった垂れ目気味の宰相も、さすがにアウォーク伯をたしなめる。

『戦時協定を無視して街を焼く』

その行為は糾弾すべき事であるが、彼らは精霊砲が王国まで届くと思っていない。そのため『嫌いな奴の家屋敷が、対岸で燃えている』程度にしか感じていなかったのだ。

「ちょっと、よろしいか」

しかしここで、ゴブリンに似た小柄な老人が手を挙げ発言を求める。

「東の国の大司教猊下《げいか》は、エルフ族の行ないに激怒しませんかな？　麻薬の件も同様ですじゃ。露見すれば長く続いた二国間の友誼《ゆうぎ》も、亀裂どころでは済まなくなるでしょう」

『麻薬を先に用いたのは帝国だ』との声に、『それで猊下を納得させられますかの』と返して黙らす商人ギルドのギルド長。

「わしの見立てでは北部や東方の諸国はもとより、さらに外縁にある亜人の国々も激しく非難すると思いますぞ」

これは、『世界情勢に対する認識の甘さ』を指摘するもの。王国は帝国と隣接しているため、他国より二国間の関係に引きずられてしまうのだろう。

貴族達は不機嫌さをもって『平民風情が黙っておれ』という意思を示し、官僚達は眉間に皺を寄せ、『民間人がさかしげに意見をするな』との思いを込めた視線を向ける。

「いかがですかの？」

どう思われているのかを理解しつつも、小柄な老人は飄々《ひょうひょう》とした様子で視線を返す。

苦い表情を作る者はいても、口に出す者はいない。宰相を後ろ盾に持つこの怪人物は、御前会議においてもそれなりの立場を確立していたのである。

『エルフ族に対して遺憾の意を表明し、帝国に対してはお悔やみを伝える』

商人ギルドのギルド長の発言と、同意を示し強く後押しする宰相の存在。それらが影響し、採用されたのはこの二つ。

だが、出席者全員から賛同を得た訳ではない。とくにエルフ族へ対する部分などは、半数をやや超えたくらいだろう。

『思慮深いエルフ族が行動に出たという事は、それに足る理由があったはず。一方的にエルフ族を非難するのは控えるべきだ』

このような意見が多く出たのだ。

背景にあるのは、エルフ族の文化に対する憧れ。『エルフかぶれ』とまでは行かなくとも、古い歴史を持つ見目麗しい種族の影響力は、無視し得ないほど大きかったのである。

(やれやれ、『文化』の持つ力は恐ろしいのう。向こうが動かなくとも、勝手にこちらが相手のために曲解しおるわい)

ゴブリンによく似た小柄な老人は、心の中で深い溜息をつくのだった。


王国の東隣に存在する宗教国家、東の国。ただしこれは通称で、なおかつ『王国の東にあるから東の国』ではない。

『楽園を東に追われし者達を哀れに思った唯一にして絶対の神の、海よりも広く深き慈悲の心によって与えられた地に、輝ける神の威光を讃える祭壇を中心に建てられた国』

このように正式名称が長いため、縮められているのである。

司教座都市にある大教会の大広間では、王国から訪れた『罪と罰』の伝道師を迎えて、昼食会が盛大に催されていた。

「私は思うのですよ。『罪と罰』は命に係わるほどの修業の代わりに、充分になり得るのではないかと」

東の国のトップである大司教が二重顎を震わせ力説すれば、がっちりした体格のおっさん伝道師は驚きの表情で口を開く。

「私もプレイの中で、いく度か超常の存在を感じた事があります。もしや、あれが神だったのでしょうか」

大司教はそれを聞き、我が意を得たりと嬉しそうに二重顎を埋めた。

「やはりお会いになられましたか。そうです、それが神。一人一人の心の中にいるのです」

他の者が口を挟めぬほど、熱く語り合う二人。自然と会話の渦は、もう一人の客人である王国騎士団の操縦士、コーニールへと移る。

こちらはご機嫌。なぜなら今夜は東の国の名物、修道女達による集団接待があるからだ。

その名も『舌地獄』。大広間一杯にひしめく修道女達の海へ、ステージの上から身を投げるというものである。

「私の全身を、彼女達が全身全霊で舐めまくるのですか」

初めてのプレイにスケベなマッチョは、脂ぎった中年の男性司教に問う。

「さようでございます。死後の世界に悪人が受ける『永遠に続く責め苦』と、そこから悟りを開いて天国へ昇る『昇天』を再現したものですな」

ですが、それだけではございませんぞ。と説明を続ける中年司教。

「一度昇天しても、彼女達はやめません。舌技を駆使して奮い立たせ、出て来た物を飲み下すでしょう」

舌地獄の修道女達は、収まらぬ欲望に身を焼かれる罪人を表現しているのだそうだ。

「上の口は下の口と違い、こちらの準備が整わなくても食す事が出来ます。そして喉で満足感を得られる上位の女性修道士は、お恥ずかしながらまだ少数」

満たされぬ彼女達は、日が昇るまで続けてしまう恐れがある。そうなれば、心と体に悪影響が残る事もあるらしい。

「これは上級者向けの接待でございます。体面は大事かと思いますが、いざという時はギブアップなさって下さい」

真剣な表情で忠告する中年司教に、同じ表情で頷き返すコーニール。頭に思い描くのは、歌手のコンサートに殺到する観客達の姿。

その海へ今夜自分は、全裸でダイブするのだ。

(かなりの人数、しかも全員が一定以上の手練《てだ》れ。これを個人で実現しようとしたら、金がいくらあっても足りないぞ)

実に貴重な体験。その事自体は嬉しいのだが、親友であるタウロに申し訳なく思う。

なぜなら途中で引き返させる事になったのは、自分の働き掛けが原因であったからだ。

(すみません。こんなイベントが用意されているなんて、知らなかったんです)

若手騎士団員による魔獣退治。そのフォローをお願いした引き替えに、負担になるであろう泊まりでの出張をこちらで負担したのである。

その結果タウロは、東の国の国境をまたぐ事なく王都へと引き返していた。

(自慢げに土産話をしたら、嫌がられるだろうな)

話を終え、席を立った中年司教。そのハゲた後頭部を見やりつつ思う。

すると入れ替わりに若い男女が来て、隣に座ってよいかと尋ねて来た。快諾し座るよう勧めると、遠慮がちに両側へ腰を下ろす。

「お聞きしたい事があるのですが」

一人が、恐る恐ると言った様子で口を開く。

「ドクタースライムという名を、お聞きになった事がございますでしょうか？　『罪と罰』を発案した方だそうですが」

髭の剃り跡の青々しい割れ顎甘いマスクの青年の問いへ、『勿論です』と答えるコーニール。それを聞いたこの若い男女二人組は、息を呑み身を乗り出した。

二人はいわゆる、『胸毛フェロモン』と『就活女子大生』。かつて聖女と共に王都へ潜入し、ドクタースライムを改心させようとした者達である。

「花の都と言われる王都においてなお、『双璧』あるいは『至宝』と呼ばれる存在です。花柳界で知らぬ者はいないでしょう」

この男女がこの場にいるのは、不思議ではない。世界ランキング百位台の二人は、高位の修道士にあたるのだ。

真剣な表情で耳を傾ける二人に、コーニールは言葉を継ぐ。

「私が目にした例を挙げますと、ドクタースライムが現れるなり、王都御三家のロビーにいる客達が左右へ割れました」

驚きに視線を合わせる、胸毛フェロモンと就活女子大生。王都御三家の名は、司教座都市でも耳にする。

王都屈指の高級娼館の客であれば、すなわち王都でも名うての猛者ばかりという事だ。

「道を譲るというのですか？　超一流店の客達が」

信じられぬという口調の就活女子大生。コーニールはどことなく得意げに、少しばかり訂正する。

「譲るのではありません。言葉どおり人波が二つに割れ、中央に真っ直ぐの道が出来るのですよ」

就活女子大生は、東の国の経典に出て来る逸話、『導き手のために、神が海を割り道を作る』という部分を思い出した。

しかし今の話で左右に退くのは、いずれも自分に自信のあるプライドの高い者達。意思のない海の水などより、遥かに難事であろう。

「それに客ばかりではないのです。雛壇、サイドライン、王都を代表する彼女達でさえドクタースライムの眼光におののき、顔を伏せ決して目を合わせようとはしませんから」

もはや男女に言葉はない。自分達は、何と言う恐るべき存在を相手にしようとしていたのか。

しかし、得心出来る部分もある。それほどの人物であるならば、『神前試合の総合優勝者』を従えていても不思議はないからだ。

奥様方に人気のありそうな胸毛フェロモンは、体の震えを止められない。彼に代わって気丈にも、就活女子大生が意見を求める。

「ドクタースライムは自らを、『悪の秘密結社の首領』と名乗っています。その事についてコーニール殿は、どのような見解をお持ちでしょうか」

必死に言葉を絞りだす彼女を、やさしげに目を細め眺め、穏やかな口調で答えた。

「害をなす人物だとは思っていません。『悪』という部分については、『ルールに縛られない』、『自分の好きなようにやる』という意思表示ではないでしょうか」

そこで軽く息を継ぎ、続ける。

「そこから生まれた自由な発想が、『罪と罰』、『親子丼』、『スライムゲーム』などを生み出し、花柳界に活気と、人々に楽しみを与えて来たのです」

衝撃を受け、顔色を失う胸毛フェロモンと就活女子大生。

『互いに高め合う男女の行ないの彼方に、神はおわす』

そう教える東の国の教義において、男女の行ないに貢献する事はすなわち、神の御心にかなう事。

つまり自分達は、『遥かな高みにいるドクタースライムを、理解出来ないという理由で悪と見なし、断罪しようとしていた』のである。

「何という傲慢。何という愚かさ。私は自分を許せない」

拳を握り、ぶるぶると震える胸毛フェロモン。

「私は恐ろしい事を――」

声を詰まらせ、就活女子大生は顔を両手で覆いうつむく。指の間から漏れるのは水滴と、押し殺した嗚咽《おえつ》。

その様子を穏やかな表情で見つめていたコーニールは、やさしくも強い口調で言葉を掛けた。

「大丈夫です。ドクタースライムは、あなた方を責めたりはしません。私が保証します」

その言葉は目に見えるかのように、二人へと染み透って行く。

「ありがとうございます。おかげで迷いが晴れ、道を誤らずに済みました」

しばしの時を置き、清々《すがすが》しい顔で感謝の言葉を述べる胸毛フェロモン。隣の就活女子大生は、しゃくり上げながら何度も頭を下げている。

「お力になれたようで、何よりです」

それらをすべて受け入れ、コーニールは温かく微笑む。

今の問答においてドクタースライムは、『悪人』から『神の心を知る者』へ変化しただろう。この評価は二人を通して、徐々に東の国へ浸透して行くに違いない。

(あの人は、王国だけではもったいない)

友人への評価が正され、コーニールは満足する。

間が空いたので王国騎士団の他の二人はどうしているかと目をやれば、貴族の子は離れた席でおば様修道女達に囲まれ、もう一人のおっさん操縦士は隣の修道士と談笑していた。

「失礼致します」

そこへ慌てた様子で、年配の修道士が駆け込んで来る。大司教と伝道師の語り合いに、恐縮しつつも臆せず割って入る様子から、よほど重要な案件なのだろう。

それを察した大司教は表情を引き締め、皆に詫びつつ昼食会場を後にした。

(何かあったのか?)

コーニールだけではない、皆がそう思っている。しかし誰も口には出さず、微妙な雰囲気が昼食会場に満ちて行く。

そのような中、再度年配の修道士が入室し、コーニールへ大司教が会いたがっていると告げた。

(王国にも関係があるのだな)

周囲に礼儀正しく挨拶をし、年配の修道士と共に大司教の執務室へと向かう。

そして応接セットに向かい合って座ったところで、大司教は肥えて埋まった顎を動かした。

「知らせが入りました。エルフ族が精霊砲を用い、帝国の北の街を焼き滅ぼしたそうです」

即座には言葉を返せないコーニール。

「彼らには、軍人と民間人の区別はないようですな。これではまるで、先の『自称賢者』と同じです」

顔を歪め、辛そうに言葉を吐き出す大司教。

突如出現した強力な魔術師によって、東の国の村々は焼かれ、駆けつけた騎士達も全滅させられた。

その後、王国へと移動した自称賢者は、コーニール率いる王国騎士団によって倒されている。

「自分のみを主人公と尊び、他の者の存在など劇の登場人物程度にしか見ていない。そのような考え方なのでしょう。私は少々、エルフ族を買いかぶり過ぎていたようです」

うつむき拳を握り込む大司教。そのよく肥えた体が震えたのは、激しい怒りのためだろう。

だが絞り出された声音は、非常に悲しげなものだった。

「自分達の事を、『賢い』と称する者達。それが実際に賢かったためしなどないと、自称賢者の件で思い知っていたはずなのですが」

コーニールは無言で聞きながら、自分の取るべき行動について考える。

情報を疑いはしない。東の国は王国の友好国であり、大司教の人柄も信頼出来るからだ。

(帰ろう、今すぐに)

その旨を告げ、席を立ち深く礼をする。

「そうですか、そうでしょうな。今度はもっと平和な時に、ゆっくりといらして下さい」

大司教の返答に、心から同意の言葉を返すコーニールであった。

東の国の司教座都市から西へ、王国の首都王都へと舞台は移動。

コーニールやタウロにはあまり関係ないが、この世界にも休日というものはある。本日、勤め先が休みの男性は、けだるい午後を居間のソファーで楽しんでいた。

(休みでも勉強するようになったか。まあ、定期試験が近いというのもあるのだろうが)

先ほどまで妻が座っていた正面のソファーを見やりつつ、父親は息子の成長を思う。

(このまま成績が上がれば、王立魔法学院にさえ入れるかも知れないって？　驚いたよなあ)

聞かされた時は、我が耳を疑ったものである。その耳に今、息子の休憩の相手をする妻のよがり声が聞こえていた。

(……子供だとばかり思っていたが)

最初の頃より、妻の声音に余裕がなくなって来ている。もはや『相手をしてあげる』ような状況ではなく、『責められている』に違いない。

(追い越される前に、父の威厳を見せておかんとな)

口の端に笑みを浮かべると立ち上がり、勉強部屋へ向け踏み出す夫にして父親。扉の前に立つと中から、互いの名を呼び合う妻と息子の声が聞こえて来た。

「お母さん！　お母さん！」

「ちょっと落ち着きなさい。今日何度目だと思っているの？　あんまり頑張ると、夜勉強出来なくなるわよ」

静かに扉を開くと、音が一気に大きくなる。目に映るのはベッドで仰向けになる息子と、その上へ跨っている妻の姿。

（騎乗位だが、主導権を失っているな）

息子は妻の腰を逃さぬとばかりにがっちりつかみ、下から腰を跳ね上げ続けている。打ち込まれる場所もペースも、どう見ても息子の望むがままだ。

（ほう？）

そのまま眺めていると、ある事に気づく。

少しでも妻が反応すると、息子は執拗にその場所を責め始めたのだ。がむしゃらなように見えて、相手の事も観察しているのだろう。

（もう少しやさしさがあればいいのだが。そこが大幅減点だな）

顎をなで、口を笑う形に曲げる父親で夫。妻は扉に背を向けていたので、最初に気づいたのは息子だった。

「何しに来たんだよ」

身を起こした息子は、取られまいとするかのように母親の体を強く抱き締め、不機嫌な声を出す。

妻が顎を反らせ呻き声を上げたのは、更なる深みに侵入されたからだろう。

「ちょっとばかし、父親を尊敬させてやろうと思ってな」

そしてベルトを緩め下着ごとズボンを下ろすと、我が子より付き合いの長い息子の姿を見せ付けた。

『大きさ、形、色』

あらゆる面で父親の方が大人。成熟しきった迫力を漂わせている。

余裕の笑みで目を合わせて来る父親に『後数年すれば、僕だって』と呟き、息子は視線を外す。

父親はそのまま妻の背後から近づくと、彼女の背に手を当て、息子ごとベッドに押し倒した。

「あなた、何を」

訝しげに眼球の中で後ろへ向けられた瞳は、直後に真上へと上がる。夫の息子が、後ろの門から予告なしに侵入して来たからだ。

息が止まり声が出ない妻の奥へ、さらに入り込みつつ父親は我が子に告げる。

「お前には無理だろう」

これが最近、娼館で覚えた新技。ちなみに妻へは数日前から使い始め、今のように急に求めても大丈夫なくらいには慣らしていた。

「ほら、ぼさっとしてると負けちまうぞ」

そのままこねるように、前後を始める父親の腰。

挑発されて悔しいが、息子は苦しげに顔を歪めるだけで動けない。後ろから侵入された事で、母親が前へもきつく力を込めたせいだ。

(これがお父さん)

母親越しに感じる、父親の存在。それは大きく硬く、そして熱いもの。

これまで、これほど身近に感じた事はない。

(凄い)

自分以上に厳しく締められているはずなのに、一定のリズムで行き来を行なっている。それはまるで、毎日の通勤のように正確なものだった。

「生意気言ってもいいが、それに見合うだけの実力を備えろ」

反抗期の息子に、やや厳しい表情で告げる父親。しかしすぐにやわらげ、声音もやさしいものに変わる。

「このまま努力を続ければ、すぐに俺を超えるさ」

言い終えると同時に奥深いところに放たれた、熱い一撃。壁一枚へだてた息子も、その衝撃を感じ取る事が出来た。

直撃を受けた母親の方は、両の瞳をまぶたの陰に隠して完全な白眼。同時に野太い唸り声を漏らすと、息子の胸へ崩れ落ちたのだった。

「まあ、こんなもんだな」

大きく息を吐いた後引き抜き、そそくさと掃除をしてズボンを引き上げる父親。

「頑張れよ」

その言葉を残し、後ろ手に手を振り鼻歌と共に部屋を出て行く。父親に高い壁を見せ付けられた息子は、呆然と後ろ姿を見送るしか出来なかった。

「……もうお父さんったら、いきなりなんだから」

少しの時間を置いて再起動した母親は、頬を膨らませながら身を起こす。ベッドにうつ伏せに倒れていたので、体勢的には四つん這いである。

「お母さん、もう限界よ。とりあえず休憩は一旦終わり。いいわね？」

頭を軽く左右に振り、髪を手ぐしで直しながら口にするが、目の前に息子がいない。先ほどまでは自分の下にいたはずなのに、どこへ行ったのだろうか。

「ねえちょっと、聞いてるの？」

背後の気配に気づき、振り返ろうとしたところで固まった。息子が自分の両腰骨を、これまでにない強い力でつかんだからである。

「えっ？」

さっきまでとは空気が違う。まさかと思い体をひねって逃れようとしたその瞬間、息子の声が耳へ届く。

「僕だって」

同時に、先ほどまで夫が入っていた部分の入口に、息子の息子があてがわれたのを感じた。間違いなく、真似をしようとしている。

「やめなさい！　あなたにはまだ無理よ」

何の予備知識もなく、今のところ取柄は荒々しさのみ。そんな息子に自分がまだ完全には慣れていないものを求められ、恐怖が湧く。

「言う事を聞いて！　腰の手を離しなさい」

厳しい声を発するが、戻って来たのは自分以上に鋭い声だった。

「うるさい！　僕にだって出来るんだ！」

一撃で最奥まで侵入して来る、息子の息子。あまりの力技に呼吸が止まる。

そんな母親の様子など構いもせず、息子は心に浮かんだ父親の背中を超えようと、ただひたすらに突き続ける。

「やめなさい！　止まってちょうだい。……お願いやめて」

命令から哀願へと変化して行く、母親の言葉と声音。しかし息子には届かない。

ほどなく母親の意識は切れ、ベッドに突っ伏す人形に成り果てるが、その事に気づきもしなかった。

「どうだっ！　どうだあ！」

父親への対抗心が燃え上がっているがゆえに、やさしさも容赦もない。

慣れない感触にすぐに中身を吐き出すが、心に火がついているためまったく収まらず、そのまま次のラウンドへと硬度を保《たも》ったまま進んで行く。

「僕の方が！　僕の方があっ！」

結果として攻守交替する事なく、最終ラウンドで息子が力尽き倒れるまでデーゲームは続いたのであった。

とある中流家庭の、後日談である。


同じ王都だが、舞台は東門のすぐそばにある商人ギルドの騎士格納庫へ移動。

俺は大通りの石畳に立つ老嬢《オールドレディ》の操縦席の中で、騎士格納庫の大扉が開き切るのを待っていた。

（今日も充実した一日だった）

朝一番でアウォークの北の森へ向かい、そこで木々を食い荒らしていたウッドゴーレムを退治。帰りは街道沿いの大きな村に寄り、ネギを使って食べる名物麵料理を堪能。

さらに腹ごなしにと、その村にあった個人娼館を二軒梯子したのだから、無駄な時間など欠片もないと言えるだろう。

（後は夕食と、その後は歓楽街だな）

爽やかな気持ちで老嬢《オールドレディ》を完全に開いた大扉から格納庫に入れ、操縦席から降り、任務完了を報告する。

「商人ギルドへ寄るように、ですか？」

すると報告相手である草食整備士から、このように言われた。

「わかりました。では、このまま向かいます」

昼前にすれ違った伝令騎士が、何か重大な知らせを運んで来たのかも知れない。

(いや、遊びに付き合えとかかも知れないぞ)

俺の知るギルド長の場合、そちらの可能性の方が高い。念のため、心の準備だけは整えておく。

(あまりに熟女だと、ちょっとなあ)

そんな事を考えながら大通りを西へ歩き、中央広場の東側に建つ商人ギルドへ。しかし三階の執務室で待っていたのは、非常によろしくない話だった。

『エルフ族が精霊砲を使用。帝国北の街は消滅、住民に生存者なし』

ソファーで絶句する俺の周囲には、ゴブリンっぽい老人とサンタクロース、それに強面の主任が座っている。

「やりおったの。エルフ族はもう、わしらと同じ盤上にはおらん」

険しい表情で言葉を続ける、ゴブリン似のギルド長。

(同じ盤上？)

俺は言葉の意味を理解しようと思考を巡らせ、心の中に状況を並べて行く。

(帝国はオスト大陸統一の野心を持ち、隠そうともしていない)

実行出来る国力と武力もある。周辺の国々にとっては脅威だろう。

しかしこの世界では、俺のいた前世とはいささか様相が異なる。原因は次の二つだ。

『騎士という人型のゴーレムの持つ戦闘力が、他と比べて隔絶している』

まずこれにより戦争の勝ち負けは、騎士の戦いによって決まる。二つ目は戦時協定。

『戦闘行為は、軍人同士に限定』

これが名目だけでなく守られているため、一般民衆は直接的な被害を受けずに済んでいる。

巻き込まれたり財産を失ったりする場合はあるが、民族浄化《エスニック・クレンジング》のような標的にはされない。

(この世界の戦争は、あくまで支配階級による陣取り合戦。民は、土地と同じ資源扱いだ)

俺は最初、信じられなかった。ようやく理解出来たのは、帝国に奪い取られたランドバーンのその後の発展を見てからである。

貴族や代官は地位と権益を失ったが、住民達はそのまま。

王国との定期ゴーレム馬車がなくなるなど、環境の変化により商売がうまく行かなくなった者達はいるが、逆にチャンスをつかみ飛翔した者達もいる。

辺境伯が街の整備に熱心だった事もあって、住民の懐は以前より暖かくなっただろう。

(麻薬を持ち込もうとした件があったけれど、隠れてだからな)

言い逃れ出来ない証拠が示されれば、国外だけでなく国内からも叩かれる。だからこそ危険を冒してまで、一切を破壊して去ったのだ。

実際に偽装した帝国騎士と剣を交わしたコーニールの推測だから、間違ってはいないはず。

(皇帝が強権を振るう帝国だが、人の国である以上、一枚岩ではあり得ない)

麻薬の件は、帝国を内部から揺さぶる楔《くさび》の一つになる。そう思うからこそ王国上層部は、尻尾をつかめなかった事に憤激し、コーニール達へ辛く当たったのではないだろうか。

「つまりエルフ族は、陣取り合戦のプレイヤーたる資格を失ったという事ですか」

確認のため口にすると、ギルド長は大きく頷いた。

「今回のエルフ族による無差別攻撃は、『戦争』のルールそのものから逸脱した行ないだよ」

言葉にして答えたのは、沈痛な表情で白髭をしごいているサンタクロースな副ギルド長。

続く説明によれば『エルフ族対帝国』から『エルフ族対人族』、もしくは『エルフ族対その他』の図式へ変化するのが普通らしい。

「ただ、『エルフ』というブランドの効果が凄くてね。現時点での反応は鈍い」

もし人族の国が同じ事をすれば、即座に袋叩きにされていただろうとの事だ。隣では強面の主任が、しきりに頷いている。

「上の連中は予想以上というか以下というか、嫌になってしまうのう」

ここで再度ゴブリン爺ちゃんが口を開き、頭を左右に振りながら言葉を吐き出した。

「御前会議の連中は、土地持ちと権力者ばかりじゃからの。下々の者達とは見えている風景が違うようじゃ」

ランドバーンを奪われた事と、当時未発見だった大穴のゴーレム鉱山を手に入れられなかった事。この二つに我慢がならないらしい。

「帝国に攻め滅ぼされても、一商人に戻るだけのわしとは違う。話が合う訳がないの」

そして大きく息を吐き、言葉を継いだ。

「住民ごと街が焼かれても、他国の事だからと涼しい顔をしおる。あんな連中と付き合うくらいなら、ギルド長なんぞやめて昔のように行商でもした方がいいわい」

どうやら、ご贔屓《ひいき》だった宰相とも意見のズレが出たらしい。なだめるサンタクロースな副ギルド長と、強面の主任。

一方俺の脳裏に映し出されたのは、遠く山並みまで続く石畳の交易路を進む、小柄な老人を御者台に乗せた幌つきゴーレム馬車の姿だ。非常に似合っている。

「一緒に来るかの？　各地でいい女を紹介してやるぞ」

いたずらっぽい目を俺に向けて来る、ゴブリン爺ちゃん。

昔馴染みだから味は保証するなどと言っているが、恐らく全部、迎賓館の無礼講で会った女巨人クラスだろう。

俺は心を込めて、辞退する旨を伝えた。

「わしらは金と物を動かさねばならん。とりあえずタウロ君は、今までどおりじゃな」

気を取り直し、職を続ける事にしたらしきゴブリン爺ちゃん。この後すぐ、副ギルド長と主任を交えて打ち合わせに入るという。

俺は参加しなくてよいらしいので、真っ直ぐ自宅へ戻る事にした。

（イモスケ達が感じていた異変は、これだったのか）

夜の部の娼館遊びの件など、一瞬で頭から蒸発。家へと足を速めつつ考える。

見上げるのは暮れ始めた空。情報不足で不明だが、精霊砲なるものは王都まで届くかも知れない。

（まずは相談だ）

俺は頭に物知り長生き亀を思い浮かべ、険しい表情で道を急ぐのだった。

帝都と精霊の森を結ぶ広い街道の途中から、西へと分岐する細い街道。その上を西へと歩く、帝国騎士団の一隊がいた。

編成は、A級一騎にB級四騎。皇帝の護衛として玉体と共に、避難先へ向かっているのである。

「陛下、狭くて申し訳ありません」

A級を操縦する、小柄な女性が言う。眠たげな目をしており、年齢はまだ二十歳になっていないだろう。

彼女がいるのは操縦席だが、座っているのは皇帝の膝の上だ。

『長時間火の矢《ファイヤーアロー》を受け続けても、耐えられる場所』

この命題への解答が、A級騎士の操縦席だったからである。

しかし皇帝にゴーレムを操る能力はなく、座っていても熱や煙を処理する補助魔法陣は働かない。

結果として騎士団で最も体の小さなA級操縦士が、二人乗りの相手として選ばれたのである。

「問題ない。気を使わなくてよいぞ。その姿勢では辛かろう」

皇帝が指摘したのは、背を前に倒している事。騎士が歩く時の律動で後頭部が皇帝の顔に当たるのを、避けようとしているのだろう。

「逆に背を預けてくれた方が、ぶつかる心配はない。こんなふうにな」

彼女のほとんどない胸を背後から両手で押え、力を込めて後ろへ引き寄せる。背中は皇帝の胸に密着し、ヘアバンドをした長い髪は中年男性の顔の横へと流れた。

「ご配慮、ありがとうございます」

礼を口にし、騎士を歩ませ続ける操縦士。薄い胸をなでさする手のひらの感触に、息を一吐きして耐える。

　服の上からでは不満だったのだろう。皇帝は手を下げ、シャツの裾をタイトスカートからずり上げると、服の中へと手を差し入れて来た。

「んっ」

　形ばかりで意味のないブラの下へ進んだ両手は、二つの蕾を指先で容赦なくつまむ。

　そして騎士の歩調に合わせて、潰したり緩めたりし始めた。座っているだけでする事がなく、暇を持て余しているのだろう。

「……うっ、……くっ」

　暇と共に、何度も潰される蕾。

（えっ？　これって）

　自分の痩せて小振りな尻で感じ取ったのは、硬く熱くなりつつある存在。

　それは皇帝が、自分に興味を持った証拠。光栄ではあるものの、疑問も湧く。

（一体自分のどこに、女性としての魅力を感じたというのだ？）

　小柄というだけでなく、成長の遅い体形。もうこれ以上成長はしないような気もするが、その事は考えないようにしている。

　生来の眠たそうな半眼も印象が悪いらしく、もてた記憶は今までない。

（望めば、いくらでも美姫が手に入るお立場なのに）

　困惑しながらも、声を押し殺す小柄な女性操縦士。一方の皇帝は、その声を聞きながら目を細め楽しんでいた。

（余の周りには、あまりいないタイプだな）

自分の肩より低い身長と、それに見合う細くて薄い体つき。体重も軽く、膝に乗せていてもさほど負担を感じない。

そして何より、自分自身に男を惹きつける魅力がないと信じている。

（自信満々な貴族令嬢ばかりでは、口飽きするというものよ）

皇帝にとってこの小柄な女性操縦士は、非常に新鮮であったのだ。

（感度はよいようだが、慣れてはおらぬな）

そのためどう反応すればよいかわからず、身をくねらせ熱く息を吐くところがかわいい。困ったように左右に動く小さな尻の感触も、今までにないものがある。

（そんなに動かれては、余にも刺激が強い。少し落ち着くように）

心の中で命じつつ、左腕で腹を抱え込み、右手をタイトスカート下側から奥へ滑り込ませる皇帝。

下着の上から強く一個だけの蕾を潰してやると、操縦士は息を呑み身を固くした。

（む？　これは）

下着を脇へずらし、蕾の下へ分け入る一本の指。そこで皇帝は眉を曲げ、同時に指先も曲げて入口付近を掻き回す。

反射的に抵抗する胴を腕で押え込み、彼女の肩の上で一人頷く。

（経験がないのか。これは面白い）

一旦、彼女を席から中腰で立たせると、下着を膝までずり下げる。同時に自分も下を脱ぎ、その上に小柄な女性操縦士を座らせた。

「ひっ」

入口に、先端をあてがわれたのである。未経験な彼女が声を出したのも、無理ないだろう。

座るに座れず、苦しい中腰の姿勢を続けざるを得ない小柄な女性操縦士。両側に脚を開けばまだ楽になるのだろうが、両膝をつなぐ下着が邪魔をして許さなかった。

結果として空気椅子の姿勢のまま、騎士を操作し歩を進めて行く。

(さてさて、どこまでもつかな)

おちょぼ口に、頭を少しだけめり込ませた皇帝の子息。皇太子の体格は人並みだが、小柄で未経験な彼女にはまた違うようで、腰を落とさない。

しかし歩行による律動と苦しい体勢から、じきに維持出来なくなるのは明白であろう。

「ひっ、いっ、うっ」

一歩ごとに少しずつ、ジト目で小柄な女性操縦士の腰が落ちて行く。そして、ある程度のところで侵入が止まった。

「ここが壁か」

少しだけ刺さった小さめの尻を眺めつつ、皇帝は独り言ちる。

そこから数歩で限界が来たらしく、力尽きた尻は半分まで皇太子を呑み込んだ。

「うあーっ!」

絶叫と共に、騎士の姿勢制御をやりそこなう彼女。バランスを崩した二人乗りのA級は、そのまま盛大に街道へ尻餅をつく。

その衝撃は当然のように操縦席も襲い、半分だった呑み込みは、一気に根元まで進んでしまう。

「……！」

ヘアバンドに長い髪の小柄な女性操縦士は、口を開いたまま、声もなく硬直。大きく見開いた目からは、眠たげな様子が吹き飛んでいた。

（これはきつい。今まででトップクラスだ）

小柄、鍛えている、さらに初めて。三つの要素が織りなすあまりの締め付けに、奥歯を喰いしばり耐える皇帝。

彼の立場からすれば当然であろう。大陸最大最強の国の君主が、初めて相手に暴発などしてよい訳がない。

（……よし、行ける）

何度も浅く呼吸を繰り返した後、皇帝はいまだ動けずにいる女性操縦士をほぐすように、ゆっくりと彼女の体を前後させた。

（ほうこれは、騎士も一緒に動くのか）

同調したまま意識が飛び掛けているせいだろう、皇帝に揺すられると、騎士も体を揺する。

自分の操作が騎士に伝わるのが面白く、左右にこじるなど、いろいろな動きを試し始める皇帝。

一方外では、尻餅をついたA級へ駆け寄ろうとしたB級が、護衛隊の長の乗るB級に止められていた。

『お楽しみの最中なのだ。邪魔をするでない』

胴をぶつけ、振動で音声を伝える、護衛隊の隊長騎。操縦席に座る初老の男性操縦士は、安堵の息を漏らす。

（どうかと思ったが、お気に召していただけたようだ）

目的地の城に着けば、皇帝は騎士から降りる。しかしいつでも逃げ込めるよう、騎士と操縦士はそばに置いて置かなくてはならない。

そのためには女性操縦士を気に入ってくれる事が、一番の解決策だったのである。

（向かう先は厳しい場所。彼女には、味方からも陛下を守ってもらわねばならん）

眉根を寄せ、気を引き締める初老の操縦士。

目的地はローズヒップ伯の居城、薔薇城《ローズキャッスル》。完璧に手入れされたバラ園の中にたたずむ、優雅で美しい白亜の城だ。

丘と川に挟まれた地は少数の騎士でも守りやすく、薔薇騎士《ローズナイト》の本拠地であるがゆえに騎士関連の設備も整っている。

（これだけを見れば、避難先としては申し分ないのだが）

しかし薔薇城《ローズキャッスル》は、薔薇の花々を求めて蜂達が集う場所でもあるのだ。留守を預かる執事や召し使い《フットマン》達は、心からの善意で夜伽《よとぎ》を申し出るだろう。

断るためには、彼女がそばにいる事が不可欠である。

（後は我々だな）

皇帝と違い、自分達は女性パートナーを連れて来ていない。

今回は人数を絞ったため、同行する操縦士には生身の護衛役も求められた。するとどうしても、女性は膂力《りょりょく》で劣ってしまう。

そのためやむなく、A級以外は全員男性となったのである。

（どうにかして夜伽を避け、今の自分を守らねばならん）

薔薇城《ローズキャッスル》の与える影響力は、凄まじいと聞く。『自分は大丈夫』と絶対の自信を持つ者であっても、三泊もすれば薔薇色に染まってしまうらしい。

そして今回の滞在は三日どころではない。最低でも週単位だ。

（一体自分達のうち何人が、もとのままの状態で帰って来られるのだ？）

帝国騎士団のエリート操縦士の地位を捨て、薔薇騎士《ローズナイト》に志願した者達は何人もいる。それらはすべて、何らかの用事で薔薇城《ローズキャッスル》に滞在した者達だ。

（俺は負けん。負けんぞ。絶対に）

腹筋に力を入れ、奥歯を噛み締める初老の操縦士。その眼前ではA級が、尻餅をついたまま胴体を上下に弾ませていた。


西の稜線へ沈む夕日に照らされつつ、俺は家へ到着。

庭に出て眷属達を呼び、集まって来た三匹を両腕に抱える。そしてそのまま、バスタオルの敷かれている居間へと運んだ。

「大変な事が起きた。皆、心して聞いてくれ」

胡座を掻き、イモムシ、ダンゴムシ、亀へ告げる。

ただならぬ様子を感じ取ったのだろう。三匹は無言で俺の続きを待つ。

「エルフが精霊砲を撃って、街が一つ焼き払われた」

顔を見合わせる、副首領のイモスケとダンゴロウ将軍。精霊砲が何なのか、わからないらしい。

一方、強い反応を見せたのはザラタン。長生き物知りの大精霊獣は、まだ幼い先輩眷属達へ説明を始めた。

『大憲章《マギ・カルタ》ノ持ツ武力ダ』

世界樹を杖《ライフル》に見立てた、攻撃魔法の発射装置らしい。

大憲章《マギ・カルタ》の定めたルール。それを守らせるための力として作られ、ザラタンも前の主へ助言という形で手を貸したのだそうだ。

イモスケ達が理解したのを見て、俺は言葉を継ぐ。

「何でも街を覆ってもまだ余るほど広い範囲に、しかも長時間、火の矢《ファイヤーアロー》が降り注いだらしい」

天を見上げ、次に顔を見合わすイモスケとダンゴロウ。もう一匹のザラタンは俺へ顔を向け、住んでいた者達の安否を問う。

「全員死んだよ。街にいて生き残ったのは、騎士に乗っていた者達だけだって」

ただし、全員ではない。街の外では、多くの操縦士が命を落としているそうだ。

C級は騎体が耐えられず、B級は騎体はもっても乗り手がもたなかったらしい。

(補助魔法陣の処理能力を超えたか、もしくは魔力が尽きたかだな)

想像するに、火の中にいるような状況だろう。短時間ならともかく、居続けるのは厳しい。

『……許セヌ』

俺の答えに体長二十センチメートルの亀は、強い怒りの波を発する。続く波によれば、大憲章《マギ・カルタ》とは世界へ最低限のルールを敷く存在で、戦士以外の血が流れぬようにするのが目的だという。

その理想に、当時ザラタンの背に住んでいた人族の友は共鳴。友から願われた事もあって、この亀型の大精霊獣は力を貸したのだそうだ。

「それじゃあ、我慢がならないよな」

まったく逆の使われ方。しかも大憲章《マギ・カルタ》の定めを無視して、強引に発動させている。

温厚な亀が怒るのも、当たり前であろう。

「ところで精霊砲は、王都まで届くのか？」

恐縮だが俺にとって大事なのは、自分と眷属、それに係わりのある人達だけだ。生きとし生けるものすべてではない。

安心したかったのだが、ザラタンの答えは『届く』というもの。

「そうか。エルフの腕はここまで伸びるんだな」

人族を馬鹿にし、利用だけしようというエルフ族の考え方。洗脳により多額の借金を作ってまで貢いでいたポニーテールが、よい例だろう。

気づいた俺は、思い切り仕返しをしてやったものだ。

『鍛え過ぎて胡桃の殻のようになっていたエルフ豆を、剥いて剥いて剥きまくる』

結果、彼女達のリフレッシュは大成功。

これまでは人族の男性相手に眉一つ動かさず、下手な演技で感じている振りをしていた彼女達。それが今や、エルフ豆に息を吹き掛けるだけで絶叫するようになったのである。

(あれでエルフは店を閉め、王都から姿を消した)

プレイのたび、人族の男達に屈服させられるのだ。プライド、体、どちらももたなかったに違いない。

俺的には、王都からエルフがいなくなって気持ちがよかった。しかし今の状況から言えば、『焼き払っても、同胞を巻き込む恐れはない』という事になってしまう。

（だけれどエルフ族は、帝国とすでに戦争状態にある）

豆剥きへの復讐を理由に、王都を優先して狙う可能性は低いだろう。しかし俺は、エルフ族に精霊砲のような危険な武器を持たせておきたくはなかった。

険しい表情で考え込む俺へ、強い波が亀から届く。

「止めに行くって？」

エルフ族が心のハードルを越えた今、また使う可能性は低くない。だからその前に、精霊砲を壊してしまおうとの提案である。

方法を問えば、実に単純なものだった。精霊の湖へ転移し、そこから世界樹へ向け自分の持つ最大の攻撃魔法を放つという。

世界樹に大きなダメージを与えれば、一体化している大憲章《マギ・カルタ》も損傷を受ける。そうなれば、精霊砲のような大魔法は使えなくなるだろうとの事だ。

（転移と遠距離攻撃魔法の組み合わせか。これは凶悪だぞ）

ヒット・アンド・アウェイの究極の姿。ギルド騎士の操縦士として、それなりに実戦を積んだがゆえに、その恐ろしさがわかる。

ただ、世界樹へダメージを与えるという点が気になった。

「世界樹って、世界に一本しかない魔力の大本なんだろう？　傷めつけてもいいのか」

俺の問いに、なぜか庭へ顔を向ける大精霊獣。そして振り返り頷く。

『モウ、大丈夫ダ』

理由はわからないが、精霊の森にある湖で長年世界樹を見て来たザラタンが言うのだ。間違いはないだろう。

「じゃあ、パッと行ってドンと撃って、すぐに帰って来るんだな？」

これで精霊砲の心配はなくなったと、安堵しつつ軽く聞く。しかし亀の返しは鈍かった。

(むっ？　これは)

俺の持つ現場監督スキル、『誤魔化しセンサー』が感を拾う。

早く次の現場に向かいたくて、後先考えず省略作業をしてしまう職人達。それに気づかず雨漏りさせた経験が、取得させたものだ。

何を隠しているのか探るため、質問を重ねなければなるまい。

「一撃で終わるのか？」

答えは否。世界樹に掛けられた防御魔法は強く、ザラタンといえど全力を尽くす必要がある。

五発近くは必要だろうとの事。それに大憲章《マギ・カルタ》の迎撃システムもあるらしい。

「その間の身の守りはどうする？　大憲章《マギ・カルタ》だけじゃない、エルフの騎士達だっているはずだ。連中は、水面でもホバーで渡って来るぞ」

最大の魔法というからには、射撃間隔も長いはず。溜めを作っている間は、反撃も出来ない。

近寄られ周囲を取り囲まれれば、一方的に魔法で攻撃されてしまうだろう。

(何せ相手は、エルフ族だからな)

ザラタンを『精霊の湖の守護者にして、エルフ族を見守る偉大な精霊獣』と呼び、敬っていると主張してはいる。

しかし今までの行ないから見て、自分達に利がなければ切り捨てるだろう。精霊砲を破壊しようとすれば、阻止するべく襲って来るに違いない。

『エルフ族を説得ではなく、精霊砲を破壊』

それを初手で選んでいる事から、ザラタンも同意見のはずだ。

『耐エル』

答える亀。だが伝わって来る波は、妙に揺らめいて感じられる。

俺は腹ばいになり目の高さを合わせ、真剣な口調で言葉を重ねた。

「ちゃんと無事に、庭森へ帰って来られるのだろうな？」

ザラタンから返事はない。俺は畳み掛けるように、『最大の攻撃魔法を、五発近く放つ』という部分についても問いただす。

限界を超えているような、嫌な響きを感じたからだ。

「主として命じる。正直に答えてくれ」
二、三度瞬きをした後、深く息を吐き出すザラタン。
「……やっぱり、寿命が縮むんじゃないか。それも大きく」

返事は悪い予想のとおり。それに精霊砲も、壊す事は出来るだろうが、帰還する余裕があるかはわからないと言う。

悲鳴のような波を発し、騒ぎ出すイモスケとダンゴロウ。俺が二匹を手で制すのを待って、ザラタンは静かに言葉を紡ぎ出す。

『充分ニ生キタ。精霊砲ト引キ替エナラ悪クナイ』

涼しげな雰囲気さえ漂わせている。しかしそのような格好のよい事、認める訳にはいかない。

「文旦がなるのは、これからだぞ。あんなに楽しみにしていたのに、食べなくていいのか」

しかも『今年は凄い』と、森の賢人たるイモスケが予告している。そう続けると、亀はうつむき黙ってしまった。

俺は口調をやわらげ、言葉を継ぐ。

「俺にとっても他人事じゃないんだ。手伝わせてくれ」

続いて述べたのは、『俺の操縦する老嬢《オールドレディ》を甲羅に乗せ、精霊の湖に転移する』というもの。

「世界樹への攻撃は俺が受け持ち、ザラタンは移動と防御に専念する。これならどうだ？」

俺はザラタンと違い、どれだけ強力な遠距離攻撃魔法を放っても、一日の使用回数以内なら寿命が縮む事はない。これなら成功率も生還の可能性も、著しく上がるだろう。

緊張しつつ亀の顔を窺うと、ザラタンは少しの間を置き口を開く。

『……感謝スル』

どうやら合格点を貰えたようだ。しかしザラタンは、俺へ一つだけ注文をつける。

それは威力について。以前にザラタンの尻尾を癒やした魔法は怪我治療のBランクだが、このランクを騎士に乗った状態で使用してはいけないと言う。

「わかった、Cランクまでにする」

Bランクなら間違いなく世界樹の守りを打ち破れるだろうが、俺にとってよくないらしい。

（Bランクを使う気は、もとからなかったけどな）

Sを頂点とし、その下にAからFまである魔法のCランク。その魔力量ですら、かつて老嬢《オールドレディ》が破裂しそうになったのだ。

そのため俺は、Dランクの光の矢《マジックミサイル》を使うつもりでいたのである。しかし今の言い方からすると、Dランクでは不足なのだろう。

(Cランクか、まあ大丈夫だろう)

地下にある地獄蜂《ヘルダイバー》の巣でCランクの光の矢《マジックミサイル》を放った時は、無数の岩塊と共にミキサーに掛けられ、俺も老嬢《オールドレディ》もボロボロになった。

その事を忘れた訳ではないが、今なら行けそうな気がするのである。

(あの時より、老嬢《オールドレディ》への魔力の通りは格段によくなった。それに、撃つ場所に気を使う必要もない)

目標は世界樹。当然ながら広く開けた屋外であり、地獄蜂《ヘルダイバー》の巣のような地下の密閉空間ではない。

(それにもし、Cランクで威力が足りないなら、その時は数を増やせばいいし)

Cなら一日に十発可能、それでも駄目なら十五発可能なDがある。これだけあれば、Bランクの代わりにはなるだろう。

「後は、ザラタンがどうやって俺と合流するかだな」

攻撃については決着したので、俺は残る課題を口にする。しかし実のところ、少し前に思いつき温めていたアイディアがあった。

「王都の東に湖があるだろう。ザラタンにはまず、そこへ転移してほしい」

胡座のまま背後へ身をよじり、本棚から地図を取った俺は、バスタオルの上において指し示す。

「俺は老嬢《オールドレディ》に乗り陸路で東の湖に向かう。そこでザラタンの背に乗って、精霊の湖へ転移だ」

ザラタンの本来の大きさは、甲羅長で約二百メートル。今の手のひらに乗せられるサイズから戻っても、東の湖の沖の水中なら大丈夫だろう。

ちなみにこの案、もとはザラタンに老嬢《オールドレディ》を見せるため考えたものである。

「まずは、こんなところか」

他に心配すべきは、精霊砲の発射間隔。エルフがまた撃つとするなら、時間的な余裕がどれほどあるかだ。

『スグニハ撃テナイハズ』

亀の答えに胸をなで下ろす。

やはり大魔法だけに、クーリングタイムは長いようだ。魔力を充填する時間も関係しているのかも知れない。

「とりあえず明日、騎士を借りられるか商人ギルドへ行って来る」

ここで気になるのは、どうも精霊の湖へ一緒に行く気でいるようなイモムシとダンゴムシだ。心を鬼にして、俺は二匹に告げる。

「悪いが、お前達はお留守番な」

案の定、イモスケとダンゴロウは『いっしょにいく！』と騒ぐ騒ぐ。

しかしさすがに、連れて行く訳にはいかない。俺では説得が難しいので、同じ精霊獣の先輩たるザラタンにお願いする事にした。

『ぜったい、かえってくる』

『やくそく』

何とか理解してもらう事に成功し、イモスケ、ダンゴロウと指切りで約束。ただし俺との場合は指と足でのハイタッチ、ザラタンとは頭突きになる。

そして今夜も、俺のベッドで皆で一緒に寝たのだった。


王都の北門の南側。王城の北に位置するこのエリアには、王国騎士団の関連施設が建ち並ぶ。本部、訓練場、格納庫、それに操縦士の宿舎など。ポニーテールや、編み込みおかっぱ超巨乳ちゃん、それに独身の元冒険者のおっさんが住んでいるのもここである。

（油断していたわ。あいつが卑怯だって事は、嫌というほど知っていたはずなのに）

時刻は深夜、宿舎の窓の多くには、すでに光はない。その一つでポニーテールはベッドから天井を見上げ、先の戦いを思い返していた。

（勝敗が決まった後に、後ろから指で刺して来るなんて）

それは彼女のバイト先、『制服の専門店。どんな制服も揃っちゃう。さあ、あなたも今すぐ、制服、征服！』でのタウロとの勝負。

後ろの門を指先でほぐし続けるという、汚い戦法。それに苦しめられつつも、ポニーテールは耐えきったのだ。

『あたしの勝ちよ！』

長い間、待ち望んで来た初勝利。顔を輝かせながら拳を宙へ突き上げ叫んだのも、無理ないだろう。

その直後、卑怯者は菊花に少しだけ押し込んでいた指の先を、一気に根元まで突き込んで来たのである。

（口では負けたと言って、私を称賛すらしたくせに）

薄ら笑いの下で、後ろが緩むのを狙っていたに違いない。敗れた事が悔しくて、我慢出来なかったのだろう。

（いい年しているくせに、子供過ぎるわ）

呆れるばかりである。

しかし中身は幼稚でも、腕は確か。あの時受けた衝撃は大きかった。

じっくりと押し込まれ、力を溜め込んでいたバネ。その留め金を外した、と表現すればよいのだろうか。

一瞬で心を、空高くへ撥ね飛ばされてしまったのである。

（許せない。本当に許せないいんだから）

眉根を寄せ口を歪め、身をよじらせながら荒い息を何度も吐く。彼女の両手の指が、前後から体内へ侵入しているのが原因だ。

戦いの流れを感覚的に再現するため、これは必要な事なのである。

「許せえなあ、いいーっ！」

ベッドの上で海老反り、思わず叫ぶポニーテール。即座に我に返り耳を澄ますが、幸い両側の部屋から壁ドンはない。

高給取りの操縦士向けだけに、造りがしっかりしていたおかげだろう。少々騒いでも、さほど隣へは響かないのだ。

（あいつが悪いのよ、全部あいつが）

両手を使うがゆえに、波が押し寄せるのは前後から。それだけでもきついのだが、ごくまれに重なり合い、巨大な三角波へ変化してしまう。

そうなったらもう駄目だ。声を止める事など出来はしない。

（……もう一度だけ、イメージトレーニングをしておいた方がいいわね）

仕方がない。次にまた勝つためには、必要な事なのだ。

まだ見ぬ戦況を、自分の想像力で補い構築して行く。

（きっと今度は、私を騙して後ろからいきなり）

唾を呑み込み、抜いた指を再度後ろに押し込むポニーテール。

頭の中のタウロはプレイルームで、『あれ、扉の鍵、掛かっていないんじゃないの？』と言い出していた。

確認に行くべくベッドの上で尻を向けると、がっちりと両脇腹を手でつかむ嫌な奴。予想どおり、予告なしで非常口から侵入して来たのである。

しかも、指よりずっと太い物で。

（卑怯者っ！）

いきなりの乱暴な行ないに、限界を超えてしまうポニーテール。しかしあの男は止まらない。そのまま手を股間の前方に滑らすと、指で前からも責め始めた。

イメージに合わせ、二本に増えたポニーテールの指も激しく動く。

（恥を知れっ！）

脳内で嫌いな奴が、いやらしく笑う。自分の想像でしかないはずなのに、あいつは私の指を乗っ取り、狂ったように中身を掻き回すのだ。

そしてタイミング悪く、またもや合成波が生まれてしまう。

「〜〜っ！」

声を押し殺すのに成功するものの、代わりに纏った足で壁を蹴飛ばしてしまったポニーテール。

さすがにこの衝撃は、厚く重い間仕切壁でも防げない。隣室の編み込みおかっぱ超巨乳ちゃんから、壁への蹴り返しを受けてしまったのであった。


日付は変わり、視点もポニーテールからタウロへ変わる。

昨夜の眷属会議で決まったのは、老嬢《オールドレディ》を貸してもらえるか商人ギルドにお伺いを立てるという事。

そのため俺は朝一番で、中央広場東側の商人ギルド本部へと向かっていた。

「お早うございます」

一般的な出勤時間より早いというのに、すでに混み始めている一階のカウンター。ギルド長と面会したいと伝えると、『どうぞ』と強面の主任は階段へ手の平を向ける。

三階の執務室へ入ると、大き過ぎる執務椅子に座った小柄な老人と、応接セットのソファーに尻を埋めるサンタクロースがいた。

「実は、ご相談がありまして」

うながされ、『老嬢《オールドレディ》を個人的に使いたい』と伝える。ゴブリンなギルド長と、白髭の副ギルド長は、少しだけ顔を見合わせた。

「ええよ」

あっさり許可を出すゴブリン爺ちゃん。その場でメモの切れ端に『騎士の使用を許可する』と書き、サイン。

サンタクロースに目を向ければ、こちらも髭をしごきながら頭をゆっくりと縦に振る。

（話が早いのは嬉しいけれど、理由一つ聞かないのはおかしくないか？）

情報収集のためとか、言い訳を考えて来たのだ。うまく行き過ぎて訝しがる俺を見て、ゴブリン爺ちゃんは笑う。

「タウロ君の思うように使ってくれて構わん。多少なら壊してもええ。ただし、必ず返すんじゃぞ」

妙に含みのある言い方。見透かされているような不気味さを感じ、再度サンタクロースへ視線を移す。

こちらも先ほどと同じく、白く長い髭をいじりつつ無言で頷いている。

（どこまで知っているんだ？　この人達）

イモスケとダンゴロウという、二匹の精霊獣。それが庭にいる事は、知られていてもおかしくはない。

クールさんやライトニングには、すでに紹介が済んでいるからだ。

しかしザラタンは別。まさか体長二百メートルにもなる大精霊獣が、手の平サイズで池を泳いでいるなどと思うまい。

（それに精霊の湖に転移するって決めたのも、昨日の夜だ）

どう考えても辻褄が合わない。しかし、条件なしで認めてくれたのは事実である。

難しい事を考えるのはやめ、ありがたくお借りする事にした。

「では早速、今日の午後から使わせていただきます」

メモの切れ端を受け取り、一礼して部屋を出る俺。

（このまま、東門にある騎士格納庫へ行くか）

線の細い青年整備士に話をし、その後は眷属達に話をするため家へ戻る。老嬢《オールドレディ》の足なら、午後遅くに出ても星が出る頃には東の湖に着けるだろう。

そのような予定を頭に浮かべつつ、階段を下りて行く。

俺が出た後の執務室では、ソファーに座るサンタクロースが上司へと話し掛けていた。

「理由をお聞きにならなくて、よかったのですか？」

問われたギルド長は目を細め、穏やかな表情で返す。

「タウロ君の場合は、好きにさせた方がええ。わしらでは出来ん事を、やれるかも知れんからな」

いかに情報通のゴブリン爺ちゃんとはいえ、『何もかもお見通し』ではない。今回は部下の能力と人柄を見た上で、『フリーハンド』を与える事にしたのである。

「出来んかったら、それでも構わん。もともと商人ギルドの騎士に、エルフ族をどうこうする役目はないからの。無事に帰って来てくれれば、それで充分じゃろう」

自慢の白髭をしごきつつ、同意を示すサンタクロースであった。


中央広場の北に聳える王城のさらに北側にある、王国騎士団の宿舎。

その食堂では本日非番のポニーテールが、遅めの朝食を取っていた。スクランブルエッグをレタスと一緒にスプーンですくい、黙々と口へ運んでいる。

「おはよ」

挨拶され顔を上げると、そこには親友にして隣室である胸の大きな少女の姿。

同じく非番の編み込みおかっぱ超巨乳ちゃんは、茹でたソーセージをメインにしたトレイを置き、向かい側の席へと座る。

「男の人、紹介してあげよっか？」

マスタードがたっぷりついたソーセージをフォークで刺し、ポニーテールの目の前で前後へ揺らしながら言う。目を細め口の両端で笑っているところから見て、昨夜の壁ドンの理由を察しているのだろう。

ポニーテールは宿敵であるタウロとの戦いをイメージし、ベッドの上で自らを前後から指で責め立てていたのである。

「……いらないわよ。それより、ライトニングさんの事はもういいの？」

鼻の上が赤く染まるのを自覚しつつ、あえて不機嫌な声音で問う。目の前の親友はつい最近まで、ニセアカシア国から派遣されていた妻子持ちの操縦士に熱を上げていたのだ。

帰国した直後は落ち込んで、何日か寝込んだほどである。

「女はね、恋をして成長するの」

遠くを見て答えた後、すぐに視線をポニーテールへ戻し、目尻を下げ口元を緩めた。

「振り向いてもらえない一途な恋の後は、ずっとそばにいてやさしくしてくれる人との、愛される恋よねえ」

脇を締め大きな胸を左右に振り回し、突如として出会いを語り始める編み込みおかっぱ超巨乳ちゃん。恋多き親友は、新たな想い人に夢中のようである。

(……あんなに熱を上げていたのに。命の恩人じゃなかったの?)

呆れて息を吐きつつも、適当に頷き聞き流す。

先に食べ終わったポニーテールは、『今日はデートなの』と喋り続ける親友に別れを告げ、食堂を後にしたのだった。

(これからどうしよう。一度店に行ってみようかしら)

店とは、王国騎士団の操縦士を務めつつバイトをしている下級娼館、『制服の専門店。どんな制服も揃っちゃう。さあ、あなたも今すぐ、制服、征服!』の事。

バイトと言っても金のためではない。憎き敵との戦いの場を求めてである。

(昨日の夕方に行った時は、予約が入っていなかった。だけどその後、あいつが来ているかも知れないし)

あいつとは、操縦士学校の元同級生にして、今は商人ギルド騎士の操縦士をしている男。正々堂々とはいえないその戦い方が、ポニーテールには気に入らない。

(認められない、あんな奴)

民間騎士団の操縦士のくせに、上司は王国騎士団の自分より評価する。ではベッドの上ならどうかといえば、こちらは蹂躙と表現したくなるほどにひどい。

(だけど大丈夫、あたしだって強くなっている)

昨夜のイメージトレーニングも充分。もう後ろへの不意打ちで、後れをとるような事もないはず。

お腹の奥に闘志がじくじくと湧き上がるのを感じつつ、開店前の『制服の専門店。どんな制服も揃っちゃう。さあ、あなたも今すぐ、制服、征服！』へ裏口から入店したのであった。

「いいところに来たね」

箒《ほうき》でロビーを掃除していた、お爺ちゃんコンシェルジュ。彼女を見つけると、背筋を伸ばし腰を手で押えつつ微笑む。

その様子に予約を確信したポニーテールの下腹部は、熱い闘志で一気に滾《たぎ》る。文字どおり溢れんばかりだ。

「今度の合同イベントに、参加してもらえないかと考えていたのだよ」

残念ながら違うらしい。少しばかり肩を落とし、説明を聞く。

それは下級娼館が集まって、常連客を招待して行なうというもの。これまでもたまにあったらしいが、今回はスポンサーが付いたので、規模を大きくして開催されるという。

「歓楽街の裏通り。その一角を借り切るんだ。凄いだろう」

人気《ひとけ》のないロビーにある、テーブルと椅子。そこに座るように勧め、コンシェルジュはカウンター奥の事務室から木箱を運んで来た。

そしてテーブルに箱から出して並べられたのは、一本の短杖《ワンド》と親指くらいの太さと長さの棒である。

「知ってるかい？『業界の風雲児』が考案した玩具だよ」

怪訝な表情のポニーテールに、親指棒を手に取るよううながす。そして彼女の拳へ、短杖《ワンド》の先を向けた。

玩具と聞いていたので、ポニーテールも危機感なく短杖《ワンド》の先へ目を向ける。

「では強く握ってくれ。それっ」

小さく振られ、短杖《ワンド》の先から光が拳へと飛ぶ。

「ひっ！」

思わず声を上げ、親指棒を取り落とすポニーテール。なぜなら突如として親指棒が、手の中で激しく振動したからだ。

その姿を見たお爺ちゃんコンシェルジュの顔に、いたずらが成功したかのような笑みが浮かぶ。

「短杖《ワンド》で撃ち合うというものでね。出るのは眩しいだけの無害な光の矢だが、命中するとその棒が震える」

ここまで言われれば、ポニーテールにもわかる。彼女とて娼館で働く女性の一人だ。

(これをお腹に仕込んで戦うというわけね。そして光の矢に当たれば、棒が中で震える)

さっきの親指棒の暴れ振りを思い出し、腹筋に緊張が走る。

お爺ちゃんコンシェルジュは短杖《ワンド》をテーブルに置き、説明を継続。スポンサーは業界の風雲児で、目的はこの玩具の宣伝らしい。

「ここで強いところを見せれば、店の名が売れる。そうなれば集客につながると思うのだよ」

君は現役操縦士だから、こういうのは本職だろう？　と聞いて来る。ポニーテールは胸を張り、自信に満ちた目で見つめ返した。

「はっきり言うけど、私は強いわよ。相手が他店の子かお客さんか知らないけれど、叩きのめしたらまずいんじゃないの？」

頼もしげに目を細めた後、お爺ちゃんコンシェルジュは左右に頭を振る。

「心配はいらない。どうやら女性が弱く一方的に負けるだけだと、すぐに飽きられてしまうらしいんだ」

　店内に王都を模した大規模なセットを組み、玩具によるプレイをメインにし始めた娼館。そこでの実績から分析されたらしい。

　どちらかと言えば前向きな雰囲気で考えていると、お爺ちゃんは言葉を重ねる。

「君には勿論だが、出来れば君の友人からも力を借りたい。声を掛けてもらえないかな」

　友人とは、編み込みおかっぱ超巨乳ちゃんの事だろう。彼女も騎士団員になる前は、この店で操縦士学校の制服を身にまとい、雛壇に座っていたのだ。

「二セットほど貸し出すから、検討してみてくれないかね」

　そう言って布袋に入れ、ポニーテールへと手渡す。

　何だかんだで世話になったこの店。基本義理堅いポニーテールは考えておく事を承諾し、店を後にしたのである。

　真っ直ぐ王国騎士団の宿舎へと向かい、部屋に戻ったポニーテール。戸を閉めると鍵を掛け、テーブルの上に短杖《ワンド》と親指棒のセットを並べた。

（……人に話をする前に、自分で試しておかないと）

　タイトスカートの両脇に手を突っ込み、下着をずり下げた彼女。息を吐きながら、ゆっくりと前へ迎え入れる。

　根元まで収めると下着を戻し、短杖《ワンド》を逆手に持ち発砲した。

「んくっ！」

　テーブルの両脇を強くつかみ、しばし硬直するポニーテールの若くしなやかに鍛えられた体。再度短杖《ワンド》を振って振動を解除し、大きく息を吐く。

（結構、効くじゃない）

テーブルに覆いかぶさる形で荒い呼吸を繰り返す、ややきつめの顔立ちに髪を後ろで一まとめにした少女。

息が整って来た頃、視界に映るある物に気づいた。それは、もう一セットの玩具。

（……何を考えているのよ、あたし）

じっとりとした目で見た後、強く目を閉じ頭を左右に振るポニーテール。

（駄目だったら）

だが目を開くと、視線は親指棒へと引き寄せられてしまう。ポニーテールは口を引き結び、再度髪の束を左右へと振り回す。

しかし彼女は、自分の欲望を正当化する口実を見つけてしまった。

（これはトレーニング、あいつに勝つために必要な事なの）

熱に浮かされたような表情で、テーブル上の親指棒へそろそろと手を伸ばすポニーテール。再度下着を下げ、前傾姿勢で後ろにあてがう。

そして時間を掛けながら、静かに押し込んで行く。

（椅子に座るのもきつい）

収納を済ませ、服装を直して椅子に座る。そして唾を呑み込みつつ、両方の手で短杖《ワンド》を逆手に握った。

（行くわよ、覚悟しなさい私）

大きく息を吸い込んだところで、戸を連打する拳の音に飛び上がり掛ける彼女。直後その反動で、顔をしかめ大きく呻く。

「いるー？　話聞いてよお」

編み込みおかっぱ超巨乳ちゃんの声である。

いない振りをしようとしたが、すぐにばれると諦め短杖《ワンド》をテーブルに置く。そして椅子から立ち上がると、鍵を開けた。

部屋に入って来た親友は、いささかご機嫌斜めの様子である。

「本当、最低。あんな人とは思わなかったわ」

どうも本日のお出掛けの結果は、よろしくなかったらしい。

(早く帰ってくれないかな)

適当に愚痴を聞き流し、心に溜息をつく寸止め生殺しのポニーテール。編み込みおかっぱ超巨乳ちゃんはある程度憤懣《ふんまん》を吐き出したところで、テーブルの上の短杖《ワンド》に気がついた。

止める間もなく手に取ると、まじまじと見つめ、グリップ底に彫り込まれた文字を見る。

「これ、最近はやってる玩具でしょ」

部屋の主と違い、親友は世事に詳しいらしい。

その後、対になる親指棒を探す編み込みおかっぱ超巨乳ちゃん。見つからないのに気づき、顔をいやらしく歪めた。

「へえー、意外。興味あるんだ」

半眼の目で小悪魔のように笑い、予告なしに短杖《ワンド》をポニーテールに向けて一振り。至近から放たれた光の矢は避ける間もなくポニーテールの腹に当たり、前の親指棒を振動させた。

「ふあああっ！」

股間を押え、テーブルに突っ伏すポニーテール。編み込みおかっぱ超巨乳ちゃんは、もう一振りして解除すると、テーブル上に残る短杖《ワンド》を見ながら提案。

「あははごめん。二セットあるみたいだし、対戦してみない？　私も気になってたんだ」

しかしポニーテールは返事をしない。テーブルへうつむいたままである。

その姿に編み込みおかっぱ超巨乳ちゃんの脳へ、女の勘が雷のごとく落下。

「え？　ちょっと待って。そうなの？　本当に」

信じられないという表情で、右手に短杖《ワンド》を持ったまま、左手でテーブルの上の短杖《ワンド》をつかむ。そして、ポニーテールが止める間もなく両手で一振り。

「ああああっ！」

光の矢の二射を喰らったポニーテールは叫び声を上げながら床へ倒れ込み、前後を押えてのた打ち回る。

「止めて！　解除してえっ！」

しかし編み込みおかっぱ超巨乳ちゃんは、両手に短杖《ワンド》をぶら下げたまま口を開け、呆然と親友の嬌態を見つめるだけだった。

業界の風雲児が考案した玩具に、『ダブルス』というカテゴリーが誕生した瞬間である。

ここで語り手は、再びタウロへと交替。

ギルド騎士を個人的に使用する許可を貰った俺は、その日の午後ゆっくりめに出発した。

商店街で非常食や水などを買い込み、老嬢《オールドレディ》の操縦席に積んでいたせいで遅くなったのである。

(喉の渇きはともかく、ポーションじゃ腹は膨れないからな)

東への街道を、老嬢《オールドレディ》にジョギングさせつつ思う。断続的にしかホバー移動をしていないのは、時折ゴーレム馬車とすれ違うからだ。

個人で騎士を使っても、苦情は商人ギルドに行ってしまうのである。

(こんなには必要ないだろうけど)

操縦席の背後に押し込んだ大きな布袋を振り返り、苦笑してしまう。

『深夜に精霊の湖へ転移し、世界樹へダメージを与えた後戻る』

日帰りの作戦なのに、三日分の食料など大げさだ。それでも準備してしまう辺りが、実に俺らしい。

(よし、到着)

東の湖の南岸へ着いたのは、夕日が沈む寸前。出るのが遅れても予定どおりなのは、移動時間にかなりの余裕を見ていたためだろう。

王都の方向の空へ老嬢《オールドレディ》の顔を向け、夕焼けを見つめた。

(あれを、火の光にしちゃいけないよなあ)

紅に染まる雲の下にあるのは、俺の大好きな人達や精霊獣達が住む都。教導軽巡先生や爆発着底お姉様、それにゴブリン爺ちゃんの顔などを思い浮かべ、決意を新たにする。

俺は携帯食料を齧り水を飲み、湖畔の林で虫に刺されつつ立ち小便。その治療に魔法を使うという贅沢をしながら、時が過ぎるのを待つ。

（おっ）

人々がベッドに潜り明かりを落とす頃、到着を知らせるザラタンの波が届いた。

（遠くて岸からは見えないな）

庭の池では、水中だろうと青く光って見えた転移魔法陣。ここでは視点が低いのもあって、まったくわからない。

老嬢《オールドレディ》の体勢を片膝立ちから中腰へ変え、ホバー移動で水面を進む。

（……凄まじいでかさだ）

ほどなく見えて来たのは、二つの島。

廃墟のある甲羅の一部と、顔の上半分。水面へ出ているのはそのくらいだが、大自然を相手にしているような迫力がある。

（これじゃあ、重騎馬《ヘヴィーランサー》やねじれ角《カプリコーン》が怯えるのも当たり前だな）

両手で高い高いをしてやった体長二十センチメートルの亀とは、とても思えなかった。

「よろしく」

気圧されぬよう気合いを入れ、老嬢《オールドレディ》を背中へ這い上がらせる。

水面に頭を出し振り返った巨大亀は、甲羅にべったりと張り付く商人ギルドのB級騎士を、じっと見つめていた。

（見たがっていたものな）

老嬢《オールドレディ》改装後の試験で、Dランクの怪我治療魔法を使った時の事を思い出す。動力用の魔力として発動したのだが、騎士に吸収され手応えが残ったのである。

『老嬢《オールドレディ》の怪我が、完治ではないが治った』

経験からわかるのはこれ。しかし俺の三種の魔法が、生き物相手にしか効果がないのも実証済み。

どちらも正しいと仮定すれば、おのずと出て来る答えは一つだ。

『老嬢《オールドレディ》は生きている』

だが俺は受け入れられず、自宅に戻ってから長生きの物知り亀に相談。

一瞬目を光らせた事から、心当たりがあるのだろう。珍しく、『コノ目デ見タイ』と言い出したのだ。

しかしよい方法が見つからず、これまで棚上げされていたのである。

「どんなもんだ？」

眷属相手なので、外部音声は必要ない。俺の心の波を拾ったザラタンは、静かに波を返す。

なぜか悲しそうな、そして哀れむような波長を含んでいた。

『……イズレ、相談ニ乗ッテモライタイ』

何やら、重い話のようである。

(聞きたくはあるけれど、ザラタンがその気になるまで待った方がいいな)

危険があるのなら、俺が乗るのを止めるだろう。Bランク以上の魔法を使わなければ、問題ないに違いない。

「いいぞ。精霊砲に片がついたら、いくらでもな」

答えを受け取った亀は正面へ向き直り、水中に薄青く光る巨大魔法陣を描き出した。

(B級なら、潜っても大丈夫のはず)

ゆっくりと沈み行く、生きている島。その背に老嬢《オールドレディ》をしがみつかせつつ、自分に言い聞かせる俺。

（……こんな感じか）

幸い老嬢《オールドレディ》の操縦席は浸水せず、苦しくもならなかった。

『B級は、水中でもそれなりに活動出来る』

操縦士学校の座学での教えに、間違いはなかったようである。

老嬢《オールドレディ》の目を通し、真っ暗な水底に光る直径数百メートルの魔法陣を見つめながら、安堵の息を吐く俺であった。

エピローグ

王国と東の国の山間部。川に沿って蛇が這ったように縫う街道を今、一騎のA級騎士が歩いている。

延々と坂を上り、そして少し下った先で開けた風景は、川を挟んで立ち並ぶ家々と、各所から立ち上る湯気。一言で言うのなら、風光明媚な温泉郷であろう。

(もし百合の谷を焼かれたら、私はどうなる?)

ほのかな硫黄の香りを鼻に感じながら操縦席で独り言ちる、右目の下に長い傷痕のあるスリム系熟女。

百合騎士団《リリーナイツ》の団長である彼女の脳裏に映るのは、黒い廃墟と化した帝国の北の街である。

(こいつらを皆殺しにされれば、復讐に狂うだろうな)

少し進んだ先にいたのは、道端や家の窓から手を振って来る部下達。それへ騎士の手を振り返しつつ思う。

だが、すぐに騎士格納庫の前に着いたので、考えるのをやめた。

「もう少し寄せてくれ」

百合の谷でひと際大きな建造物である、騎士格納庫。その大扉から中へ足を踏み入れた団長騎は、直立した姿勢で外側の胸甲を撥ね上げ、内側の胸甲を撥ね下ろす。

身を乗り出した団長が声を掛けた相手は、遥か下の床でクレーンを操作するおばさん整備士だ。

「よっと」

内側の胸甲を足場に踏み出し、目の前に来たワイヤーをつかみ、片足でクレーンのフックに足先を突っ込む団長。

それを下から確認したのだろう、クレーンのフックが下りて行く。

「無事だとは聞いていましたが、ひどいもんですね」

栗色のロングストレートを浮かせて床へ降り立ったスリム系熟女へ、筋骨たくましいおばさん整備士が言う。

『ひどい』とは、騎士の見た目の事だろう。谷を出た時は真珠色に輝くばかりだったのが、タレをつけ炭火で焙《あぶ》った串焼きのようになっていたのである。

「これでも、大分ましになったのだぞ」

背後を見上げた団長は、眉根を寄せて息を吐く。途中、騎士に川で水浴びをさせたのだが、煤のこびりつきはしつこかったのだ。

「冷たい飲み物と甘い物を用意しますから、何があったのか教えて下さいよ」

部下に洗浄と整備の指示を出すと、格納庫の事務室に団長を誘うおばさん整備士。

『エルフ族が精霊砲を使用し、帝国の北の街が壊滅した』

その報は帝国から届けられており、『団長に怪我はなく騎士も無事』とも知らされている。ただしそれだけで、詳しい事はわからなかったのだ。

「数十分に亘《わた》って降り続く、火の矢《ファイヤーアロー》の豪雨ですか」

ひととおり聞き終えたおばさん整備士は、太い腕を組んで唸る。

「A級だからこそ耐えられたが、B級ならもって数分だっただろう」

続く団長の見解に唸りの音程を低めるが、『白百合隊は精霊砲を受けていない』と知らされ元に戻す。

白百合隊は精霊の森ギリギリまで前進して様子を窺っていたため、範囲から外れていたのだ。

「話は変わりますが、よく帰してもらえましたね。私でしたらA級騎士を手放しませんよ」

問われた団長は、白磁のティーカップに唇をつけると栗色の髪を指ですく。

「しつこかったし金も積まれたが、役目があると断固拒否した」

エルフが非戦闘員へ手を出した以上、エルフ族と帝国の問題では収まらず、エルフ族対人族になる可能性が高い。

そう続け、団長はカップを皿の上へ戻す。

「そのような時に自分が最前線へいたのでは、指揮が取れない。そう告げれば、帝国騎士団の爺様はわかってくれたよ」

結果、北の街の防衛線のみの参加という事で、それでも結構な額を渡されたそうだ。

『感謝は言葉ではなく数字で示せ』

その言葉に友人である熟女子爵が、大分奮発したらしい。副官の命を救った事が、かなり効いていたのだろう。

「……何ですか？」

それだけの金があれば、試したかった技術に手を出せる。技術者らしい感想を思い浮かべていた少しばかりゴリラっぽいおばさん整備士は、団長の問い掛けに意識を戻した。

「性能に偏りはない、という件についてだが」

何でも出来て苦手はないが、飛び抜けたところもない優等生。出発前におばさん整備士が下した団長騎へのこの評に、異論があるらしい。

「乗り心地重視ですか」

口を開け、それは考えた事がなかった、という表情のおばさん整備士。

「燃え盛る北の街に立ち、盾へ火の矢《ファイヤーアロー》の直撃を受け続けたのだが」

暑さをさほど感じず煙も侵入しなかった、と団長は言う。

「他にもあるぞ」

加えて帰り道で気づいたそうだが、膝の動きが柔らかく、衝撃もよく吸収するらしい。

「歩行中の揺れが少ない反面、踏み込みが地に伝わるのが遅い」

団長の言葉に、顎に手を当て考えるおばさん整備士。

『レーサーではなく、高級セダン。いわゆるサルーンのサスペンション』

もし車にたとえるのなら、これであろう。

乗り心地はよくなるが、戦闘力は低下する。確かにこれでは、『乗り心地重視』と思われても仕方がない。

「まあ、大貴族の当主用でしたからね」

役割としては『お出掛け用の服とアクセサリー』と、『圧倒的性能で格下の魔獣を楽しく狩る』であろうか。

ならば、その可能性は充分にある。おばさん整備士はそう考え、言葉を継ぐ。

「では極力、戦闘向きにセッティングをいじりますか？」

提案に頷く、胸と尻の薄い熟女。ただし冷却や遮煙のような環境維持性能は、そのままでよいと告げる。

また、C級だけではなくB級にも、全身を隠せる大盾を持たせるよう命じた。

「エルフ族も騎士を持ち、その攻撃は遠距離からの魔法攻撃が主だそうだ」

実際にエルフ族の騎士と戦った、白百合隊から聞いて来たらしい。

『最大の脅威』

団長はそう見ているのだろう。

了解したおばさん整備士へ、団長は切れ長の目を細め口の端を少し上へ曲げる。

「経験は人を育てる、というのは確かだな。白百合の隊長は、随分と変わったぞ」

神前試合で負けて帰って来た頃とは、別人だという。単純に感心したおばさん整備士だが、続けられた評価に少し驚いた。

「伸び次第だが、次期団長の候補筆頭に躍り出るかも知れん」

白百合隊の隊長は、年齢も就任も『青黄赤白』の四隊の中で一番若い。実力的にも一番下だろう。

少なくとも、北の街へ向かう前まではそうだった。

「私もさっさと席を譲って、大姉様のように温泉に浸かって日々を過ごしたいものだ」

お茶請けのナッツ入りクッキーを齧り、笑みを浮かべる右目の下に長い傷のある熟女。

『近年で最も優秀』

そう言われる団長の姿におばさん整備士は、『誰が後を継いでも大変だろう』と、次代を少しばかり気の毒に思うのだった。

せっかくチー
を貰って異世界に転
好きなように生き
7
漫画：ブッチャーU
原作：ムンムン
キャラクター原案：水龍敬
コミックス①～⑥巻 好評発売中!!
時に娼館で遊び、時に戦場を駆ける
異世界を楽しむ男のあぶない交遊録
RideComics

10巻発売
おめでとう
ございます！
Bucha

GC NOVELS

せっかくチートを貰って異世界に転移したんだから、好きなように生きてみたい 10

2023年3月6日初版発行

著者 ムンムン

イラスト 水龍敬

発行人 子安喜美子

編集 岩永翔太

装丁 森昌史

印刷所 株式会社平河工業社

発行 株式会社マイクロマガジン社
〒104-0041 東京都中央区新富1-3-7 ヨドコウビル
［販売部］TEL 03-3206-1641／FAX 03-3551-1208
［編集部］TEL 03-3551-9563／FAX 03-3551-9565
https://micromagazine.co.jp/

ISBN978-4-86716-397-9 C0093

本書は18禁小説投稿サイト「ノクターンノベルズ」(https://noc.syosetu.com/)に掲載されていたものを、
加筆の上書籍化したものです。